2010 · 39

（总第 462−465 期）

合订本

STORIES

上海故事会文化传媒有限公司　出品

（00340）

图书在版编目（CIP）数据

2010《故事会》合订本.39／《故事会》编辑部编.
上海：上海锦绣文章出版社，2010.7
ISBN 978-7-5452-0679-1

Ⅰ.① 2… Ⅱ.①故… Ⅲ.①故事－作品集－中国－当代 Ⅳ.Ⅰ① 1247.8

中国版本图书馆 CIP 数据核字（2010）第 113273 号

责任编辑：刘迎曦
封面设计：李宝强
责任督印：张　凯

2010 故事会合订本 39

（总第 462－465 期）

《故事会》编辑部　编

上海锦绣文章出版社·上海故事会文化传媒有限公司出版
地址：上海绍兴路 74 号
电子信箱：gushihui@263.net
网址：www.slcm.com

中国图书进出口上海公司发行
地址：上海市广中路 88 号
电话：36357888

ISBN 978-7-5452-0679-1/Ⅰ·244

462
2010 SEMIMONTHLY 上半月刊 5月

STORIES

欢迎登录本刊主办的"故事中国网"（www.storychina.cn）

封面图片来源/www.123rf.com

故事会
—STORIES—

2010年5月
上半月·红版

社 长·主 编：何承伟
常务副主编：吴 伦
副主编：姚自豪（上半月·红版）
副主编：夏一鸣（下半月·绿版）
本期责任编辑：吕 佳
电子邮箱：lujia411@yahoo.com.cn

红版发稿编辑：
姚自豪 郑继文 叶小萌 李天然(见习)
美术编辑：李宝强
电脑制作：郭瑾玮
通 联：归依玲
本社办公室电话：021-64375030
上半月刊编辑部电话：021-64332325
下半月刊编辑部电话：021-64336469
（上海市绍兴路74号 邮编：200020）
主管、主办：上海文艺出版（集团）有限公司
出版单位：《故事会》编辑部
发行范围：公开

制作、发行总监：张 凯
电话：021-64313938
广告业务：上海故事会文化传媒有限公司
广告总监：张 淮
广告业务：021-34010383
广告投诉：021-64333738
广告经营许可证
沪工商广字3100320080016号
发行：中国图书进出口上海公司

特别提示：凡本刊录用的作品，即视为本刊已获得该作品与《故事会》相关的网上传播、汇编出版、电子和录音录像制品等权利。本刊向作者支付的稿酬，已包含了上述各项权利的报酬，如有特殊要求，请提前说明。

尴尬

一个人去给老婆买文胸，结账后，他随手把文胸塞进了大衣口袋。

坐公交车回家时，这人从大衣口袋里掏出公交卡，刷卡后向车厢内走去。这时售票员喊了一句："小伙子，东西掉了……"这人回头一看，文胸掉在地上了！他赶紧低着头走过去，灰溜溜地捡起文胸就下了车。这时，只听身后有人说："这车太挤了，把一个人的文胸都挤掉了，也不知是哪个姑娘的，结果被一个变态的小伙子捡了就跑……"

（李亮云）

（本栏插图：李　加）

等的时间太长

妈妈动手术住院了，医院有条规定：禁止12岁以下的儿童探望病人。

6岁的小女儿听说这规定后非常伤心，整天哭闹，家里人都不明白她为什么这么激动。这天，小女儿第一次给妈妈打电话，大家听了她的话，才明白了她伤心的真正原因——只听她哭着喊道："妈妈，等我一满12岁，马上就来看你！"　　（张淑兰）

哼哈二将

有对老夫妻，妻子经常抱怨丈夫不爱说话。前不久老两口出去旅游，来到一座寺庙，一进山门，就看到左右两尊高大的塑像。导游介绍说："这是哼哈二将！"妻子一听来劲了，忙向丈夫喊道："老伴，你快来拜拜哼哈二将！"

丈夫奇怪了，慢吞吞地问："拜他们干啥呀？"妻子说道："你快来拜拜哼哈二将，省得你成天都不哼不哈的！"

（陈春华）

462

2010
SEMIMONTHLY
上半月刊

5月
STORIES

欢迎登录本刊主办的"故事中国网"(www.storychina.cn)

故事会
STORIES

2010年5月
上半月·红版

社 长·主 编：何承伟
常务副主编：吴 伦
副主编：姚自豪（上半月·红版）
副主编：夏一鸣（下半月·绿版）
本期责任编辑：吕 佳
电子邮箱：lujia411@yahoo.com.cn

红版发稿编辑：
姚自豪 郑继文 叶小萌 李天然（见习）
美术编辑：李宝强
电脑制作：郭瑾玮
通 联：归依玲
本社办公室电话：021-64375030
上半月刊编辑部电话：021-64332325
下半月刊编辑部电话：021-64336469
（上海市绍兴路74号 邮编：200020）
主管、主办：上海文艺出版（集团）有限公司
出版单位：《故事会》编辑部
发行范围：公开

制作、发行总监：张 凯
电话：021-64313938
广告业务：上海故事会文化传媒有限公司
广告总监：张 淮
广告业务：021-34010383
广告投诉：021-64333738
广告经营许可证
沪工商广字3100320080016号
发行：中国图书进出口上海公司

尴 尬

一个人去给老婆买文胸，结账后，他随手把文胸塞进了大衣口袋。

坐公交车回家时，这人从大衣口袋里掏出公交卡，刷卡后向车厢内走去。这时售票员喊了一句："小伙子，东西掉了……"这人回头一看，文胸掉在地上了！他赶紧低着头走过去，灰溜溜地捡起文胸就下了车。这时，只听身后有人说："这车太挤了，把一个人的文胸都挤掉了，也不知是哪个姑娘的，结果被一个变态的小伙子捡了就跑……"

（李亮云）

（本栏插图：李 加）

等的时间太长

妈妈动手术住院了，医院有条规定：禁止12岁以下的儿童探望病人。

6岁的小女儿听说这规定后非常伤心，整天哭闹，家里人都不明白她为什么这么激动。这天，小女儿第一次给妈妈打电话，大家听了她的话，才明白了她伤心的真正原因——只听她哭着喊道："妈妈，等我一满12岁，马上就来看你！" （张淑兰）

哼哈二将

有对老夫妻，妻子经常抱怨丈夫不爱说话。前不久老两口出去旅游，来到一座寺庙，一进山门，就看到左右两尊高大的塑像。导游介绍说："这是哼哈二将！"妻子一听来劲了，忙向丈夫喊道："老伴，你快来拜拜哼哈二将！"

丈夫奇怪了，慢吞吞地问："拜他们干啥呀？"妻子说道："你快来拜拜哼哈二将，省得你成天都不哼不哈的！"

（陈春华）

如此有礼

——家服装店门口贴着这样的广告：不管买不买，进门就有礼。一个顾客被广告吸引，进店逛了一圈，却没看到礼品的影子，就问导购员："进门就有礼，这不是骗人的吧？"

导购员说："当然不是，只要进门，我们就会有礼相迎的。"

顾客纳闷了，他在店里又逛了几分钟，便走出店门，就在他踏出门口时，站在门口的迎宾小姐突然鞠了一躬，说道："欢迎再来，小女子这厢有礼了！"

(弯月如眉)

明星梦工厂

街上新开了一家叫"明星梦工厂"的饭馆，据说每道菜都与明星有关，一对情侣好奇地走进饭馆，点了两个最贵的菜："明星的渴望"、"大腕的梦想"。

不一会，侍者端来一盘粉丝，解释道："这就是'明星的渴望'，您看，哪个明星不渴望拥有一堆粉丝？"

这对情侣很失望，只好等第二个菜。不一会，"大腕的梦想"上来了，竟也是一盘粉丝，不过在白色粉丝中掺了些红薯做的黑色粉丝。侍者接着解释："您想啊，每个大腕都梦想拥有不同肤色的粉丝。"(陈 墨)

有老婆的好处

——个小伙子新婚后不久，遇到介绍人，介绍人见小伙子闷闷不乐的样子，就问他怎么了。

小伙子苦笑着说："唉，我可上了你的当了。"介绍人问："上什么当啊？"小伙子道："我那时没对象，你老劝我赶紧找个对象，说结婚了就有人给洗衣服、做饭，还会替你按摩，可现在有老婆了，不仅没人给我洗衣、做饭、按摩，我还要反过来给老婆洗衣、做饭、按摩。你说的好处一样也没实现。"

介绍人听后说："有一样实现了呀！"小伙子问："啥啊？"介绍人笑道："你的钱有人帮你管了吧？"

(偶 然)

自作多情

妻子周末要加班，出门前，她看家里乱糟糟的，就对丈夫说："要是我下班回来，看见家里窗明几净，那我就是世界上最幸福的女人了！"丈夫哼哼哈哈地应着。傍晚，妻子下班推开家门，顿时眼前一亮：哇，家里真的窗明几净，收拾一新！妻子激动地扑上去吻了丈夫一下："谢谢你，老公！"丈夫问："谢啥？"妻子笑眯眯地说："谢谢你让我成为世界上最幸福的女人呀！"

丈夫清了清嗓子，慢条斯理地说："其实……中午你爸来过了，顺便把房间打扫干净了。"

（执　著）

标　记

大学女生们喜欢将同一寝室的成员排座次，什么"大姐"、"二姐"、"三姐"……那次班里聚餐，只见女生的碗上都写着这样的字样："大姐"、"二姐"、"三姐"……

男生们受到启发，说回去后也要在碗上写字。几天后，大家在食堂看到了这些碗，只见上面写着："大姐夫"、"二姐夫"、"三姐夫"……

（格永泉）

请保持这个姿势

一个记者开车出去采访，由于赶时间，他闯了红灯，交警骑摩托追了上来。记者灵机一动，他缓缓停下车，拿着照相机下了车，对着交警就是一阵猛拍，一边拍一边说："同志，别动！保持这个姿势，我是电视台的，我们这期的主题就是——'风雨交警'。"

（涂　涛）

不用汇报

丈夫喝醉了，晕晕乎乎地回到家，不久就吐了。第二天早上，老婆冷冷地说："在外边吃就吃了、喝就喝了，回家后就不用再汇报吃了啥东西了。"

（何大熊）

网友见面

玛丽告诉朋友，她要跟一个陌生网友见面，朋友为她的安全担心，玛丽笑道："没事的，我坚持要求在高尔夫球场见面。"

朋友疑惑地问："为什么约在那里？"

玛丽解释说："我经过深思熟虑，那里是陌生网友见面的最佳地点：第一，那里是大庭广众；第二，那里是光天化日；第三，我手里拿着球棒。"

（涂 涛）

目 标

周末，同事们去老板家做客，一个同事发现书房墙上贴着一张纸，上面用毛笔写着："保七十，争八十，瞧九十！"他想，这一定是老板的宝贝儿子定下的考试分数目标。这时，老板的儿子走进书房，这同事就指着纸笑道："宝贝，这分数定得可不高啊！"

老板的儿子愣了一下，诧异地说："叔叔，您搞错了，这不是我写的。"

这个同事搞不懂："那是谁写的呀？"老板的儿子说："是我爷爷写的。""你爷爷？"

"是呀，这是我爷爷的长寿努力目标，保七十岁，争取八十岁，展望九十岁！"

（飞 鱼）

试 吃

有个小伙子去超市买东西，速冻饺子的摊位上，一个促销美眉一边煮饺子，一边热情地招呼小伙子："尝尝吧，尝尝吧！"小伙子盛情难却，就吃起来，促销美眉专注地盯着他咀嚼，小伙子心想，美眉一定是想听听自己的反馈意见，真是太敬业了！想着，他赶紧一口咽下饺子，美眉见他吃完了，认真地问："熟了吗？熟了我就捞起来……"

（一 帆）

本栏欢迎来稿，读者、作者可将有新鲜感、有精彩细节的笑话佳作投寄给我们。来稿一经采用，最高稿费为一则100元。本期责任编辑电子信箱：lujia411@yahoo.com.cn。

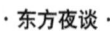

遇见财神爷是稀奇事，更稀奇的是，他让财神爷改了自己的财运……

你有

□ 于 强

发财的命

有个叫孙五毛的小商贩，十四岁就辍学开始做小买卖，他养过猪羊开过屠场，卖过茄子贩过香肠，挖过人参搞过食堂，炒过股票办过煤矿……凡是赚钱的门路，他都钻研过，可不知是时运不济，还是阴差阳错，孙五毛卖啥啥跌价，做啥啥不顺，眼见自己都四十多岁了，依旧过着饿不死撑不着的穷日子，眼瞅着如今的大款们开轿车、住别墅，一掷千金、纸醉金迷，孙五毛郁闷极了：自己这么努力，怎么老天爷就不让自己发财呢？

这年冬天，孙五毛囤积了一批暖棚西瓜，准备趁年关前水果走俏，大赚一笔，没想到一场铺天盖地的大雪下来，把一仓库西瓜冻成了冰坨子，孙五毛欲哭无泪，只得开着货车，以赔血本的价钱把西瓜卖给了几个乡下销售点。

那天，大雪下了一整天，孙五毛送完了货就往回赶。由于积雪路滑，天又黑了，车子开不快，走到前不着村后不着店的地方，车子突然老牛般"轰轰"了几声，便趴窝不动了。

孙五毛下车鼓捣了半天，车子仍然不动，孙五毛冻得浑身哆嗦，只得丢下车子，深一脚浅一脚地往前走去。谁料越走风雪越大，雪花打得人眼睛都睁不开，孙五毛急了，突然瞅见路旁有座不知哪个年月修建的破庙，他就一头扎了进去。

破庙虽烂，却也能挡风寒。孙五毛生了堆火，烤得浑身热乎乎的，往神案下面一钻，便睡了过去。

蒙眬中，孙五毛好像听到耳边有

人说话，他眯缝着眼，悄悄掀开神幔一角，竟然发现有两个衣着怪异的老头在自己生的火堆边烤火。一个老头玉面短须，笑容可掬，穿着一身大红色的官袍；另一个面如重枣，长髯飘飘，身着绿袍，倚着青龙偃月刀。

孙五毛张大了嘴，这两人怎么有些面熟呢？想了半天，他一拍脑袋，看他们的打扮，不是庙里供奉的文武财神吗？

孙五毛揉了揉眼睛，再细瞧，没错，他曾多次到财神庙烧香，财神爷的模样绝不会记错，那穿红袍的是文财神赵公明，穿绿袍的是武财神关云长。天哪！孙五毛惊得浑身发抖，自己难道是在做梦？他狠狠咬了自己一口，疼得龇牙咧嘴，再瞧外面，两个老头仍在烤火攀谈。

只听赵公明说："如今的人呀，整天忙忙碌碌，追名逐利，贪金抓银，可到头来一切成败荣辱，不过都是过眼烟云而已。"

关云长点头："不错，咱俩掌管着天下人的财运，反正现在没事，不如拿出'金银录'，瞧瞧世人的财运。"

赵公明听罢，从怀里掏出一本册子，打开后慢慢念起来。孙五毛悄悄钻出神案，躲在柱子后面，竖起耳朵，屏住呼吸，仔细听着，只听财神爷一个个地念着，某某人，什么地方人氏，这辈子财运如何如何……突然，孙五毛听到财神爷念到了自己的名字，心

不禁狂跳起来，只听财神爷念道："孙五毛，小商人，奔波劳碌之命，财运二分。"

孙五毛一听，差点晕过去。刚才财神爷念别人的名字，财运多则七八分，少也有三四分，自己才二分，还不如隔壁修鞋的刘糊涂呢。

赵公明念完，旁边的关云长沉吟半晌，说："这孙五毛真不走运啊！今晚天寒地冻，我们还多亏了孙五毛生的这堆火取暖，我看，不如把这孙五毛的财运改一下，改为财运五分，让他将来也能当个有钱的老板，也算报答他生这堆火的恩情了。"说完，他拿

起仙笔，在孙五毛的名字下写了几个字。

赵公明笑道："好了，这下孙五毛注定有发财的命了。"

两人改完，收了册子，飘然而去。

孙五毛望着两人远去，心中又惊又喜：没想到自己无意生的一堆火，竟然感动了财神爷。

回家后，孙五毛一门心思做起了发财梦，既然连神仙都说自己能发财，自己这辈子能不发吗？可是不知什么原因，过了几年，孙五毛的状况仍旧半死不活，赚的钱只够全家喝稀饭的。孙五毛急得整夜睡不好觉：自己的财运啥时候能来呀？

这天，一个生意上的朋友找到孙五毛，说有一批过期食品想托他处理，孙五毛正在犹豫，突然想到，莫非这就是自己发财的转机？既然自己注定会发财，那就绝对不会出事，有了这个信念垫底，孙五毛的胆子顿时大了，他决定做这笔生意，便约了那个朋友喝酒。

没想到，孙五毛在酒场上喝多了，很快醉得不省人事。等他醒来时，只听全家人哭成了一团，再一看，自己的身体直挺挺地躺在灵柩里。

"我怎么了？难道我死了？"孙五毛大叫起来，可家人仿佛根本感觉不到他的存在，只见他的妻子搀扶着老娘，老娘哭成了泪人："儿啊，你酒精中毒走了，留下我们可怎么办啊？"孙五毛的儿子则红着眼，打电话让殡仪馆来拉遗体。不久，殡仪馆的车子来了，把孙五毛的遗体拉进了火葬场。

孙五毛傻眼了，他大喊大叫："我没死，我没死！神仙说我能当大老板，有发财的命，我怎么可能死啊？"

可喊叫也无用了，孙五毛眼见自己七尺长的身躯，不一会儿就变成了一捧骨灰，孙五毛呆了，嘴里只是喃喃自语："神仙也骗人，神仙是骗子……"

就在这时，殡仪馆外突然人声喧哗，哭声震天，只见一大批人涌进来，抱着孙五毛的骨灰盒就大哭。这些人

女的披金挂银，男的西装革履，一看就是些有钱有身份的人，只听这个哭喊："孙总，你走得太急了！"那个号啕："孙老板，你带我一起走吧！"

孙五毛一头雾水，这些人他一个都不认识啊！这些人闹了足足有五分钟，就见一个全身穿黑的人匆匆走进来，大叫："你们哭错了，那个骨灰盒不是我爸爸的，是重名了。"

刚才还在号啕大哭的那些人一听，先是一愣，随即厌恶地丢开孙五毛的骨灰盒，嘴里嘟囔："搞什么嘛，浪费感情。"这时，全身穿黑的那人另拿了一个镶金嵌玉的骨灰盒出来，上面的名字果真也是"孙五毛"，那些人一见，立即扑了上去，抱着骨灰盒再次号啕起来。

孙五毛见此，哭笑不得，正在这时，有人拍了拍他的肩膀，孙五毛回头一看，竟然是文财神赵公明！孙五毛大怒，扯着财神爷说："你不是说我这辈子有发财当大老板的命吗？我还没发财，为啥就死了？"

赵公明笑了："我可没骗你啊，你刚才不是当了一把有钱人吗？那些哭丧的人叫你孙总、孙老板，你可都听见了。"

孙五毛大怒："那是他们哭错了，跟我有什么关系？"

赵公明指着册子说："你本来财运只有二分，我们给你改成了五分。刚才我让那个孙老板的儿子迟到了五分钟，你享受了五分钟的老板待遇，不正是'财运五分'吗？"

"财运五分"，就是有"五分钟"的财运啊？孙五毛的鼻子差点气歪了，财神爷却意味深长地说："小子，老板不是好当的，钱也不是好赚的，人生更是难琢磨啊！"说着，只见两个小鬼跑来，拉起孙五毛就走，孙五毛挣扎着想跑，却怎么都跑不了。正在纠缠之际，忽听耳边有个熟悉的声音喊道："大夫，快来呀，人醒过来了。"

孙五毛睁开眼，发现周围一片洁白，自己正躺在医院的病床上，旁边是眼圈发红的妻子。原来，那晚他睡在破庙里，夜里被冻僵了，幸好被过路人发现救起，他已经昏迷一个星期了。

原来是个噩梦！孙五毛怅然若失，却又庆幸无比。康复后，孙五毛仍旧做小生意，买卖还是三分好七分坏，可是他觉得他心态好多了。

那年春天，孙五毛再次路过那里，他心里一动，就停下车子，走了下来。由于修路，小庙已被拆毁，废墟边只有一块残碑斜歪地竖立着。孙五毛拂去碑上的尘土，上面赫然有副古联：身后有余忘缩手，眼前无路想回头。

孙五毛望着古联，感慨不已，仿佛明白了一些东西。

（题图、插图：安玉民 梁 丽）

◆ 我从不以强凌弱——我欺负他之前真不知道他比我弱。

◆ 我的爱好分为静态和动态两种，静态就是睡觉，动态就是翻身。

◆ 站在人生的米字路口，我更加彷徨。

◆ 不要在海边讲笑话，会引起"海笑"的。

◆ 我这人不太懂音乐，所以时而不靠谱，时而不着调。

◆ 如果你容不下我，说明不是你的心胸太狭小，就是我的人格太伟大。

◆ 天生落魄，五行缺钱。

◆ 作为失败的典型，你实在是太成功了。

◆ 要不是打不过你，我早就和你翻脸了。

◆ 我这心碎的，捧出来跟饺子馅似的。

◆ "敬人者人恒敬之"，在酒席间，常见此项美德。

◆ 我等待你的关心，等得关上了心。

◆ 我们只有一个地球，所以你要爱护地球；地球上只有一个我，所以你也要爱护我!

◆ 减肥的最高境界：我今天到底有没有吃过东西？ **(推荐者**: 洁　晨)

2010年最拽的话

会不会说话

◆ 别说"不好"，要说就说"欠佳"；

◆ 别说"罚款"，要说就说"执法"；

◆ 别说"偷税"，要说就说"避税"；

◆ 别说"倒闭"，要说就说"改制"；

◆ 别说"下滑"，要说就说"负增长"；

◆ 别说"贪财好色"，要说就说"禁不住诱惑"；

◆ 别说"出国旅游"，要说就说"考察参观"；

◆ 别说"打击报复"，要说就说"工作需要"；

◆ 别说"渎职"，要说就说"管理不到位"；

◆ 别说"情夫、情妇"，要说就说"男朋友、女朋友"；

◆ 别说"一人说了算"，要说就说"敢于拍板"。

(推荐者: 张淑兰)

绿帽子卖给谁

□ 陈 琪

新发服装厂的销售主任牛二，现在正为上千顶绿帽子发愁。新发是个做外贸出口的小厂，这些绿帽子本来要卖给国外的客户，没想到经济危机一来，外国客户破产了，先前订的货不要了，这一千多顶绿帽子，只得出口转内销。

要知道，"绿帽子"在中国可是有特殊含义的，要命的是，这些绿帽子还都是男士款的。老板发了话，谁能把绿帽子卖出去，利润全归他，厂里只要本钱。条件看起来诱人，但销售部没一个业务员敢碰烫手山芋，牛二身为主任，只得无奈地接手了这批绿帽子。

重新染色？不行，帽子已经是成品了，重新染色的成本太高。两个月过去了，牛二想尽办法，还是没卖出去一顶。这天，他无意中从网上看到，本市开发区平湖村的村民正在集体上访，抗议一家化工厂排污。一道灵光闪过，牛二有了主意。

牛二辗转找到平湖村，老远就看见化工厂的烟囱里正冒出滚滚烟雾，还没进村，就闻到一股浓烈的怪味。牛二捂着鼻子找到上访带头人唐三，开门见山地说："哥们，别看哥本哈根开会讨论环保问题，就你们这样瞎闹，信不信化工厂还是照排不误？除非……"

唐三满腹狐疑，眯着眼问："除非什么？说来听听。"

牛二神秘一笑："除非你们戴绿帽子。"

唐三闻言大怒："找死吧你！今天你不说个道道出来，别想直接走出平湖村！"

牛二说："别急，听我把话说完。21世纪什么最有力量？舆论！"

唐三不屑一顾："就你想得到啊？我早就给报社、电视台都打了电话，还不是没人管？一个记者也没来。"

牛二微笑着说："你这就一知半解了。新闻得有卖点，狗咬人司空见惯，人咬狗却是大新闻。只要你们买我的绿帽子，我保证你们维权成功，成功后再付帽子钱！"说着，牛二凑到唐三耳边，说出了他的主意……

一天后，平湖村的所有男人都戴上了牛二的绿帽子，牛二立刻给报社打爆料电话，记者立马来了，平湖村的男人们按记者的要求排成绿帽方阵，接受闪光灯的检阅。

很快，一条新闻被各大媒体疯狂转载，新闻的标题很吸引眼球——《满村尽戴绿帽子》，内容是平湖村村民为了保护祖上留下的蓝天碧水不被污染，全村男子集体戴上象征环保的绿帽子，用惊世骇俗的方式，诉说对环保的渴望……

消息传开，一时间，各路记者云集平湖村。牛二乐呵呵地坐在家里看新闻，为自己的绝妙点子得意不已。

不料，牛二得意了没几天，唐三就打来了电话，说"不好啦！你的绿帽子不绿了！"

原来这天，一家全国性的大报来村里采访，唐三组织村民们再次戴上绿帽子，却突然发现，大家的帽子都皱巴巴的，连颜色也退成了黄绿色！

牛二一听，赶紧带着技术员赶到平湖村。技术员分析了半天，问村民："帽子有没有进过水？"村民点头，说照相那天下了点小雨。技术员微笑了，对牛二说："牛主任，我找到问题了！"

技术员说，那家排污的化工厂门口的氯气含量超标，而工厂旁边有个建筑工地在施工，空气中飘着石灰粉，村民戴着湿帽子在化工厂门口呆久了，石灰沾在帽子上，和氯气、水发生化学反应，就生成了漂白粉，导致帽子退色！

村民们明白了，感慨地说："难怪以前我们的衣服容易退色。"

记者们听说了这事，如获至宝，赶紧推出跟踪报道，标题就叫——《绿帽子为啥不绿了》。

舆论的力量是强大的，政府迅速行动起来，重新组织环保测评，化工厂被勒令停工。最后，在舆论的关注下，"绿帽子事件"尘埃落定：工厂被迫追加投资，购买最先进的废水废气处理设备。而牛二呢，按原价收到了绿帽子的全部货款不说，还被厂里评为当年的"销售明星"。

（题图、插图：安玉民　梁　丽）

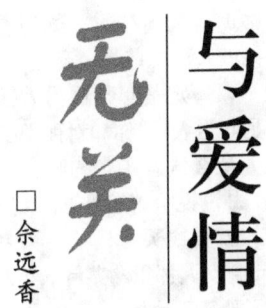

无关 与爱情

□佘远香

好茶未必能与好壶相配，好人与好人也未必能成为夫妻，重要的是，曾经真诚地爱过……

苏朝是个业务员，他有个嗜好，就是特别爱喝茶。一次，他出差办完事后，顺便去了附近的云景山，云景山盛产黑茶，茶树是野生的，长在高山之巅、溪涧之侧，茶味特别醇厚。苏朝一路拾级而上，见许多山民在路边摆摊叫卖，山道左边清一色是卖茶叶的，右边则一溜儿都是卖茶具的。

苏朝一个个茶摊看过去，最后在一个茶叶摊前停住了，只见那茶叶条索紧细均匀，黝黑油润，芽尖都呈金黄色，一看就知道成色很好，再拿一小撮放到鼻子下一闻，有股淡淡的松烟香。苏朝心里暗喜，可碰到好茶了，忙问摊主价格。

摊主是个三十来岁的女人，眉心有颗痣，不漂亮，却很耐看，她告诉苏朝，茶叶两百块钱一斤。苏朝知道，如果在城里，这种等级的茶叶起码要卖到三百块一斤，就没还价，让女人称两斤。女人称好茶叶后，却没有立即把茶叶递给苏朝，也没接他手里的钱。苏朝愣了，难道这女人嫌卖贱了，又不卖了？正欲开口，却听女人说道："其实我这茶还可以卖得更便宜点，你只要去对面那个茶具摊上买只

茶壶，我就算你一百五十块一斤。"

苏朝顺着女人手指的方向望去，果然看到对面的山道旁有个茶具摊，一个男人默默守候在摊旁。苏朝心想，反正自己爱喝茶，也不嫌茶壶多，而且茶叶又可以便宜，就朝对面的茶具摊走去。

可等苏朝走近了一看，不由皱起了眉头，原来这摊上的手工茶壶一只只黯然无光，模样也不大周正，一看就知道这男人做这行不久，手艺还很生疏。苏朝拿起一只茶壶摆弄着，随口问："多少钱一只呀？"男人满脸堆笑，说："不贵不贵，五十块一

只。"

价格倒是挺实在的，苏朝看着满满一摊没人买的茶具，突然想到，女人此举，一定是想帮这男人揽生意，于是问男人："你和对面那卖茶叶的女人是合伙做买卖的吧？"男人笑笑，却没说啥。苏朝想，既然茶壶不贵，就掏钱买一只吧。买完茶壶，他回到女人那里拿茶叶，女人果然少收了他一百块钱。

苏朝回到家里，把茶叶封在坛子里，搁在干燥处。原来这黑茶不同于绿茶，不讲究喝新鲜的，越陈味道越好。转眼几年过去了，一天，苏朝想起收藏的这坛黑茶已经到了饮用的最佳时间，就取出茶叶，用壶泡上，顿觉一股清香扑鼻而来，再看壶内，汤色一片红艳，壶口呈现一道明亮的金圈。苏朝当下大喜，忙捧着茶壶来到了附近的公园，这公园里有个茶亭，常有一帮人聚在这里品茶斗茶。

茶亭里众人闻到异香，都向苏朝围过来，看毕品毕，纷纷赞叹不已，苏朝正得意呢，忽听一个声音冷冷地说道："茶是好茶，可惜配错了茶壶。"

苏朝一看，说话的是自己多年的茶友老徐，苏朝低头看看手里的茶壶，顿时脸红了。原来，喝茶的都讲究茶叶与茶壶相配，苏朝今天取黑茶时，看到茶叶坛边上有只茶壶，顺手

就拿了过来，这正是当年花五十块钱搭配着买来的那只茶壶，俗话说，茶不好于壶无害，壶不好于茶有碍，这么好的黑茶，怎么能用这么粗糙的壶来泡呢？自己怎么就忽略了这么重要的事？

回到家，苏朝一心想再买一只好茶壶来配黑茶，正巧单位又要派人去云景山附近出差，苏朝就主动要求前往了。

几年没来，云景山没有太大变化，那条山道上，茶叶摊与茶具摊依然分摆两旁。苏朝这回径直朝茶具摊走去，他一边走一边细细打量，最后在一个较大的摊位前停住了，此时刚好有客人买了一套茶具走了，看来这个摊位的生意很好。苏朝走过去，拿起一只茶壶细看，只见壶身光泽柔润，壶口壶盖咬合紧密。摊主是个中年男人，他见苏朝像个内行的样子，就说倒点水试试，说着摊主把茶壶注满水，然后慢慢地将水往外倒，只见水流不急不缓，流畅无阻，倒完后再看壶内，竟是滴水不剩。看得出，这壶的工艺相当精湛，苏朝忙问价格，男人伸出三个指头，说："三百一只。"

不贵！凭苏朝的经验，这样好的手工壶，绝对值这个价，于是爽快地掏钱，不料男人却站着不动，苏朝正纳闷，就听男人问道："你就不还价了吗？"

苏朝摇头："不还了，你这壶好，三百块钱值。"

男人想了想，说："要不，我跟你商量件事吧，你只要到对面那个女人的茶叶摊上买点茶叶，我这壶就便宜点卖给你，两百块，怎么样？"

苏朝一听就愣了，这话怎么听着有点耳熟啊？像是以前在哪里听到过似的。他满腹疑惑地顺着男人所指的方向来到对面那个茶叶摊，一看那些茶叶，苏朝心里就有点不舒服，茶叶颜色灰暗，粗细不匀，一看就是次品，到底买不买呢？正犹豫着，忽然看到卖茶叶的女人眉心有颗痣，苏朝一下子想起来了：这不就是当年卖给自己茶叶的女人吗？

苏朝忍不住开口问道："你怎么卖这种茶叶了？以前你卖的可都是上品，我还在你这里买过呢。"

女人叹口气，说道："以前我身体好，能跑到深山里去采茶，去年我上山时摔伤了腿，就再也爬不了高山了，只能在山脚下采茶，茶叶自然就差了。你如果要，我算一百块一斤给你吧。"

苏朝心想，虽然茶叶差了点，到底也是野生茶，而且看这女人日子过得很艰难，于是就买了一斤。苏朝买完茶，回到男人那里拿壶，突然，他依稀想起来了，这个男人不就是当年卖壶的那人吗？

苏朝一下子明白过来了：当年男

人有困难时，女人帮了他，现在女人有困难了，男人又以同样的方法来帮她……

苏朝的好奇心被激起了，他问男人："卖茶叶的那个女人，到底是你什么人啊？"

男人淡淡地说："她是我前妻，几年以前，我们因为性格问题离婚了……"

苏朝愣了一下，忍不住又问"前几年我来过这里，那时你刚刚开始卖茶壶，那时你们……"

男人笑笑，说"那时我们已经离婚了。当时我刚开始学做茶壶，生意不好，在我最艰难的日子里，是她帮了我。虽然现在我们都有了各自的家庭，可是我想，有些情谊，和爱情无关……"

苏朝愣了半晌，回头默默下了

山，一路上，男人的那句话一直在他心里回响："有些情谊，和爱情无关……"

苏朝心神不宁地回到家，第一件事就是拿出存折，取出十万块钱，然后开车来到一所破旧的房子前，这房子里有个憔悴的女人，多年来身患重病却无钱医治，这女人正是苏朝的前妻。当年苏朝为了追求现在的妻子，把她抛弃了，离婚时，前妻却没有争什么……

过了很久，苏朝才从老房子里走出来，他眼眶红红的，走到大街上，长长吐了口气，好像一块巨石终于从心上卸了下来……

苏朝这次新买回来的茶叶没有收藏价值，于是他就把新茶、老茶轮流着喝。一天，他正捧着茶壶在茶亭里自斟自饮，茶友老徐又走了过来，老徐看到苏朝新买的茶壶，赞不绝口，可一看壶里的茶，他又叫了起来"错了，错了，老苏你又配错了！这把新壶这么好，应该用来泡你以前买的黑茶，至于你现在喝的次茶嘛，用那把旧壶泡就行了。"

苏朝却微笑着摇摇头，并不说话。

（题图、插图：谢　颖）

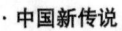

职场如江湖，江湖有精彩，更有风险……

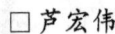

□芦宏伟

职场
投名状

玻璃窗。

只听得稀里哗啦一阵响，毛经理家的窗玻璃一下碎成了玻璃碴儿，小瀑布似的落了下来……太痛快了！

大涛正在欣赏自己的"杰作"，突然听到身后有响声，忙扭头一看，天啊，身后站着同事小五！小五正仰头看着碎了的窗玻璃，吃惊得张大了嘴。

见大涛看到了自己，小五转身想走，大涛赶紧一把拉住他，一直走到僻静处，大涛这才小心翼翼地问："小五，你……你刚才都看见了？"小五尴尬地一笑："涛哥，我刚路过那儿，啥也没看见呀！"

大涛哪里相信，他拉着小五的胳膊解释起来："小五，我……我一不小心，随手扔了个石子儿，怎么这么巧，就把毛经理家给砸了呢？这……纯属无意之举呀！"

身在职场，难免遇到不顺心的事，这不，大涛今天就很窝火，因为在下午的工作会议上，毛经理狠狠训了大涛一顿。回家路上，大涛越想越气，经过毛经理家的院子时，大涛冲着院门狠狠吐了一口唾沫，突然间，他想到一个歪点子：现在毛经理家里没人，一砖头扔过去，砸碎他几块玻璃，也能解几分心头之气呀！

站在路上，可以看到毛经理家二楼的窗户没有装防盗窗，大涛一咬牙，君子有仇当天报，说干就干！他在墙角找了半截砖头，扭头看看四周，确定路上没人，然后眯起一只眼睛瞄了瞄准，深吸一口气，使出全身力气，将砖头投向了毛经理家二楼的

小五呵呵一笑，不置可否。大涛也觉得自己的话太假了，忙又说："哎呀，哥一时晕了头，干出了这事儿，兄弟，你千万、千万不能乱说话呀……"

全单位上下，没有不知道毛经理的，那可是个心胸狭窄、睚眦必报的主儿，如果让他知道大涛砸了他家的玻璃，那大涛以后在单位可有好日子过啦！

小五看大涛着急的样子，笑道："涛哥的意思，不就是让我保密、不跟

毛经理说这事儿吗？没问题！"

"谢谢，谢谢啊！"大涛一边让烟，一边说，"不但不能跟毛经理说，单位里其他人也不能说啊！人多嘴杂，指不定谁挖个墙角穿个小鞋什么的……"

"好好，我知道了！"小五点着头就要走，大涛还不放心，又喊住小五，再三叮嘱，啰嗦得小五都烦了，这才放小五走。

大涛回到家，一颗心还是七上八下的，晚饭也没心思吃。老婆问他怎么了，大涛就讲了自己砸毛经理家的玻璃，被小五撞见的事，老婆一听，也慌了，说："你跟小五只是普通同事关系，又没什么过命的交情，你说小五是站在毛经理一边还是你一边？"大涛苦笑道："那还用说？小五肯定会向毛经理靠拢。"老婆说："这不就得了？小五现在表面上敷衍你，谁知道会不会在关键时刻对你玩阴的呀！"

大涛听了老婆的分析，愁眉紧锁。老婆搓了搓手，出了个主意："破财免灾吧，咱们只有拿钱堵他的嘴了。"

事不宜迟，大涛怀揣几千块"保密费"，朝小五家赶去。虽说有钱能使鬼推磨，可他还是觉得心里没底：万一小五收了钱，嘴上也答应了下来，但过后背信弃义，仍然去告密怎么办？这世道，拿钱不办事的大有人在呀……

不行，必须想个万全之策！大涛一路思索，终于想到了一个狠招。

大涛很快到了小五家，小五开门见是大涛，神色间就有几分不耐烦。大涛已经有了准备，也不啰嗦，直接掏出带来的五千块钱，朝桌上一扔，说："小五，我把话挑明了说吧，这五千块钱是保密费，你为涛哥保密，涛哥一定记着你的恩情！"

小五没想到大涛会拿钱，有点呆了，他把钱推给大涛，说："我哪能收你的钱，我收下这钱算什么？不行，绝对不行，钱你带走！"

大涛哀求道："兄弟，帮哥这个忙吧！"小五直摇头："帮忙归帮忙，这钱我不能收！天天见面的同事，收下你的钱，以后见面多难堪啊！"

大涛见小五坚决不收，脸色一下子严肃起来，他缓缓说道："小五，你听我说，这钱不但是保密费，我还想请你帮我做点事。"小五一愣："什么事？"

"这个……"大涛似乎有点难以启齿，犹豫了一阵，终于咬牙说，"我想让你也砸一回毛经理家的玻璃！"

"什么？"小五还以为自己的耳朵出了问题，"你砸那一家伙还不过瘾，还想让我再帮你补一下吗？"

大涛讨好地笑着，循循善诱道："兄弟，你想呀，你砸这一下可是五千块哟，抵得上你两个月的工资了，你只要一甩胳膊，五千块钱就到手了，这钱挣得多轻松啊！"

原来，这就是大涛在路上想出的狠招，他想让小五犯下和自己同样的错误，这样小五就不会把自己捅出去了。这是效仿梁山好汉的做法，哪位好汉上梁山，必须先去砍个贪官的头，算做投名状，手里有了命案，就不会当叛徒了。

小五听完，哭笑不得："不行，不行，我可没梁山好汉的胆量！"

大涛死活说，非要小五帮自己这个忙不可，直闹到夜里十二点多，小五看情形，不答应大涛，大涛就赖在家里不走，实在拗不过，就答应考虑考虑，明天给大涛答复。大涛看事情有希望，满心欢喜地走了。

第二天一下班，大涛就凑到小五跟前，两人一起走到僻静处，大涛拿出一个信封晃了晃，讪笑道："小五，怎么样，砸吧？五千块钱一砸呀，砸完钱就是你的了！"没想到，小五稍稍犹豫一下，张口就答应了！

大涛喜出望外，两人当下就来到毛经理家的院门前，只见昨天大涛砸烂的窗户玻璃还没补上，边上另一扇窗户紧紧关着。大涛和小五瞅了瞅，四周没人，大涛捡起一块砖头，郑重地递到小五手里，小五拎起砖头，"嗖"的一下就投了出去。谁知，这一砖头砸偏了，砸在了墙上，大涛暗叫可惜，忙又捡了块砖头，双手捧着递给小五，安慰道："别气馁，继续砸！"

这一次砸得很准，毛经理家仅剩的那扇完好的窗户，在一声脆响中被砸得粉碎。大涛忍不住喝彩"好！兄弟，这一砸太完美了！"同时将信封送了过去。小五收了钱，神色间有些不安，说道："记住，这可是咱俩共同的秘密，打死也不能说！"大涛意味深长地笑笑："那当然。"

转眼大半年过去了，毛经理没表现出任何知道"砸玻璃事件"的迹象，很显然，小五没对外透露这事。大涛不无得意地想，这件事之所以能如此保密，全靠了自己那条毒计啊！

这阵子，有个部门的主管调走了，上面的意思，要在几个年轻人中选出一名主管，巧的是，大涛和小五都是比较合适的人选，也就是说，这对有着"共同秘密"的"战友"，此时成了竞争对手。

是时候出手了！大涛偷偷地笑了。

这天，毛经理一个人在办公室，大涛敲门走了进去，一副欲言又止的样子。毛经理和蔼地一笑："有什么事情，明说嘛！"

大涛显得很为难，吞吞吐吐地说："我，我觉得小五这个人，不适合做主管……"毛经理"哦"了一声，问"为什么呀？""这个……"大涛似乎有难言之隐，张了张嘴，又合上了。

毛经理笑道："大涛，这里又没外人，有话尽管大胆地说嘛！"

大涛装出一副做出重大决定的决绝表情，从兜里掏出手机，摆弄几下，调出一个视频，放在毛经理面前的桌子上，说："您看看这个，就什么都明白了！"

大涛给毛经理看的是什么视频呢？原来，小五砸毛经理家玻璃时，大涛悄悄地用手机录下了整个过程，现在，大涛给毛经理看的，就是小五的那"五千块钱一砸"。

大涛本以为毛经理看过视频后会暴跳如雷，没料到，毛经理看完视频后，毫不吃惊，只是微微一笑，这神秘的一笑令大涛浑身发冷，毛经理笑完后，慢悠悠地说："我家的两扇窗户都被砸了，这视频显示有一扇窗户是小五砸的，那么，另外一扇呢？唉，你们这些年轻人啊，脾气太暴躁了……好了，我给你们找个年轻人的榜样，你们好好学学吧。你看咱单位的志强，年纪跟你们差不多，可办事总是很周到、很体贴。那次志强知道我的窗户坏了，说他有个哥们是搞装修的，不但叫他哥们帮我装好了窗户，还顺便把房间装修了一下。噢，对了，人家还帮我装了铝合金防盗窗，这样以后窗户就不怕砸了。"

大涛的脸红到了脖子根，低着头不敢看毛经理，心里一阵狂跳，暗道：怎么回事？怎么回事？难道毛经理知道第一次砸玻璃是我干的吗？他妈的小五，够阴啊……

"如、如果没其他事，我先走了……"大涛结结巴巴地说着，像逃命似的从经理办公室灰溜溜地跑了。

出了办公室，大涛就怒气冲冲地去找小五，面对大涛的质问，小五却心平气和，说："涛哥，先别急，你听我说。你给我五千块钱，是我俩月的工资不错，可如果我丢了饭碗，能靠这五千块钱吃一辈子吗？那天晚上我答应你考虑考虑，第二天到单位，就把这件事向毛经理一五一十地交代了。"

"我本以为毛经理会很生气，没

想到他听完后笑了起来，还说：'五千块钱一砸，报酬很诱人嘛，为什么不砸呢？'我一听慌了，以为他是在说反话，就小心翼翼地问：'要不，咱们报警？'毛经理却继续笑着说：'报什么警嘛，都是一个单位的，传出去不让人笑话吗？'"

"毛经理实在太深不可测了，他看我确实难以领会他的用意，就点拨我说：'旧的不去，新的不来，砸坏了旧的，换个新的不就成了？只是，换块好点的玻璃不知道要多少钱呢……'听到这个钱字，我恍然大悟了。"

"第二天，我就和你一起砸了毛经理家的玻璃，当天晚上，我去毛经理家里，原封不动地把你给我的五千块钱交到了毛经理手上。毛经理拿出五十块钱，非要塞给我，还说砸玻璃是力气活儿，让我买两包好烟抽抽……大涛，你还怪我贪了你五千块钱，其实我只不过落了五十块钱！我整天坐办公室缺少运动，那一砸还闪了腰，光贴膏药就花了一百多块呢！"

不久，那个主管的人选公布了，既不是大涛也不是小五，而是毛经理嘴里那个办事"很周到很体贴"的志强。大涛和小五看到这个结果，真有点难兄难弟的感觉了，都感叹这个志强真是两人学习的"榜样"啊！

（题图、插图：魏忠善）

这钱咋来的

□ 张东兴

有个小伙子，女朋友刚刚大学毕业，情人节那天，小伙子买了九十九朵玫瑰向女朋友求婚，被女朋友给甩了出来："甭玩虚的，想要我嫁给你呀？行，你把这些花换成钱，一朵玫瑰一千，完了我立马嫁你。" 原来，女朋友找了个单位，要进去得送礼，没十万不行。

小伙子听了一咧嘴，妈呀，我没事送这么多玫瑰干吗？小伙子手里也没积蓄，他就给自己老爹打电话："爹啊，您想要儿媳妇吗？"

他爹一听就明白了，说："甭玩虚的，你想要多少钱？"

小伙子开门见山："十万。"

他爹就哭穷："儿呀，你也知道，咱家的地早给征走了，征地的钱都供你读书了，爹靠给人打理鱼塘过日子，手里能有多少钱？"

小伙子知道爹说的是实情，爹给人看鱼塘谋生，据说鱼塘的主人在城里是个大人物，他在乡下整了幢别墅，别墅前还挖了个私家鱼塘，这鱼塘不为赚钱，就为了塘主来乡下度假时钓鱼休闲，所以塘里只种了些荷花，养了些草鱼，产出很少，当然，爹也就没什么油水可捞。唯一的好处是可以吃到黄鳝，因为塘主讨厌黄鳝，让爹随时捕杀塘里的黄鳝。

可小伙子成婚心切，也管不了那么多了，就威胁他爹说："没这十万，我没媳妇，您也就没儿子了。"

他爹就这一个宝贝儿子，一听立马投降："好好，我给！你等着啊，我给你凑钱去。"

小伙子心想，自家亲戚也没有富裕的，这十万块还不知怎么凑呢。没想到，他爹还真麻利，上午打的电话，下午天还没擦黑，他爹就到了。小伙子开门一看，爹的肩头脖子上沾了一片白，再看，地上搁着一袋面粉，起码有一百斤。小伙子皱起眉头："哎呀爹呀，您弄这么多面粉来，我哪能吃得了啊？"

他爹大声答道："自家打的，没有增白剂，你可以分给邻居一点。"说着进了屋，关上门才小声说："你傻啊？十万块钱，没一百斤面根本埋不住。"

小伙子张大了嘴："埋住？您把钱埋在面粉里了？天哪，您竟敢带这么多现金坐公交车！"

他爹一边从面粉里往外摸钱，一边得意地说："车上的人都怕沾到面粉，远远地躲着我，小偷也就没法靠近了！"小伙子说："您不会打到卡里啊？我上学时您又不是没打过，本市存取，不要手续费的！"

他爹听了这话，眼里流露出一丝忧虑，叹了口气，说："我自有道理。"

小伙子看看他爹，心想，反正钱到手了，以爹的品行，又不会去偷去抢，也就懒得多管了。

火到猪头烂，钱送出去，女朋友的工作问题很快解决了，这天，小伙子见姑娘心情很好，就旧事重提。姑娘说："嫁嘛我是可以嫁了，娶嘛……你还是不能娶！猪八戒娶媳妇还有个山洞呢，你要娶媳妇，总得有房子吧？"

小伙子一想，姑娘这个要求不过分，可是自己没钱啊，小伙子寻思半天，又把这个皮球踢给了他爹，用的还是老办法，一句话：娶不上媳妇，我就跳楼。

这办法还真管用，他爹一听，立即投降了："好好好，我给你凑，你可千万别跳楼。"

小伙子这回要的是一百万，因为人家姑娘说了，不想当房奴，他估摸着，这回爹怎么也得凑上几个月才能凑齐。

不料他爹当天就挑着一担桐油进城了，两桶油里各有一个塑料袋，一

个袋子里装了五十万。

小伙子责备爹"上回不是告诉您直接打卡里吗？您怎么又拿现金啊，这多危险！"他爹嘿嘿笑着说："电视里老演银行卡出事儿，我不放心呗，而且买了房子，装修时桐油还能用上。"话说得若无其事，眼神里却流露出忧心忡忡。

小伙子忍不住想问问他爹这钱咋来的，但是问了又能怎样？这钱自己能不要吗？所以他喉咙动了动，终于什么也没说，就把他爹送走了。

接着小伙子就给姑娘打电话，说钱凑够了，问姑娘什么时候一起去看房子。姑娘一听，惊喜地说："你家过得还可以呀！"立马过来了。

两人转了几天，最后定下一套房子，地段面积都很理想，姑娘笑靥如花，问小伙子："你打算什么时候娶我？"小伙子激动了："我想现在就娶你！"

姑娘缓慢而坚定地说："壮志可嘉。可是，革命尚未成功，同志仍需努力啊！"小伙子打了个寒噤"还有什么？我爹可没钱了！"

姑娘说："你没见这个小区里的人都有车吗？你不好意思跟爹开口，我来，我这丑媳妇还没见过公婆呢。"

小伙子敌不过姑娘四射的魅力，就带姑娘去见他爹。

他爹住在鱼塘边上，鱼塘面积有四五亩，小伙子他们到的时候，发现鱼塘边停了好几辆警车，还拉了警戒线不让过去。小伙子心里咯噔一下：难道爹给自己的钱真不是好来的？他别是把那有钱的塘主沉塘里了吧？小伙子转身想跑，警察见他神色有异，一把拧住了他的膀子，带到警车边。姑娘还算优待，但也被请来了。

来到塘边，小伙子见岸上铺了一块塑料布，上面就像码砖一样码着八九层人民币，怕有上千万，塘里的水已经被抽干了，警察们在淤泥里搜索着什么。看来爹作的这个案子还不小啊! 这么多钱够判死刑了吧, 自己刚买的房子也得追回, 媳妇肯定也保不住……

小伙子正胡思乱想呢, 他爹从窝棚里出来了, 看见小伙子, 赶紧对警察说: "他是我儿子, 这是他女朋友, 来看我的。"警察就把小伙子放了。

过了一会, 塘里的警察说"大概没了。"这时塘主戴着手铐, 从警车里下来指认赃款。经过小伙子他爹旁边, 塘主对小伙子他爹深深鞠了一躬, 说: "谢谢你, 老李。"走到小伙子这儿, 塘主突然一脚踹去: "你小子真他妈没出息。"

警察赶紧拉住了他, 收起赃款, 走了。临走, 警察告诉小伙子的爹, 鱼塘已经被封, 会派专人来保护现场, 让他在这里等候进一步调查。

看着警察走远了, 小伙子就问他爹, 那塘主为什么感谢他。他爹叹了口气, 说: "他是感谢我偷了他的钱啊! 他以为我偷他的钱, 就等于给他减刑。"

小伙子恍然大悟, 难怪看着塘主眼熟, 原来是前几天在一条贪官落马的电视新闻里见过, 新闻里说, 那贪官是在一场打黑风暴中落马的, 审讯中, 他交代出赃款藏在乡下别墅里。

小伙子想了想, 忍不住问爹: "那您怎么知道他把钱藏在塘底的淤泥里呢?"

他爹说: "你还记得在我这儿吃的黄鳝吧? 两年前, 我在一条黄鳝的肚子里发现了咬碎的人民币, 这才明白, 塘主让我捕杀黄鳝, 是怕黄鳝破坏了他的藏款呀! 因为黄鳝生活在淤泥里, 喜欢打洞, 而且牙齿尖利……"

小伙子惊叹道: "两年前? 哎呀爸, 守着上千万不动心, 您真沉得住气!"说到这儿, 小伙子脸红了: 要不是自己以跳楼相威胁, 只怕他爹一辈子都不会动那些钱, 所以他赶紧转移了话题: "那他为什么踹我, 还骂我没出息呢?"

女朋友狠狠地用手指点在小伙儿脑门上: "笨蛋! 人家是说你这家伙小鸡肚肠, 只要了一百多万。如果你张口多要点, 爹把他藏在淤泥里的赃款偷去一多半, 他的刑期就会大大减少, 我的豪华跑车、钻石戒指、名表名包也就都有着落了。"

小伙子打了个寒噤, 平生第一次冲着女朋友发起了脾气: "你懂什么? 你和那个贪官, 真是一对法盲! 如果我爹真拿了那么多赃款, 不但贪官的刑期减不了, 我爹的刑期还得加上去! "说着, 小伙子叹了口气, 转身对他爹说, "我这就去退房子, 咱自首吧, 到时候您就说, 钱是我逼着您拿的……"

说着, 小伙子拿出手机拨打110, 一旁, 他爹早已泪流满面……

(题图、插图: 魏忠善)

□ 吕浩峰

十八号车位

刘根绳新买了辆车，但小区里车位都满了，没办法，他只能把新买的宝贝车停在小区外的垃圾处理站旁边。每天早上五点半，刘根绳必须准时起床把车挪开，因为挪晚了会影响环卫工人工作，等环卫工人走后，他再把车挪回去，天天这样，你说烦人不烦人？

这天早上，刘根绳照例去挪车，发现车窗上塞着一张小广告，说是隔壁小区十八号车位欲出售。隔壁小区不远，十八这个号码也很吉利，一问，价格十万块，刘根绳跟老婆一商量，就把十八号车位买了下来。

有了自己的车位，刘根绳终于过了几天舒心日子，但是他怎么也没想到，这个十八号车位竟然给他带来了前所未有的烦恼。

事情源于一个晚上，那天，刘根绳一个人在家看电视，遥控器转了好几圈，也没找到一个好节目，正好桌角上放着一盒光盘，封面上写着"车友宝典系列节目"，估计是老婆逛街时顺手买的，百无聊赖的刘根绳就把光盘放进了DVD机里，电视屏幕上出现了一行血红的大字，一下子吸引住了刘根绳——"你的生命可能维系在一条狗身上"。

生命维系在一条狗身上？刘根绳觉得很奇怪，这时，屏幕上出现一个著名女主持人，她说："汽车轮子被狗撒上尿不是什么稀罕事，有车一族或多或少都遭遇过。狗尿是狗占领地盘的标志，狗占领地盘后，其他狗就会用自己的尿将前者的覆盖，表示自己才是这块地真正的主人，所以，一旦车轮被某条狗占上，这种长江后浪推前浪的狗尿袭击就不会轻易停止，下面，我们请专家来聊一聊狗尿对车轮的危害。"

镜头一转，对准了主持人身边的专家，专家侃侃而谈地说起了狗尿的危害。他说，狗尿通常呈酸性，酸会腐蚀轮胎，因为轮胎侧面是最脆弱的地方，而狗儿们恰好尿在此处，这样，车子上了高速公路以后，发生爆胎的几率非常高……

看着电视，刘根绳的眉头渐渐皱了起来，为啥呢？说来也巧，自从他把车停在新买的十八号车位后，他的车就开始受到狗尿的"洗礼"了，开始是一个轮子被狗尿，很快，四个轮子都被袭击了，不到一周，车轮上尿迹斑斑，腥臭难闻。刘根绳本来没怎么当回事，看完这个节目，他的心悬起来了：我刘根绳的生命维系在狗身上，那还了得？这一夜，他翻来覆去地琢磨：怎么才能让狗不在车轮子上撒尿呢？

想了一夜，刘根绳终于想到个点子，他听说，狗不喜欢樟脑丸的味道，当晚停车后，他就在车轮旁各踩碎一个樟脑丸，可是没多久，樟脑丸就被小区的保洁员给清理了。后来，刘根绳又往车轮上涂过鞋油、风油精、花露水、淘米水、胡椒粉……但效果都不明显。

这么折腾了半个月，狗尿依旧如初，就在刘根绳束手无策的时候，这天，他刚停好车，一个干瘦的老头走过来，对他说："我有个偏方，专门对付狗尿，要卖一百块钱，你买不？"刘根绳上下打量了老头一番，将信将疑地掏出一百块钱，递给老头，说："只要方子好用，两百都值！"

老头慢悠悠地接过钱，说："搞点盐水喷在车轮子上，狗喜欢吃咸的东西，闻到盐味，就会把轮胎上的尿渍连着盐巴都舔干净，轮子没了尿味儿，就不会有狗来撒尿了。"

这个法儿听上去有点道理，刘根绳立马回家兑了一瓶盐水给四个轮子喷上了，接着几天，果然都没有新狗尿出现在轮胎上。刘根绳心里这个乐啊："这一百块钱没白花，这招绝！"

可是，好景不长，估计是前几天喷的盐水被舔干净了，没多久，新的狗尿又出现在车轮上，刘根绳赶紧又兑了一瓶浓浓的盐水喷上，心想：我把盐水弄浓点，不行就天天喷。于是，刘根绳每天都给四个轮子喷一遍盐水，还别说，这下真产生了效果，车轮上再也没有尿渍了。

这么过了两个星期，有一天刘根绳开车出门，觉得刹车时软软的，有种刹不住车的感觉，到4S店一检查，说轮毂和刹车片被腐蚀了，建议更

换，以防不测！刘根绳问4S店的技术人员"会不会是盐腐蚀的？"

"有可能。"技术人员说，"盐对钢铁是有腐蚀作用，可是谁没事会把车开到海里去呢？"

"这个老骗子！"刘根绳气得直跳脚，又不好说自己往车轮子上喷了盐水，只好打落门牙往肚里咽。

刘根绳再也不敢往车轮上喷盐水了，那狗尿就又是外甥打灯笼——照旧。无奈之下，刘根绳只得使出最原始的一招，弄四块木板挡住轮胎，让狗尿不到车轮上。可是，头天傍晚挡上的木板，经常第二天早上就无缘无故地消失了，问小区的保安，保安说可能给拾荒的人捡走了。刘根绳一听，头都大了。

渐渐地，刘根绳的心理负担越来越重，一想到狗尿腐蚀了车胎，不知哪个轮子会突然爆胎，他开起车来就慢如蜗牛，因此把好几笔重要业务都给耽误了。

这天，刘根绳和老婆说起这事，老婆随口说："没这个车位前日子好好的，自从有了它，日子一天也没安生，这个车位是不是风水不好？要不，咱们把这个车位卖了吧。"

听老婆这么一说，刘根绳也打了个激灵，难道这个车位真的有问题？想到这儿，他叹了口气："唉！俗话说破财免灾，卖就卖了吧！"

刘根绳在自己和隔壁小区里贴了卖车位的小广告，过了两天，陆续有人打电话来咨询车位的事，但一听说卖的是十八号车位，纷纷表示再便宜也不想要，刘根绳问为什么，他们都说这个车位不吉利，气得刘根绳直骂

娘。好容易有一个叫大宝的人说想要，但最多出三万块钱，大宝还说，这个十八号车位招狗尿都好几年了，有车的人都觉得不吉利，所以没人愿意买，大宝家里有残疾的老人，有辆残疾人专用的电动三轮车实在没地方停，三轮车不金贵，不怕狗尿，所以想买个便宜的车位。

刘根绳虽然想把车位早点卖掉，但又不甘心赔上七万块钱，就说再考虑一下。没想到等了几天，不但没人打来电话，物业公司倒找上门来，说刘根绳在小区里张贴小广告，要罚款。刘根绳这个火啊，算了算了，三万就三万，赶紧把这个不吉利的车位卖掉，于是刘根绳打电话给大宝，三万块，成交。

几个月后的一天傍晚，刘根绳经过隔壁小区，顺便看了一眼远处的十八号车位，一辆红色的小轿车正在倒车入位，车主是个年轻的时尚女孩，身边还跟着一只博美犬，刘根绳心想：不是说停三轮车吗？难道那个大宝把十八号车位卖给这个女孩了？

刘根绳走过去，想问问女孩多少钱买的这个车位，还没张口，那女孩的脸色就变了，她看着刘根绳，显得很紧张，粗暴地拽着博美犬，转身就走，嘴里还说："大宝，快、咱快回家……"

刘根绳觉得女孩说话的声音挺熟悉，像在哪里听到过，回家后，他一边回忆着女孩的反常行为，一边想：她看到我害怕什么？她的狗竟然也叫大宝，是巧合吗？还是那个买车位的大宝跟女孩有着某种关系？

刘根绳忽然想起，女孩的声音有点熟，像是那张"车友宝典"光盘里女主持人的声音。他赶忙找出那张光盘，反复播放，越听越觉得像。刘根绳就问老婆，这张光盘是从哪里买的，老婆想了半天才想起来，说是几个月前逛街时一个女孩免费送给她的。

刘根绳觉得蹊跷，连夜把光盘拿给一个懂电脑的朋友，结果发现，这原本是一档讨论汽车偷盗案件的电视节目，但是有人把节目里的声音过滤掉，换成了讨论狗尿危害的内容，后期又专门加上了相关的片头和字幕……

刘根绳把这件事前前后后想了又想，隐隐约约觉得自己落进了一个圈套里，他决定报案。

警察一调查，事情很快水落石出。

大宝本名苟永正，是个学过点计算机知识的待业青年，几个月前，他注意到了刘根绳停在垃圾处理站边的车，经过观察，他判断出刘根绳急需购买车位。恰好苟永正的女朋友阿娇就住在隔壁小区，阿娇的父母最近到外地亲戚家去了，她家的十八号车位

正空着，于是，一场骗局出炉了：阿娇偷出了家里车位的产证，苟永正委托一个朋友以十万元的价格把车位卖给了刘根绳，然后他就每天偷偷往刘根绳的车轮上洒博美犬的尿，以此吸引其他狗在这儿撒尿"圈地"。与此同时，他利用自己的电脑知识，让阿娇模仿那个著名女主持人的声音，精心剪辑制作了一档讨论狗尿危害的节目。

果然，看到光盘内容后，刘根绳对狗尿产生了担忧，但无论刘根绳往车轮上喷什么东西，苟永正总会把它们擦掉，然后再喷上新的狗尿。不但如此，为了刺激刘根绳早点把车位卖掉，大宝还雇了一个老头，教刘根绳

往车轮上喷盐水。那些天，刘根绳往车轮上喷完盐水后，苟永正都会跟在后面，鱼目混珠地把稀释过的盐酸喷在车子的轮毂和刹车片上，因此造成了腐蚀。后来，刘根绳贴出小广告，苟永正随后就把小广告的联系电话号码撕掉，让别的买家没办法联系到刘根绳，然后他又让几个朋友假装打电话咨询，制造了十八号车位不吉利的谣言，最后自己化名"大宝"，把车位价格降到三万……

刘根绳知道真相后，气得咬牙切齿，本想把苟永正和阿娇告到坐牢，但阿娇的父母隔三差五提着礼品到刘根绳家道歉，还说要把十八号车位送给他。最后，刘根绳想到自己开的公司，他说："不起诉他们也行，但我有个条件，那个苟永正做的片子有模有样，把我骗得够呛，你女儿模仿女主持人模仿得挺像，我想让他们把这些聪明劲儿用在正道上，让他们帮我公司做个宣传片。至于车位，当初是你们女儿卖给我的，你们如果不常用，这车位我还要，你们只要赔给我修车费就行……"

后来，刘根绳停在十八号车位的车再也没遇到过狗尿的侵袭——他从宠物店搜集来了藏獒的尿，喷在车位的地上。你想啊，藏獒是犬中之王，它占下的地儿，其他狗躲还来不及，谁还敢来占呀……

（题图、插图：谢　颖）

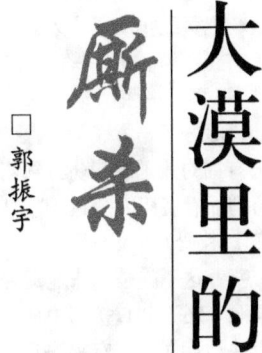

一个没权没势的老头竟能感天动地、调动鬼神，他的力量是打哪来的呢？

大漠里的厮杀

□ 郭振宇

王有福最近很闹心，他的儿媳李秀怀胎已经十一个月了，可孩子就是生不出来。

一个月前，李秀快到预产期了，高高兴兴住进了医院，住进医院的当天夜里，就发生了一件怪事，整个医院到处都传来厮杀声！只听兵器碰撞叮当作响，喊杀之声不绝于耳，更奇的是，只闻杀声却不见人影。

这里的人对这厮杀声并不陌生。这是个小镇，小镇在大沙漠的边上，传说古时候这沙漠是个战场，自古以来，一到夜里，沙漠就常常传来厮杀声，号角喧天，战鼓齐鸣，好似千军万马在作战。可半年前，大漠里的厮杀声却突然停止了，大家正在奇怪，厮杀之声竟出现在了医院里。

李秀在医院里住了十多天，厮杀声也持续了十多天。算算日子，预产期早就过了，李秀却丝毫没有生孩子的迹象，医生给李秀做了检查，一切正常，就决定实施剖腹手术。

一切都准备好了，李秀上了手术台，医生拿起了手术刀，可就在这时，手术刀好像被谁抢去一样，"当"的一声，从医生手里掉到了地上。医生大惊，颤栗着换了一把，可手术刀刚到手，忽地一下，又被一股看不见的力量扔到了地上，医生惊魂难定，只得放弃手术。第二天，另一个不信邪的医生给李秀做手术，同样的事情又发生了，手术自然也没做成。

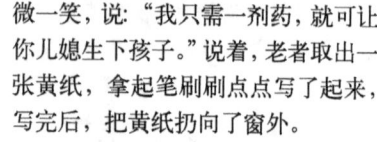

再也没有医生敢给李秀做手术了，一转眼，李秀入院一个月了，算算日子，这已是怀胎的第十一个月了，王有福一家人心急如焚，而此时，医院里的厮杀声也越来越凶。

这天，王有福来医院看儿媳，刚到医院门口，一个老者走了过来，这老者相貌奇特，铁面虬髯，不怒自威，老者对王有福说："我是个中医，或许有办法让你儿媳顺利生下孩子。"

王有福大喜，忙把老者领到了李秀的病房，老者给李秀号了号脉，微

微一笑，说："我只需一剂药，就可让你儿媳生下孩子。"说着，老者取出一张黄纸，拿起笔刷刷点点写了起来，写完后，把黄纸扔向了窗外。

王有福不解，老者一笑"刚才那张写错了，再写一张。"老者又取出一张黄纸，写好了药方。

王有福的儿子拿着药方到药房抓药，药剂师看着药方念道："熟地黄、山茱萸、牡丹皮、山药、茯苓、泽泻……咦？这不就是六味地黄丸吗？抓啥药啊，还不如直接买中成药。"

六味地黄丸？王有福的儿子纳闷了，六味地黄丸只是滋阴补肾的药，能让媳妇生出小孩吗？哎，死马当活马医吧，他还是让药剂师拿了药，煎好后让李秀喝了。

李秀喝完药后，老者对王有福说："放心吧，明天中午之前自有分晓。我听说你这几十年栽了不少树，可不可以领我去看看？"

"当然可以。"王有福雇了辆三轮车，带着老者来到了小镇外自己植树的地方。王有福在这里已经植了四十多年的树，树林连绵成片，延伸几十里，老者指着树林问："这些树都是你和家人种的？"

王有福点点头，老者不住地赞叹。平时，王有福和家人都在这里住帐篷，当晚，老者也在帐篷里住下了。

第二天一早，王有福起床后来到帐篷外一看，吓了一跳：这里一夜之

间栽了很多树，可是栽得七扭八歪，有的很密，有的太疏，有的还栽倒了，树根朝上，树梢埋到了土里，很多树都要返工重栽，是什么人栽的树呢？

王有福正在奇怪，儿子打来了电话，说李秀生下了一个大胖小子！

王有福高兴得流出了眼泪，他给老者深深鞠了个躬，说道："谢谢您了，神医！"老者赶紧扶住了王有福，说："我哪是什么神医啊？我给你儿媳开的只是一剂补药，这药和生孩子一点关系都没有。"

"没关系？"王有福很奇怪，"那我儿媳……"

老者说："我得从头跟你讲。"接着，老者给王有福讲起了故事。

北宋初年，这里还是一片大草原，水草丰美，牛羊成群，有一次，两个部落为了争夺这片草原打了起来，战斗十分惨烈，每天都有大批将士战死，那些战死的将士变成鬼后不肯去投胎，又重新投入了战斗。后来草场退化，这些鬼就在大漠里接着厮杀，这一杀就是一千年。

半年前的一天，众鬼正在厮杀，忽听不远处传来了哭声，哭声碎心裂胆，众鬼停止了打斗，过来看缘由。

痛哭的是王有福一家人。王有福共有两个儿子，大儿子的孩子生病了，王有福一家人忙于植树，忽略了孩子的病情，以为没什么大事，结果孩子的病越拖越重，他们这才领孩子去医院，医生看了看，摇摇头："孩子不行了，你们来得太晚了。"

孩子最后的愿望是来大漠看看爷爷的树，王有福把孙子抱到了这里，孙子看着成片的树林，闭上了眼睛。

孩子一死，一家人悲痛欲绝，众鬼听到哭声，无不动容，你看看我，我看看你，有的叹气，有的摇头。

原来，王有福刚来这里治沙的时候才二十出头，那时，黄沙已侵入小镇边缘，镇里很多人都迁走了，王有福却扛了把铁锹，来到这里植树。众鬼见了，都觉得好笑，一千年来，他们目睹着黄沙吞没了无数村庄城镇，这个不自量力的家伙，竟想靠一己之力让小镇逃脱厄运？

王有福干了起来，风餐露宿，饱受艰辛，结婚了，妻子跟来了；儿子长大了，也跟来了。镇上不少老百姓在王有福的感召下，也加入了植树的队伍……一转眼四十年过去了，王有福六十多岁了，可外表却像八十岁一样，面色黝黑，皱纹堆垒，但黄沙没有再前进，反而步步后退，小镇没有没落，反而欣欣向荣。

众鬼都非常崇敬王有福，他们厮杀时从不破坏树苗，树苗栽到了他们的战场上，他们就后退，退到没有树苗的地方接着厮杀，这几十年，众鬼没有破坏过一棵树苗。

那天，众鬼听到王有福一家悲怆

·新新聊斋·

的哭声，无不感动，老人为了植树连孙子都……他们看看自己脚下，过去是滚滚黄沙，现在却树木成行，厮杀为了什么？当年是为争夺地盘，现在又是为了什么？无非是赌气。

众鬼觉得这样太没意义了，于是决定休战，该投胎的投胎，该转世的转世，一千年的战争就这样结束了。

王有福听老者说到这里，忍不住流下了眼泪，他看着不远处的树林，那儿有个新坟，孙子就埋在那里，老者提到孙子，又勾起了王有福的伤心事。

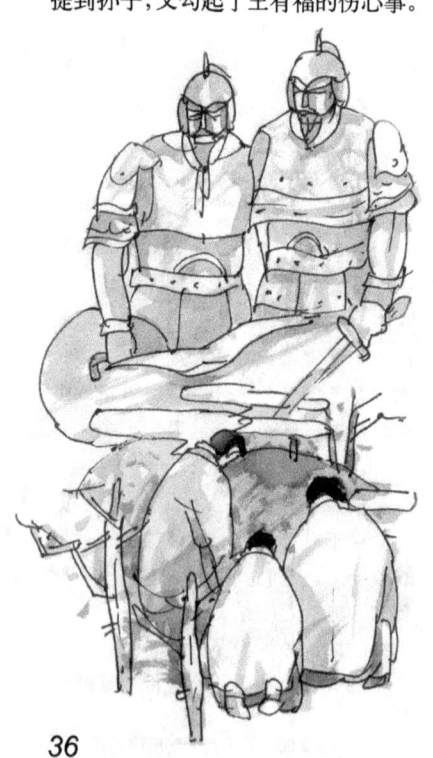

王有福擦了擦眼泪，问道："既然决定休战，后来医院里怎么又出现了厮杀声？"

老者接着讲了起来：

众鬼休战之后，接下来就该投胎了，他们见王有福小儿子的媳妇李秀正身怀六甲，均大喜，能做王有福的孙子，那是多么荣耀啊！和王有福相比，高官富豪在他们眼里就是粪土。李秀住进了医院，众鬼也跟了过来，他们为了争做王有福的孙子又打了起来，原来是两方作战，这回是大混战。

众鬼争了一个月也没争出个结果，那些从其他地方赶来投胎的也被众鬼赶跑了，所以李秀迟迟生不出孩子。当然，手术刀也是众鬼抢走的，还未分出胜负，怎可手术？

这天，医院里飘来一张黄纸，纸上告诉众鬼，想做王有福的孙子不难，去栽树，以一夜为限，谁栽的树最多，谁就去做老人家的孙子。于是，王有福植树的地方一夜之间出现了很多树，鬼着急，只追求数量，有些树都栽倒了，但终于有了结果，有一个鬼胜出，如愿地成了王有福的孙子。

王有福听得瞠目结舌，问老者："那张黄纸就是你扔到窗外的那张药方吧？"

老者一笑，并未回答。

王有福说："现在好了，问题解决了，鬼也可以走了。"

老者一笑："不，事情还未结束，

36

这是一个神秘的集会，会上，医生们讲述的故事令人心惊胆战。他们到底是天使还是魔鬼？第一次参加集会的华纳医生又会有什么样的遭遇呢？

十五个杀人的

医生

根据美国作家斯达尔·爱克厄尔原著编译

集一次，他们关紧房门，会议一直开到天亮，没人知道会议上具体讲了些什么，人们称这个秘密集会为"艾科斯社"。

三月份一个风雨交加的夜晚，艾科斯社又一次召开了会议，虽然

近二三十年来，纽约的医学界定期举行着一种神秘的集会，有一批名医每三个月就在华尔顿饭店聚

很多鬼还没有离开。"

王有福很疑惑："他们还在这里干什么？"

"他们在等，等你的孙子生儿育女，他们要再等上二三十年。"

王有福愣了，生不出孩子的事还会发生？他手一松，手里的铁锹掉了下来，奇怪的是，铁锹掉到一半，在半空中忽然停住了，然后，铁锹又回到了王有福手中。

老者哈哈大笑："看，这个鬼在拍你的马屁。"说完，老者冲王有福一拱手，"告辞了，后会有期！"话没说完，人已不见踪影。

王有福冲老者消失的方向深深一揖，然后回过头来，大喝："呔，众鬼听令，如果不去投胎，就在这里好好跟我植树，不许打架！"

四下里，众鬼齐声应和："得令！"

（题图、插图：谭海彦）

那晚天气十分恶劣，但十四个社员都准时到了，因为今晚他们即将迎接一位新社友，第十五名社员将在这次会议中正式入社。

这第十五名社员是既年轻又有才华的华纳医生，他被医学界公认为天才，其实，能够幸运地被选为艾科斯社的社员，就是他医术高明的最好证明。邀请他入会的其他十四位名医都是比华纳医生年长的医学界泰斗，他们都是华纳医生衷心仰慕的当代名医。

华纳医生如约来到会议现场，他和那些名医打过招呼后，就安安静静地坐在角落里，显得有些紧张。时钟指向九点时，德高望重的迪克医生宣

布会议正式开始。

迪克医生作为会议的主持，马上就进入了正题："首先请允许我向新社员华纳医生介绍本会的宗旨，本会的目标只有一个，就是社员每三个月聚会一次。这三个月来，有谁杀过人，务必要在会上公开认罪。"

迪克医生看了新社员一眼，继续说道："所谓的杀人，就是指治死了人。如果病人的病本来可以救治，但因为医术不精而导致最后死亡，都必须在会上坦陈。我们的目标就是总结教训，科学探究。"

听了主持人的话，新社员华纳医生的表情由迷茫、惊讶变得急迫起来，他迫不及待地举起手，说："虽然这是我第一次参加会议，可我有一些很重要的话要说！"

迪克医生问："难道……你杀了人？"

华纳医生犹豫片刻，终于说："是的！"

迪克医生点了点头，说"我们愿意洗耳恭听，但是在你之前，让我们先听听两位老社员有什么话说，他们已经预约好要发言，这么说吧，他们就是今晚的'杀人凶手'。"

第一个发言的是一位温文尔雅的胃病专家，他在一片寂静中开始了陈述——

"两个月前我被叫到一个工人家庭，他家的三个孩子在一次野餐后都

病了，看上去像是食物中毒。我发现两个大一点的孩子呕吐得很厉害，就给他们开了润滑肠道的蓖麻子油。第三个孩子只有七岁，病势没有两个哥哥厉害，他面色苍白，有点头晕，可是没有呕吐，看起来他也是食物中毒，不过，程度比哥哥们要轻一些。为了安全起见，我也给他吃了同样多的蓖麻子油。"

"第二天，两个大孩子差不多全好了，可那个七岁的病得更厉害了：体温高达四十摄氏度、脱水、两眼深陷、嘴唇发青……"

说到这里，胃病专家难过地停住了，一位享有盛誉的外科医生开口问道："那孩子是不是几个小时后就死了？"

胃病专家痛苦地点点头，外科医生冷静地说："我想情况可能是这样的——你最初看这孩子时，他大概患有急性盲肠炎，蓖麻子油把他的盲肠弄破了，等你再去看他时，急性腹膜炎已经发作了……"

胃病专家低下头，轻声说："是的，验尸结果正是这样。"

会议主持迪克医生点点头，说："第一个案子是用蓖麻子油杀人，下面我们该审理第二个案子了。"

第二个发言的是一位来自苏格兰的著名医生，他的病人在深夜被急匆匆抬来，腹部右上方四分之一处疼痛难当，背部和右肩部也痛，显然胆囊

已经穿孔。医生立刻给病人开刀，可那胆囊一点毛病也没有，一个小时后，病人死了。

经过讨论，大家一致认为，真正的病因是心肌梗塞，因为心脏动脉的梗塞也会表现出相同的症状，苏格兰医生听了大家的意见后承认，验尸结果证明大家的看法是正确的。

"庸医杀人啊，庸医杀人！"主持人迪克医生痛心疾首地说，"今天的这两起案例实在是低级错误，我们从中学到的东西太少了，希望我们的新社员的杀人情节会更'精彩'。"

这时，会场上所有人都把目光投向了新社员华纳医生，只见他焦躁不安，冷汗流个不停，用来擦汗的手帕已经湿透了。一听到轮到自己发言了，华纳医生立刻站起来，开口说了起来——

"我的病人是个十七岁的小伙子，他热爱写诗，非常非常有才华。他来我的诊所时，已经病了两个星期，他先是腹部左边剧痛，可是痛了三天又不痛了，他以为痊愈了，可才过两天，他又痛起来，而且开始发烧、拉肚子。"

"我验了他的大便，没有阿米巴菌，也没有病原菌，根据症状也不像盲肠炎。看完病理报告，最后我诊断为溃疡性结肠炎。没想到，治疗两个星期后，他的病情越来越重，整个腹部都有触痛现象，最后……他还是死

了。"

一个医生问华纳："验尸结果证明你错了？"

华纳摇头说："我没有验尸，孩子的父母很信任我，没有要求验尸。"

"那你怎么知道自己的诊断错了呢？"

华纳医生的脸色突然变得惨白："病人死了，这个事实还不能说明我错了吗？"

医生们一阵交头接耳，华纳医生

痛苦的神情感染了他们，大家开始小心翼翼地讨论起来。可是这个案例显然比前两个病例更复杂，加上没有验尸结果，过了很久，大家还是没有达成一致。

华纳医生的脸色越来越难看，他讥讽地说："什么艾科斯社，什么神秘集会，原来不过如此。看来各位更喜欢简单明了的命案，就像刚才我们听到的那两起。"

华纳的态度激怒了一些社员，讨论开展得更热烈了，最后，一个中年社员站起来说："病人最后整个腹部都有触痛，这可能是腹膜炎，但炎症也许不是溃疡引起的，而是穿孔引起的。"

华纳医生一听，冷汗又流了下来，他用那块湿得不能再湿的手帕擦了擦脸，缓缓地说："异物穿孔？我确实没考虑到这方面……什么能导致穿孔呢？病人已经十七岁了，他不可能吞针入肚……"

"也不可能是鸡骨，鸡骨会卡在食道里，不会到胃里去。"今晚第一个发言的"凶手"，那个胃病专家补充说。

主持人迪克医生总结说："我们已经把范围缩小了，越来越扩展的触痛，意味着不断扩展的感染。从病情的发展看，可能是穿孔而不是溃疡。这种穿孔说明病人吞食了什么东西，我们已经排除了针和鸡骨，这就给我们留下了一个明显的猜测。"

一个医生叫道："一根鱼骨！"

主持人点头："一点儿不差。"

华纳医生站了起来，紧张地倾听着众人最终给出的诊断。

主持人迪克医生宣读了最后的裁决："我们集体同意这个结论，华纳杀害了他的病人，因为他把病人当成溃疡性结肠炎治疗，其实，他只要开刀，取出那根化脓的鱼骨，就能挽救病人的性命了。"

华纳医生刚听完这个结论，就飞快地穿过房间，走向他挂大衣和帽子的壁橱。

主持人赶紧叫住他："你到哪里去？我们的会议才刚开始呢。"

华纳医生一面穿大衣，一面急匆匆地说："我的时间不多了，因为我的病人还活着呢！我把他当作溃疡性结肠炎治疗了两个星期，但一直没有好转，今天下午我才忽然明白，我的诊断很可能不对，如果我找不到他的真正病因，他会在24小时内死亡。谢谢你们的诊断，有了这个诊断，我就可以救这个病人的命了。"

听了这番话，在场所有医生都愣住了……

半小时后，艾科斯社的全体社员站在手术台边，看着华纳医生给那个被谎称"死了"的病人动手术。十四位医学泰斗满怀希望地盯着少年病人的脸，这真是一个奇妙的历史时刻，

即使是一个国王在死亡线上挣扎，也不会有这么多名医屏息凝神地环侍左右。

时间一分一秒地过去了，护士静悄悄地把手术器械递给华纳，他们的手上都沾满了血。

突然，满头大汗的华纳举起戴着手套的手来，手指中间夹着一样东西。他低声对护士说："把它洗干净，拿给各位先生看。"

迪克医生迈步上前，直接从护士手里接过那东西，他的声音在颤抖："各位，请看，一根鱼骨。"

艾科斯社的其他社员围着那根鱼骨，就像它是难以形容的宝贝。

三个星期后，十七岁的诗人完全康复了。

（推荐者：吴 承）

（题图、插图：佐 夫）

您手中有没有得意之作？本刊辟有二十多个原创性栏目，如中国新传说、我的故事、情感故事、东方夜谈、幽默世界、16岁故事、海外故事和中篇故事等；您读到或听到什么有趣事可以和大家一起分享吗？3分钟典藏故事、第一推荐、外国文学故事鉴赏和快乐辞典等都是本刊推荐性栏目。热忱欢迎来稿，可从邮局寄发，也可从网上传递。邮寄地址：上海绍兴路74号《故事会》杂志社，邮编：200020；如为电子邮件，本期责任编辑信箱：lujia411@yahoo.com.cn。

阿P吃低保

□ 大刀红

阿P全家去乡下表弟家吃喜酒，去了一天一夜，第二天回家的时候，傻了眼！家里像水洗过一样干净，值钱的不值钱的东西统统被人搬走，连衣服、小板凳也没有放过。一问左邻右舍才知道，昨天有个搬家公司开了辆大货车，说阿P要搬家，就这样，在众目睽睽之下，堂而皇之把阿P家的东西全搬走了。

老婆小兰听了，一把扭住阿P，火气十足地骂道："都是你这张臭嘴惹的祸，还搬豪宅呢，搬你个头！"

原来，阿P前不久向邻居吹自己发了财，要搬到豪宅去，所以大家都相信了"搬家公司"的话。

这时，派出所接到报警，来到现场勘查，阿P神神秘秘地问钱所长："你能给我们出一份被盗的证明吗？"钱所长有些奇怪，反问道"你要证明干吗？"阿P哼哼哈哈，说不出个所以然。

钱所长走时，出了一张被盗证明，阿P对小兰一使眼色："走，去街道办！"

小兰一脸茫然的样子，说："你又发哪门子疯啊？"阿P见四下无人，得意地说："我们够资格申请低保了！"

原来，最近小兰下岗了，阿P觉得自家收入实在太低了，就打起了"低保"的主意，为此还专门郑重其事地写了份申请书，交给了街道办的董主任。

谁知，街道办到阿P家一调查，见他家具豪华，空调、电视、冰箱都是新买的，当即否定了阿P的申请。现在家中被盗，阿P信心十足地又来到街道办，他掏出被盗证明，大大咧咧地往董主任桌上一放。董主任已经听说了阿P家被盗的事，所以忙说："你先填份表格，根据规定，我和居委

会的工作人员会再去你家入户调查的。"

阿P咧嘴一笑，说："欢迎啊，我现在是彻底的无产者，全靠政府了。"阿P回家等董主任他们，没想到，过了几天，董主任还没来，冷空气就来了，气温骤降，一夜之间降了十几度。家里的冬衣都被偷了，小兰穿着裙子抱着膀子，说："阿P，天太冷了，得去买两件衣服，至少给女儿买一件羊绒衫，不然要冻出毛病来的。"

阿P想起上次入户调查的事，忙自作聪明地说："不行不行，我们要是买羊绒衫，董主任看见了，就不会给我们评低保户了。"

阿P带领全家在寒冷中撑了几天，可居委会的人还是没来。这天晚上，气温更低了，阿P和小兰盖着薄薄的毯子，冷得发抖，相互抱成一团取暖。这时，他们听见女儿不停的咳嗽声。

第二天，女儿咳得更厉害了，小兰见女儿跟着受苦，心疼极了，就把女儿送到了阿P姐姐家。阿P和小兰继续在家里坚守阵地，没几天也先后患上了感冒，到医院买了几包感冒药，才勉强控制住病情。到了家，小兰吵嚷着说："阿P，我不想遭这个罪了，我要买羊绒衫，我要买空调，明天就去姐姐家里取钱！"

"姑奶奶，不要说了，好不好？"阿P忙捂住小兰的嘴。原来，阿P上

半年托他姐姐炒股，赚了七万元钱，都存在他姐姐的账户上呢。阿P好说歹说，说万里长征已经走到甘肃会宁，马上就要胜利了，你可不能打退堂鼓啊。小兰总算没去买东西。

盼星星，盼月亮，这天，终于把董主任他们盼来了。阿P流着鼻涕问董主任："这下总可以了吧？"董主任说："你们的事有点复杂，还要看警方破案情况。再有，我们实行的是三级入户调查，除了街道、社区外，还要区民政办入户调查才行，你再等等吧。"

"还要等？"阿P和小兰差点哭出来了。

一个工作人员说："看你们这样子，确实挺困难的，我们会先把救灾棉衣和棉被给你们送过来的。"

一听此话，阿P和小兰激动得浑身乱抖，哭得上气不接下气，阿P握着工作人员的手，连连说："谢谢领导，谢谢领导！"

董主任他们走了，小兰说"阿P，为了几个低保钱，我们受这么大的苦，你觉得值得吗？"

阿P见老婆老是打退堂鼓，不由生气了："你们女人就是眼光短浅，苦几天，实惠许多年，现在是黎明前的黑暗，你懂吗？"

董主任他们亲眼看到了阿P家的境况，所以急事急办，马上向上面反应，区民政办的人立即上门了解情况。

面对着这个一贫如洗的家庭，面对着喷嚏不断的阿P两口子，区民政办的同志不由得眼睛也红了，说："这个家庭穷到什么东西也没有，我们还是第一次见到，这样的人不享受国家低保政策，谁享受？"

一股暖流涌上阿P的心头：这些日子的罪可算没白受！

就在这时，阿P家门外停下一辆大卡车，车上装满了家具电器。派出所的钱所长走下车，对阿P说："阿P，你的案子我们给你破了！你看，所有东西全部追回，完璧归赵，没有一点损失。"

小兰一听，又惊又喜，好奇地问："你们是怎么破的案？"

钱所长说"其实挺简单，小偷是在出货时被抓住的。不过，你们以后可要提高警惕，其实啊，小偷早就盯住你们了。审讯时他们交代说，有一天听到你们两口子在饭店里说，今年炒股票赚了七万块钱，要换房子哩。于是就跟踪你们，然后趁你们出门的机会，把你们家里的东西搬完了。"

听了钱所长的话，区民政办的人瞪大了眼睛，对阿P说："原来，你还有股票？"

阿P见此情景，真的流下了辛酸的眼泪，心想：这下完了，所有的罪都白受了。

后来，这件事在当地成为笑谈，大家一见阿P就会问："阿P，低保申请到了吗？"每当这个时候，阿P都会说："不要了，我让给更需要的家庭了。"说这话时，阿P觉得自己很伟大，头抬得高高的。

（题图、插图：顾子易）

喂马也要看主人面？有一匹瘸腿马偏不信这个邪，它哪里知道，马棚里也有世态炎凉……

□ 赵连凤

跳槽马

京城的城西头新开了家饭馆，开张才一个月，生意就火得不得了，豆瓣鱼、龙脆骨、驴打滚……店里风味独特的民间家常菜吸引了很多达官显贵，一时竟成了京城的潮流。那些有身份的人怕出入这小馆子有失身份，常常轻车简从前往，他们吃饭时，那些拉车的坐骑就拴在饭馆后院的马棚里，由店小二加草添料、照顾周全。

无规矩不成方圆，由于马匹众多，怎样给马匹排顺序、添草料也就大有学问。店小二鬼精着呢，饭馆在城西，食客用完饭菜大多骑马向东而去，因此东边为贵，食客的官越大，他的马匹就排得越靠东，出行就越方便；再一个，官大的，他的马匹想必

也名贵，添的草料也就最新鲜。时间一长，店小二定下一套规矩：一品二品大员的马匹添的是刚割来的马草，里面还加了细粮，三品至五品的马匹只有青草，五品以下则是普通的枯草。

店小二还让人打造了一个长长的可移动的马槽，槽子被分割成几十个小槽，每匹牲口分一个小槽，互不干涉。

店小二想得虽然周全，但马匹毕竟是畜生，它们只想吃到最肥美最新鲜的草料，哪懂得人世间这论资排辈之事？所以马匹吃草时，常常有好几只马嘴往一个小槽里"出溜"，店小二不得不拿根木棍不停地敲打着槽沿："哎哎哎，三品马，你怎么把嘴伸

到二品槽里了？那个谁，五品马，你也太草包了，干吗放着青草不吃、愿意吃枯草啊？"

一开始，马匹还不太习惯这种等级划分，后来经过店小二多次强化训练，都渐渐懂得其中的道道了，全都乖乖地在自己的小槽里吃草，少有"越礼"之举。而那些达官显贵，对这种做法也会心一笑，心里十分满意。

一天，一个中年人骑着一匹白马来到饭馆，店小二眼睛多尖啊，只搭

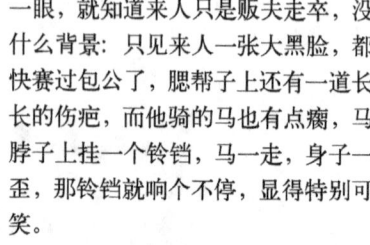

一眼，就知道来人只是贩夫走卒，没什么背景：只见来人一张大黑脸，都快赛过包公了，腮帮子上还有一道长长的伤疤，而他骑的马也有点瘸，马脖子上挂一个铃铛，马一走，身子一歪，那铃铛就响个不停，显得特别可笑。

店小二心里不痛快，强挤出一丝笑，说道："客官里面请，我给您的马添些草料。"

刀疤脸把瘸腿马交给店小二："好好伺候，可别欺负它啊！"店小二"扑哧"一声乐了，油嘴滑舌地说"客官说笑了，我两条腿的怎敢欺负四条腿的？它要发起怒来，踢我一脚，我怎么追得上呢？"

店小二把瘸腿马牵到马槽最靠西的地方，给它添了点枯草，就忙着进店招呼客人去了。一个时辰过去，二品大员赵大人酒足饭饱，起身要回府，店小二忙送赵大人出去，可来到马槽前，店小二的眼睛直了，天啊！那匹瘸腿马正凑在最靠东的槽子里大嚼特嚼细粮嫩草呢。

赵大人顿时拉下脸来："不知这瘸马是哪位大人的宝驹？难道今日店里还有一品大员不成？我竟没瞧见！"

店小二慌忙解释："大人别误会，这都是小人的疏忽，我忘了把这倒霉马拴好，它这挨千刀的自己跑东边来了，它是个畜生，不懂人事，大人莫

怪。"

赵大人有心生气，可一想自己也是有身份的人，为这小事动怒，显得没有气度，于是微微一笑："其实马匹分不分等级，我是不在乎的，但我公务繁忙，只想用完饭后早点回府去处理公事，马匹靠东方便一些。今天的事就不追究了，下不为例！"

送走了赵大人，店小二总算是迈过了这道坎儿，他有些后怕，就踱步来到瘸腿马面前，怒怒地说："我说你是哪来的破马啊？你看你这德性，还硬要吃细粮、啃嫩草，你再往东靠试试？我抽你啊！"

瘸腿马抬起头，后槽牙拼命地来回咀嚼着，没拿店小二的话当回事。

一连几天，刀疤脸总会骑着瘸腿马来饭馆吃饭，店小二看到他在马背上颠来颠去的，心里就好笑：一般人骑马图个舒服，你骑瘸腿马图个啥？想把自己的屁股颠出疙瘩来啊？

更让店小二气不过的是，一般人来吃饭总会点几样招牌菜，刀疤脸倒好，每次来只点一碟花生米，一边数着花生米的个数，一边喝着小酒，那惬意劲，让店小二看了有打人的冲动。

这天，刀疤脸又骑着瘸腿马来了，店小二接过缰绳，来到最靠西的槽子边，把绳子牢牢地拴在了木桩子上。这回可不能出娄子了，今天来了位一品大员，要是这破马再跑到最靠东的槽子，可就麻烦了。

拴好瘸腿马，店小二又到店里招呼客人。过了半晌，一品大员吃完饭来到后院一看，脸上顿时变了颜色，原来那匹瘸腿马不知什么时候，又蹭到了最靠东的槽子，吃起了细粮嫩草！跟来的店小二心里一凉，跑到拴瘸腿马的木桩子前一看，我的娘啊，木桩子被蹭掉了一层，缰绳也有磨损的痕迹，原来这破马还会用嘴解扣！

店小二吓得两腿直打哆嗦，脸上一会发绿一会发白。一品大员沉着脸问："怎么？难道当今圣上今日不在宫中用膳，跑来你饭馆寻乐？"

店小二"扑通"一声跪倒在地："大人息怒，这破马不识好歹，小人本把它拴在最西边的槽子上，可是……可是这破马心习嘴馋，竟会用嘴解绳扣……"

一品大员把脸一拉："我来饭馆也是图个痛快，不想心里添堵，如果下次再看到这破马扫本大人的兴……"

店小二磕头如鸡啄米："大人放心，小人一定把这破马给看牢了！"

一品大员一甩袖子，走了。

这下，店小二再也忍不住了，转头就找到正在数花生米的刀疤脸："这位客官，你那匹良驹实在是太……你再来小店吃饭时，可不可以不带它出来？"

刀疤脸很不高兴："怎么？我吃饭又不是不付钱，为什么要我徒步前来？"

店小二一阵气急："这个……你这匹马腿脚也不利索，你骑在上面我看着都难受，还不如……"

刀疤脸打断店小二的话："一派胡言！我与'赛赤兔'感情深厚，人在马在，你无权把我们分开。"

店小二一听，差点哭了，这破瘸腿马还叫"赛赤兔"？走路一步三晃，比乌龟快不了多少。店小二抱拳作揖："客官，我求您了，您的这匹良驹太不安分，我拴了它，它自己用嘴解开扣，到处乱跑，我、我不好交代啊……"

刀疤脸一皱眉头："此话怎讲？难道你连一匹马都看不住？"

店小二被噎得说不出话来，恨得直咬牙：这破瘸腿马，下回一定要看牢它！

没几天，刀疤脸又骑着瘸腿马来饭馆吃饭了，这回，店小二在马头上多系了一根粗绳子，然后在木桩子上系了个死扣，还派一个小童死死盯住那瘸腿马，只要马有意解扣，就叫小童通知自己。

还别说，加了粗绳后，瘸腿马可谓"黔驴技穷"，再也挣脱不了了，但是它脾气不小，不甘心吃枯草，梗着脖子，半点草料没吃。店小二心里痛快：我管你吃不吃草，你一点不吃才好呢！你家主人就是个小气鬼，一天就喝壶小酒点一碟花生米，我们店赚的钱还不如你吃的草料多呢！

可没美上几天，店小二心里就发虚了，瘸腿马不吃草他不担心，可是那些达官显贵的马，见瘸腿马不进食，竟都立在一边乖乖"候"着，都不敢低头吃草。店小二心里急啊，跑到那些马匹跟前，用小木棍敲打着槽

48

子沿儿："哎哎，吃草啊！真是笨马，你们家主人多厉害，他们给你们撑腰呢，快吃，别让这破瘸腿马给唬住了！"但任凭店小二使出浑身解数，众马匹还是一副胆战心惊的样子，仍然不敢动草料。

店小二搜肠刮肚也没想出好办法，总不能强摁马头、逼马吃草吧？

时间一长，这事就露馅了。俗话说，马无夜草不肥，要想把马养得膘肥体壮，就得给马加夜餐，可是马匹白天在饭馆没吃上粮，回到府中再猛补，一饿一撑，时间长了，这些马都消瘦了下去。达官显贵觉察了，都质问店小二，是不是照看马匹不周？

店小二不敢再隐瞒，只能把那瘸腿马的事，一五一十地说了出来。赵大人和其他几个官员听了，勃然大怒，让店小二把刀疤脸叫到跟前："你好大的胆子！竟敢拿一匹瘸腿马来吓唬本大人的坐骑！你该当何罪？"

刀疤脸未露出一丝怯意，神情自若，不紧不慢地说："大人明鉴，在下只是骑马来吃饭，马匹不吃草料，这有何罪？"

赵大人好不气愤，抽出长剑挥向了刀疤脸的右臂！刀疤脸下意识地抬手去挡，只听"喀嚓"一声，刀疤脸的右臂被硬生生地砍了下来，但让人诧异的是，刀疤脸并没流半点鲜血。众人再仔细一看，那右臂竟然是用木头做成的假肢！

众人都愣了，店小二吓呆了："没……没胳膊啊，你……你是谁？断臂人骑瘸腿马，倒是般配。"

赵大人大喝一声"你到底是谁？"

刀疤脸仰天长啸："我是谁？我也忘记了自己的姓名。我只记得十几年前，我为朝廷横戈跃马、把叛军杀得丢盔卸甲，生擒贼首！可是，在一次激战中我中了敌人的毒箭，郎中只能把我的右臂砍去！朝廷见我不能再上马为社稷出力，兔死狗烹，鸟尽弓藏，把我抛弃了。而我的战马也中了敌人的地钩刀，从此瘸了……"

赵大人眉头皱了起来，他想了半天，问道："你……十几年前朝廷封过一位常胜将军，可就是你？"

刀疤脸仰天大笑"哈哈哈，朝廷忘了我，我也不记得自己姓甚名谁。哪怕曾经名震四海，可一旦被遗忘，连一个店小二也能对我指手画脚。奇的是，人会遗忘，畜生却不会，我的战马'赛赤兔'当年日行千里，夜行八百，驰骋疆场，威震敌军，人称'马王'，天下所有马匹见了它都吓得颤抖不已。如今它的腿瘸了，但威风犹在，那些凡马仍然惧怕于它，这就是为何它不吃草，其他马匹不敢张嘴的原因。"

刀疤脸抚摸着"赛赤兔"的背，连声叹道："人不如马，人不如马啊！"

(题图、插图：黄全昌)

□ 艾 儿

大家都一样

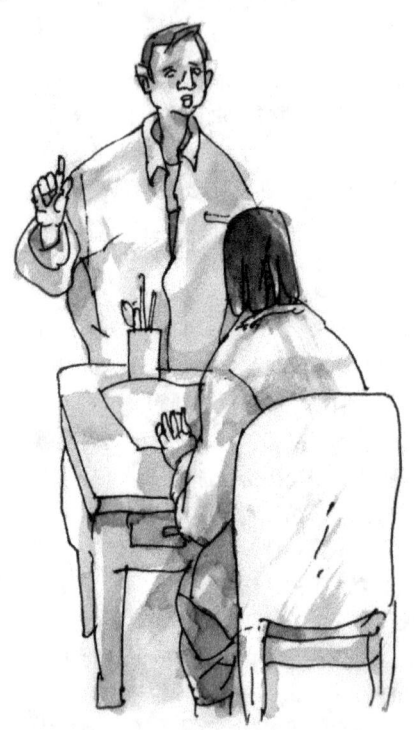

赵雪娟是初二（1）班的班主任，这学期，她班上转来一个名叫吴楚生的男生，这个吴楚生，让赵雪娟头痛不已。

吴楚生一来就整天趴在课桌上睡觉，不和同学说话，赵雪娟发动班干部关心他，他也爱理不理的。

这天，赵雪娟正在办公室批改作业，一个同学冲了进来，叫道："赵老师，不好了，班上打起来了！"赵雪娟吃了一惊，扔下笔就去了教室。

教室里已经乱作一团，吴楚生和一个叫李天华的同学扭打在一起。赵雪娟忍着怒气，把二人叫到办公室，质问他们为什么打架。

李天华委屈地说："课间休息，我和几个同学在聊天，他在旁边睡觉，因为地方不够，我就拍了拍他的肩膀，想请他往里挪一点，谁知他突然跳起来就给了我一拳——"

"是不是这样的？"赵雪娟问吴楚生，吴楚生低着头一句话也不说。

赵雪娟找来班长刘源询问，刘源说："当时我也在，我们本来在讨论服装品牌，有人提到'鳄鱼'，有人说'松鼠'，也不知道谁开玩笑说了句'树熊'，大家就笑了起来，刚好这时李天华拍着吴楚生的肩头让他坐进去，他二话没说，跳起来就打了李天华一拳……我想，是不是吴楚生的绰号叫'树熊'，所以他才反应这么大。"

赵雪娟又好气又好笑，心想吴楚生那懒散样子，还真和树熊有几分相像，赵雪娟决定去家访，看能不能找出他懒散不合群的原因。

吴楚生的家在城郊，这一带都是些脏兮兮的迷宫般的小巷子，赵雪娟费了好半天的劲才找到他家。吴楚生的家阴暗狭小，一个老太太坐在床上，听见有人进来，老太太说："楚生，你怎么又跑出去玩了，还不快烧开水？"赵雪娟这才明白，老太太眼睛不好使，看错人了。赵雪娟跟老太太解释了半天，才让她明白自己是谁。老太太告诉赵雪娟，自己是吴楚生的奶奶，吴楚生的母亲病死了，父亲在外打工，很少回来，家里就祖孙俩相依为命。

吴楚生的处境让赵雪娟唏嘘不已，可让她想不通的是，都说"穷人的孩子早当家"，吴楚生应该比别的孩子更懂事才对呀，可他的表现咋这么差呢？

此后几天，赵雪娟有意安排吴楚生和同学们一起参加体育活动，可是吴楚生并不买账，依然是那副没精打采的样子。由于他总是懒洋洋的，他那个"树熊"的绰号也渐渐传开了。吴楚生成了一个让所有人头痛的"双差生"。

几周后，一年一度的军训开始了。赵雪娟带着全班同学去了军训基地，一路上她都忧心忡忡：这些孩子没吃过什么苦，军训他们受得了吗？她最担心的还是吴楚生，就凭他那副懒散样，不仅自己完不成训练任务，还得拖全班的后腿。

但是出乎所有人的意料，一换上军装，吴楚生就像变了个人，突然间容光焕发，精神起来。他积极参加训练，正步踢得一丝不苟，做内务被子叠得有板有眼。更让赵雪娟意外的是，吴楚生开始爱和同学说话了，中午在食堂遇到他，他甚至向自己敬了一个军礼，然后逃也似的跑开了！

是什么使吴楚生发生了这么大的变化？赵雪娟还没想明白呢，吴楚生又出事了。中午吃饭的时候，吴楚生和李天华没有来，班长刘源告诉赵雪

娟："他们俩被教官处罚了。"赵雪娟心里"咯噔"一下，忙去了操场。

此时天气已经很热了，骄阳似火，空旷的操场上，吴楚生和李天华直挺挺地站着，脸上的汗水雨点般往下掉。教官虎着脸站在一旁，身上的军装早就被汗水湿透了。

赵雪娟悄悄问教官怎么回事，教官说："两个人队列站不好，还说悄悄话，所以要受罚！"还好不是打架，赵雪娟暗暗松了口气。

时间一分一秒过去，赵雪娟发现两个孩子的腿打起了哆嗦，不由担心

起来。好容易教官喊了"稍息"，赵雪娟刚松了口气，只听教官说道："按规矩还得再跑五圈！能不能坚持？"吴楚生和李天华对望了一眼，谁也不服输，都大声答道："能！"

两个人跑了起来，快到终点时，李天华趔趄了一下，眼看就要摔倒，旁边的吴楚生停了下来，拉了他一把。赵雪娟看在眼里，又欣慰又疑惑到底是什么让吴楚生发生了这么大的变化？

事后，赵雪娟把两人叫到一边，问道："站队列时你们为什么说话？是不是又拌嘴了？"李天华说："没有，他说要和我比赛，看谁做得更好。"吴楚生只说了一句："我们现在是战友了，不会再打架了。"说完就跑开了。

军训临近结束，最后的队列汇报表演开始了。这次汇报表演是要评出名次的，班主任们都为自己的班级捏着一把汗。初二（1）班的队列走过来了，队列是那么的整齐，每个人都精神抖擞，尤其是吴楚生，那表情，那动作，哪还有半分"树熊"的影子？

队列走过了观礼台，突然起了一阵骚动。赵雪娟隐隐约约看见一个人倒了下去，她暗叫一声"不好"，连忙跑下去查看。

倒下的正是吴楚生。他满脸是汗，看见赵雪娟关切的眼神，他不安地问道："老师，已经走过了观礼台，不会

扣咱们的分吧？"赵雪娟忙说："不会。你怎么了？"吴楚生指了指自己的脚："昨天不小心踢到了，怕你不让我参加表演，没敢说——"赵雪娟小心地脱下他的鞋子，只见吴楚生的大脚趾血肉模糊，趾甲已经翻了起来。

队列评比，初二（1）班得了第一名，晚上开告别晚会，同学们情绪高涨。赵雪娟觉得这是一个对大家进行教育的好机会，她说："这次军训，有位同学进步特别大，表现特别突出，我们请他谈一谈自己的感想。"

所有人都把目光投向了吴楚生，有人起哄："树熊，说说你怎么就变了？"赵雪娟也用鼓励的目光看着他，吴楚生站起来，半天才不好意思地说："其实、其实很简单，我只是觉得一到这里，就大家都一样了。"

听了这话，所有人都吃了一惊，赵雪娟也感到非常意外，她原以为吴楚生会说，他的理想是参军，所以到了部队才会那么兴奋。

吴楚生眼里涌出了泪花，接着说道："我家里很穷，只有一个瞎眼的奶奶，所以我穿的衣服不仅破旧，而且很脏。很多同学穿的都是名牌，平时聊的话题也与名牌有关。尤其参加体育活动的时候，我穿的还是我爸的解放鞋，又大又不合脚，同学们穿的不是'耐克'就是'李宁'，怕大家笑话，我都不敢和大家一起活动。可是，到了这里就不同了，所有人都穿上统一的绿军装。大家都一样了，我、我突然觉得轻松了——"

（题图、插图：谭海彦）

· 本刊信息传真 ·

2010 年《故事会》增刊征稿

2010 年，故事中国网将继续编辑《故事会》增刊——故事中国网专辑，欢迎大家踊跃来稿。

增刊在稿件要求上与《故事会》正刊有所不同，除了坚持故事性和"可传"的基本特点保持不变外，在作品的题材选择、语言风格、表现形式、创作来源上均力求突破，融入更多新颖的时尚元素、都市元素和网络元素，内容更贴近现实生活，符合现今读者的阅读喜好和心理需求。增刊稿件不必拘泥传统故事在结构和语言上的要求，抛弃程式化的规则，按自己喜欢的方式讲故事，充分体现娱乐性、情感性、热点性，可以讲生活中的真实故事，可以天马行空虚构故事，也可以把道听途说的有趣事、新鲜事转述出来。希望增刊能给人这样的感觉 故事存在于生活的各个角落，故事有各种不同的表现方式。增刊入选作品稿费标准和《故事会》期刊相同，并可参加年底《故事会》优秀作品评奖，挑战千字千元的奖金！

征稿时间：即日起到 5 月 31 日，投稿信箱：storychina@gmail.com
详细征稿要求请见故事中国网（www.storychina.cn）。

驼背国王

从前有个国王，他养了一只像猪那么大的虱子，国王命人把虱子杀了后，把它的皮剥下来，然后发布公告，谁能猜到这是什么动物的皮，就把自己的女儿嫁给他。可公主其实已经有了意中人，这天晚上，公主的意中人来到她窗下，公主就轻声说："你明天来找我父亲，告诉他那是一张虱子皮。"

公主窗下有一个驼背的鞋匠在摆摊，把他们的对话全听了去。他连围裙也没解，就跑到国王那里，猜出了那是虱子皮。君无戏言，国王只能把女儿嫁给了这个驼背。老国王死后，驼背鞋匠成了国王，公主成了王后。可以想象，和这样的丈夫一起生活，年轻的王后没有一点乐趣。

王后身边有一个老女仆，看王后整日愁眉不展，就千方百计想让王后好好笑一笑。一天早上，女仆对王后

说："我听说有三个驼背小丑在城里四处卖艺，他们跳啊唱啊，耍把戏啊，人们被逗得哈哈大笑，我把他们带进宫来，给您开开心好吗？"

王后惊恐地说："你发疯了吗？要是国王回来了，发现他们在这里，他会怎么想？他会以为我们把这几个人弄来是为了嘲笑他！"

女仆却胸有成竹："不用担心，万一国王回来，我们就把小丑藏在箱子里。"

于是，趁国王外出时，王后召三个驼背小丑进了宫，他们表演了很多滑稽可笑的节目，逗得王后肚子都笑痛了。正表演到最精彩的时候，礼乐大作：驼背国王回来了。

女仆忙揪着三个驼背的脖子，把

他们塞进一个大碗橱，把橱门反锁上。干完这些，国王刚好走进大厅，他和王后共进晚餐，餐后还出去散步。

第二天是国王和王后接见群臣的日子，王后和女仆把那三个驼背忘得一干二净。第三天，王后问女仆："那三个驼背呢，他们后来怎么样了？"

女仆拍了一下自己的脑门，惊叫起来："天哪！我把他们忘了！他们还在那个大碗橱里！"

她们急忙打开碗橱，发现三个驼背都死了。原来，橱子里不透气，再加上他们没东西吃，都饿死了。死了以后，他们脸上带着气愤的表情。

王后吓得六神无主，问道"现在怎么办？"

"别怕，我想个办法来处理这事。"女仆回答。她把其中一个驼背塞在一条麻袋里，然后叫来一个搬运工。"听着，这个口袋里装的是一个小偷，他偷王宫里的珍宝时被打死了。"说着，女仆解开口袋，让搬运工看了看那个人的驼背。"现在你把他扛出去，扔到河里，别让人看见。事情办好了，亏待不了你。"

搬运工是个小伙子，力大无比，脑子却有点不好使，他扛起麻袋，向河边走去。就在这时候，精明的女仆把第二个驼背又塞进另一条麻袋，把麻袋靠在大门边。搬运工回来要赏金，女仆却对他说："那个驼背还在这里，你怎么能要赏钱呢？"

搬运工糊涂了："搞什么鬼啊？我刚刚把他扔到河里去呀！"

女仆说："你没把事办好，喏，这就是证明，要不然，他不会还在这里。"

搬运工一面摇头一面嘟囔着，再次把麻袋扛上肩，向河边走去。他第二次回到王宫时，发现又有一个装着驼背的麻袋放在那儿，女仆对他大发雷霆，说："你不知道怎么把他扔到河里，对不对？难道你没看见，他又回来了吗？"

"嗯，这回我要在他身上绑一块

大石头，然后再把他扔到河里！"

"绑两块！哼，要是再让麻袋回来，我不光不给你钱，还要用棍子揍得你鼻青脸肿。"

搬运工又一次扛起麻袋来到河边，在麻袋上绑了两块大石头，把第三个驼背也扔到河里。他还不放心，一直瞧着它没再浮上来，才转身向王宫走去。

搬运工刚刚走到王宫门前的台阶，驼背国王刚好从里面走出来，搬运工看见他，心想：该死的，这驼背又逃回来了，这回那老婆子肯定要揍我一顿！他气得七窍生烟，顾不得多想，一把抓住驼背国王的脖子，大喊道："你这个该死的，我得把你往河里扔多少回呀？我在你身上绑一块石头，你浮上来逃了回来；在你身上绑两块石头，你也逃回来了！你还真有股子牛劲儿啊，这一次我非得好好收拾你不可！"说罢，搬运工双手掐住驼背国王的脖子，把他掐死了，然后拽着他的脖子，一直走到河边，在国王的双脚上绑了四块大石头，把他扔进了河里。

王后听说国王像另外三个驼背一样，一命呜呼了，就赏了那个搬运工许多东西：金币、宝石、火腿、奶酪、葡萄酒……从此，王后和搬运工都过上了轻松愉快的生活。

（供稿：顾 诗）

银手指点评："重复"是民间故事一种常用的手法，而重复的次数，往往是三次：灰姑娘连续三夜参加舞会，白雪公主的后母三次上门谋害，这个故事里呢，也刚好有三个驼背。

为什么是"三"，而不是其他数字？说来也很简单，如果只有一个驼背，故事情节就太简单，少了点曲折和趣味；如果驼背多达四五个，则未免太拖拉，读者的耐心也会被磨光。"三"则恰到好处，在一而再、再而三地渲染矛盾的过程中，喜剧人物显得更荒唐可笑，悲剧人物的命运更引人关注，故事情节则更令人欲罢不能。

重复也是一个积蓄力量的过程。几乎相同的情节在重复了三遍之后，第四遍一定要发生突变。如果这个故事中的搬运工在扔完三个驼背后，故事就这样结束了，又怎么对得起读者长时间的等待呢？最后的突变是否巧妙也很重要，《驼背国王》的结尾显然称得上"巧妙"二字，不但巧妙，而且大快人心。真希望我们生活里的麻烦事也都能这样痛快地被解决掉。

（题图、插图：安玉民 梁 丽）

"和气致祥杯"新编十二生肖故事大赛征稿启事

详情请见：1.《故事会》2009年12月（下）；2.故事中国网 www.storychina.cn。投稿邮箱：shengxiaogushi@163.com（邮件主题请注明"生肖投稿"）。征稿截止日期为2010年5月31日。

鸡蛋里的 爱

□赵宏昌

这是四十多年前的事了，那时候我还小，也就六七岁，还没上学，每天除了玩还是玩，和小伙伴们趴在地上打弹珠，是我最喜欢的游戏。

有一次，我的弹珠全输光了，看别人玩得热火朝天，我的心痒得像猫爪子在抓，可是口袋里一毛钱也没有，怎么办呢？我盘算了好久，决定偷家里的鸡蛋——那时候，合作社里的弹珠可以拿鸡蛋换，一个鸡蛋能换两颗弹珠呢。

这天中午，我趁着家人在院子里吃饭，偷偷打开了母亲的柜子，从里面拿了两个鸡蛋，往两个裤子口袋里各塞了一个，然后装着没事的样子出了门。

就在我以为可以蒙混过关的时候，从院门口外进来了一个人，是我大伯。大伯跟我很亲，每次见了我，都要揪着我的耳朵问长问短，这一次也没例外，我支支吾吾地敷衍着，只想赶紧脱身，但大伯却注意到了我那两个鼓囊囊的口袋："咦，这个小兔崽子，口袋里装的是啥？我怎么看像是鸡蛋！"

听了这句话，我的脑子里"轰"的一声，我想赶快逃掉，两只脚却像钉在了地上，怎么也动不了。父亲立刻放下碗筷走了过来，沉声问道："你从柜子里拿鸡蛋了？"

知道大祸临头，我赶紧把口袋里的鸡蛋掏了出来，正抖抖索索地往外递，父亲已经抡圆了胳膊，一巴掌扇了过来。我就像一个没有重量的稻草人，被扇得头朝下栽在了地上，开始

鬼哭狼嚎，那两个鸡蛋，早不知飞到哪去了。

父亲暴怒是有原因的，我实在不该动那些宝贝鸡蛋——因为家里的鸡蛋从来都不吃的，它们有大用处，要用它们来换盐。那时候大家都穷，家家户户都把蛋攒起来，隔一段时间就提到镇上的合作社换盐，一个鸡蛋能换一碗盐，满满的一大碗。

因为这两个鸡蛋，我的脸肿了三天，从此以后，我就把大伯当成了仇人，每次他到我家，我都别着脸不理他，更别说让他像以往那样揪着我的耳朵、亲亲热热地说话了。为了报仇，我踢过大伯家的大黄狗，拔过他家地

里的麦子，可这还远远不够，我的脸肿了三天呢，怎么能随随便便就算了？

这事过了一个多月，大伯家突然养了十几只鸡，听说是大伯用家里的麦子跟别人换的，那么多鸡，下了蛋不可能全都换盐吃，多余的肯定会煮的煮了、炒的炒了……想到大伯每天都能吃到香喷喷的鸡蛋，我非常愤怒。可是，我有天大的本事也阻止不了鸡下蛋呀，怎么办？思忖了好久，我把怒火全撒到了那些可怜的鸡身上。大伯家的鸡全都关在后院，我一逮到机会，就趴到他家后院的土墙上，用弹弓打那些鸡，打得那些鸡一只只上飞下跳。也是我歪打正着，大伯家的鸡受了惊吓，就很少下蛋了，有一阵子，听说他家的鸡下的蛋连换盐吃都不够，我知道后当然很得意。

那天中午，我跟往常一样，又偷偷爬上了大伯家后院的土墙，刚露了个头，吓得我差点没摔下去，大伯正坐在院子里呢！我再仔细一瞅，却发现大伯的脑袋往下耷拉着，看样子是睡着了。大伯的脚前放着一个篮子，我瞅了一眼篮子里的东西，不由得两眼放光，篮子里面竟放着三四个鸡蛋！

机会难得，我把弹弓从口袋里摸出来，装好石子，然后一点点把弹弓拉开，这次我瞄准的不是鸡，而是篮子里的鸡蛋，一想到能把那些鸡蛋在

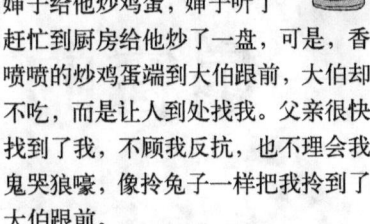

大伯的眼皮子底下打个稀巴烂，我不由感到一阵兴奋。射出石子后，我迅速跳下墙头，逃之夭夭。

因为怕大伯查到蛛丝马迹，那天我直接躲到了邻村的姥姥家，住了一个多月才回来。回来后的第一天，我就听到了一个消息，大伯被他家的一只公鸡给啄了，听说很严重，一只眼睛已经看不到东西了，另外那只好的眼睛也受到了影响。母亲告诉我说，大伯以后可能会变成瞎子……大伯真的会变成瞎子吗？我有点高兴不起来，尽管我还恨着大伯，但我真的一点也不想他变成一个瞎子呀！

半年后的一天，大伯去探望他生病的老丈人，去的时候好好的，回来时，却是人家用门板抬回来的——原来去大伯丈人家的路上，有段山路很窄，一边紧靠着山，另一边是深深的陡崖，大伯急着赶去，天没亮就出发了，天黑路陡，再加上大伯眼睛不好使，一不小心就摔了下去。大伯被抬到家的时候，已经奄奄一息了，他睁不开眼，也说不出话，就跟死了一样，姊子搂着堂姐哭得趴在地上，谁拉也拉不起来。而我躲在一个没人的地方，浑身发抖，我非常怕将要死去的大伯，怕他在死的时候把我也带走，因为我那么恨他，他做了鬼一定会知道的……

到了晚上，大伯突然醒了，他虽然依旧不能动，却可以勉强说话，他说自己活不成了，然后就让姊子给他炒鸡蛋，姊子听了赶忙到厨房给他炒了一盘，可是，香喷喷的炒鸡蛋端到大伯跟前，大伯却不吃，而是让人到处找我。父亲很快找到了我，不顾我反抗，也不理会我鬼哭狼嚎，像拎兔子一样把我拎到了大伯跟前。

大伯干瘦的脸灰蒙蒙的，头发乱乱的，看起来很恐怖，我当时吓得哭都哭不出来了，大伯用那只独眼看着我，看着看着，眼泪突然流了出来，接下来他嘴唇动了几下，艰难地吐出一句话："娃，不要怕，吃鸡蛋，大伯养了好多鸡呢。"大伯一边说，一边费力地抬起手臂，手指艰难地动着，向我的脑袋凑了过来，我知道，大伯是想揪揪我的耳朵，可是，大伯的手在快要碰着我耳朵的时候，无力地垂了下去。就在那一刻，我突然不怕大伯了，我为什么要怕大伯呢？大伯对我多好，他临死的时候还让我吃鸡蛋呢。

许多年后，我才从父亲那里知道，大伯的那只眼睛，根本就不是公鸡啄瞎的，而是被我用弹弓打瞎的，那颗该死的石子从地上弹了起来，正好击中了大伯的眼睛，大伯怕我害怕，让大家别说。知道了真相，我像被雷打了一样，傻了，因为两个鸡蛋，我竟然害死了对我最亲最好的大伯……

（题图、插图：佐　夫）

一扇窗的
阳光

□ 蔡美美

半扇窗的阳光

张有言大学毕业后，在城里找到了工作。公司不提供宿舍，他只有租房住。最让他耿耿于怀的是，他的房间只有半扇窗户。

这房子是一套两居室隔开来的，房东叫安静，是个寡妇，丈夫死后，她一个人带着儿子东东过日子。因为要上班，她把东东放在娘家，自己搬去单位宿舍，房子出租。张有言喜欢阳光，就挑了向南的那间，准确地说，是半间，房间被三合板从中间一分为二，窗户也被分成了两半。

张有言住进出租房不久，就听到隔壁传来搬动家具的响声，他知道，隔壁有人入住了。那层三合板很薄，一点都不隔音。

第二天下班后，像往常一样，张有言坐12路公交车到了巷口，突然，他发现前面出现了一个姑娘窈窕的背

影，披肩的长发，轻盈的步伐，张有言的目光像被粘在了那个背影上，不知不觉跟着她走了好远，等回过神来，他才发现已经到了家门口，原来，这个女孩正是新搬来的邻居！

一路被人跟踪，女孩似乎有些紧张，当发现张有言就住在自己隔壁时，她笑了，伸出了手，自我介绍"我叫李欣雨，很高兴认识你。"

从此，张有言算是和李欣雨共同拥有那一扇窗户的阳光了。

自从隔壁住进了这个女孩，张有言觉得自己的生活不同了。他常常不自觉地注意隔壁的声音，有时回过神

来，他自己都觉得脸在发烧。

每天，张有言坐的12路车到站时，李欣雨坐的5路车几乎总是同时停在对面，于是两个人一起走过那条小巷。不到十分钟的路程，两个人从打一声招呼到无话不谈，张有言常常痴想，他和李欣雨来自不同的城市，却走进同一扇门，共享一扇窗户的阳光，难道这就是传说中的缘分？

很快，这套房子里又住进了两个人，一男一女。那个女的住了没两天就来找张有言，说想和他换房间，理由是女的和女的住比较方便。张有言当然不肯，那女的又鼓动那男的和李欣雨换，张有言有些紧张，还好，李欣雨没答应。李欣雨后来告诉他，那女的其实是嫌那男的鼾声太大，张有言忍不住问："那你为什么拒绝他？"

"我喜欢阳光，那个房间太暗了。"停了停，李欣雨突然小声说，"其实你鼾声也不小，不过我习惯了。"说完这话，她低着头，快步回了房间。

那一晚，张有言回味李欣雨说话时娇羞的表情，翻来覆去无法入睡。半夜，传来了敲板壁的声音，李欣雨在那面问："你在烙饼啊，明天不上班了？"原来她也在注意隔壁的声音！张有言用被子捂住头，无声地笑了。

李欣雨在窗台上放了一盆百合，天天浇水。一个星期天的早上，张有言习惯地走到窗边享受阳光，三合板并没有把窗台封死，从他这边能看见李欣雨的窗台，他突然发现百合不知什么时候开花了，那花娇嫩得诱人，张有言忍不住伸出手去想摸一下，却不料"啪"的一声，手被书本结结实实地打了一下，"要看过来看，别偷偷摸摸的。"原来，李欣雨正在窗口看书。

于是，张有言第一次走进了那个房间。那一天，两个人在窗口静静地享受了一天的阳光。

幸福来得那么突然

一天傍晚，张有言下了车，对面的5路车如期而至，但下车的人中没有李欣雨。张有言决定等一会，以前他到早了，也会在附近溜达溜达，等她到了，再装着刚到的样子迎上去。

可这次，张有言等得天都快黑了，李欣雨才匆匆下了车。看见张有言，她微微愣了一下，张有言忙说："我出来买点东西，刚巧碰上你。"

今天的巷子似乎比以往要长，走了一段，李欣雨突然伸手挽住了张有言的胳膊。张有言顿时觉得呼吸都停住了——幸福竟来得这样突然！

正在他不知说什么好时，李欣雨放开他的胳膊，说："不好意思，刚才情况紧急，借你的胳膊用一下，你不会介意吧？"张有言摸不着头脑，李欣雨示意他回头。张有言回头一看，一辆银灰色的宝马已经掉转车头，悄无声息地消失在巷口。看来，刚

才这辆车一直跟着他们。

张有言疑惑地问："车上是谁？为什么要跟踪你？"

"一家公司的副总，有一次因为业务认识了，就老追我。今天我加班，他就在外面等着，说要带我去吃夜宵。我没答应，谁知他竟开车跟在公交车后面，一直跟到这里。"

张有言默然了，那一夜，两个人都没有再说话。

第二天，张有言就出差了，几天后的夜里，他回到家中，发现隔壁传来一股浓烈的酒味。张有言心里一阵疼痛，难道那副总跑到这儿来喝酒了？正在胡思乱想，只听板壁响了几下："过来喝酒啊，等你呢！"

张有言忙去了隔壁，却发现只有李欣雨一个人，他忙上前夺过李欣雨手中的酒瓶："你疯了？喝这么多酒？"李欣雨突然扑进他怀里，抽泣起来："我以为你不回来了呢！"

李欣雨说："不知道怎么的，我就喜欢上你了。一个人飘在这大都市，心里总不踏实，回来看见你在路口等我，晚上听着你的鼾声，就觉得踏实了。"张有言紧紧地搂着她，幸福真的来得那么突然，他有些不敢相信。

那一夜，两个人说了很多。两人的情况很相似，张有言家里只有父亲，李欣雨家里只有母亲，为了供他们上大学，家里都欠了不少债。李欣雨痴痴地说："要是咱们在城里有一套房子就好了，可以把老人都接来。"张有言说："是呀，我也一直想有自己的房子，有一扇属于自己的洒满阳光的窗户。"

那一夜，张有言不知道自己是什么时候睡着的，怕李欣雨喝太多，他抢着把剩下的酒都喝光了。醒来的时候，他发现自己躺在李欣雨的床上，李欣雨不在身边，枕边有一封信。

李欣雨在信上说"我走了，我唯

一欣慰的是在离开前能再见到你。昨天见到你时，我几乎动摇了，可是权衡了一夜，我还是选择了离开，因为我已经在两天前失业了。我多么想和你一起去挣那一扇窗的阳光啊，可惜我没有时间等到那一天，原谅我……"

张有言扑到窗边，透过那半扇玻璃，他看见晨曦中李欣雨提着一个旅行袋，匆匆走向停在巷口的宝马车。

"不要！"张有言绝望地大喊一声，光着脚就冲下了楼，可等他跑到楼下，宝马车已消失在巷口——

一切似乎都那么简单

张有言大病了一场，被发现的时候，已经奄奄一息了。那天，张有言的房门被推开了，张有言以为李欣雨回来了，他挣扎着起身，却发现进来的是一个小男孩，男孩好奇地看着他，问："叔叔，你是不是病了？"紧接着，他看见了女房东安静那张关切的脸。

安静是来收房租的，她没有犹豫，立即叫了车把张有言送往医院。

张有言起初根本不想配合治疗，但是安静让他无法放弃，她每天从家里熬了粥带来给他喝。张有言说："大姐，我没钱……"安静一边吹粥一边说："没关系，等你好了，慢慢还我吧。"张有言说："我爸有高血压，你不要把我生病的事告诉他——"安静

说"不会的……我已经给你请假了，你安心养病吧。"

张有言想解释"大姐，我这次突然得病是因为……"安静说："你不用说了，隔壁那个女孩搬走了，我就知道原因了。经历一次就长大了，人生还长着呢！"

张有言突然想扑到安静的怀里放声大哭——安静让他想到了自己去世多年的母亲，虽然安静只比他大几岁，可也许是经历了更多的人生变故，在她眼里，一切似乎都那么简单。

张有言出院了，安静把医院的账单给他看。看着那一长串阿拉伯数字，张有言叹了口气，安静突然生气了："我都不怕你跑了，你怕什么？以后还住我那里，你要信得过的话，工资交给我，我给你安排。房租和该还的钱我会扣下来，余下的给你做生活费。"

让张有言吃惊的是，安静赶走了另外两个租客，带着儿子搬回来住了。她对张有言说："你欠我一大笔钱，我可得看住你。你下班回来，就给东东做家教吧，该给的报酬，我会扣出来。对了，以后晚饭回来吃，别在外面乱吃，医生说你还没完全恢复呢。"说完这些话，安静就没事人似的回自己房间了。

张有言愣了半天，擦去了一滴不争气的眼泪——他知道，安静这样做，其实是怕自己想不开出事。

领了工资，张有言把钱一分不剩地交给了安静。安静不客气地接过钱，数了数，然后抽出一半还给他。张有言不接："大姐，太多了——"

"多什么多？这是让你寄给老人的，无论什么时候，这笔钱不能少。告诉你吧，我帮你，不仅因为你是我房客，也是看你重感情、有孝心，那种时候，还想着怕老人担心。"

张有言的泪水夺眶而出。

张有言的生活开始变得有规律起来。开始他只是把钱交给安静管，后来他连衬衣袜子都不用操心了，安静自然会给他收拾好。为了忘掉李欣雨，他拼命工作，一年之中两次升职，收入比以前几乎多了一倍。

那天，张有言出差回来，手里提着给东东买的一大堆玩具。走在路上，他感觉到了路人们羡慕的目光，突然有了一种回家的感觉。

然而回到家，他却吃惊地发现安静不在，她的东西都搬走了！张有言无力地坐到了地板上，心里那种失落，竟比当初李欣雨离开时还难受！

一扇窗的阳光

出了什么事？张有言发疯似的寻找安静，后来终于在单位宿舍找到了她。看到张有言，安静的眼里闪过一丝喜悦，但随即又熄灭了。张有言急切地问："为什么要搬走？"

不知从什么时候开始，张有言不再称呼安静"大姐"了，很多时候，他们之间甚至不用任何称呼。

安静眼里突然掉下泪来，说"前天，有人在门上写了些乱七八糟的话，今天窗户被人打破了——"

安静低下头，肩膀抽动着。张有言第一次发现，这个坚强的女人其实如此脆弱。他冲动地揽住安静的肩膀，说："不管别人说什么，咱们就要在一起！"

安静的身体僵住了，良久，她轻轻地说："对了，今天李欣雨来电话了，请我去她家玩，还问起你的情况。"这一下，轮到张有言僵住了，他明白了安静搬走的真正原因。

现在，他必须做一个选择了。

这时东东跑了过来"妈妈，明天开家长会，老师说你一定要去！"安静为难地说："明天妈妈要加班呀。"张有言趁机平静地接过话头："明天我休假，我带东东去参加家长会。"

东东欢呼起来，安静看着张有言，眼里泪光闪闪。张有言顿时感到有一种豪情充塞在心头，他觉得，自己现在才真正成熟了。

一切似乎水到渠成，张有言和安静准备结婚了。安静的意思，一切仪式从简，但一定要征得老人同意，于是张有言给父亲打了一个电话。电话里，张有言说了半天安静如何如何好，父亲在电话那头一言不发，张有言紧张得说不下去，停了下来，父亲却突然发话了："这么好的女人，你不娶她娶谁？"

张有言开始粉刷新房，三合板拆去了，一整扇窗的阳光照亮了屋子，张有言心里一阵刺痛，就在这时，手机响了，一接电话，竟是李欣雨！安静从他的表情里看出了什么，平静地说："你去吧。我和孩子等着你。"

李欣雨在另一个城市，张有言匆匆地赶到那里。那是一幢豪华别墅，一进门，李欣雨就带他参观那些豪华的落地窗。张有言问："那个副总呢？"李欣雨突然扑到他怀里抽泣起来："他带着别的女人出国了，我不在乎，反而觉得轻松了。我经常想起我们在一起的日子，这幢大房子现在是我的，咱们会有很多有阳光的窗户……我知道那个寡妇想和你在一起——"

张有言突然想起了什么，说："对了，是不是你让人去骚扰安静的？"

李欣雨沉默了片刻，说："放心，我不会伤害她的，只是想给她点压力。这是一种谈判技巧，嘿嘿，这一年，我可学了不少新东西。"

张有言默然了，人是会变的，李欣雨曾经只想拥有一扇窗的阳光，可现在她拥有了那么多扇窗户，心中却没有了阳光。

见张有言沉默不语，李欣雨不解地问："怎么，你还在怪我吗？"张有言摇摇头，轻轻推开她"我从来没有怪过你，只是，我们回不到从前了。"

张有言连夜回到了自己工作的那个城市。下了车，他脚步轻快地走进了小巷，远远的，他就看见了那扇窗户，灯火通明，正如一窗满满的阳光。突然间，张有言热泪盈眶，他知道，在这个人海茫茫的都市里，他终于拥有了属于自己的一扇窗户。

（题图、插图：刘斌昆）

农历七月十五的深夜，建筑公司的老总鬼使神差般地把车开进了河里。几天前，由他承建的大桥就在这条河上垮塌了，十余名师生死于非命。老总在昏迷中，不停地念叨着一个"灯"字，出事前，他到底看到了什么？这一切，又究竟是天意还是人为呢……

七月十五　放河灯

□ 於全军

1．灯楼夜宴

卓方是临河市刑警队的副队长，这个周六下午，难得老婆儿子都不在家，他一个人悠闲地在家里看电视。突然，电视里的一则新闻引起了卓方的注意。这是一则关于本市风云人物、历洋建筑公司老总刘历洋的消息。

就在几天前，本市清水河上的大桥被洪峰冲塌了，一辆载着十一名小学生、一名女老师的中巴车掉进水里，遇难者无一生还。要命的是，这桥是去年刚刚建成的，洪峰也不是很大，这桥塌得有点不明不白。于是民间有了很多议论，矛头直指大桥的承建者、历洋建筑公司老板刘历洋。

警方火速带技术人员赶往现场勘查，但很遗憾，洪峰把桥面冲成了碎片，江中只剩下两个桥墩，大桥倒塌到底是天灾还是人祸，短时间内难下结论。警方找到当时的施工人员，这些人的口径也异常一致，回应只有三个字：不知道。

就在调查陷入瓶颈之时，市里一家钢筋厂的销售员杨三，酒后跟朋友胡吹，蹦出一句话，说去年建桥时，刘历洋曾经购进他们厂一批细钢筋，这种细钢筋大多是民用建筑使用的，如果用来铺设桥面，那么大桥坍塌就不足为奇了，就是说，大桥很有可能不是被冲塌的，是压塌的。和杨三一起喝酒的这位朋友，他的侄子正好是遇难的十一个孩子中的一个，于是立刻打电话向警方报告。警方忙派人到钢筋厂取证，不料杨三已不告而别，钢筋厂的厂长承认卖过细钢筋给刘历洋，但做何用途他就不知道了。

在没有新的证据出现前，警方只能先控制住刘历洋和相关人员的行动，等待进一步的调查结果。

这就是卓方所了解的刘历洋一案的全部，虽然卓方没有直接承办这个案子，但他很关注案情，一是因为这案子涉及十几条人命，事关重大；还有一个原因是，刘历洋的妻子李菲和卓方是老同学，卓方认识他们夫妻多年，近年来随着刘历洋的发迹，卓方才开始有意识地疏远他们，因为他越来越觉得，现在的刘历洋，为了钱什么都敢干。这时，电视新闻里出现的一幕，吸引了卓方的注意：只见一群记者等在建筑公司门口，圆脸小眼的刘历洋从公司一出来，就被记者们包围了，一个男记者举着话筒问："刘老板，您对杨三的失踪怎么看？"

刘历洋一张嘴唾沫横飞："杨三这小子欠我的钱想不还，这才故意造谣，不然为什么警察去找他的时候，他连面都不敢露就跑了？我现在还能站在这里和你们说话，就证明我是清白的！"

那个记者接着又问："那么刘老板，您可以拍着良心说，整个大桥的建造没有任何问题吗？"

刘历洋煞有介事地举起右手："我对天发誓，如果有一点点昧良心，我就……"说到这里，他的圆脸上忽然露出惊慌的神色，电视直播镜头也忽然被切断了，插播起了广告。

看到这里，卓方感到有点奇怪，电视镜头明显是被突然切断的，刘历洋究竟看见了什么，竟被吓成那样？

这时候，卓方的手机响了，一看，竟是老同学李菲打来的："卓方，今天我老公刘历洋过生日，我请了咱们班几个同学，你是大忙人，可一定要来呀，晚上八点，清水河边的明灯楼。"职业的敏感使卓方察觉，李菲的语气里听不出一点高兴，倒有点战战兢兢的感觉。

卓方摇摇头叹了口气，开始换西装。虽然他讨厌刘历洋，可这个生日宴会还得去，这是看在李菲的面子上。这时门一开，儿子安安跑了进来，小家伙衣服都湿透了，冲卓方扮个鬼脸："老爸，快给我找身干衣服，我晚上还跟同学玩去。"

卓方身为刑警队副队长，对宝贝儿子却是一点脾气都发不出来："安安，以后不要去清水河边玩水了，虽

然洪峰都过去了，可万一掉下去，也不是闹着玩的。"

安安小嘴一撇，露出不以为然的神情："我的绰号是浪里白条，你就放心吧，快给我拿衣服！"

卓方只好给儿子找出干衣服，换下湿的，一股脑儿塞进洗衣机里，然后把房门钥匙和一点钱留给安安，让他自己去吃肯德基。再看看表，七点半，该启程了。

清水河边的明灯楼，在坍塌大桥南边的一公里处，楼分两层，装饰独具特色，一盏盏五颜六色的彩灯排满外墙面，楼檐上，另悬挂八串明珠灯，灯光映照在清水河里，就像水晶宫一般。卓方平时没少来这里，但这次开车老远看过来，就发现明灯楼有点不对劲：装饰外墙面的灯不是彩灯了，无一例外都换成了白灯，照得河水也惨白一片；门口的小车也只有那么几辆，一点也没有往常那种门庭若市的氛围。

卓方下了车，明灯楼的老板迎了出来，脸色在灯光下也是惨白，见卓方一个劲地看他的灯，他主动解释起来："今天是农历七月十五，老话说今天鬼门大开，大鬼小鬼收人来，本来今晚我想歇业，可是刘总在这里请客，只能继续开张了。不过为了避讳，我是不敢再开彩灯了。"

原来是这样啊，卓方暗笑老板迷信，迈步进了酒楼。一进门，他就看见刘历洋那张骄横的脸。此时刘历洋正对众宾客说到得意处："我刘历洋三个字的意思，就是历大江大洋如平地，他公安局算什么——"说到这里，忽然看见卓方驾到，忙闭住了嘴，招呼他就座。卓方礼貌地点点头，落座后扫视全场，他看到李菲脸上毫无喜色，也看到在座的人大多是本市有名的凶神恶煞，看来这顿饭以庆生为名，实际上却是在为"塌桥事件"拉关系找门路，卓方心里不由一阵反感。好在自他进来，刘历洋的言词收敛多了，只说些不着边际的笑话。

将近九点时，刘历洋接了一个电话。他的手机声音大，在座的人都隐约听到对方是个娇滴滴的女声。挂上手机，刘历洋笑嘻嘻地向众人致歉："有个重要客户要我马上过去，你们继续吃，我先走一步。"在场众人都心知肚明是怎么回事，忙起身相送，只有李菲沉着脸端坐不动，把杯里的白酒一干而尽。

刘历洋独自下楼，要自己开车走。酒楼老板说了句："酒后驾车，不好吧。"这时卓方正站在二楼往下望，听了觉得自己这个警察该制止这种行为，就对李菲说："你劝劝刘历洋吧。"李菲正在气头上，怒道："人家急着要去会狐狸精，我说的他听吗？你还怕交警罚他款吗？这几个钱他出得起！"说完，李菲好像察觉到了自己的失态，靠在窗边不说话了。卓方脑海里浮现出刘历洋那财势逼人的脸来，心里一阵厌恶，也就没再说什么。

刘历洋驾着路虎车，沿着滨河大道往南走了。大道两旁，是两排仪仗队似的路灯，月亮被乌云半遮半掩，好像要下雨。这月亮使卓方想起了酒楼老板的话，七月十五鬼门开，大鬼小鬼收人来。李菲也许是喝多了，嘴里喃喃说着："你不觉得这一盏盏路灯就像一个个迎宾的小鬼吗？他们正打着灯笼静候活人，路灯尽头，黑糊糊的地方，像不像鬼门关？"

卓方忙把李菲从窗口拉开："你喝多了，明天早上刘历洋会平安回来的。"李菲却一把甩开卓方，说："他？他不回来才好呢，我、我恨他！"说罢呜呜痛哭。

2. 灵灯接引

第二天是周日，卓方早上起来，发现屋里只剩下自己一个人，不用说，儿子玩去了，可是妻子哪里去了？两人说好了去逛街的。他摸出手机想看看时间，却发现手机没电了，自动关机，便找出充电器给手机充电。过了几分钟，手机开机了，没想到刚刚显出信号，电话就迫不及待地

打了进来，一看号码，是公安局领导打来的："你怎么把手机关了？刘历洋出事了，就在酒楼南面一公里的拐弯处，他的车开进了河里！"

卓方火速驾车赶往出事地点。这时他的一帮同事已经都到了，刘历洋的路虎车也已经从河里吊出来，放在河滩上，人已被送到了医院，正在抢救。报案的是一个晨练的老太太，她发现河里漂浮着小轿车，就打了110。

卓方开始勘查现场，清水河在这里拐了个弯，连带着滨河大道也拐了弯，看样子刘历洋开到这里没有拐弯，就直接开到河里了。但是，滨河大道两旁都有路灯，这是最好的路标，而且河沿上设有栅栏，河滩上还有警示标志，刘历洋喝的酒也不算多，路段也熟，按道理不会忘记拐弯的。

这时，现场的局领导任命卓方一

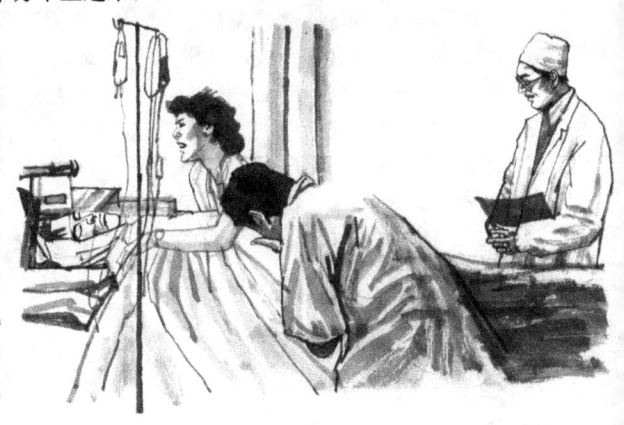

起参与调查刘历洋落水的案子，并告诉他，经过检测，发现路虎车的刹车碟磨损非常厉害，已到了随时可能失灵的地步。如果这是有人故意做的，以至于当刘历洋发现河滩警示牌，想刹车也刹不住，那就是谋杀案了。卓方把这个情况记下来，然后直奔医院进一步调查。

刘历洋全身插满管子，昏迷不醒地躺在病床上，李菲坐在旁边哭泣。医生告诉卓方，由于小轿车被河底的东西撑住，没有完全下沉，所以刘历洋的头部没有被淹没。他的伤来自于河底的一段钢筋，钢筋刺穿车窗扎在他太阳穴上，伤了大脑，虽然暂时没有生命危险，但是很可能成为植物人。

顿了顿，医生又说："卓队长，病人在抢救时，嘴里反复念叨着一个字：'灯'，这是怎么回事？"

卓方摇摇头，暗想，难道刘历洋最后看见的，是一盏灯？或是一排灯？他正在思索，想不到李菲喃喃地说："这个灯我知道，是小鬼打了灯笼接他走。"医生露出诧异的神色："刘太太，要不要我开点药给你？"卓方对医生使了个眼色，让他先出去，然后关上门，才问李菲："你为什么这么想？"

李菲定了定神，慢慢讲起来："那天老刘从公司出来，就开车载我一起

回家。这辆旧路虎是他的最爱，可是在路上出了点故障，发动机熄火后怎么也打不着，正好路边有个老张修理铺，我们便停车修理。想不到这个修车师傅老张怪得很，说他正忙着，没时间修车。我走过去看他在忙什么，他居然在扎一个个小纸人，纸人手里都拎着小灯笼。我问他，你扎这个做什么？他说，这不七月十五了吗？小鬼要打灯笼接人呢。我不耐烦起来，说你先修车，工钱随你开。可他连头都不抬，说一年就一回七月十五，不能耽误。这时候老刘下了车也过来了，老张只看了老刘一眼，忽然就停了手里的活计，拿出工具修起车来。修完了我给他钱，他不要，却非要送我一个打灯笼的小纸人。你想这多不吉利啊，我气冲冲地踩碎纸人，上车就走，他也不拦，只是在后面嘿嘿冷笑。今天出事后，我想起昨天的征兆，莫非这真的是命中注定？"

卓方问："既然这样，昨晚刘历洋走的时候，你为什么不拦住他？"李菲一听这话，立马火了："他接的那个电话你听到了吧？明明是狐狸精找他，我拦他做什么？进了鬼门关最好不过！"

卓方知道李菲说的是气话，两口子多年的感情还是有的。他把思绪归到案子上，看来修车的这个张师傅很可疑，会不会是他在刹车碟上做了手脚？

3.修车师傅

卓方带着李菲直奔老张修理铺，修理铺离清水河不远，很快就到了。时近中午，正是生意最好的时候，修理铺的门却关得紧紧的，老张睡在里面的床上，鼾声如雷。卓方轻轻把门推开，立刻闻到一股刺鼻的酒味，看样子老张昨晚喝得不少。

他们好不容易才把老张弄醒，老张揉揉睡眼，咕哝着说："今天不修车，请另找别家。"卓方拿出证件一亮，这是最好的醒酒汤，果然老张立刻就清醒了，问："有、有啥事？"

卓方一字一句地说："刘历洋出事了。"同时两眼紧盯着老张的表情。老张头上的青筋一蹦，好像感到有些突然，可随即就绽放出发自内心的笑容："刘历洋？真的？就是建清水桥的那个刘历洋？天意啊！"

卓方看不出老张的反应有啥破绽，只好敲山震虎："他把车开进了清水河里。据我们勘验，轿车的刹车碟有问题，而他昨天刚刚在你的修车铺里修过车。"

卓方以为老张一定会辩解，没想到他竟直认不讳："没错，他是来修过车，检修时我就发现他的刹车碟有问题，但是——"

他一指李菲，"她找我修的时候，只说发动机有问题，又没说要换刹车碟。"

李菲立刻愤怒起来："刹车碟可是人命关天的事，发现坏了你可以说啊，难道怕我们不给你钱？"

老张鼻子里哼了一声，不再说话，低头清扫起地上的一堆纸屑。李菲想起那些纸人来，有些不寒而栗，不过有卓方在，她胆子也大了："那你送给我们纸人算怎么回事？是不是下了什么恶毒的诅咒？"

老张猛地抬起头，一双眼不知什么时候已变得通红："刘历洋是你老公吧？我看过电视，昨天他一下车我就认出来了！清水桥上十一个遇难学生，其中有一个是我儿子！七月十五了，我扎纸人是为祭奠他，让他早早升天。我为什么要提醒杀子仇人，他的刹车碟坏了？我'祝愿'你老公早

早上路还来不及呢！警察同志，我违背了职业道德，你可以抓我，但是刘历洋的死，不关我的事，那是老天爷的意思！"

卓方默默无言，好半天才说："刘历洋还没有死，只是昏迷不醒，如果你说的是实话，刹车碟确实不是你做的手脚，你只是知情不报，那么你的行为还谈不上犯罪，祝愿你孩子早早升天吧。"

出了修车铺，卓方把李菲送到医院，自己回了家。这时已是下午两点，客厅里堆满大包小包，看样子妻子逛街时血拼了个一塌糊涂，儿子安安还是不在，大概在外面玩疯了。卓方走进厨房，想找点吃的，却发现冷锅冷灶，什么都没有。

卓方有点生气，径直走进卧室，推了一把午睡的妻子："喂，没做饭啊？"妻子腾的坐起来，竖着柳眉说："做什么饭？说，昨晚十点多钟，我打你的手机怎么关机？是不是没干好事？"这一说卓方倒乐了："难怪你情绪不对，我的手机不是没电了吗？"说着手一指，充电器还在插座上插着呢。妻子这才知道错怪了丈夫，不由娇嗔起来："昨晚打麻将回来，我骑着电动车从南往北走滨河大道，走着走着，发现前面好长一段路都黑咕隆咚的，路灯都没开，这可是从来没有过的事啊！我好害怕，才打手机让你接，没想到你关机。我只好绕小路走，

结果摔了一跤，脚脖子都摔肿了。"

卓方没顾上看妻子的伤，急急地问："还记得路灯是从哪里黑的吗？"妻子想了想说："应该是从明灯酒楼南边那个大拐弯处，一直往下两公里左右。"

怎会这么巧？会不会是有人故意把这一段的路灯关掉，让喝了酒的刘历洋直接把车开到河里？这么说，这个案子不简单啊，想到这里，卓方也不觉得肚子饿了，立刻开车直奔路灯管理处，这里正是管路灯的机构。

4. 电工技师

路灯管理处在城南，紧挨着本市最大的宾馆——清河宾馆。卓方和路灯管理处主任是老相识，不过为防打草惊蛇，他没有提起案情，只是有一搭没一搭地打听路灯的管理情况。

管理处主任非常热情，把卓方带到路灯总控制室。这是一间不大的小屋，里面排满了一个个电闸。主任介绍，这里每一个电闸控制一段路灯的开关，每天晚上七点合闸，路灯就亮了，第二天早上六点起闸，路灯就关了。卓方问："要是有一段路灯出了问题，没有亮，你们怎么才能知道？"主任说："我们这个总控制室有值班制度，每两天由一个电工技师负责，晚上合闸后，还要带工具巡视一遍，发现不亮的立刻检修。"

卓方点点头，切入正题："那么昨

晚是谁在控制室值班呢？"主任找出值班表翻了翻，说："是上个星期刚招聘来的一个人，看着挺老实的。"卓方便让主任带他去找这个人。

电工技师们有一排专门的宿舍，主任一进门就喊："老木在吗？刑警队卓队长找你有事！"宿舍床上躺着一条大汉，听到声音，身体就像安了弹簧，腾的一下子弹起来，朝后窗户跳去。卓方早有戒备，一个虎扑抓住他的右脚，大汉一挣，两人一起滚到窗外的空地上。卓方脚落实地，使出擒拿法，三两下把他铐了起来。

主任这时也追了出来，见状吓了一跳："老木，你跑什么啊？"大汉苦笑一声："警察上了门，我能不跑吗？你也别叫我老木了，木字是我的姓的一半，我其实姓杨。"卓方仔细辨认了一下大汉的脸，虽然现在胡子拉碴，他还是想起一个人来，那是刘历洋卷宗里的一张照片，杨三！

杨三显得十分沮丧："那天我和朋友喝酒后说漏了嘴，刘历洋手眼通天，势力庞大，我怕他把我这个证人杀人灭口，所以那天酒醒后，我立刻躲到这里。我叔叔是路灯管理处的一个小头头，我以前学过电工，就让叔叔和主任说了，给我安排了一份工作，然后我躲在宿舍，轻易不出门，想着这样总安全了，没想到，还是没躲过。"

卓方把杨三拉到屋里，让他坐下

后才说："你不用害怕，我是来调查案子的。刘历洋出事了，昨晚开车开到了清水河里。我要问的是，为什么他出事路段的路灯忽然灭了？怎么正巧是你值班？按制度来说，路灯就是偶然坏了，你也应该及时检修，对吧？"

杨三一听刘历洋出事了，立刻用手捂住了胸口，好像怕心脏从胸膛里跳出来："他死啦？太好了，我终于不用再躲躲藏藏了。"

卓方对杨三说："你先少得意，若不能解释路灯灭掉的事，警方可以怀疑你谋杀！"

杨三知道卓方这话的分量，这才

老老实实地讲起来。原来昨晚快九点时，滨河路段的路灯真的坏了，杨三就出门去巡视线路。刚出管理处大门，他看见对面的清河宾馆门口，有一个妖艳的女人正打手机。这个女人他认识，是刘历洋的女秘书丽娜，以前卖钢筋的时候见过。他想乘机探听一下刘历洋现在的动向，就藏在暗影里偷听丽娜说什么。这一听，他才知道刘历洋正在明灯酒楼喝酒，丽娜在约刘历洋来清河宾馆幽会。杨三心里有气：自己整天躲躲藏藏，那个混蛋倒光明正大地喝酒泡妞。想到这里，杨三也不出去巡视了，心说，灯老子现在不修了，刘历洋啊刘历洋，你不是要开车过来吗？就让你黑灯瞎火的走路吧，最好遇到小鬼捉了你！

经过讲完，杨三还满不在乎："我没有及时检修路灯，是我不对，可人不是我杀的，你不能抓我。"卓方冷冷说道："那玩忽职守、致人死亡的罪名，你总得承认吧？跟我到局里说去！"其实卓方心知肚明，这个罪名还真治不了杨三，他真正的目的，是让杨三去局里讲出那场钢筋交易的内幕，他是重要的人证。

第二天，卓方又去医院看刘历洋，刘历洋还是老样子，昏迷不醒。李菲的情绪已经平复下来，只是脸上还带有泪痕。卓方对她讲了调查经过，然后下了结论"目前看来，因为刘历洋喝了酒，判断力就不如平时，当开到滨河路拐弯处，由于路灯没有亮，他反应不及，忘了拐弯，就撞坏护栏，冲出了大路。这时他是有机会刹车的，但是刹车碟严重磨损，所以车子冲上沙滩，一直冲到河里。我的结论就是，一连串巧合使他出了事，这只是一场偶然事故。"

李菲擦擦泪痕，说"那他为什么要反复说'灯'字？"卓方答道："可能他想说，为什么路灯没有亮？"李菲摇头："不会这么简单，你去趟电视台吧，去看看那里的采访录像，其实那天电视新闻里有一段没有播，因为很诡异。"

5. 河灯大祭

听了李菲的话，卓方想起那天下午看电视新闻的一幕来，当时刘历洋举起右手发誓："我对天发誓，如果有一点点昧良心，我就……"这时，他的圆脸上忽然露出惊慌的神色，镜头也被切断了。卓方当时没太注意，看来这里面有文章啊！

卓方来到电视台，电视台的摄影记者小汪看过卓方的证件，调出一段视频资料来："刘历洋这个案子是社会热点，所以那天全市有七八家媒体、十多个记者在他公司门口等着现场采访。我们台去的是我跟司机老吴，刘历洋赌咒发誓的时候，司机老吴怕采访车停在他身后影响摄影效果，就把车朝前开了一段，结果车一动，竟露出了这个！"说着小汪一指电脑，电脑里，正播放着诡异的一幕：采访车开过，露出一个扎制精美的花圈来，花圈上垂下了两条白布，上面写着两行血淋淋的大字："七月十五鬼门开，灵灯接引历洋来"！也就三五秒，花圈忽然燃起蓝色的火焰，不多时就烧得只剩下灰烬，镜头再往后，又现出刘历洋惊恐的脸。

小汪心有余悸："刘历洋怕老百姓闹事，这几天公司门口保安很严密，在场的除了媒体，就是他的手下，这个花圈不知如何竟突然出现，又神秘自燃，怕只有鬼神之说才能解释了……"

卓方留心看完视频，笑着说："我们做警察的，最怕那种毫无特点的案子，像这种离奇古怪的事，反而有迹可寻。"小汪兴奋起来："那您说这是怎么回事？"卓方卖个关子："天机不可泄漏，我想见一见另一个目击者，司机老吴。他是什么背景？"小汪回答："他呀，说起来还是大学化学系毕业的呢，可脾气太冲，进电视台后就被发配开车了。"

卓方微笑："化学系就对了，你去叫他来。"小汪推门出去想找人，不留神和门外一个人碰了个满怀。小汪一看，一把将这人拉进来："老吴！你来得正好，卓队长找你。"原来门外的正是老吴。

老吴是个大嗓门，一进门就粗声粗气地说："我就是来找卓队长的，我来自首。"小汪吓了一跳，回头看卓方，只见他似笑非笑，像在意料之中。

老吴一屁股坐到凳子上，先喝了口水，才说："卓队长刚才说的话我在门外都听见了，您说我是化学系毕业的就对了，神探啊！您是怎么猜出那花圈是我放的？"

卓方示意小汪打开那段视频，解释说："既然采访现场没有闲杂人等，说明放花圈的多半是媒体内部的人。最有条件的，就是你。你可以先把花圈折叠起来，放进采访车的储物箱，这样其他人就看不见了。等采访开始时，你就取出花圈放置在不远处，因为有车身挡着，别人都看不见。当摄像机转向采访车时，你再适时开走车子。小汪说你是学化学的，我猜想你用的是常见的白磷自燃原理，先把一块白磷溶解在瓶装二硫化碳里，算好时间，把溶液洒在花圈上，等水分一蒸发，白磷就自燃了，对吧？"

老吴听完，点点头，忽然声泪俱下，老大一条汉子抱头痛哭："您说得一点不错，可是我苦啊！我老婆就是桥上遇难的那个女老师，她肚子里还怀着五个月的孩子！我恨不得把刘历洋碎尸万段！可是我只是恐吓了他，却没杀他。"说着一指小汪，"农历七月十五晚上，我跟他喝了一夜酒。"小

汪点头。

卓方的目光落在花圈的白布条上，问："那你为什么要写'七月十五鬼门开，灵灯接引历洋来'？刘历洋正好七月十五出事，昏迷的时候，嘴里不停地喊着一个'灯'字，太巧了吧？"

老吴擦擦眼泪，拿出一个U盘，插在电脑上，打开里面的视频文件，说："我在花圈上这么写，是有原因的，因为那天上午九点，我们刚刚进行了河灯大祭！"

上午九点，正是几天前大桥坍塌的时刻。视频里显示，遇难师生的上百位亲友、同学排成一列，站在清水河边，在坍塌的桥畔举行放河灯仪式，这些人里就有老吴。只见数十盏竹制小船，上载点燃的蜡烛，悠悠远去。受难者的亲友们无力制裁罪魁祸首，只能以这种方式来表达对亲人的

思念！

放完视频，老吴说："仪式刚刚结束，我就接到电视台电话，让我和小汪去采访那个王八蛋，我心里不好受，这才上街买了花圈，配好了化学品。我这么做就是想诅咒他，他才是最该进鬼门关的人啊！"

卓方反复播放着视频，突然他按了暂停键，问道："河灯一般都是纸做的，为什么你们的河灯是竹子做的？"老吴含着泪说："大家想着孩子们还小，怕他们迷路，就买了最贵的竹船，装了能点燃一天的特制蜡烛，为的就是让河灯亮的时间长一些。"

卓方无言以对，拍拍老吴的肩膀，只身走出了电视台的大门。一阵冷风吹来，卓方忽然想起一件事：既然这种特制蜡烛能点整整一天，既不熄灭，也不会沉没，那么这些河灯顺流漂下的话，会不会堵到刘历洋出事的河岸拐弯处？因为那里弯度大，常常堆积一些上游漂来的杂物。

在河岸拐弯处，卓方果然找到了四五个河灯残骸，蜡烛早就灭了，只有小竹船飘浮着。可以想象，这些河灯在七月十五晚上，一定都挤在这里亮着。难道说，刘历洋正是看到这些勾魂的灯光，才出

事的吗?

卓方正打算下水捞一个,上游划来一条船,船上有个老人手拿铁耙,正把一截截钢筋混凝土捞起来。卓方奇怪,就问老人这有什么用,老人说:"这是前几天发洪水冲下来的,是塌掉的清水桥的材料,我捞上来砸出钢筋,可以卖钱。"卓方大感兴趣,忙要过一截钢筋来看,发现那钢筋比筷子粗不了多少。

老人看着大发感慨:"这种钢筋也就是盖盖平房,用来造桥不塌才怪。听说盖桥的老板在这里出事了,报应啊!"

一听这话,卓方回忆起医生的话来,刘历洋的伤来自于河底的一段钢筋,钢筋刺穿车窗扎在太阳穴上。他脑子里忽然蹦出四个字:天意如刀!

6. 民意天意

卓方向老人表明身份,说这河灯和一桩案子有关,请他帮忙把那几艘小竹船捞上来。老人答应了,伸手一拿,却发现小竹船被一条棉绳系住了,棉绳的另一端系在一块石头上,石头沉在河底。老人又去捞别几条小竹船,情况都一样。卓方一看也纳闷起来,难道是有人故意把河灯系起来的?这是新情况啊,有必要都捞上来检查。

这一捞,又有了新发现,原来河底好多石头上都系着棉绳,只是另一

端没有系着河灯,想必是被风刮走了,数目大约有几十个,跟老吴他们放的河灯数目基本相符;更令人吃惊的是,这些用来固定河灯的石块,排列成直直的两排,还真像迎接人的仪仗队。

卓方心中顿生怀疑:是谁把河灯刻意排成了两列?这和刘历洋在昏迷中念叨的"灯"字有什么关系?难道这案子真的不是巧合,而是有幕后黑手设计的?卓方回想起修车铺的老张、管路灯的杨三、开车的老吴,一副副面孔都是那样善良淳厚,甚至是老实可欺,直觉告诉他,这不可能。

结束一天的调查,卓方回到家,觉得骨架都要散了。儿子安安已经放学回来了,正躲在卧室里打游戏。别看卓方在外面威风八面,回了家照样做家务。他先把冷饭放进微波炉热上,然后打开洗衣机,安安的湿衣服还堆在里面。卓方往里放水前,先检查衣兜,这一查,他就愣在了那里:安安的裤兜里放着一团湿漉漉的棉绳!

"安安!"卓方厉声大叫,"上周六下午你在清水河边玩什么了?这棉绳是做什么的?"

安安仍旧打他的游戏,头也不回地答道:"我和几个伙伴在河面发现一堆小竹船,上面还点着蜡烛,对了,就是河灯。我们把这些河灯用棉绳系在河底的石头上,这样河灯就不会乱漂了。"

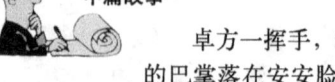

卓方一挥手，粗大的巴掌落在安安脸上："你系就系吧，干吗系成直直的两列？你知道闯多大的祸了吗？"

安安哇的一声就哭了，边哭边说："跟我很要好的十一个同学前几天掉河里死了，我们这么做是纪念他们，所以排列出了'11'的图形。"

卓方一把将儿子搂在怀里，轻轻摸着他的头。突然，他心中灵光一闪，已经清楚了整个案子的来龙去脉：喝了酒的刘历洋开车来到拐弯处，拐弯处的路灯坏了，可前面依然有两列灯，河灯！酒后大脑迟钝的刘历洋还以为那是路灯呢，就一头撞上了路栏。这时他有机会刹车，但

是很遗憾，刹车碟坏了……其实，刘历洋一开始酒后驾车出门，李菲本来应该阻止的，但气他包养小蜜，就没有去管。修理铺的老张，他本来可以帮刘历洋修好刹车碟，杨三本来也会及时修理路灯，老吴本来不会办河灯大祭，儿子安安也不会摆什么"11"，但是这一切都发生了，因为刘历洋恶贯满盈，众叛亲离，大家有意无意间，都希望他出事，结果竟真的出事了。

民意即天意!

这时卓方的手机响了，是局领导打来的："刚刚接到指示，中央已派专案组赶赴本市调查清水桥垮塌案，刘历洋落水案一起并案调查，你马上回局里汇报工作。"

卓方答应一声，刚挂上手机，铃声立刻又响了，这次是李菲打来的，她的语气惊慌："卓方吗？老刘的情况越来越好，脑波、血压、脉搏各项指数都正常，医生说这样子应该苏醒过来才对，可他就是没有任何反应。你说，他的魂魄是不是真的进了鬼门关？"

（题图、插图：杨宏富）

红版编辑部各编辑邮箱：

姚自豪：yaobianji@126.com;
郑继文：zjw002@vip.163.com;
吕　佳：lujia411@yahoo.com.cn;
叶小萌：xiaomeng.ye@gmail.com;
李天然：chin_poet@163.com。

绝妙的提示

在一个风景区里，狭窄的山路上有棵树伸出一根枝杈，犹如一只手臂挡住了游人的去路，要想通过，必须弯腰低头。见此情景，游客们心中不悦，不满地走向枝杈，可等大家走近了，抬头一看，不由乐了! 只见横出来的树枝上挂了一块小木牌，木牌上用毛笔写了一句诗词："引无数英雄竞折腰"。

哦，弯腰的是英雄! 谁不愿意当一回英雄呢? 大家纷纷喜笑颜开，弯腰走了过去。

景点的管理人员只用了简单的一句话，既保护了树木，又照顾了游客的情绪，真正做到了两全其美，这其中的智慧令人钦佩。

(作者: 朱小毛; 推荐者: 美 鸣)

有些电话一定得接

一个年轻人请朋友去家里吃饭，离家还有一层楼的时候，年轻人衣兜里的手机响了，他看了看来电号码，笑道："我妈在催我了!"说着便接通了手机。朋友很诧异: 马上就要到家了，干吗还要接电话呢?

挂断电话后，年轻人解释说，一年前他下班晚了，走到小区门口时，母亲打来了电话，他就没接。母亲又接连打了几次，他都没在意，恰巧这时，小区附近发生了车祸，听到消息的母亲顿时急了，穿着拖鞋就往楼下跑，结果摔倒了……

那天晚上，摔伤的母亲躺在医院里，她看到儿子安然无恙，顿时绽开笑容，喃喃道："平安就好、平安就好……"

从那以后，无论年轻人身处何地，只要母亲打来电话，他都会以最快的速度接听。因为，让父母放心，是做儿女的责任。

(推荐者: 东 蓝)

用完最后五个便士

英国一家电视台策划了一个名为《挑战十英镑》的电视节目，要求参赛者只带十英镑在一个陌生城市度过周末，最后的胜出者将获得两千英镑的奖金。

共有四个女孩参加了这个比赛，其中三个因钱不够用而中途放弃，剩下的一个，也正在为找不到住宿的地方发愁。终于，她找到了一家准备打烊的小旅店，老板见她手里只剩下五个便士，便冷冷地摇了摇头。

就在女孩心灰意冷时，她感觉腿上被什么东西啃了一口，低头一看，是一只被遗弃的小狗。她蹲下身子将狗抱了起来，请求老板："今晚实在太冷了，我把最后五个便士给你，请你让这只流浪的小狗在室内过一夜。"老板接过五个便士，点头同意了。

身无分文后，女孩掏出手机，准备联系电视台退出节目，旅店老板却叫住了她，说："请等一下，我有一个小储物间，如果你不嫌弃，可以在那里免费住一晚。你用最后的钱为小狗找个窝，说明你是个心地善良的女孩，我乐意帮你这个忙。"

哪怕你被逼上绝路，也请用完最后五便士，或许机遇就在其中。

（作者：莱　丛；推荐者：冯国伟）

信任的微笑

老范外出时，见路边有一个青年，脖子上挂着一个纸牌，上面写了一行字：母亲病重，求十元钱买中药。

看着青年憔悴的面容，老范摸出五十元钱，塞到青年手中。

几天后，老范和朋友聚会，在餐馆门前又见到了这个青年，这次他挂的牌子上写着：被网友欺骗，求十元钱路费。

青年也认出了老范，眼神中显出不安，老范想了想，从口袋里摸出一张零钞，塞到青年手中，微笑着问："你母亲的病，好些了吧？"

青年呆住了，良久他才回过神来，冲着老范用力地点了点头。

一个星期后，老范出门办事，又在路边看到了那个青年，他的脖子上还是挂着一个牌子，定睛一看，牌子上写着：本人初中学历，吃苦耐劳，踏实肯干，求工作一份，苦力也可。

有时候，一个信任的微笑比训斥和责骂更能震撼心灵。

（作者：沧小云；推荐者：陈　斌）

（本栏插图：安玉民　梁　丽）

学写作文，从读故事开始

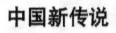

人心如墙

□雁 翎

老范和老杨是一对邻居，两家的院子共用一堵墙，墙东边住的是老范，他是一个工厂的工人，墙西边住着的是老杨，是一个单位的领导，最近刚升任为局长。老范和杨局虽然地位悬殊，但两人都爱喝口茶，平日里没事就凑在一起品茶评茶，这么多年走过来，就成了老熟人。

话说这天，老范下班回到家中，刚走进院子关上门，一转身，突然一团黑乎乎的东西向他扑来，老范吓得一下子瘫倒在地，定睛一看，才发现眼前竟是一条健壮的大黑狗。老范见黑狗并没咬人的意思，这才战战兢兢站起来，心里却很疑惑：这只狗到底是哪里来的？妻子昨天出差去了，要

一个星期后才能回来，这只狗不可能跟她有关，而其他人都没有院门的钥匙，谁会放狗进来呢？突然，老范发现地上有一堆狗屎，脸一下子变绿了，老范有洁癖，他的院子虽然简朴，却一向洁净，他最看不惯这些东西了。

正在这当儿，响起了敲门声，老范开门一看，来人是杨局，老范就忙把那只来历不明的黑狗指给他看，杨局微微一笑，说："老范，这只狗是我家的，前几天乡下一个亲戚送我的，兴许这狗在乡下野惯了，受不了院子的束缚，就从墙头跳过来了。"老范这才明白过来，这本是一个大院改成的两小院，院子的其他三面墙都高，只有中间这堵后加的墙要低些，只有一人多高，因此狗一使劲也就跳了过来。

这时杨局也看到了地上的狗屎，

皱了皱眉，就从屋檐下拿了铲子要来铲，老范怎么好意思要他动手，忙夺了铲子，说："我自己来就行了。"杨局只得作罢，回头踢了狗一脚，嘴里呵斥道："我叫你乱跑，等回去就拿链子拴了你。"说完就带着狗回去了。

老范心想，狗拿链子拴了，一定不会再跳过来了吧，可是他想错了，第二天他下班回家一看，那只黑狗又在自己院子里了，这回它好像认得老范了，也不扑上来，就趴在那里怔怔地瞅着他。老范赶忙往院子里一打量，又发现了一堆狗屎，脸色顿时变

得铁青。恰在这时，杨局又来了，原来他下班回家不见了狗，就找来了，杨局看到地上的狗屎，就狠狠地踹了狗两脚，嘴里骂道："再乱跑，就把你卖到火锅店去！"

老范问："你不是说要拿链子拴它吗？"杨局叹口气，说："不是我不想拴，实在是行不通呀！"说着指了指狗的脖子，老范仔细一看，狗脖子上有一道深深的勒痕，甚至都能看到血肉了，这都是它极力挣脱的结果，看来这狗性子太烈，老范也只得无奈地摇摇头。

就这样一连过了一个星期，黑狗天天都跳到老范家的院子里来。很快到了周末，这天老范的车间超额完成生产任务，提前下了班，老范本想趁这个空闲去街上走走，突然想起杨局家的狗又该跳到自己的院子里来了，不行，得赶紧回家把它放出去，免得又弄脏了院子，于是老范就匆匆地回了家。走进院子一看，还好，狗还没有跳过来。正在这时，突然有一团东西从杨局那边的院子里抛了过来，"啪"的一声落到了自己的院子中央，老范一看，竟是一块新鲜的骨头，还没等他回过神来，紧接着，那只黑狗就"呼"的一声跳过墙来，然后就叼起骨头大口啃起来，那副饿极了的样子，就像一天没吃东西似的。

老范的脑子里突然一片混乱，仔细想了想，才理清头绪：这块骨头无

疑是个诱饵，正是因为这个诱饵，黑狗才会一次又一次奋不顾身地跳过墙来。骨头是从杨局家的院子里扔过来的，显然是杨局家的人扔的，多半就是杨局的妻子，她没有上班，一直在家料理家务，但综合这几天的情形来看，杨局对这件事是知情的，甚至可以说正是他授意的，可是杨局为什么这样做，他这葫芦里到底卖的什么药？老范却想了半天也没想出个所以然来。

到了傍晚，杨局又如期来带狗了，进来后又免不了对着狗踢打喝骂一番，末了，他满怀歉意地对老范说："这样下去也不是个办法，要不，我把围墙加高些吧，这样它就跳不过来了。"

老范心念一动：这就对了，杨局逼狗跳墙，就是为加高围墙找借口，可是好端端的为什么要加高围墙呢？杨局见老范沉默不语，就问："老范，你怎么啦？有意见吗？"老范回过神来，忙说："我没意见，原本买房时这堵墙就是归你的，要怎么样由你做主。"杨局就点头走了，老范看着他的背影，感觉到他似乎如释重负。

杨局走后，老范仍没能回过神来，正在伤感，妻子出差回来了。妻子见老范情绪低落，就问他发生了什么事，老范就把"黑狗跳墙"的事说了，妻子听后，沉吟了一会，说："我明白了。"

原来那天老范的妻子上班，一出院门就看到杨局站在自家门前发呆，老范的妻子疑惑地问："老杨，你这是要进门还是要出门呀？"杨局沮丧地说："别提了，刚出门就发现有份重要文件没带，想进去拿，钥匙又忘在屋里了，屋子的门倒是没有关，可是院子这道门进不去呀！"杨局的妻子买菜去了，一时半会回不来，老范的妻子就替杨局着急起来，她想了想，突然眼前一亮，对杨局说："要不，你从我家院子里翻墙过去吧。"于是杨局就走进老范的院子，踩着张凳子很轻易地翻过了中间那道墙，进入了自家的院子。

老范听了恍然大悟，杨局一定是从那天起，意识到了院子里的安全隐患，他不禁长叹一声："想不到这么多年的邻居了，竟还是这样的不信任。"妻子却说："你该知足了，他虽不信任咱们，好歹还照顾着咱们的面子，不然他堂堂一个局长，想在自己的墙头上加几块砖，还用得着如此大费周折吗？"老范一听，哑口无言。

自从那堵墙加高后，就再也不见杨局家那只黑狗了，听杨局说，因为那狗太顽劣，又还给乡下的亲戚了。此后，杨局和老范都心照不宣，没事时依然在一起喝茶聊天，可老范总觉得，那茶里少了些以前的味道。

（题图、插图：安玉民 梁 丽）

　　道高一尺，魔高一丈，炒
出风格，炒出智商，贪念一起，
自投罗网……

国际
炒房记

□ 陈桥小兵

　　国外发生了金融危机，房价大跌，在国内炒房发了财的牛二觉得抄底的机会来了，决定到欧洲炒房去。

　　到了欧洲一个小国，牛二挑来挑去，看中了位于偏远小镇的一套老别墅。那别墅始建于十九世纪，有二十五个房间，还带半亩大的花园。原房主急等钱用，开价15万欧元，牛二价都不砍，立马成交。有朋友劝牛二，咱炒房人应该追涨不追跌，小心被套牢，牛二哈哈一笑，说："我自有打算。"

　　果然，牛二买房后不久，当地的房价就跌了，同样面积的别墅，竟然标价2万欧元出售。过了一段时间，房价跌得更离谱了，法院的拍卖会上，

甚至出现了1欧元底价的房子。牛二的老婆急了，骂牛二没眼光，牛二却不慌不忙，乐呵呵地开始装修起那幢老别墅来。老婆看不懂了，问："咱们又不在这里住，你装修这么多房间、买这么多家具干什么？"牛二这才告诉老婆，自己要在这别墅里开一家酒店。

　　老婆骂道："这个破镇子，一年都没几个游客，你赚谁的钱？"牛二指着远方飘扬的邻国国旗，故作神秘地说："我有个绝妙的点子，看到没有，咱们买的房子正好在两个国家的国界线上，卧室和客厅在这个国家，花园和厨房就在邻国了。酒店的名字我都想好了，就叫做'超级跨国酒店'，名

副其实吧？这里闹金融危机，咱中国经济可是牛气冲天，我回国打个广告，专做同胞的生意。"

牛二的"超级跨国酒店"开张了。可别说，每天都有不少到欧洲旅游的中国同胞慕名而来，在这个国家的房间里睡觉，在邻国的花园里烧烤，一天穿越国界线数次。到了晚上，睡不着的游客还可以意气风发地说："哎，这个国家的空气真差，走，咱到邻国散散步去。"游客们很过瘾，牛二也赚得盆满钵满。

可是天有不测风云，金融危机越来越严重，这个欧洲小国的政府推出了一系列救市计划，计划包括新建多条高速公路，其中一条就要经过牛二的"超级跨国酒店"。于是，建设公司拿着政府的规划批文，找到牛二，商谈拆迁补偿事宜。

牛二说："你别看我是外国人，我可懂得这里的房产法规。这套房子，包括地皮都是我的私有财产，私有财产神圣不可侵犯！我不卖，你们的公路绕道走吧。"

对方一听头大了，赶忙说："我们了解过了，密斯特牛，你的房子是花15万欧元买的，但是按现在的市场价，只值2万欧元，考虑到你的商业损失，我们出20万欧元。"

牛二嘿嘿一笑，提出了800万欧元的价格，对方耸了耸肩，说："那样的话会引起连锁反应，其他拆迁户如

果也按这个价格要求赔偿，我们公司会破产的，这样吧，22万欧元，这是我们的底线。"牛二才不管呢，他听说，这个国家曾经有一条高速公路，因为农场主不肯卖地，被迫绕了一个大弯。现在他的酒店生意正火爆，两年就可以赚22万欧元，傻子才会卖。

牛二的老婆有点担心，毕竟是在人家的地头上，牛二却翻着白眼说："怕什么？只要我不同意，就是总统来了，他也不能强买！"

接下来又谈判了几次，建设公司的董事长亲自出马，价码加到了25万欧元，牛二还是不肯松口："我知道你

们商人不做亏本生意，我也是商人，亏本我也不干。这样吧，咱们井水不犯河水，你的公路绕道走吧。"

与此同时，牛二的生意越来越好，不仅中国人，蓝眼睛的老外也来光顾他的"超级跨国酒店"了。这天，一个自称叫杰克的客人喝得醉醺醺地找上门来，递给牛二一张光盘，威胁说："如果你不给我1万欧元，我就把它送给警察局。"

牛二把光盘放到电脑里一看，发现是客人在自己酒店里吃喝玩乐、高唱卡拉OK的镜头。牛二纳闷了，心想：这也没什么呀，难道他想告我噪音扰邻？牛二早听说过，"噪音扰邻"不过交100欧元罚款而已，于是就没理那茬儿。

过了几天，杰克见牛二没动静，果然又来了，不过他没有带警察来，而是带着高速公路建设公司的人，对方手拿拟好的拆迁合同，态度非常强硬。

说明来意后，建设公司的人冷笑："如果你不合作，我向你保证，三天内邻国的警察就会在你的花园里逮捕你，哦不，可能会逮捕你全家！"

牛二哈哈大笑，说自己正经做生意，依法缴税，你倒说说我犯了哪一条法律？

建设公司的人解释说，牛二的食物都是在本国买的，客人们却随意拿到邻国境内吃，这么做，到海关申报过吗？接着，建设公司的人冲牛二笑笑，问："如果我拿这张光盘去邻国海关举报，你知道后果吧？"

牛二不信，这也算走私啊？他赶紧打电话找了个本地律师，律师肯定地告诉他："你卖给游客的食物属于货物，根据我们这里的法律，货物越过国界线而不申报，就构成走私罪，哪怕这条国界线就在你家里。"

牛二害怕了，赶紧主动联系建设公司的人，说："就依你们，房子卖给你们，25万欧元成交！"建设公司的人耸耸肩膀，然后伸出食指"不好意思，1欧元！"

牛二火了："讹人也不能讹到这分上啊！"

建设公司的人不紧不慢地替他分析："我国和邻国有司法合作协定，如果你在邻国走私罪名成立，你们全家都将被我国政府驱逐出境，两年内不得踏入我国国土。"

牛二的倔劲上来了，驱逐就驱逐，哼，怕什么，大不了两年后咱再来接着开店，反正房子是我的，我就不卖给你们，急死你！

建设公司的人闻言，突然笑了，笑得很灿烂"密斯特牛，我善意地提醒你，根据本市相关法律，房屋空置12个月以上，政府将有权强制拍卖……"

（题图、插图：安玉民 梁 丽）

亏大了

□ 王乃飞

张老汉的儿子在外打工，没空回老家办婚事，可结婚彩礼的行情却水涨船高。张老汉是个"算破天"，于是，村里一有结婚的，他就去打听彩礼钱。去年，张老汉邻居的儿子结婚，他就去问了，邻居说："八仙过海呀！"

"八仙过海"？张老汉不明白。邻居说："就是八千块钱呀，交八千人家闺女才能过你的门来，八——千（仙）——过——海呀！"

过了半年，村里又有一家人结婚，张老汉忙不迭地去问："你家交了多少彩礼，'八仙过海'吗？"

人家说："什么'八仙过海'，早不兴了，现在兴'九九归一'了！"

张老汉问"九九归一"是什么名堂，人家告诉他："就是九千九百呀！交了这个数才能两家归一家。"

张老汉吓了一跳，才半年工夫，

又涨了一千多块，这速度也太快了吧。

又过了不久，对门家的小子也结婚了，张老汉跑进对门，问："你交的彩礼钱是不是九九归一？"

对门却说："九九归一？你还翻老黄历呢，现在都叫'万无一失'了。"

张老汉忙问"万无一失"怎么个讲法，对门说："就是一万五千零十块，叫万无一失，就是说这桩婚事铁着呢，万无一失。"

张老汉一听这话，心疼得不行，才几天就长了五千多呀，这个时候，儿子打来电话，说："春节前我有假，决定回来把婚结了。"儿子原以为爹听了这话准高兴，没想到张老汉却说："儿呀，不急，过了春节再说吧。"儿子奇怪：不是你要我早点结婚吗？

张老汉急得一跺脚，说："对门告诉我，明年结婚不吉利，要赶在春节前结婚的人，彩礼得交十万块加急费，叫做'十万火急'，这时候结婚，咱可就亏大了。"

行为艺术

□ 赵连岱

城市中心的广场上，有一男一女正在表演，吸引了不少路人围观。只见女的穿着粉红色的漂亮鞋子，左脚站立不动，右脚向前迈出一步，以左脚为圆心，用右脚脚尖绕着自己画了一个圆圈。旁边的男人则拍手为女伴鼓劲。

接着，男人从包里取出一只蓝色的鞋子，把女人右脚上的粉色鞋子换了下来。女人现在两只鞋子是两种颜色，她定定神，打了一个劈叉，又开始画起圆圈。圆圈画完，女人累出了一身汗，男人把巴掌都拍肿了，最后两人相拥而泣，庆祝表演成功。

围观的人啧啧称奇，猜测这两人肯定是行为艺术家，纷纷感叹，这表演太先锋了！这时，人群中挤进一个络腮胡子，他一把将女人抱住，扛在肩上就走。奇怪的是，女人没有喊叫，旁边的男伴也没什么反应。人们更好奇了：女伴被抢走了，为什么那男人无动于衷呢？

人们正议论这行为艺术的高深含义，一个穿白大褂的医生跑来："站住，吃药的时候又跑了，站住……"

男伴听到医生来了，撒丫子跑了。

围观的人都好奇地问医生怎么回事，医生说："那几个都是我们精神病院的病人，那个女人认为自己是圆规，所以不停地画圆圈。"医生歇了歇，喘了几口粗气，又去追"圆规"了。

一会儿，"圆规"的男伴跑回来了，人们把他拦住，问："络腮胡把那女的抢走了，你怎么没反应啊？"

男伴说："你傻啊？那是我借的圆规，用完得还人家。"

有人又问："那刚才你为什么把女的右脚上的鞋子换掉？"

男伴很不屑地说："你傻啊？没用过圆规啊？长时间用笔头，会磨损的，我只是换了换笔头。"

替 考

□ 刘涵博

刘军英语不好，眼看要参加职称英语考试了，他急得吃不下饭，睡不着觉，最后想出个馊主意：干脆找人去替考吧。可找谁去呢，刘军想到了自己的外甥大龙。大龙是大学生，英语刚过了六级，这种考试肯定没问题。

刘军第二天一早就去了姐姐家，说明来意，大龙却面露难色，刘军看这事要黄，故意说："你不愿意就算了，要是你替我考了，结果没过，也怪没面子的，这我也能理解。"

刘军的姐姐一听就急了："大龙怎么会考不过？我儿子可是英语六级都过了的！你那考试算什么？"说完当场拍板决定，大龙去替刘军考试。刘军一见事情成了，哼着小曲回家了。

考英语这天，刘军给大龙搞了个跟自己差不多的发型，嘿！别说，甥舅两人这么一弄，还真有些像。

等大龙顺利考完，刘军心里踏实了。到了查分的日子，刘军一大早就起床了，根据提示输入准考证号，只听电话里说道："您好！您的英语成绩为42分。如有疑问请咨询……"

42分？怎么可能！刘军以为自己听错了，连查好儿遍，可还是42分。

这下刘军傻了，忙跑到姐姐家，质问大龙"大龙啊，你怎么不替舅舅好好考呢？"大龙支支吾吾不说话，刘军更来气了，不停地埋怨，最后，大龙也急了，忍不住争辩道："舅舅啊，我真是认真帮你考的啊！"

刘军眼睛一翻，反问："那你六级都过了，这咋能不过呢？"大龙结结巴巴地说："哎，那……那六级，我也是找……找人替考的呀！"刘军一听急了："你咋不早说？"大龙委屈道："那天我妈在，我、我哪敢说呀！"

刘军一听，一摊泥似的瘫在地上。

会说话的狗

有个美国男孩，进入大学后不久就把生活费给挥霍一空了。他只好打电话回家求援："爸爸，你简直想象不出来现代教育已经发展到什么程度了！我们学校的教育专家已经想出办法，可以教我家的狗老布路说话了！"

父亲惊讶地说："怎么做才能让老布路学会说话呢？""你只要把它托运到我这里，再附上1000美元，我就可以让它去听课程了。"

于是，父亲把那条狗托运来了，还附上了1000美元。过了没几个月，男孩就把那1000美元用光了，他再一次给家里打电话。

父亲问："老布路学得怎样了？"

男孩回答："太妙了，爸爸，它已经能大声讲话了，教育专家们认为这条狗非常棒，他们想教它识字。"

父亲惊奇不已："你开玩笑吧？"

男孩说："你只要给我寄2500元，我就可以让它参加识字培训班了。"

这笔钱很快又寄过来了。

学期快结束时，男孩犯愁了：父亲马上就会发现狗既不会说话，也不会识字，怎么办？男孩经过深思熟虑，最后把狗给打死了，然后他给父亲打电话"爸爸，我要告诉你一个不幸的消息。昨天早上，老布路像平常一样，躺在摇椅上看着报纸，突然它转向我说，'喂，伙计，你父亲现在还和镇里那个红发女人混在一起吗？'"

父亲一听，大叫起来"我希望在它对你母亲说这话前，你先把它打死了！""我已经这么做了，爸爸！"

"你真是我的好孩子！"

这男孩后来成了个有名的政客。

（翻译：彭金平；推荐者：涂涛）

（本栏题图、插图：包丰一 顾子易）

·本刊信息传真·

阿P系列幽默故事征文

阿P系列幽默故事栏目开辟二十多年来，深受读者欢迎。阿P是个有多重性格的喜剧人物，他正直、朴实，却又染有许多不良习气；他自作聪明，却又往往事与愿违，弄巧成拙；面对屡屡受挫的现实，他却能自我解嘲，很有点阿Q的精神姿态，让人啼笑皆非。

为了把这个栏目办得更好，本刊再次向全社会征稿，希望有更多的人来关注阿P，把您身边的阿P故事写得更精彩，更有现实意义和典型意义。

来稿方法：1. 从邮局寄发，请在信封上注明"阿P故事征文"字样，本刊地址：上海市绍兴路74号《故事会》杂志社，邮编：200020。2. 从网上传递，可寄以下信箱：wulun@vip.sohu.net，请在主题上注明"阿P故事征文"字样。凡已和我刊编辑有联系的作者，稿件可继续投给联系的编辑。

463

2010

SEMIMONTHLY

下半月刊

5月

STORIES

欢迎登录本刊主办"故事中国网"（www.storychina.cn）

故事会

—STORIES—

2010年5月
下半月刊·绿版

社 长、主编：何承伟
常务副主编：吴 伦
副主编：姚自豪（上半月·红版）
副主编：夏一鸣（下半月·绿版）
本期责任编辑：夏一鸣 颜轶超（见习）
电子邮箱：yanyichao1004@sina.com

绿版发稿编辑：
邢 悦 朱 虹
杭 帆 刘迎曦（见习）
美术编辑：李宝强
电脑制作：郭瑾玮
通 联：归依玲

本社办公室电话：021-64375030
上半月刊编辑部电话：021-64332325
下半月刊编辑部电话：021-64336469
（上海市绍兴路74号 邮编：200020）
主管、主办：上海文艺出版（集团）有限公司
出版单位：《故事会》编辑部
发行范围：公开

制作、发行总监：张 凯
电话：021-64313938
广告业务：上海故事会文化传媒有限公司
广告总监：张 淮
广告业务：021-34010383
广告投诉：021-64333738
广告经营许可证
沪工商广字3100320080016号
发行：中国图书进出口上海公司

·笑话·

涮过了

有个酒鬼这天去朋友家串门，看到窗台上放着一瓶茅台酒，顿时眼睛一亮，上前一步就把酒瓶抓在手中。朋友见了，笑着说："早喝光了，那是一个空瓶！"

可酒鬼并不死心，笑嘻嘻地说："没关系，我自有办法。"说完，他自顾自走进厨房，打开水龙头灌了半瓶水，然后使劲晃了晃，闭上眼睛，"咚咚咚"灌上一大口。可酒鬼随即"呸"的一口喷了出来，气冲冲地说："谁这么缺德，早涮过了？"

（李 杰）

（本栏插图：李 加）

"8"的一半

有个小男生正在看《脑筋急转弯》，这时他妹妹正好回来，小男生脑子一转，便考起妹妹来了："我问你，8的一半是多少？"

妹妹不假思索地回答："4。"

"不对，是0啦！你看8字，是不是上面一个0、下面也一个0？"

"哥哥是个大坏蛋！"妹妹气哭了，不过很快，她又笑了起来。

小男生好奇地问："你笑什么？"

这回轮到妹妹得意了："刚才妈妈给了我8块巧克力，让我分你一半！"

（阿 迪）

宝宝第一句

——对小夫妻哄宝宝睡觉。可小家伙在床上翻来覆去的，就是不肯睡。小夫妻索性不管他，扯起闲话来，扯着扯着，就扯到宝宝第一句话会说啥，丈夫说是"爸爸"，妻子又非说是"我爱妈妈"。两个人越争越有劲，越争声越响，就在这时，只听宝宝翻过身来说："别吵，我要睡觉觉！"

（胡 菜）

4

做我的王子

这天下课，天下着大雨，一个男生没带伞，就跟女同学合打了一把雨伞，两人肩并肩朝外走去。

也许是雨中生情，那女生突然停下脚步，深情地望着男生："你……能做我的王子吗？"

男生吃了一惊，其实他并不喜欢这位女同学，可又不忍心打击她，于是，他装作傻乎乎的样子，说："那以后我叫你什么呢？叫母后好吗？"

（芳　芳）

自助餐

有个老板平时一毛不拔，这天太阳从西边出来，竟说要请大家吃日式自助餐，可说完就后悔了。大家都心知肚明，一个小伙子抢先说："日式自助餐太贵，一个人就要180元，我肠胃不好，一定吃不回本钱。

老板硬撑着说："那就去公司对面的烧烤店吧？"

"那也要100元一位呢，"一个女下属娇滴滴地说，"我个子小，胃口也小，更吃不回本钱。"

这时，一个老员工插话道："我知道有个自助餐，一位只需要2元钱。"

老板一听，来了劲"真的吗？那家饭店在哪？"

老员工慢条斯理地说："每个人花2元钱坐公交回家吃饭。"（阿　楠）

事出有因

亮亮放学回家，拿出一张"家长联系表"，要他爸爸填。爸爸在"父亲职业"一栏填了"无业"两字。亮亮不解，问道："爸爸，你不是汽修店的老板吗？为什么要说自己无业呢？"

爸爸说："现在不能告诉你，这是商业秘密！"

亮亮一听，"哇"的一声哭了起来："爸，你是不是要破产了呀？"

"不是的！"爸爸赶紧给亮亮擦眼泪，"不过，就是不能填'汽修店老板'，因为你们老师经常到我店里来修车，要是让他们知道了，那以后我的生意就难做了。"（小柱子）

高升有理

小张和小李是大学同学，毕业后便很少联系。没想到，这天他俩却在街头碰上了。小张上前一把握住小李的手，激动地说："老同学，恭喜你啊。"小李听了一头雾水，说："喜从何来？"

小张佯装虎起了脸"在我面前还谦虚啥？听说你高升了，下面有两千多人呢！"

小李这才恍然大悟，笑着点头道："这话没错！"

小张说："那还不恭喜你？"

"你理解错了，"小李说，"我下面确实有两千多人，不过，那是因为我的办公室从1楼搬到了30楼。"

（幽默工厂）

不关你的事

有个小青年驾着一辆小货车，到农贸市场送货，倒车的时候，他拧响了倒车提醒器，只听喇叭里传来一阵甜美的声音"倒车，请注意……"

车后正好站着一位卖鸡蛋的老农，听到提醒，忙说："等一等——"话音刚落，只听"哗啦"一声，小货车把老农的一筐鸡蛋给撞翻了，老农心疼得叫了起来。小青年见自己闯祸了，赶忙下车赔不是。

"这不关你的事！"老农迅速跑到车前，发现驾驶室空无一人，便气愤地说，"这姑娘溜得还挺快的呢！"

（胡波林）

开得太快了

一个司机酒后驾车，上了高速公路。他想：自己喝了酒，得慢点开！闯祸可不得了，于是开始减速，减速，再减速……过了一会儿，他发现有点不对劲，因为从反光镜中，他看到别的车正一辆辆被自己超过。司机紧张得汗都流下来了。

就在这时，一个警察过来示意他停下。司机心想，坏了，肯定是自己车速太快。他赶紧打招呼道："对不起，我把车开得太快了！"

警察向他敬了个礼，说："您好，您在行车道路上随意停车，严重影响交通安全！请出示驾驶证！"（吴伟）

复读机和点读机

这天晚上，夫妻俩坐在沙发上看电视，妻子又开始埋怨起丈夫来，说完，还戳了一下丈夫的脑袋。丈夫沉默不语。妻子急了，一瞪眼说："说你呢，你怎么不说句话？"又戳了一下丈夫的脑袋。

丈夫这才开口说："怎么说？你就像个复读机，一句话重复许多遍，可我——""你怎么啦？"丈夫小声嘀咕道："我又不是点读机。"（董　思）

救命手表

这天，手表厂的王经理刚走出厂门，一个老汉就迎了上来，把他打量了一下，问道："您就是手表厂的王经理吧？"

"是啊。"王经理笑着点了点头。老汉立刻两眼放光，握住他的手说："谢谢王经理，你们的手表对我有救命之恩啊！"

王经理一听纳闷了，说"手表怎么救了您的命？"

老汉不好意思地说："不瞒您说，我在前面拐角开了几十年的修表摊，就是靠修你们厂生产的手表过日子的！"老汉揉了一下眼睛，接着说，"明天我儿子就要接我的班，希望贵厂的手表能长命百岁！这样我家就有饭吃了。"

（传　传）

网瘾难戒

儿子最近迷上网游，父亲看在眼里，急在心里，便去商店买了一套"戒除网瘾软件"。没过几天，父亲却又回到了那家商店，说是要退货。

售货员忙问："是质量问题吗？"

"不是的，"父亲说，"这套软件质量不错，装了以后我儿子果然不玩网游了！"

售货员觉得不解，又问："那您为什么要退货呢？"

父亲叹了口气，说"我儿子尽管不玩网游了，但现在一天到晚都在琢磨着如何成功破解这套软件！"

（热　风）

一个看似简单的问题，引来了很多的回答。而那个最佳答案直击心灵、发人深省。

最佳答案

□ 流 云

这天，神父收到了一大笔善款。走在路上，神父一直思索着该如何使用这笔钱，让更多人感受到上帝的存在和博爱。突然，他看见几个孩子正在路边玩耍，不由心中一动：孩子的世界是最纯净无邪的，在他们心中，上帝又在哪里呢？

于是，神父走上前去，笑眯眯地问："谁能告诉我上帝在哪里？"孩子们停止嬉戏，好奇地望着他。神父又掏出一块巧克力，鼓励他们说："上帝会把这作为最佳答案的奖品！"

显然，孩子们都被这块巧克力吸引住了。一个戴绅士礼帽的小男孩迫不及待地说："我知道，上帝就在教堂里！"神父问："为什么呢？"小男孩说："因为大家都去教堂做礼拜，唱诗班也都在教堂里吟唱。"说完他还唱起了赞美诗，神父微笑着点了点头。

这时，一个卷发的小女孩打断了他的歌声，骄傲地说："上帝在我祖母脖子上的镀金十字架上！"神父转过

头来问："为什么呢？"小女孩说"每天清晨，祖母起床后的第一件事是握着十字架祷告。每晚睡前，祖母也都会握着它虔诚地祷告；祖母说，如果没有上帝，她就会死。那天，我趁她睡着，偷偷拿走了她的十字架。结果，祖母急得团团转，果真心脏病发作差点死去！所以，毫无疑问上帝就在那个十字架上！"小女孩说罢，所有孩子都不由自主地点头。因为，她说得好像很有道理，连神父也频频点头。

正当神父要把巧克力递给小女孩时，背后传来一个怯怯的声音："等一

下，我也要回答！"神父回头一看，见远处站着一个衣衫褴褛的小男孩。他神色慌乱，正期盼地望着自己。

神父来到他身边，耐心地说："好吧！那你说说，上帝究竟在哪里？"小男孩结结巴巴地说："上帝他……他是我的邻居！"孩子们听罢，笑得前仰后合。小男孩憋红了脸说："你们不信的话，可以跟我去瞧瞧！"卷发的小女孩不开心地嚷嚷："我们凭什么要相信你？"小男孩继续红着脸说："上帝可以证明！"说完，转身就走。被他这么一说，小女孩带头说："看在上帝的份上，去就去，看他能耍什么花招？"于是，大家一路跟着小男孩朝东边走去。

走了好一会儿，一行人已渐渐远离喧闹繁华的城市。暮色中，这里显得十分荒凉。卷发的小女孩慌张地说："上帝呀，他究竟要带我们去哪里？"终于，小男孩停了下来，指了指前方，大声地说："这里是我家，你们看，上帝是不是就在我家隔壁？"

神父抬头一看，不禁愣住了。天哪，前面竖立着无数的十字架，足足有方圆几英里。这里是一块荒废的公共墓地！大家再仔细一看，墓地里果然住着好几户人家：他们有的搭起了棚屋，有的钉了一块铁皮遮挡风雨。在一个大理石的墓碑边，一个黑皮肤的男子正在专心致志地看着一本破杂志；远处，两个白发苍苍的老人正呆呆地仰望着天空；另外一边，一个刚出生的婴儿爆发出一声响亮的啼哭，惊飞了在墓碑上歇脚的乌鸦……

众人小心翼翼地往前走，只见私自接上的电线在墓碑堆中缠绕。墓地里没有抽水马桶，也没有自来水。小路上脏水四溢，引得苍蝇满天飞。看起来，这里实在糟糕透了。

男孩突然停了下来，指着一个低矮的棚屋，欢喜地说："瞧，我就住在那里！"卷发小女孩颤抖地问："你难道不害怕吗？"男孩摇了摇头，说："妈妈说，死人没什么可怕的，我们都在这里与上帝为伴。这里是世界上最靠近上帝的地方。我们的每一次呼吸，上帝都听得见；我们的每一声叹息，上帝都感觉得到，他时时刻刻在庇护着我们。这里是我们出生的地方，又将是我们死去的地方。我们生死同穴，却又生生不息，我们离上帝那么近……"

孩子们都低头不说话了。神父轻抚着小男孩的头，哽咽地说："这块巧克力应该给你。因为，你给出了最佳答案！"小男孩接过巧克力，兴奋地招呼这里的小伙伴："嗨，快来看啊，这是上帝的礼物……"

从墓地归来后，神父下定决心：用刚得来的善款，为那些"上帝的邻居"打造一个真正的家园。

（题图：安玉民 梁 丽）

阿P
捧歌星

□ 祖 斌

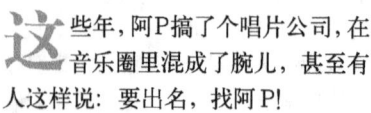

这些年，阿P搞了个唱片公司，在音乐圈里混成了腕儿，甚至有人这样说：要出名，找阿P！

这天，有个叫于虎的找到了阿P。阿P看了看眼前的中年男人，显出一丝不屑，说："你就是10年前的亚洲天王于虎啊？不过，这些年，你可是挑水的回头——过井（景）了！"于虎连忙点头称是，讨好地说："P总，我知道您能呼风唤雨，我这次特地登门，就是想请您帮我重振雄风。"

阿P听了舒服，眼睛一眯，说道："你算找对人了，不过……"

于虎当然明白阿P的潜台词，献媚地接上话茬儿："P总您说了算！"

"好！明白人！"于是阿P就开出了条件：要先交50万元的定金；要一切听从公司的安排；要一次签约三年；演唱会收入要和公司一九分成……于虎听着听着，皱起了眉头。

阿P见于虎的神色有变，脚一跷，说："不必勉强。"

于虎立时面红耳赤。唱片公司是谁？是歌手的主子！如今，要重出江湖，再苛刻的"卖身契"也要签啊。想到这里，于虎挤出笑容"我还是那句话，P总您说了算！"

随即，于虎签约了。阿P明白：于虎虽然十多年未露面，但是有实力，有人缘，有市场，是座富油井。他立即着手安排起于虎的演唱会来。

没过多久，于虎的相关消息在各大报显著版面登出，于虎的专访也在电视台黄金时段播出，于虎的海报铺天盖地般出现在商店、车站、码头……这么说吧，一切有人的地方，都有了于虎的消息。演唱会还没开始，旋即出现了一票难求的情况，黄牛票更是一连翻了几个跟头，这下于虎火了。

在全城人民的关注下，于虎的复出演唱会拉开了帷幕。开场前，阿P亲自上场指挥，他对着几百个情绪亢奋的粉丝喊道："我们要把对于天王的爱，淋漓尽致地表现出来，对不对？"几百人齐声回应："对！""对不对？""对！"在一浪高过一浪的呼喊声中，阿P陶醉了。

演唱会正式开始了，主持人刚上台，阿P就挥动双拳，指挥着粉丝团发出震耳欲聋的喊声："于虎！于虎！我爱你！就像老鼠爱大米！"

欢呼声中，于虎翩然而至，他来了个飞吻，煽情地说："我爱你们！""哗！"全场顿时响起了暴风雨般的掌声、欢呼声、口哨声。

于虎唱完第一支歌，一个年轻姑娘"噔噔噔"地跑上舞台，献上一束鲜花，并说："虎哥，你仍像10年前一样，好酷好酷。虎哥，我爱你！"

这好像不是自己人嘛！阿P揉揉眼睛，又看了姑娘一眼，不由大喜。怎么呢？这姑娘的眉间有颗红痣，嘴角边有颗黑痣，这……这不是自己的远房表妹小梅吗？十多年没见，丑小鸭变成了白天鹅！见姑娘下了台，阿P激动地追上去喊"小梅！"那姑娘定定地看着阿P，没认出来。

"我是阿P！你阿P哥哥呀！"

小梅睁大眼睛："P哥，真的是你？原来你干上了粉头啊。"

阿P顾不得解释，急急吩咐道："待会你到后台来找我。"

不一会儿，于虎唱完了三首歌，一个三十多岁的女人走上台，紧紧地抱住于虎，狠狠亲了一口，然后抢过话筒说："虎哥是我的梦中情人。10年了，我好想他啊！想死我了……"说着，她摇摇晃晃站立不稳，竟一下子晕倒在台上。这下全场轰动了，尖叫声此起彼伏，阿P一挥手，带领工作人员忙把她抬下去。台上的主持人抹着眼泪说："感人至深！于天王的魅力真是不减当年！"

于虎更卖力地在台上又蹦又跳，观众也都疯了，跟着他一起唱一起跳。这就是万人大合唱嘛！

演唱会大获成功，粉丝团却簇拥着阿P来到后台，原来他们都是阿P雇来的。阿P打开香槟，一挥手："按劳取酬！"粉丝团立时骚动起来。

财务总监开始发钱，这酬劳也是明码标价：举牌的三百，喊叫的五百，而那个"晕倒"的女人得到了一千。那女人拿到钱喜滋滋地说："P总，我的表演到位吧？下次捧谁呀？"其他粉丝见状，赶忙朝阿P撒娇："P总，下次该轮到小妹我了……"

阿P哈哈大笑："谁有绝招，谁就拿双份奖金。"说到这，他一指角落的小梅问，"怎么没有她的？"财务总监忙说："她不是我们雇的。只是个业余歌迷。"阿P火了，说："她是第一个献花的，是我的表妹！"财务总监一听，立即满脸堆笑，大声说："给这位立功者颁发奖金2000元！"

谁知，小梅扭头就走，阿P急急地追出去："小梅，你怎么啦？嫌钱少？"小梅停下脚步，冷冷地问："演唱会上的一切都是你们策划好的？"阿P得意地说："那还用说！如今我阿P要谁红谁就能红……"再定神一看，小梅已经没了影。

阿P呆了一会儿，也往回走，他要去出席庆功宴。饭桌上，阿P将5万元现金递给于虎，说："虽然少了点，但来日方长嘛！"尽管被剥削得血淋淋的，但于虎不敢吭气，毕竟他这个过气歌星的复出计划，还要靠阿P，而现在已经成功地迈出了第一步。

这一夜，阿P没有睡好。这次他净赚了几十万。特别是意外遇到小梅，让他更有了一种光宗耀祖的感觉。他很想立刻让那些不怎么来往的亲戚们知道，他阿P真的有出息了！

第二天一早，阿P就找到小梅、也就是二姨家。小梅不在家，二姨高兴地把他请进屋"什么风把阿P给吹来了？"阿P看这个自己小时候经常来玩耍的老房子，家具陈旧，墙皮发黄，一看就知道经济不宽裕啊。

没等阿P显摆自己的成功，二姨就拉着他倒起了苦水：这些年，小梅为了追星，把全部的收入投了进去，还非说自己追求的是高雅艺术。昨天夜里不知何故，小梅竟一反常态，说："妈，我们只是一些人赚钱的工具。"

二姨拉着阿P问"她怎么一下子开窍了？是遇到什么高人指点了？""这个……"阿P满脸尴尬，不知道如何回答。

晚上，阿P给小梅打电话，小梅冷冷地说："P哥，我们虽然都在捧歌星，但不是一条道上的人。我真傻，不光被你们骗走了血汗钱，还被你们欺骗了这么多的感情啊！"说完，她挂断了电话。阿P心里那个不是滋味啊。这时，他的手机又响了："P总啊，你快回公司，我们捧星的事情被曝光啦，现在网络上铺天盖地都是你的头像啊……"阿P慌了手脚，不过很快他又高兴起来：这下，没人不知道我阿P了吧，我比于虎还要红啦！

（题图、插图：顾子易）

亲亲宝贝

□ 刘江波

搬进新居不久，我头一件事就是给乡下的爹娘打电话，爹听后可高兴了，好一阵后，他突然问道："房子有了，那件事该办了吧？"

我猛然想起前几年结婚的时候，爹娘就着急让我们生个孩子，当时我给他们下了保证：等房子买到手，一定生小孩！没想到，今天旧事重提。一听我还在支支吾吾，爹在电话里发了脾气，说要打发娘过来住，监督我们把孩子生下来。

妻子薇薇在旁边忍不住，一把抢过电话："爹，我怀上了，都一个月了。"

这不是撒谎吗？我狠狠瞪了薇薇一眼，可我娘当真了，在电话里一个

劲追问有什么反应没有。薇薇想了想，随口应付道："想吃话梅。""哦，酸儿辣女，敢情我要抱孙子了！"

挂了电话，我对薇薇说："你这谎太过分了，纸包不住火，要是老人来了，咋办？""他们不会来的！""为什么？""理由很简单，老家离这里十万八千里，爸妈从没出过门，可没那么容易找过来。再说，我们起码还有半年时间应付，车到山前必有路，到时再说也不迟。"

也甭说，这招还真管用，老人们再不提来住的事了，只是电话打得更勤了，隔三岔五就问问情况。

这样下去迟早会出破绽的，我和薇薇只好上网做"功课"。一天，我俩下班回家，在楼下看到对门的杨哥和杨嫂，用小花被抱着个孩子正准备进电梯，听到孩子"哇哇"的哭声，我立即想到，这可是个活教材啊！我心里一激动，就抢上前去要看看小宝贝。

但杨哥杨嫂一点情面也不给，把小被子捂得严严实实的，说什么也不让我们靠近孩子，到后来两口子干脆出了电梯，宁可步行上楼，也不和我们在电梯里纠缠。

为此，我很不高兴，这也太小气了！不过也没办法，谁让咱不敢生呢。我不想去自讨没趣，可不知道为什么，只要一听对门有孩子的啼哭声，心里就痒痒的，就算不让我抱抱亲亲，听听声音也好啊。

接下来，爹娘那头电话不断，我的谎言也一直按照怀孕的过程编下去，一直编到"孩子"出世了。我骗

爹娘说是个女儿，以为他们重男轻女，就不会太在意了。没想到老两口说什么也要来看看，这下可吓坏了，费了好半天口舌，总算让爹娘消停了下来。但他们还是提出了一个条件，等孩子满月了，家里要请几个亲戚来，摆上一桌酒，让我把孩子抱到电话跟前来，让孩子哭几声，叫大家听听。

放下电话我就火了，责怪薇薇不该撒这个谎，这回让我怎么收场呀。

薇薇还不服气，她干脆要坦白交代。我急忙拦住，我爹倒好说，可我娘还有心脏病呢，她要知道我们拿这事骗她，非得活活气死不可。这事只能慢慢拖着，拖到把房屋贷款还上，真的怀上一个小孩，那时候再说，爹娘就能消气了……

看我愁成这样，薇薇只好上网去下载小孩子的哭声，我觉得这招现在还能管用，可是以后怎么办？孩子会说话了怎么骗下去？薇薇也觉得难办，但是也只能先过眼下这关再说了。

不久，孩子"满月"那天到了。恰好我休假在家，我早就准备好了，一等电话来就放一段电脑里的孩子哭声。大清早，我娘的电话就打过来了，她高兴地说："你爹大前天就上车了，还给你们带了核桃和小米，今天你记着去接站。"

什么？我的头立刻就大了："我爹怎么来了，你们也不告诉我一

声？"

我娘叹着气说："都当爷爷了，他能不去吗？要不是我心脏病犯了，我也得去看看呀。"

天啊！我爹就要到了，这真是要命的事！怎么办？情急之下，只有一个办法了！到对面杨哥家，借他家孩子来哄住我爹。根据以往经验，这个办法很难施行，杨哥把孩子当个宝贝似的，连看都不让看，更别提这个"借"字了。但眼下我已经没有退路了，要么承认错误，把爹娘气得半死不活，要么去求助杨哥。

我不能空手去，便先到附近超市买了一大堆婴儿用品，好吃的好喝的，大包小包地敲开了杨哥家的门。一看我抱这些东西，杨哥吓了一跳，我笑着说："杨哥，你得先让我进屋吧，当官的还不打送礼的呢，何况咱们还是邻居。"

杨哥一看这情形，只好让我进去了。这时，卧室里传来孩子的哭声和杨嫂打电话的声音："妈，你听宝贝哭得多响……"

我伸长脖子往卧室里看了看，回头看杨哥的脸色却越来越沉，我只好堆着笑说："给老人打电话呢，这回老人可高兴了吧。杨哥你可真厉害，车也有了，孩子也有了，听声音是个女孩吧……"

这些奉承话却没让杨哥高兴，他反而气哼哼地问我："你又不是警察，

怎么对我家的宝贝就这么好奇呢？再说，我又不是偷来的抢来的，你纯粹是多管闲事！"

这话说得太难听了，可现在我有求于人，只好又挤出笑容恳求他："杨哥，我也没别的意思，我想借用一下你女儿，就一小会儿。"

没等我把话说完，杨哥就急了："什么！你要借什么？"一听他的大嗓门，里面的杨嫂出来了，她也没给我好脸色，问我到底想干什么？

我看他们误会了，急忙红着脸把事情说了，最后我说："就借你们的女儿骗骗我爹，我这也是让老人给逼的。"

杨哥和杨嫂看了看我，又相互看了一眼，笑了，但笑得很不自然。杨嫂回房间就把孩子抱了出来，轻轻地递到我怀里："这叫'亲亲宝贝'，你拿去用吧。"

拿去用？我看着怀里的孩子，大吃了一惊！原来是个高仿真的娃娃，皮肤和五官都和真的婴儿一模一样，看样子是高科技产品。娃娃身上有各种功能按钮，啼哭的、尿床的、叫爸爸妈妈爷爷奶奶的，五花八门。我结结巴巴地说："你们……你们……"

杨哥苦笑着拍拍我"兄弟，你是房奴，我是房奴加车奴，你养不起孩子，我就能养得起了？我爹妈那头也催得紧，我也得应付他们呀。再说，我看着别人家的孩子，也实在是眼热，

只好买了这个亲亲宝贝，来过过当爸爸的瘾。以前我不让你碰孩子，那是怕你笑话我。今天……啥也别说了，来吧，咱哥俩今天出去喝一杯！"

我和杨哥喝了一场闷酒。别看我们每天都西装革履地去上班，表面上是挺风光的，可自己遭罪自己知道。杨哥喝高的时候，把拖鞋甩在一边，我发现他脚上的高档袜子都缝两回了，还没舍得扔。而我呢，喝得再高兴也不肯脱西装，因为我的名牌衬衫也破了一个口子。

中午回家的时候，我这才发现落在家里的手机有好几个未接电话，一

定是我爹在车站打来的。我急忙要往车站赶，没想到我爹已经按照地址一路问到我家来了。他手里提着几个袋子，也顾不得擦汗，一进屋就嚷着要看孙女。这下没办法了，我只好苦着脸如竹筒倒豆子，全抖了出来……

话音未落，门"砰"地开了，只见薇薇像小鸟一样叫道："老公，你看我买回来什么了？宝贝快给爸爸哭一个。啊——"她这才发现我爹气呼呼地站在客厅里，不禁傻了眼，手里的亲亲宝贝差点掉在地上。

就在这时，电话又响了，我一看来电显示，差点哭出来："是我娘打来的，爹，这可怎么办呀？"

爹像是突然醒悟过来，从薇薇手里抢过亲亲宝贝，几步走到桌子跟前，接起了电话："喂！老伴呀，管心脏的药吃了没有，我说你可千万别激动，咱们的孙女可胖乎了，宝贝给奶奶哭一声。"

接着，爹手忙脚乱地按了一个按钮，"哇……哇……"房间里立刻响起了婴儿的啼哭声。

（题图、插图：安玉民　梁　丽）

绿版编辑部各编辑邮箱：

夏一鸣　gshxym@163.com

邢　悦　simyyue@126.com

朱　虹　zhong98305@sina.com

杭　帆　hangfan1102@126.com

刘迎曦　liuyingxi1203@163.com

颜轶超　yanyichao1004@sina.com

卡人的

"1"

□吴　滨

在地球上，有个鲜为人知的小国家。这个国家虽小，但是该国人民无论工作还是生活都格外讲究。讲究啥？讲究精准！

一次，美国人马科到此地出差。临要回家这天，他却睡过了头。马科只得心急火燎地赶到机场，几步冲到服务台前说："我要乘坐013号航班。"航空公司的职员阿尔满面笑容地回应道："抱歉先生，这班飞机的临检已经在2点30分结束了，您恐怕不能登机了。"马科看了看表　现在是2点31分。他央求说："我就晚了1分钟而已，现在离起飞还有1小时，就让我进去吧！"

阿尔礼貌地摆摆手说："抱歉！精准是我们每个国民必须坚持的准

则。可别小看了1分钟，如果这里晚1分钟，那里晚1分钟，到最后岂不是要晚1小时起飞？最终受损失的还不是您这些乘客！"

阿尔唠唠叨叨又说了一堆"1分钟"的重要性，马科越听越烦，难道自己要被这1分钟打乱整个行程？他打断了阿尔"不登机就不登机，那我改签其他航班可以吗？"阿尔停止絮叨，敲了敲电脑告诉马科，目前还有晚上10点的经济舱和下午6点的公务舱。马科想了想，说："那就坐6点这班吧。"

一听客户这么说，阿尔马上用专业的服务态度开始办理相关手续。不过，他追加一句："由于公务舱票价较高，请您补上票款差额，并且提交个人收入证明。"补差额合情合理，但又为什么要提交收入证明呢？阿尔解释说，公务舱座位少成本高，为了防止

有人恶意订座却不乘坐，所以要提交收入证明。

哎，既然这是人家的规定，马科只得遵守，不过现在让他上哪儿去弄收入证明啊？阿尔又出了个主意："您不是有个人税单嘛，传真一份就可以。"马科一听是个好办法，忙给自己的事务所打电话。

好一顿折腾，马科终于拿到了传真。阿尔接过来仔仔细细看了三遍，拿着计算器一通算计之后，又苦笑着摇摇头说："抱歉先生，您不能坐公务舱！按规定，公务舱的乘客年收入至少要5万元，经过和我国货币的兑换，您的收入只有49999.99元。"

"就差1分钱也不行？"马科没想到又让"1"给卡住了，他有些恼火，"我现场补你1分钱还不行？"阿尔仍是不同意，他和蔼可亲地解释道："抱歉先生，精准是我们每个国民必须坚持的准则。可别小看了这1分钱，如果手续费多收1分，燃油税多收1分，最后机票岂不要变成天价了，最终还是您这些乘客蒙受损失呀！"

现在马科哪听得进这些话，他一想到因为这1分钱又耽误了转机，便要急火攻心！

"有了！"马科突然想到自己刚买了辆车，车款里不是也有税款吗？加进去肯定够了。和阿尔一说，人家还是要以传真为准。马科只好又给事务所打电话。等拿到传真，马科心说这回总行了吧？

谁知阿尔看完之后，又很不好意思地说："抱歉先生，很遗憾还是不行。"只见他指着一个数字慢条斯理地解释说，"对不起先生，传真上的最后一位看不清楚！"

哎，阿尔没说错，数字的最后一位被个黑影盖住了，是看不清！怎么又是差一位？马科第三次给事务所打电话，可这次电话铃响了半天也没人接，他们应该是下班了。

这下，马科的希望之火瞬间给掐灭了。他想把传真拍到阿尔的脸上，然后转身就走，可最终还是忍住了，琢磨来琢磨去决定向妻子电话求助。

半个多小时后，清晰的文件终于传来了。等马科拿着传真兴冲冲找到阿尔的时候，对方竟然看都不看就拒绝办理手续！

"怎么回事？"马科愤怒地喊道。阿尔指着手表笑道："抱歉！按规定，改签只能在错过航班2小时内办理。您是2点30分的飞机，现在已经4点31分了，我无法为您改签任何班机。"

又被"1"卡住了！马科的情绪开始失控，他嚷道："那给我退票，我去赶其他公司的飞机！"

阿尔说没问题，刚要接马科的机票，突然手又缩回去了："抱歉，已经4点31分，我4点30分要下班，也就是说4点30分以后，我没有权力再履行任何职责。不过，您放心，我将会把您的事情移交给6点30分上班的人，请您再等等吧！"

"什么？又是'1'分钟，这个卡人的'1'，倒霉的'1'，该死的'1'，你们这些不懂变通的混蛋！"马科咆哮着扬起巴掌，给了阿尔一个响亮的耳光。旁边几个工作人员一瞧，纷纷过来劝解。可马科正在气头上，结果他们每人也挨了一巴掌。

好不容易马科被拉住了，阿尔对着旁边的镜子一照，只见左脸印着个红通通的手印！这下他也不顾风度了，指着马科嚷起来："好呀，你敢打人，等着坐20年牢吧！"

听阿尔这么说，动了手出了气的马科有点后悔，不过他也不信自己会因为打人就坐20年牢！阿尔捂着脸继续说："告诉你，故意伤人在我们这里是重罪！"马科不甘示弱道："别蒙我！我懂一点你们的法律，打一巴掌算过失，过失都判得很轻！"阿尔说："对！打人一巴掌是算过失，可对同一个被害者打一巴掌以上就是故意伤害。要知道，一个故意伤害要判5年，你打了我们4个，刑期是要叠加的！"

马科听到这里，得意地笑了："我都只打了你们一巴掌呀！"阿尔却反问："你说，一巴掌几个手指？"

"5个，傻子都知道！"马科不假思索脱口而出。阿尔冷笑一声："你看看我脸上几个手印？"马科顿时一激灵：坏了，怎么忘了自己右手有6个手指，比常人多出1个！天啊，马科在关键时刻又被这个"1"卡住了！

（题图、插图：安玉民　梁　丽）

　您手中有没有得意之作？本刊辟有二十多个原创性栏目，如中国新传说、我的故事、情感故事、16岁故事、海外故事和中篇故事等；您读到或听到什么有趣事可以和大家一起分享？3分钟典藏故事、开卷故事、财富故事、第一推荐、外国文学故事鉴赏和快乐辞典等都是本刊推荐性栏目。热忱欢迎来稿，可从邮局寄发，也可从网上传递。邮寄地址：上海绍兴路74号《故事会》杂志社，邮编：200020；如为电子邮件，本期责任编辑信箱：yanyichao1004@sina.com。

狮子出笼

□ 宾 炜

突发事件

这天半夜，马戏团团长正睡得迷迷糊糊，突然听到有人大喊："不好啦，狮子逃跑啦！"他一个激灵，从床上跳了起来。这个马戏团团长姓杨，带着他的马戏团刚来到这个小县城，准备明天开始演出。

此时听到喊声，老杨不由大吃一惊，赶忙跑到停放猛兽的院子一看，其中一只铁笼大门洞开，关在里面的雄狮已经逃得无影无踪了。他急忙派人去找狮子，自己则跑去派出所报案。

到了派出所，值班的是个年轻的小警察，一听老杨把话说完，本来睡意蒙眬的双眼忽然一亮，一把抓住老杨大声问："你说什么？一只狮子跑出来了？是真的狮子吗？"

老杨不住地点头："千真万确，是一头雄狮！"

小警察顿时精神抖擞起来，甚至兴奋地打了个响指，吩咐老杨说："你赶紧回去，我马上向领导报告，这可是个重大事件！"

老杨焦急地跑回院子，却见那只雄狮似变戏法一般又出现在笼子里。老杨揉揉眼，以为自己眼花看错了，再看没错，不由松了口气。原来，这只雄狮生下来就靠人工喂养，已经没有多少野性了，被大家在街上发现后，连唬带吓的，居然乖乖地像条狗一样被赶了回来。

老杨这才得空骂了几句管笼子的家伙，正想掉头回派出所销案，却忽然听见警笛声大作，由远及近。不一会儿，外面来了几辆警车，一帮警察涌了进来。走在前头的是个脑门光亮的男人，看样子是个官。果然，他向老杨自我介绍说，他是县突发事件安全处置办公室的何主任。

老杨急忙说："何主任，真是不好意思，惊动你们了，狮子刚才已经找回来了。"

在场的人一听，都不禁一怔：回来了？咋这么快就回来了呢？何主任更是一脸不悦，看了看那头雄狮，有点埋怨地说道："搞什么搞嘛！大半夜的，你们乱折腾什么？"

就在这时，外面又来了两辆车，几个扛着长枪短炮的记者兴奋地跑了进来："狮子呢？狮子呢？"一听说狮子已经被赶回来了，立马就泄了气。有个女记者当即就不满地嘀咕起来："三更半夜的，叫我们来拍鬼呀？"

老杨只得又赔着笑脸，过去跟记者们解释。解释来解释去，这些人就是没有走的意思，老杨有点慌了，傻傻地望着何主任。何主任一脸严肃，指着那只雄狮问他："怎么办？"

老杨战战兢兢地问："什么、什么怎么办？"

何主任说："警力到位了，媒体也通知了，救护车也准备好了，现在变成这种情况！我告诉你，这种突发事件领导必须亲自到场，等一会儿黄副县长要来，他是主管这方面工作的，我已经把他从床上叫起来了，你说，怎么办吧？"

老杨面对着他严厉的目光，愣了半响，支支吾吾地说："狮子确实……确实已经回来了呀！要不，领导……领导就请他不要来了……"何主任几乎把手指戳到了他鼻子上："你把领导当成什么了？呼来喊去，你想让我背黑锅呀？"

老杨说："这……这……"他一脸无辜地望着何主任。

何主任语气缓和下来："杨团长，希望你能理解，配合一下我们。"老杨把头点得鸡啄米一般，连说理解理解，配合配合，可是，那头雄狮的确已经回来了，还能怎么办呢？

何主任用手指点点那头雄狮："把它放出来。"

老杨一听，顿时哭笑不得，这种馊主意，真亏他想得出来！何主任说："怕什么，我们做好了准备，这么多人这么多枪，还怕它一头狮子？"

老杨一听慌了，一开枪，狮子还有命吗？何主任不耐烦了，说不到迫不得已的时候，他是不会命令开枪的。见老杨还在犹豫，他有点火了："黄副县长马上就到了，你们还想不想在这里演出了？"

欲罢不能

一听对方都把话说到这份上了，老杨知道没有商量的余地了，只好命令一个手下去开铁笼。一帮警察迅速做好了准备，记者们也都活跃起来，

纷纷扛起机器，等着狮子出笼。

可怪事来了，刚才这狮子千方百计要逃出铁笼，可现在打开门让它出来，它却不肯出来了，还惊恐地在笼子里转起了圈。

没办法，老杨只好拿根棍子赶它，可不管打也好，骂也好，狮子就是不肯出来。老杨擦了把汗，小心翼翼地对何主任说"您看，不是我不愿意配合，是这头畜生不愿意啊！"

何主任一摸下巴，问他："你们还有狮子吗？"老杨说还有几头母狮。何主任拿手电筒照了照，说："不行，母狮太小了，像条狼狗一样。"一路照过去，他突然看见一头黑熊，高兴道"这熊行，个够大。"

老杨笑得比哭还难看："这头熊是残疾的……"何主任一愣，歪着脑袋细细一打量，可不是嘛，这黑熊只有三只熊掌。他皱了下眉，再往旁边笼子里一照，猛地一拍大腿："老虎

呀！太好了，就用这只老虎！"

老杨哭丧着脸，挥挥手，叫人去放老虎。

这回顺利多了，笼门一打开，老虎想都不想就跳了出来，面对这么多人，居然视为空气一样，悠闲地在院子里散起了步。何主任指挥大家远远地围着它，也不管它，任它走。

老虎转来转去，就转出了院子，旁若无人地在街上横着走。自然，包围圈也扩大到了大街上。大伙脸上都笑嘻嘻的，这情景真是既有趣又刺激。何主任见状十分不满，黑着脸大声呵斥："干什么？干什么？严肃点！领导就快来了！"

可等了好一会，领导还没出现。老杨心里焦急啊，伸长脖子左右张望，忽然又见街上一下涌出一大群行人，一个个衣衫不整，有些甚至还穿着睡衣，看样子都是刚从床上爬起来看老虎的。

老杨暗暗吃惊，怎么一下来了这么多人？倘若出了事故，伤了人伤了虎，对自己都不是好事。他大着胆子问："何主任，能不能请领导快点来？这要伤了人……"哪知，何主任满不在乎地说："你急什么，领导马上就来了！"

眼看街上的人越来越多，老杨忍不住又问："领

导怎么还不来？要是这天一亮，人更多，就更不好办了。"

何主任嫌他啰嗦，掩着嘴对他说："这些人都是我们机关单位的干部职工，我叫他们来是扮演群众的。"

老杨一听，差点一口气没接上来，心想：都什么时候了，还来这一套，我算是服了你们了！

又等了一会儿，谢天谢地，领导的车终于来了。一个白白胖胖的领导腆着肚子迈下车，大吼一声："同志们，都不要慌！"

何主任和记者一干人急忙迎了上去。听了汇报，领导看看老虎，问道："不是说狮子吗，怎么是老虎？"

何主任说："是值班的同志搞错了，把老虎说成了狮子。"

领导点点头，做了一个手势："不管是狮子还是老虎，都不能让它伤害到我们群众的生命安全！"随之，现场指挥部成立了，就建在领导的车上，外面由警察拉了一道警戒线。紧接着，又有几辆消防车呼啸而来，后面还有满满一卡车手拿盾牌的防暴警察。

谁折腾谁

眼看越搞越大，老杨心头直打鼓，他们难道要将老虎置之死地？

何主任不知从哪儿弄来一副望远镜，双手给领导递上去。领导从望远镜里观察老虎，脸色十分严峻，最后放下望远镜，说道："这是一只很危险的老虎！"老杨在一旁听着，差点脱口而出：这不是废话嘛！

就在这时，老虎忽然掉转头，慢悠悠地往回走，人们不住地往后缩，给老虎让路。领导盯着老杨问："这只老虎怎么回事？它想干什么？"

老杨看了看，松了口气："没事了，没事了，老虎肯定困了，想回笼子里睡觉呢。"

哪知道，领导一点都不高兴，突然生气地喊了一句："这是干什么？"老杨吓一跳，愣愣地说不出话。领导"咚咚咚"地敲着车顶说："我不批准它回去睡觉！"

老杨顿时一脸茫然，不知所措。就在他发愣的时候，一队警察用盾牌筑成了一道墙，挡住了老虎的去路。那老虎一看此路不通，又掉转身子往后走，谁知后面又有一道墙截住了退路。这一来老虎进退两难，在街上兜起了圈子。

僵持了好半天，领导不满地对老杨说："你的老虎怎么一点都不凶猛？一点气氛都没有嘛！"老杨张口结舌："没、没办法，估计它也害怕了……"何主任凑过来出了个主意："让消防队射射水，让它跑一跑。"

老杨一惊，就这家伙馊主意多！可他也无可奈何了，如今这老虎已经不归他管啦。

消防队一打开水枪，老虎就慌得

四处逃窜，四周顿时响起一阵喊声："好！"

老虎被水枪追着打，东躲西藏，上蹿下跳，场面果然热闹了起来。老杨心疼坏了：老虎啊老虎，活该你倒霉！狮子闯的祸，你偏不知好歹揽过来！

就这么折腾了半夜，老虎累得半死，一头趴在地上不住喘气。老杨可怜巴巴地望着领导，心想：老虎跑也跑了，水也射了，天都快亮了，该让老虎回家了吧？等他小心翼翼向领导一请示，领导沉吟道："可以！但是，坚决不能让老虎走回去！"

老杨又摸不着头脑了："那、那咋回去？"

"把我们这里当成什么地方了？"领导严厉地逼视着他，"区区一头老虎，哦，它想出来就出来，想回去就回去，难道我们就拿它一点办法没有吗？你让我们的脸面放到哪里去？不

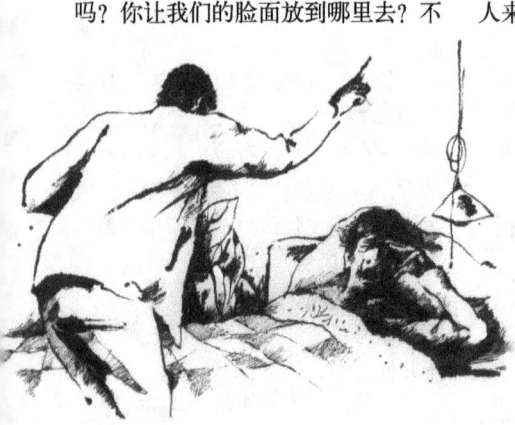

行，老虎只能躺着回去！"

老杨吓得一屁股摔倒在地："领导，求求您饶它一命啊！"

"你放心，不会要它的命。"何主任补充说，"就给它打几枪麻醉针，看起来像死了一样。"

领导正色道："杨团长，请你务必配合一下我们的工作！"

老杨像摊泥一样坐在地上，眼睁睁地看着几个人朝老虎放枪，那老虎也像他一样，瘫在地上一动不动了。紧接着，好多人迫不及待地围了上去，只听见一阵"咔嚓、咔嚓"的声音，闪光灯闪个不停。

天亮的时候，老虎才被拉回了院子里，到了中午，终于醒了过来。老杨庆幸地想：还好，逃过了一劫，休息一下，晚上就可以演出了。

没想到，这时何主任又打来电话"你们今天先不要演出了，派两个人来医院，接受领导慰问。"

老杨一怔："我们没有人受伤啊！"何主任说："我知道，但必须得按程序走。"

老杨张着嘴，说不出话来。何主任接着说："我们突发事件安全处置办公室刚成立，总要多做点事情。我们上报的情况是多人受伤，我现在的角色就是昨晚跟老虎搏斗受伤的干部，正躺在医院，等着你们呢！"

（题图、插图：张恩卫）

电击之后

□ 张　维

生活中潜伏着各种各样的危险，一不留神，它们就会袭来。老赵就有这样的遭遇。这天，他和往常一样，提着电壶去烧水，就在他将插头插进插座的一刹那，危险降临了——他甚至连一声"啊"都没喊出来，就被电击得昏死了过去。

万幸的是，这次电击并未对老赵的身体造成多大的伤害，几天后，他就平安出院了。回到家中，老赵看着那个差点要了他命的地方，自言自语道："这也怪了，我手上没水，怎么就漏电了呢？"

老伴走过来，把他搀扶到沙发上，说："我已经让电工来查了，人家说是电线出了问题，不过，已经修好

了。"

老赵扭头看着老伴，语气怪怪地说："修好了吗？"

"修好了。"老伴笑着说，"你过来看看。"说着，她又搀着丈夫来到闸盒前，打开盒子，指着里面的电线说，"就是那根蓝线。至于那个电工，你放心，就是咱小区的小段，他当电工十多年了，技术还是信得过的。"

老赵没再说什么，而是来到阳台的藤椅旁，一屁股坐了下来，然后捧着泡好的茶水，慢慢地喝起来。过了几分钟，老伴拿着当天的报纸走过来，坐在旁边的另一把藤椅里，想浏览一下新闻。这时，老赵突然说："老太婆，小段有电工证吗？"

老伴把刚打开的报纸合上，说："这个……我还真不清楚。"老赵喝了一口茶，干咳了一声，说："要不……你打个电话，问问小段？"

老伴觉得有点好笑，可又不敢笑，心说：十多年来，小区里谁家的

电路有点什么事儿，一直都是小段过去处理，从未出过任何问题。现在老头子居然怀疑人家的水平，非要问人家有没有什么电工证，都是老熟人了，你说这话怎么问得出口？这么想着，她就说："老伴，你看这样行不？我再从别处请个电工来，让他看看。"

老赵考虑了一会儿，站起身，说"这事儿我来吧。"

很快，老赵就在报纸上找到了一个负责电路维修的，按照上面留的电话，拨了过去，电话接通后，他说："喂，我家的电线线路出了故障，你们能派个电工过来吗？"对方回复说可以，并要了老赵的家庭住址。末了，老赵又说："对了，来的时候，一定要带着电工证！别忘了，到时候我要看一下。"

第二天，电工来了，这人模样长得不太合乎老赵的审美标准，第一印象不好，老赵的态度就差了点，上来就不太信任地说："你的电工证，拿来我看看。"电工拿出证件，交给老赵。老赵接过来，翻看了老半天，才说："你这证快过期了嘛？"

电工倒很幽默，说："但是还在保质期内。"

老赵把证还给电工，指了指闸盒，说："看一下吧。"

电工打开工具箱，从里面拿出一个仪器，在闸盒里试来试去，几分钟

后，说："一点问题也没有。你说的故障在哪里呢？"

老赵说，已经有人来修过了。电工听完很生气，他把仪器丢回工具箱里，"啪"地扣上盖子，说："你这个人怎么这样呢？修过了，还让我来，这不是拿人当猴耍嘛！哦，我知道了，你是信不过人家，可是，老人家，你也不好好想想，这么点小问题，只要是个电工就能摆平的。"

听眼前这个电工如此一说，老赵不乐意了，说："年轻人，你可不要这么说，当初盖楼时，安装这电线的应该都是电工吧？可我住进来还不到三年呢，这电线就差点要了我的老命！"

电工被噎得说不出话来，低头收拾好东西，临出门，嘟囔了一句："什么人呢？你爱找谁，找谁去吧！"

老赵当然不会就此罢休，他就不信，这么大一个城市，就找不出一个能检查出自家电线毛病的电工来。接下来，老赵通过在电力局上班的朋友，找到了一个电工，据朋友介绍，这个电工叫顾明，曾连续三年获得"全国优秀电工"的称号，他应该算是全市最好的电工了吧。

要不是有这档子事儿，老赵真不知道电工还有这么多说道呢，接下来，他在网上搜索了一下，还真找到了顾明的一些资料。那位朋友说的没错，顾明果然连续三年获得过"全国

优秀电工"的称号，而且上面资料一应俱全。可即便这样，老赵还是找到了这个荣誉证书颁发单位的电话，又详细地问了一遍。核实下来，顾明的确是名副其实的优秀电工。

之后，老赵和顾明经过电话联系，约定好了时间。这天，顾明来到老赵的住处，一番耐心细致的检查过后，他很确定地说："大叔，线路正常，没什么问题。"

老赵站到闸盒前，发了半天的呆，然后说："电线都在墙里走，看不见，摸不着，这样不好。小顾呀，我的意思是……就是，你看能不能在外面另扯一根电线？"

顾明愣愣地看着老赵，好一会儿才说："大叔，你想在楼道里走一根电线？"

老赵点点头，说："是啊，这样好啊，你看，如果这根电线哪儿坏了，我一眼就能看出来。可是在墙里呢，那就不同了，这要是万一再出点事儿……"

顾明还是很为难，说："可在楼道里走电线，没这样的呀。"老赵早就想好了，他告诉顾明，如果邻居问起来，可以说墙里那根线坏了，怎么也拽不出来，没办法，只好在楼道里另扯

了一根。顾明想了一下，很勉强的样子，说："好吧，那就这样吧。"

就这样，一条蓝色的电线从六楼一直扯到了一楼，并深深地埋进了地下。

电线问题解决了，这下，老赵总算安稳下来了。

过了一段时间，老赵的儿子放暑假回来了，一进楼道，就看到了那根刺眼的电线，沿着那根线走上去，他万万没有想到，竟然走到了自家门前。家里只有老妈在，儿子赶忙细问缘故。她就把老赵被电击、出院后和那根电线较上了劲儿的事儿，原原本本地告诉给了儿子，末了说："儿子，我总觉得，出院后，你爸就像变了一个人。你不知道呀，我和电工小顾说了多少好话，人家才答应安了这根电

编读往来：你的问题我来答

绍兴读者赵正：亲爱的编辑你好，2010年上海世博会已经隆重开幕了，我也很想来上海参观。我注意到，世博会有"指定日票"和"平日票"两种，请问有何区别？

绿版编辑部：首先很欢迎你到上海来！下面解答你的问题：上海世博会会期从今年的5月1日至10月31日，一共184天。为了调控高峰日的客流。上海世博会将五一假期（5月1日至3日）、十一假期（10月1日至7日）、闭幕前一周（10月25日至10月31日）的参观日设为"指定日"，指定日天数共17天，除指定日以外的其他参观日为"平日"，共167天。"指定日票"和"平日票"的区别就是，指定日票可以在包括指定日和平日在内的184天凭票参观游览；而平日票只能在除了指定日的其余167天去参观游览。

湖南读者丹阳：我觉得2010年上海世博会的会徽十分简约，并很有设计感，希望编辑能为我解读一下会徽的含义。谢谢！

绿版编辑部：好的。本届世博会会徽图案形似汉字"世"，并与数字"2010"巧妙组合，相得益彰，表达了中国人民举办一届属于世界的、多元文化融合的博览盛会的强烈愿望。其次，从形象上看，会徽犹如一个三口之家相拥而乐，表现了家庭的和睦。在广义上，又可代表包含了"你、我、他"的全人类，表达了世博会"理解、沟通、欢聚、合作"的理念。最后，会徽以绿色为主色调，富有生命活力，增添了向上、升腾、明快的动感和意蕴，抒发了中国人民面向未来，追求可持续发展的愿望。

线。"

儿子听后，狐疑地打开闸盒，看了半天，突然说："妈，这根线，是聋子的耳朵——摆设呀，根本就没接入线路……"

正说着，门铃响了，老赵的老伴从猫眼里一看，赶紧回头对儿子说："你爸回来了，儿子，我跟你说，千万别提电线的事儿，要知道，你爸好不容易消停下来了。"说着，就把防盗门打开了。

老赵站在门外，手里提着一个环保袋，袋里装着几本厚厚的书，他一进门就气喘吁吁地说："你说这社会怎么了？连'全国优秀电工'都不可信呀！楼下的老王头和我打赌，说楼道里的那根线是个摆设，根本不起作用，我不信，老王头拿来电工钳把电线剪断了，你猜怎么着，咱家里还是有电。我就不信，我整不了这根小小的电线！"

老伴赶紧接过那几本书，一看全是电工方面的，好久才喃喃地说："看来，老头子的下半辈子，是要交给那根电线了。"

（题图、插图：杨宏富）

遇到贵人

□黄　胜

送健康

柳树沟是个穷村。但人间有真情，每年都会有人来村里送温暖，挨家挨户送米送面。今年的送温暖活动形式与时俱进了一把：这天上午，一辆车身上印着红十字的大客车开进了柳树沟，车上跳下来几个穿着白大褂的医生，七手八脚在村口摆好了桌椅板凳，支好了仪器设备，便热情地招呼周围看热闹的村民过来体检。

起初，大家还以为他们是骗子，义诊为名，卖药为实。但很快，村头大喇叭里传来村主任老夏的声音，他兴奋地告诉大家："身体是革命的本钱。县里一家大公司的老板献爱心，出资请县医院的医生来为大家免费体检，大家都别错过啊……"

村民们一听，比以往领米、面更来劲，争先恐后往村口奔去。平时大家有病都不敢去医院看，那医院的门没钱敢进去吗？现在好了，人家上门免费体检，自然不能错过。

虽说是义诊，但医生们很负责任，并不是看看舌苔、量量血压就完事，他们对疑似有病的村民，还要请上车做进一步检查。另外，为查出隐疾，护士对每个村民都采取了血样，要带回医院去化验。

整个检查过程紧张有序。村主任老夏排在最后，等他查完，天已经快黑了。领头的医生姓张，是外科主任，他问老夏，还有没有要检查的？老夏说："没了。所有在家的村民都来了，还有些人出门打工去了，要不然，等他们回来，麻烦你们再来查一次，行不？"张主任说看情况吧，然后就让手下人收拾仪器，要收工了。

就在这时候，传来几声"咩咩"的叫声，一个羊倌赶着几只羊晃晃荡荡出现在村口。他衣衫不整，蓬头垢面，

那张脸黑乎乎的，像是几个月都没洗过了。羊倌走到众人跟前，好奇地看着大客车，问老夏："来卖啥药的？"

老夏一拍大腿，道："把你给忘了。"他忙转头喊医生，"医生，先别忙收拾，这还有一个没检查的。"羊倌摆着手，说："我身体好着呢，不查。"老夏道："又不让你掏钱，大元，你小子白占便宜呢，赶快过去坐下！"

"不花钱啊？"羊倌小眼睛眨了眨，立马过去坐下，"来吧，随便查。"一股熏人的臊臭味瞬间直冲大家的鼻

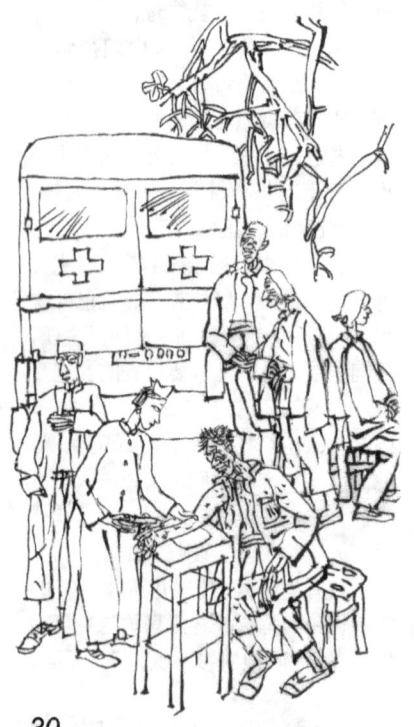

间。一个护士厌恶地看了一眼脏兮兮的羊倌，皱着眉，手指作势堵住鼻孔，低声问张主任："主任，用得着给他查吗？"

张主任用手扇着风，说"当然要查，我们这是送温暖活动，人人有份……不过，这人看起来挺壮实的，你给他采点血样就行了。"

遇贵人

仅仅过了三天，张主任就亲自驾车将检查结果送回了柳树沟。老夏忙把他迎进村委办公室，并打听村里有没有得重病的。张主任把一摞检查单放到桌子上，面色看起来有些沉重。老夏的心忽地提了起来，颤声问："怎么？真查出病号来了？是谁啊？"

张主任说："村民的总体健康情况是好的，没有发现什么重症患者，不过……"他顿了顿，问道，"老夏，李大元是哪个？"老夏说："就是那个羊倌，他怎么了？"

张主任把李大元的检查单找出来，伸手指点着，道"从检查结果来看，有两项指标严重超标，我们怀疑他的肝脏有点问题，我是想同他的家属商量一下，让他最好立刻去县里作进一步的检查、治疗。"

老夏大字不识几个，看着布满图形、外语和医学术语的检查单只懂连连追问："严重吗？"

张主任点点头，没说话。老夏不

由长长叹了口气，道："他爹妈早死了，也没兄弟姐妹，光棍一条，要跟谁商量啊？""他是个光棍？"张主任眼睛一亮，"他今年多大岁数了？"

"三十六。"老夏说，"他家里穷得都揭不开锅，哪里有钱治病啊？虽说人有点好吃懒做，但要这么走了，真是造孽啊！"

张主任说："那咱也不能眼看着不管吧？你能不能替他做主？"

老夏愁眉不展："做主是没问题，不过，我们村穷得丁当响，也没钱给他治病啊。"

张主任摆摆手，说："不用你们村里出钱。是这样，我们这次下乡送健康活动是龙飞集团赞助的，他们承诺，对家庭确实困难、看不起病的患者实行无偿援助，如果你能替大元做主，我就替他写个申请，回去给你们协调一下。"

这无疑是拨云见日！老夏心想：龙飞公司是本县最大的私营企业，支撑起县经济的半壁江山，董事长赵龙飞的大名更是如雷贯耳，如果能得到他的帮助，大元就有救了。

当下，张主任提笔写了一份申请。老夏在后面签了名，完了握住张主任的手，请他回去一定多为大元美言几句。送张主任走的时候，老夏还非要把两只大公鸡塞进张主任小车的后备箱。张主任推辞一番，还是笑纳了。

张主任还真尽心办事，两天后，就有救护车开到了柳树沟，把李大元接到县里治病去了。

村民们都说，大元傻人有傻福，前世烧了高香，这世遇上贵人了。

抓机遇

大元一走就是半个多月，杳无音信。老夏心中挂念，毕竟是自己村的人，不能撒手不管啊。这天，他在村头小店买了奶粉、罐头，提上一只老母鸡，坐车进城探望大元去了。

到了医院，老夏打听着找到了李大元。大元住在单间病房，半月未见，老夏差点没认出他来，这家伙明显白了、胖了，精神头也足了。此时，他正在床上跷着二郎腿，喝着牛奶看电视呢。旁边的柜子上摆着各种老夏叫不上名来的时令水果，还有一些瓶瓶罐罐。

老夏随手拿起一个看了看，标签上贴着深海鱼油，老夏问大元这是干啥的。大元说："是补品，养肝补肾的。您尝尝，是高级货。"

老夏说："我又没病，吃了浪费。"他好奇地问这些好东西都哪里来的。大元说："是张主任送的，他说我营养不良，需要补一补。"老夏心中一阵感动，看来这张主任还真是个大好人呢。他接着问："大元，你的病好了没有？"

大元说"明天就动手术。"老夏一愣,问:"还要动手术?你到底得了什么病?"

"我没病。"大元拍了拍腰间,"主任,我是要捐肝。""捐肝?"老夏吃了一惊,看大元不像是开玩笑,忙问,"捐给谁?"

"就是龙飞公司的老板。他得了肝癌,要做肝移植。"

老夏惊得张大嘴巴。他愣了半晌,把事情前后联系起来一想,立刻就明白了:哎,医院到村里体检名为义诊,实为寻找合适赵龙飞的肝源啊!什么送健康,这根本是偷健康嘛!

老夏越想越是愤怒,心说:这些人也太卑鄙了,怪不得那天张主任听说大元没有家属的时候,那么兴奋呢,他是怕家属不同意啊。这件事可不能任他们为所欲为。老夏一把从床上拉起大元,吩咐道:"马上跟我回村。"大元摇头说:"我不走,我已经答应他们了。"

"什么?"老夏骂道,"你小子是不是傻啊?你不知道他们是做了个圈套来套你吗?你为什么要答应?"

大元的眼睛闪闪发光,说:"捐一点肝又不能要我的命。赵龙飞说了,只要我同意捐肝给他,我就是他的救命恩人,他就会照顾我一辈子。主任,他是我的贵人啊,我的好日子就要来了,我为什么不答应?"

老夏拽住大元的胳膊,骂道:"臭小子,再穷咱也不能卖器官啊,钱有命重要吗?赶快跟我走!"大元用力挣脱开,大声抗议道:"你管不着,我的器官我做主,爱给谁就给谁。"

老夏瞪了他一会儿,发狠道:"好,你要是不走,我就去告发你们。"

大元呆了呆,膝盖一软,"扑通"跪了下去,哀求道:"主任,您就成全我吧。想到要回到以前那种苦日子,我就问自己:健康有什么用?活着有什么意思?我想活得像个人样!这是个难得的机遇,我一定要抓住啊。"说着,泪水从他的眼睛里流了出来……

(题图、插图:魏忠善)

如此过关

□ 胡忠军

有两个农村小青年，一个绰号"泥鳅"，一个绰号"铁嘴"，两个人都在城里跑运输，没事就爱聚在一起抬杠。

有一次，泥鳅和铁嘴到同一个地方去送货。卸完货，一伙人到饭店里喝酒，喝到八九分的时候，不知怎么就扯起了公路收费站逃费的事。铁嘴哀叹道："现在收费站的管理越来越严，再想钻空子不可能了。"

听到这里，泥鳅开始抬杠了："管理再严，也是人控制的。不是我说大话，只要想钻空子，照样能钻。"铁嘴接着说："你说得倒轻巧，你钻个空子叫我看看！"泥鳅随口说道："钻就钻，你以为我没这个本事？"铁嘴赶紧趁热打铁："光吹牛管啥用？你敢打赌不？"泥鳅一拍大腿，说："赌就赌，谁怕谁！"

这时，两人雇用的司机，也在一旁推波助澜，撺掇着两人布下了赌局：回家的路上，如果泥鳅全部免费过关，铁嘴认输，按500元的标准请大家吃饭；否则，这顿饭由泥鳅埋单。

第二天一早，泥鳅酒醒了，想起昨天晚上打赌的事，不由后悔起来。可大话既然说出去了，说什么也不能再改口。于是，他就和雇用的司机小陈商量免交过路费的点子。一开始，他觉得新闻单位的面子大，料想应该能轻松过关，便想着做一个"新闻采访"的牌子，放在挡风玻璃上。可仔细一想，这样做漏洞太明显。你想，电视台哪有用卡车当采访车的？后来又想，公安牌照的车免收过路费，干脆做个假公安牌照蒙混过关。可再一想，这样风险更大，万一被人发现了，

事情就闹大了。这时候，铁嘴的电话又来了："怎么样？现在后悔还来得及！"泥鳅憋着一口气说："没问题！"

最后，泥鳅想起来：前几天，他看见一辆拉着棺材出殡的卡车，过收费站的时候，穿着孝服的人下车，给收费员磕了一个头，就免费过了站。

泥鳅觉得这个办法倒不错，不就是磕一个头吗？不费一点成本，一次就省了几十元的过路费。虽然这办法不光彩，也不怎么吉利，可事到如今，也只能走这一步了。

主意拿定，泥鳅便和司机小陈一起，到附近的丧葬用品店里买了几尺黑纱、一个黑袖章和一个引魂幡，将黑纱挂在车头上，引魂幡放在车厢里，就和铁嘴一前一后往家赶去。

很快，第一个收费站要到了。泥鳅赶紧躺在车厢里，蒙上被子装死人。小陈佩戴上黑袖章，一到收费站，他就下车磕头，可怜巴巴地说："我们车主突发心脏病，到医院也没有抢救过来，现在急着回家办丧事。为抢救车主，我把钱都花光了，现在身上连吃饭的钱也没有了。求求您，放俺过去吧！"

这一招果然有效。收费员是个中年女同志，心肠很软，一见这情景，眼圈都红了，挥了挥手就放行了。紧跟在后的铁嘴见泥鳅用这招成功过关，真是哭笑不得！

不久，又一个收费站到了，泥鳅和小陈故伎重演。这次的收费员是个年轻小伙子，看到这情景，一时不知所措，愣了一下就拿起了电话，向上级领导请示。很快，得到了领导的批准，他便问小陈要了行车证，做了登记，这才让免费过关。

就这样，泥鳅用这招苦肉计，闯

过了一个又一个收费站，眼看离家越来越近了。

最后一个收费站到了。没想到，这回遇上了麻烦。值班收费的是个年轻姑娘，工作非常认真，听完小陈的讲述，她伸出头看了看车牌号，神色有点疑惑，又要过行车证看了看，似乎看出了什么破绽，开始盘问起来："哪儿的车？车主叫什么？怎么得的病？如何抢救的？"

幸亏小陈是个聪明人，把谎话说得滴水不漏。但姑娘好像还不相信，她直接从收费室里走出来，踮着脚尖朝车厢里看去。眼看要露出马脚了，泥鳅吓得心脏"扑通扑通"狂跳起来。好在姑娘没有继续盘查，看到车上的情景，她"唉"了一声，算是认同了眼前的事实。看来，姑娘也是个好心人，不但放小陈过关，听说他饿着肚子，还从兜里掏出100元钱交给小陈，让他在附近饭店先吃饭再上路。

一场虚惊又过去了。泥鳅就这样一路过关，不但省了300元的过路费，还得到了100元的"捐助"。泥鳅和小陈简直乐翻了。等开远了，泥鳅便一把扔掉了引魂幡和黑纱，他笑眯眯地停在路边，等铁嘴交好路费，来此会合。铁嘴没有食言，按照赌约，在离村不远的集镇上，请众人大吃大喝了一顿。

等大家吃饱喝足了出来，天已经黑了。泥鳅像往常一样开车回家。车子停到家门口，他下车敲门，可奇怪是的，叫了半天，也没有人开门。他以为家里人睡得太死没有听见，便按响了车喇叭。按了半天，门还没叫开，倒是惊动了周围的村民。村民们一听好像是泥鳅的车回来了，纷纷起床赶来。一个大妈一见泥鳅好端端地站在那里，突然"啊"的一声掉头就跑，一边跑，一边喊："鬼！鬼……"也有几个胆大的村民围上前观察，发现泥鳅并不是鬼，便问："你不是死了吗？"

泥鳅顿时愣住了："谁说我死了？"这时，一个村民告诉他：自己妻子的一个外甥女，在公路收费站当收费员，是她打电话，把泥鳅的死讯告诉了大家。一听这话，泥鳅更加着急，他用尽全力拍打着大门。

这时，隔壁邻居听到动静，出来对泥鳅说："赶快去医院看看吧，你父母听到你出事的消息后，都昏过去了，正在医院抢救呢。"

泥鳅一听，赶紧心急火燎地赶往医院，到了医院，他发现：两位老人已经离开了急救室，转到了病房观察治疗。

至此，这一场赌约让泥鳅赢了一顿饭、得到了一笔"捐款"，省了几百块过路费，却差点赔上两位老人的性命！现在命虽保住了，但连抢救带住院，泥鳅又要摸出去整整3600块钱。

（题图、插图：谭海彦）

不打
不相识

□ 叶林生

有个叫洪大福的乡下汉子,心眼实在,特别耿直。这不,他就和一部宝马车杠上了!

这天,洪大福挑着一担芋头去赶集,集市上人特别多。"小心小心——"忽然,人群中发出一声惊呼,只见一辆宝马车歪歪扭扭地冲了过来,好不容易才刹住车,幸好没有压到人,不过还是压烂了洪大福摊上的几个芋头。洪大福连忙上前,朝那车窗里瞧瞧,只见一个胖子,正靠在驾驶座上打着瞌睡。这一瞧,洪大福憋不住了,"叭叭叭"地拍了拍车窗"喂!同志……"

那胖子睁开一双红眼:"拍什么?谁让你拍我的车了?"洪大福指指地摊和被压烂的芋头,说:"你这车停的不是地方,压着我的芋头摊了。"没想到胖子却牛气轰轰地说:"我有急事!再说是几个烂芋头值钱,还是

我的车子值钱?这车要是给拍坏了,你赔得起吗?"说罢,胖子猛踩油门,卷着烟尘扬长而去,呛了洪大福一鼻子的尾气。

旁边的人看这情景,对洪大福说:"知道那是啥车吗?宝马!你瞧那车牌号,尾数是888,听说光买这个车牌号,就得花十几万呢!"

洪大福平时为人本分,不爱与人较真。可不知怎的,一见这号不差钱的牛人,心里就堵得慌。他一跺脚,抓起几个被压烂的芋头,冲那开远的宝马车狠狠扔去:"有几个臭钱神气啥?"但是,眼见集市已散,他也只好气哼哼地回家了。

走到半路,一辆轿车突然从洪大福的旁边驶过,车开得飞快,溅了他

一身泥水。还没等他回过神来，就见前面的路上，突然蹿出一头小白猪，那轿车避让不及，"咣"地撞在路边的一棵树上，接着一个侧翻，"哗"地栽进了沟坎里。

这儿是一段偏僻山地，过往的车辆和行人都很少。看到出了车祸，洪大福赶紧奔上前去，这才发现，真是冤家路窄，翻沟坎的车竟是刚才那辆"888"牌照的宝马，车里的司机正是那胖子。此刻宝马车头扭曲，里面的胖子满身是血，上半身和两条胳膊都被死死卡住，双腿呈跪姿蜷缩在驾驶座里，看上去，就是个跪着磕头的姿势。胖子"哎哟哎哟"地呻吟着："救救我，快救救我啊……"

洪大福瞄了瞄胖子，看情势，人是伤得不轻，但一时半会儿死不了，不由觉得心里舒坦起来。他想着刚才在集市上的事儿，正要抬腿走人，可踌躇了片刻，又慢慢转回身来，索性掏出根香烟点着，蹲在车旁"扑哧扑哧"地吸了起来。

胖子可怜巴巴地说："救救我吧，求求你！"

洪大福冷冷一笑："嘿，你不是牛得很嘛，你求我干啥？"

胖子像只霜打的茄子，哭丧着说："大哥，刚才是我不对，我给你赔不是……我给你钱行吗，只要你肯救我，要多少？你说个数……"

"呸！我可不稀罕你那臭钱。"洪

大福哼了哼，然后从怀里摸出旧手机，拨了个报警电话，说这儿出了车祸。随后，他依然像是老猫看困鼠，没事似地蹲在车旁吸着自己的烟。

这时候，对面路上又来了个陌生汉子，见此情景也赶紧奔了下来。汉子个儿不高，黑黑瘦瘦的，上前就一愣"刘总，怎么是你？"那瘦汉说着，钻下去就想搬扛宝马车，可扛了几下，车子却纹丝不动，他只好扭过头又朝洪大福看了看："这位大哥，快过

来帮个手呀！"

"急啥？死不了。"洪大福优哉游哉地喷了一口烟，"活了半辈子，还没见过像他这样给我磕头的有钱人呢，我得先享受享受。"

瘦汉皱了皱眉头："你这人，都出这事儿了，咋说风凉话呀？你没看过报纸和电视上说，过路人见死不救也是犯法的，后果严重的还得判刑呢！"

一听这，洪大福这才扔了烟头，没好气地走上前去，两个人一起用力，折腾了好几个回合，把胖子从车

架子里拽了出来。

不一会儿，警察赶到了，胖子也被救护车送往了医院，洪大福这才知道瘦汉名叫张正奎。这时，天突然下起了大雨，两人一块躲进路边的瓜棚里避雨，便扯着刚才的事儿聊了起来。张正奎问洪大福，见着人家出车祸了，咋会是那个态度？洪大福就把今天胖子在集市横行霸道的事说了一遍，接着问张正奎："看样子，你认识这开宝马车的？"张正奎点了点头，说："从前，他是给我看大门的；如今，我给他看大门。"

洪大福一听，觉得有点意思，就问："这话咋说呀？"

张正奎叹口气说："以前我做过老板，那时公司很红火……可我不善经营。不久，又出了一场意外事故，死了几个人，我被判了刑，去年才出来。"

见洪大福还有些不明白，张正奎笑了笑："我知道你想问什么……"接着，他就说起了多年前遇上的一桩事情。

那天，县医院来了一个病人，是个摔伤的乡下汉子，由于失血过多，生命垂危。可不巧，那病人是罕见的"熊猫血型"——B型RH阴性血型，血库里根本没有，一时也难以找到血型相同的人。就在这节骨眼儿上，一个瘦瘦的小伙子走上前，说自己的血型可能相配，愿意献血救人。医生经

过查验，果真是。于是，小伙子当场献血，随后他就悄悄地离开了。当病人脱险后，有人才发现，那个献血的小伙子由于体质虚弱，晕倒在医院的大门外……

听到这里，洪大福突然双眼直愣愣地盯着张正奎，问："你说的这事，是哪年？"

"是八年前的事了。"张正奎想了想，又说，"是十二月九号。那天下了一场多年不见的大雪，晚上特别冷，我去医院看感冒的……"

洪大福几乎跳了起来："那天，就是因为雪下得太大，我爬上屋顶去清扫积雪，结果从上面摔了下来，被人送到县医院抢救……"

张正奎也意外地瞪大了眼："这么说，那个'熊猫血型'的病人……就是你？"

洪大福点了点头，一把抓住张正奎："献血给我的那个小伙子，他在哪？""你听我说完吧。"张正奎没回答，却把刚才说的那件往事接了下去——后来大家才知道，献血的那个小伙子因为下岗失业，万念俱灰，当晚他去县医院，原本是想买安眠药自杀的……得知这事，身为老板的张正奎心里一热，第二天就把那个小伙子招到自己的公司，先给了他一份门卫的工作。不久，看这小伙子聪明肯干，又让他做了一名销售业务员。经过几年的闯荡和摔打，后来小伙子自己开了

公司，当了老板，还开上了宝马……

听到这里，洪大福看了看张正奎，又朝刚才翻了宝马车的沟坎看看，问道："你说的就是刚才这人……他的名字，是不是叫刘二晃？"

"没错，就是他。"张正奎笑了笑，"嗨，这也算是不打不相识呀！"

洪大福愣怔半响，摸了摸脑袋："当年，我没见着这个刘二晃的面，后来，我按医生那里留下的姓名和地址去找他，当地人说他搬了家找不到人了。没想到今天赶集遇上了……唉，也怪我这个人，心眼儿窄，看着有钱人，心里就别扭，看来，我也得改改了。"

张正奎说："可不是，我早想通了，现如今的穷人和富人，其实都在一条道上奔，只不过有的跌了跟头，有的先跨了一两步……"

这时，雨停了，天色也不早了，张正奎说他还要赶到城里去，自个儿就先走了。走了老远，他发现洪大福跟在后面追了上来。

张正奎朝对面的方向指了指："哎，你不是要回家的嘛，咋又掉头往城里走了？"

"我也要去趟城里。"洪大福索性将那担芋头朝路边一扔，说，"刘二晃受了伤，一定也要输血的，有我在，正好呀！"

（题图、插图：魏忠善）

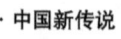

职场凶猛

□章楚吟

被抄袭

职场如战场，处处暗藏机锋。有时候一不小心，就卷入了是非，套用一句流行的句式来说，就是"被战斗"了！眼下，奥克广告公司就弥漫着紧张的战斗气氛：创意部的两大"战将"——李嫣和卢森正在角逐部门经理的位子。上岗标准很明确：公司最近正在竞标一个国际品牌的电视广告合同，谁能在公司内部的比稿会上获胜，代表奥克广告公司参加最后的竞标，谁就是下一任创意部经理。

李嫣入行不到三年，却有股初生牛犊不怕虎的劲儿，她带着自己的团队每天加班加点，干得热火朝天。看着他们干劲十足的表现，公司的美方总监老麦克也忍不住连连点头，乐呵呵地赞赏道："嫣，你们真像年轻时候的我，看来我这个总监的位置迟早也是你的啊。"几句话让李嫣信心更足了。

可奇怪的是，卢森那里却没什么动静，安静得有点诡异，不知道他葫芦里卖的什么药。

眼看就要到公司内部比稿的日子了。这天晚上，李嫣又一个人留在公司加班，对方案做最后的调整。突然，卢森桌上的电话"嘀铃铃"响了起来。咦，这么晚，谁会给卢森打电话呢？李嫣心里不由有些纳闷。她低头继续做自己的事，可那电话铃却"嘀铃铃"响个不停，吵得人心烦。最后，李嫣实在忍不住了，走到卢森桌前，拿起了话筒："您好，奥克广告。"可此时，电话那头却传来了"嘟嘟"的忙音。

李嫣悻悻地放下电话，不经意地一抬头，突然发现卢森电脑显示屏的指示灯一亮一亮的，她试探性地动了动鼠标，整个屏幕都亮了起来。卢森居然忘记关电脑了！再仔细一看，李嫣禁不住一阵狂喜，只见电脑桌面上有一个文件夹，标着"竞投方案（定案）"的字样！真是天助我也，李嫣毫不犹豫地打开了那个文件夹。

这一看，她顿时又气又喜：气的是，卢森的整个方案居然都和自己一模一样，显然是剽窃自己的；喜的则是，卢森窃取整套方案的同时，也窃取了一个致命的纰漏——预算中有一项可有可无的特技制作费。而今晚李嫣加班的重要任务之一，就是要在自己的方案中删除这项预算！

李嫣心想：搬起石头砸自己的脚，说的就是卢森吧！广告竞标第一比创意，第二比预算。这项制作费价格不菲，又出不了效果，怎么能逃得过老麦克的法眼呢？而且，老麦克看到两个相似的方案，必然会顺藤摸瓜去查，嘿，抄袭者必自毙！看来自己已经胜券在握了。

想到这里，李嫣第一次感觉如此快意轻松。

被淘汰

第二天便是内部比稿的日子。一上班，麦克就让两组分别进入会议室，阐述各自的方案。李嫣在前，卢森在后，李嫣瞥了卢森一眼，心说：同样的方案，更低廉合理的预算，自己想不赢都难啊。有了自信，李嫣阐述起来也格外顺利。老麦克在一旁更是频频点头："不错，很有想法。"李嫣走出会议室时，老麦克还对着她竖起了大拇指。

很快，第二组的阐述也结束了，老麦克和卢森一起走出了会议室。李嫣注意到，老麦克走出来时，意味深长地看了她一眼，这让她更加确定自己是最后的胜利者。

这时，老麦克清了清嗓子，宣布道："两组的方案都很好——"李嫣不禁把目光转向了卢森，想看看这个手下败将失败时的窘迫。只听老麦克继续说道，"这次代表我们公司参加竞标的是卢森和他的团队，同时卢森也将出任我们新的部门经理……"

李嫣一下子惊呆了，她简直不敢相信自己的耳朵，这怎么可能呢？可看到老麦克带领着大家为卢森鼓掌庆祝，李嫣才明白自己这次真的输了。

等到周围的人纷纷散去，李嫣迫不及待地把卢森拉进了会议室："我能看看你的方案吗？"说完，不等卢森同意，便拿过他的方案翻阅起来。可这明明就是昨天卢森电脑里的那套方案啊！李嫣不由"咦"了一声。

"怎么？觉得眼熟吗？"卢森扬了扬嘴角，"我的方案可能不够新颖，或者接近某些经典案例，可你也知

道，广告界玩的技巧都差不多，关键还是要看报价……"

李嫣抢白道："你的报价也不对啊！特别是这个特技制作费，明明是花大钱又没效果的一项，你却打入了预算！"她摇了摇头，"老麦克真是老眼昏花了！"

没想到，卢森却气定神闲地说："所以说你还嫩了点。我来告诉你，这个特效技术，目前国内只有一家公司能做，那就是密特朗制作公司。你不觉得密特朗这个姓很熟悉吗？"

密特朗不正是老麦克的姓吗？李嫣突然想起，听说老麦克有一个女儿，也是圈内人，看来这个制作公司就是他女儿的。想到这里，李嫣顿时像泄了气的皮球，自己千算万算，怎么就没算到这么一卦：这个特技制作费起码要30万，卢森显然是要将这笔钱拱手送给老麦克的女儿！哼，狗腿子！

卢森用手指了指天花板，说道："你要学的还有很多！别忘了，办公室是有24小时摄像头的，因此，即使办公室只有一个人，也别以为其他人不知道你干了什么。"

"你！"李嫣涨红了脸，她这才明白，昨晚的电话也是卢森打来的，这一切都是阴谋！李嫣依然不服气地说道："但是你抄袭我的方案，这是事实！"说完，转身出了会议室。

李嫣马上找到了老麦克："麦克，我和卢森的方案是一样的，难道你不觉得奇怪吗？"

"我亲爱的孩子，我很理解你现在的心情，但是人总要学会面对失败，不是吗？广告界的经典案例太多了，有些相似也很正常啊！"老麦克手一摊，摆出一副无辜的表情。

李嫣梗着脖子争辩道："你不要告诉我，做了这么多年，你连抄袭和雷同都分不出来了！那个创意是我的，如果能让你高兴，我也可以把那个密特朗公司的特效预算加上去！"

"孩子，没有真凭实据可不能随便乱说！你有没有想过那些监控室的录像才是真正的证据？到时候是谁抄袭谁的还说不清楚呢！"老麦克的笑脸凝固住了，他严肃地说，"我给你几天假期，等你转换好心情，再回来工作！"一句话，就把李嫣踢出了局。

被逆转

李嫣失魂落魄地回到家，心里越想越郁闷，明明是卢森抄袭了自己的方案，为什么到头来"受伤"的却是自己？李嫣深深地体会到了职场战争的残酷。

第二天是卢森上任的日子，李嫣没去上班，一直睡到了晚上，最后还是被老麦克的电话吵醒了："嫣，假期结束，即刻回来上任！"不等李嫣细问，老麦克已经挂断了电话。

"上任，上什么任？去你个中饱私囊的洋鬼子！"李嫣放下电话又骂了一通。可骂归骂，班还是要上的。第二天，李嫣还是去公司上班了。

没想到，仅仅一天没来，整个公司已经炸开了锅。原来，昨天卢森上任后干的第一件事，便是跑到老麦克那里，递交辞职信。

这一招让所有人都乱了套。老麦克简直快疯了，一见李嫣，仿佛抓到了一根救命稻草："哦，亲爱的，你终于来了！你知道，其实我一直是很欣赏你的……"接下来，这个美国人不

停地引用中美两国的典故，来表达对李嫣的极大赏识。

末了，老麦克宣布任命李嫣为新的创意部经理，代表奥克公司参与那个国际品牌广告案的最终竞标。老麦克还告诉李嫣，对手是一家名不见经传的小公司，但留给李嫣的时间也很紧，因为竞标会的时间就定在明天。

可李嫣对另一件事更有兴趣："卢森为什么要辞职呢？"

老麦克一听到卢森的名字，脸色一下子变了，他闪烁其辞地回答道："他……他就是以私人理由辞职的……不过，公司不缺这样的人才，起码还有你，不是吗？而且你也知道怎么做，才能让广告的效果更加与众不同，是吗？"这回，李嫣听懂了老麦克的暗示，卢森走没关系，但是那个特技制作预算得留下！

临危授命，李嫣来不及再做新的方案，她只能拿着被卢森抄袭的那套方案参加了竞标会。

来到竞标会的现场，李嫣突然看到了一个熟悉的身影，是卢森，真是"冤家路窄"。而卢森竟然就是那家小公司的代表！

在等待竞标的时候，李嫣忍不住问出了心中的疑问："其实你早就想跳槽了是吧？但是为什么是在你不择手段，抢到了经理的宝座之后呢？"

卢森笑笑，没有正面回答这个问题："我记得你说过，广告竞标，一是

蹬技，是传统杂技的一种。表演者将道具置于脚上，表演种种技巧花样。除却它的艺术之美，这种表演背后竟还藏着一段惩恶扬善，让国人扬眉吐气的往事……

脚上有乾坤

□ 沈一译

救人一命

清朝末年，有外国列强霸占了京城的几块地方，同时勾结当地的土豪流匪，烧杀抢夺无恶不作，百姓生活苦不堪言。

在京城的西北角，常年居住着一

拼创意，二是拼高性价比的预算！"

李嫣点点头："没错！一个产出和投入不成正比的产品是不会获得客户青睐的！"

"不幸的是，为了迎合麦克，你现在手上拿着的，正是这样的一个产品！"卢森说着，扬了扬自己手中的文件袋，"而我却能向客户呈现出最有诚意、最有成效的创意和预算！巧合的是，这次竞标的顺序有了变化，我在前，你在后！"

李嫣一下子跌坐在椅子上。她这才明白过来，卢森其实早就想通过这次广告竞标另立门户。为了有更大的胜算，卢森首先趁内部比稿的机会，利用老麦克的贪婪徇私，击败李嫣，并把一套有缺陷的方案推上前台。接着，他又来了一招釜底抽薪，辞职不干，让李嫣临时上岗，逼她用一套有明显缺陷的方案来和自己竞争。至于最终的胜负，早已分明了。

（题图、插图：谭海彦）

批街头艺人。其中有个叫黄魁义的单身汉，颇有名气和侠胆。他今年三十多岁，身材魁梧，蹬技表演可谓一绝，大到八九十斤重的大水缸，小到拳头般大小的苹果，耍起来都收放自如。不过黄魁义生性寡言，除了住在一个院里的"飞刀"小刘，很少有人知道他的来历。

这天早晨，和往常一样，黄魁义在西街口拱着双手，向过往的百姓道了声"捧场"，便开始了表演。只见黄魁义平躺在方凳上，慢慢直起双腿，把一口五十多斤的黄水缸蹬了起来。那口大笨缸在黄魁义的双脚上，竟十分轻盈，随着他双腿的屈伸，一会在脚尖灵活打转，一会又在左右脚间来回跳跃。不多时，黄魁义的场子里外就围上了不少观众，就连街头的一些摊贩也停下手中的活儿，津津有味地看了起来。

这时，西街口的一户人家里，突然冲出了个四十多岁的男子，他手里抱着一个六七岁的小男孩，发疯似的高喊着："救命！救命！快来救救我儿子啊……"这到底是出了什么事？

原来，小男孩顽皮，不小心吞了一枚铜钱，现在正卡在喉咙里。眼见男孩呼吸越来越困难，刚刚还在看演出的人们纷纷叫嚷起来："快去找西街的郎中，把铜钱给取出来……""来不及了，快快，把他倒过来拎着，使劲抖！"男子赶忙和好心人把小男孩

倒着提了起来，可不管他们怎么抖都不见铜钱出来，而此时男孩已经脸泛青紫。

正当所有人束手无策时，黄魁义出现在男子身边，他一把抱过男孩，说道："让我来。"说着，他在地上平躺下来，像蹬缸那样，小心翼翼地用双脚把男孩托起，左脚抵住男孩的背部，右脚快速但平稳地摩擦着男孩的颈部。突然，黄魁义大喝一声，左脚微微一弯，随即右脚在男孩后背上发力一蹬，只听男孩"哇"的一声，从口中喷出一枚铜钱，憋了许久的男孩顿时哭声大作。"恩人！"男子赶忙抱过仍在哭泣的男孩，对着黄魁义磕头道谢。黄魁义连忙扶起他，淡淡说道"举手之劳，不必多礼。"

围观的百姓也纷纷为黄魁义鼓掌叫好。这懂行的人都知道，蹬技也分"蹬物"和"蹬人"两大流派，其中"蹬人"难度更大，一般很少有人表演，像黄魁义这般能"蹬人取物"的，更是闻所未闻。黄魁义向欢呼的人群抱了抱拳，回身继续蹬起了自己的水缸。而这一切，都被一个名叫麦郭的小痞子看在眼里，他眯缝着眼睛，露出了诡异的笑容。

第二天，黄魁义很早就来到了西街口，拉起了表演的场子。可还没表演多久，麦郭就带着一队洋兵，耀武扬威地冲了进来。麦郭挥手驱散了看表演的百姓，踱到黄魁义跟前，双手

叉腰，用命令的口吻说道："史密斯上校有令，要你现在就到他的官邸去。"黄魁义上下打量了麦郭一番。他听人说过，麦郭本是西街上的混混儿，后来甘愿做了外国人的爪牙。而麦郭所说的那个史密斯，是一个外国恶霸。在欺侮百姓的时候，史密斯没少出力，完全是个十恶不赦的坏蛋。黄魁义没好气地反问麦郭："他是要我去表演蹬缸吗？不好意思，我没空。""这可由不得你！"

麦郭坏笑道，"前天，上校不幸被流匪的鸟枪打中，现在有颗子弹留在他的肺部。这京城里的郎中都找遍了，没人能够取出来。昨天我看你取铜钱，还挺有一手的，现在就和我到上校官邸去，如果能把子弹取出来，自然少不了赏钱；要是取不出来，哼哼——"还没等麦郭把话说完，两个拿着长枪的洋人快步上前，连拉带拖地把黄魁义架走了。

等麦郭和洋人们走远了，百姓们慢慢围到一起，大家议论纷纷。"唉，谁不知道，史密斯是个杀人不眨眼的魔头，在这里也不知干了多少坏事，黄兄弟恐怕是凶多吉少了！""这鸟枪弹又不是铜钱，怎么取得出来？就是取出来，等于救了那杀千刀的史密斯，还是不要救的好。""瞎说，不救的话，黄魁义他还可能活着回来吗？"百姓们谈论了一阵，才无奈地摇着头散开了。

妙脚取弹

麦郭等人不敢耽搁，当下押着黄魁义赶到了官邸。此时，史密斯正躺在内厅的红木床上，因为子弹还留在肺部，整个人面色惨白，气若游丝。房间里有个军官模样的洋人看了看黄魁义，用生硬的中文问麦郭道："医生都没办法，这个人能行？"麦郭一脸讨好地笑道："杰克副官，他脚上有绝活，小的昨天亲眼看到，他用脚上的内功把东西从身体里震出来了。"杰克副官想了想，说道："麦郭，你为我们做了不少事，我相信你，今天就先让他试试。"随后杰克转过身，对着黄魁义说道，"把子弹取出来，一定要小心！"杰克对身旁的两个洋兵使个眼色，那俩洋兵立刻持着枪，站到了黄魁义身后。

黄魁义看着屋子里的几个人，暗暗思索：且不说今天不一定能取出子弹，即使能取出来，那就是救了史密斯一命，这和卖国求荣的麦郭又有什么分别？可是不取的话，长枪在后，今天恐怕走不出去了。想到这里，黄魁义不觉握紧了拳头，豆大的汗珠滑下他的脸庞。

麦郭瞧见黄魁义的小动作，咳嗽了一声，大声道："怎么，还不赶快去取？"两个洋兵趁势上前一步，把枪顶在了黄魁义的腰眼上，杰克副官也把手放在腰间的佩枪上，似乎随时就要把枪拔出来。在这千钧一发的时刻，黄魁义下定了决心，他抬起头，咬牙说道："好，我取。"

黄魁义躺在房中的大圆桌上，让一群洋兵把史密斯抬起，放在了自己伸起的双脚上。黄魁义稍微用脚掂了掂史密斯，深深地吸了口气，然后双脚用力，把史密斯飞快地旋转了起来。

房间里的洋兵们，看到史密斯像个大陀螺一样转来转去，都吃惊地瞪

大了眼睛。只见黄魁义的双脚越转越快，几乎让人看不清具体的动作。杰克几次按捺不住，要想冲上前让黄魁义停下来，但都被麦郭暗暗拦了下来。大约蹭了半盏茶的工夫，黄魁义突然大喝一声，双脚同时顶在史密斯的后背。顿时史密斯喷出一口血水，又听"叮"的一声，一颗子弹夹杂着血丝，从史密斯口中喷出，落在了地上。

"真是神了！"麦郭看到子弹，得意洋洋地对杰克说，"大人，小的这次可立大功了，赏钱可不能凑合。"这时，黄魁义从桌上翻起身子，拉了拉衣襟，鄙夷地瞄了眼麦郭，头也不回地往屋外走去。

不过，杰克看看还昏迷着的史密斯，狡猾地转了转眼珠，伸手拦住了黄魁义，缓缓说道："子弹是取出来了，不过我担心上校会留下后遗症，我看你还是在这里住上几天吧。"出乎杰克意料的是，黄魁义没有多说什么，一副任由处置的样子。杰克也没多想，派人把黄魁义押往了后院的柴房，严密地看守了起来。

过了几天，京城百姓听说史密斯的子弹取了出来，但不见黄魁义回来，都哀呼着恶人没恶报。而史密斯的身体状况则大大好转，已经恢复了日常的饮食。不过，可能因为昏迷了一段时间，他总觉得大脑隐隐发昏，思维时断时续。杰克和麦郭都沾沾自

喜救了史密斯一命，没把他的不适太放心上。洋兵们看到史密斯渐渐康复，也放松了对黄魁义的看守。

谁知到了第七天晚上，杰克正在屋里擦枪，一个洋兵慌张地跑进来报告："不好了，史密斯上校突然昏死过去了！"杰克不敢耽搁，赶忙来到史密斯的房间，只见他双眼泛白，口中只有出的气。"混蛋！"杰克看着房间里束手无策的医生，大骂道，"你们快想办法，其余的人跟我去柴房。"

但等杰克来到柴房，他傻了眼。昨晚还锁得好好的柴门，已经被人打开了，里面空无一人。那根手腕粗细、锁着柴门的铁链竟被折断。

等杰克再追到黄魁义的住处，早已不见了他的踪迹。另一方面，医生们拿史密斯的病症毫无办法，当天晚上，史密斯就停止了呼吸，一命呜呼了。后来经过医生对尸体的仔细检查，发现史密斯的死亡原因是大脑的损坏，他的脑神经由于撞击，受到了很大的破坏。知道内情后，杰克气急败坏，由于抓不到黄魁义，干脆把麦郭枪毙了顶罪。

至于史密斯为什么会大脑严重受损？上了粗铁链的门又是如何被折断的？当时在京城也众说纷纭。有人说是另有高人出手，杀死史密斯救出黄魁义；也有人说黄魁义一身本事，是八仙中铁拐李的转世。而黄魁义从那时起就销声匿迹，再也没出现过。

原来如此

不过据"飞刀"小刘的后人说，黄魁义隐匿一年之后，广东的黄飞鸿来京城找过黄魁义。黄飞鸿还告诉艺人们：其实，黄魁义是用黄家的绝学"佛山无影脚"，自己踢开了柴门。而史密斯的脑损伤，是黄魁义乘着蹬他的机会，不断用双脚蹬踢他的头部，把内力传进大脑，震断了部分脑神经，导致了大脑的逐步死亡。黄飞鸿又说，在脑神经受创的前几天，由于脑神经并未全部损伤，被震伤的人还能进行日常活动，不会马上死亡，这就是现在医学上所说的"活死人"。

见众人还是一脸迷茫，黄飞鸿又打了个比方：把一个橘子拿在手里用力地捏揉，捏好后橘子的外表看不出显著的变化，但剥开橘子，会发现里面的橘肉已经开始糜烂了。而黄魁义算准了史密斯的死亡时间，便赶在他死前连夜逃走了。当然，艺人们都清楚，这原理说起来简单，但真要把一个人脑神经震断，而一时却觉察不出来，这脚上的功夫简直就是炉火纯青了。至于黄魁义是什么人，怎么认识黄飞鸿，又怎么会黄家的绝学，问起黄飞鸿时，他只是摆了摆手，露出了神秘的微笑。

（题图、插图：黄全昌）

国王的三个心愿

有一位国王，最近一病不起。纵使他一生占领了很多土地，拥有数不清的金银珠宝，还是难逃一死。

这一天，他将所有大臣集中到自己病榻前，他说："不久，我将离开这个世界，死前，我有三个心愿。第一个愿望是，灵棺必须由我的医生亲自运送。"国王大喘了口气，继续说，"第二，送葬时，通往墓园的道路要撒满国库里的金子、银子和宝石。"他裹了裹毛毯，休息了片刻，又说，"最后一个愿望：落葬时，一定要把我的双手放在灵棺外面。"

大臣们面面相觑，不知原由。最终，国王最信赖倚重的将军吻了吻他的手，说："陛下，我们一定遵照您的旨令，但您能告诉我们为什么要这么做吗？"

国王深吸了一口气，说道："我想要世人都明白三个道理。首先，让医生运送灵棺，是要大家学会珍爱生命。因为，医生不能治疗所有疾病。面对死亡，他们也常常无能为力；第二，是为了告诉人们，我花费一生去追求财富，但很多时候是在浪费时间；第三，希望人们明白：我是空着手来到这个世界的，最后我仍然空着手离开。"说完，国王闭上眼睛，永远停止了呼吸。

（推荐者：梅 梅）

你将是州长

美国西部有一所小学，这里的孩子都比较淘气：旷课、打架，甚至砸烂教室的黑板。其中有个叫汉克斯的特别捣蛋。

这天，汉克斯又闯了祸，被老师留在了教室里。不过这次，老师并没有批评汉克斯，而是拉过了他的手细细看了起来，看完，老师惊喜地说：

"看你修长的小拇指就知道，你将来会是纽约的州长。"汉克斯大吃一惊，长这么大，只有奶奶相信他会成材，说他可以成为货车司机。而这一次，老师竟说他可以成为纽约州长？

从那天起，"纽约州长"成了汉克斯的一面标杆，他的衣服不再沾满泥土，说话也不再夹杂污言秽语。并且在以后的四十多年中，他没有一天不按州长的标准要求自己。

在51岁那年，汉克斯终于当选为纽约州长。在就职演说中，他动情地说："孩提时代，大人的一句赞扬、一次好评，有时哪怕是一句善意的谎言，都可能成就孩子的一生。因为这会激发他们身上最大的潜能！"

（作者：巴　山；推荐者：刘永健）

15 法郎赢得战争

戴高乐是法国著名的将军、政治家，还是著述颇丰的军事理论家。

第一次世界大战结束后，戴高乐因战功显赫得到了升迁，期间他潜心研究军事理论，不久便写出了《未来的军队》一书。

在这本书中，戴高乐竭力主张组建一支由职业军人组成，配备坦克、飞机等先进武器装备的机械化部队。

然而，戴高乐的主张并没有被法国当局重视和采纳，一些官员甚至还批判他的理论是"离经叛道"，就连一向器重他的贝当元帅也把他的理论当成在"开玩笑"。他们坚信：斥巨资修筑的马其诺防线固若金汤，足以抵挡一切侵略。

戴高乐的理论得不到重视，他的书自然也乏人问津，《未来的军队》一书只卖出了750册。

然而，墙内开花墙外香，这书却引起了德国人的兴趣，一次性购买了200册。他们得到这本书后，都如获至宝，认真研读。并且，德国人把戴高乐的军事思想融合在自己的军事理论中，形成了新的编制和战术。

几年后，德国装甲军绕过法国人引以为傲的马其诺防线，快速踏上了法兰西土地，如入无人之境。

后来，人们戏说："德国人只花了15法郎，就赢得了这场战争。"原来，《未来的军队》一书售价15法郎。当然，这是夸张，但也不无道理。因为墨守陈规，只能被动挨打。

（作者：赵盛基；推荐者：小　青）

（本栏插图：安玉民　梁　丽）

学写作文，
从读故事开始

兄弟情深

□魏 玮

美国西部有一个小镇，每年都定期举行"赛马节"，这是小镇的传统保留节目。镇上有兄弟两人，哥哥叫哈里，弟弟叫罗尔斯，打幼儿园起，两人就爱看赛马，十几年来一场不落。他们还梦想有朝一日，自己也能有一匹宝马良驹参加比赛。

机会终于来了。这天，哥俩外出打猎，突然听到一阵动物的低鸣声，拨开树丛一看，原来是两匹小马驹，一匹黑色，一匹棕色，看样子生下来没多久。那只棕色小马腿部有些擦伤，估计是出生时不小心跌落下来的。黑色小马也不走，就卧在棕色小马的身边，不时蹭蹭它的脖子。

哥俩见状忙脱下衣服，一人抱了一匹带回农场。罗尔斯心细如针，他嫌棕色马腿部有伤，就抢先认领了黑

色马，并起了个响亮的名字："闪电"，希望它跑起来，疾如闪电；哈里呢，乐呵呵领养了棕色马，也起了个名字，叫"壮汉"，希望它强壮起来。

说来也怪，几年过去了，壮汉反而越长越好。每次两匹马在一块嬉戏，壮汉总是风风火火冲在前面，而闪电虽然紧追不舍，却往往落后一截。

罗尔斯心里犯了嘀咕，开始留意哥哥的动向。终于，他捕捉到一个细节：一次，哈里伏在壮汉耳边低声絮语，说着、说着，壮汉就昂首嘶鸣起来，好不威风；而闪电呢，就乖顺地走过来，蹭一蹭壮汉的脖子……罗尔斯暗骂闪电下贱胚，接着又骂哈里暗地里施什么巫术。

转眼间，今年的"赛马节"又要到了。壮汉、闪电也长大了，哈里、罗尔斯毫不迟疑地报名参赛。组委会告诉他们，去年的赛马会上，有两匹马没到终点就渴死了，组委会为此饱受非议。所以，他们对今年的比赛细节作了改变，就是允许赛马驮适量的饮

水，届时会有特制的饮嘴从水袋中伸出，并附在马脖子边，以便它们一张嘴就能喝到救命水……

罗尔斯嫉妒地说："比赛又增加了难度，我担心闪电进不了状态。"

没想到哈里却哈哈大笑起来："你可别小看闪电，它是匹良驹。"接着，他又逗趣道，"罗尔斯，听说今年的奖金又提高了，一等奖有50万呢！得了奖，我们的日子就好过了。"

罗尔斯没吱声。他知道如果壮汉参加比赛，闪电就没有戏。他不允许这样的事情发生，决不！突然，一个奇怪的念头闪了出来……

赛马比赛如期进行。比赛前，罗尔斯主动给两匹马备上马鞍、水袋，他突然发现闪电水袋里的水少了一半，忙问是怎么回事。哈里笑着说：

"是我干的。闪电驮太多的水，会跑不快的，壮汉倒不要紧。"

罗尔斯很不高兴。眼看再换水袋，已经来不及了，他只好瞪了哈里一眼。

这时，已有人牵着马走向赛场了，哈里拍了拍壮汉，叮嘱了它几句，壮汉像是听懂了，昂首嘶鸣起来，闪电也乖巧地跑了过来，蹭了一下它的脖子，还调皮地吮起饮嘴来。哈里见状，哈哈大笑起来，对罗尔斯说："好弟弟，我们一起加油吧！"

比赛正式开始，随着一声枪响，赛马们如闪电一般冲了出去。不出所料，冲在最前面的正是壮汉。只见它身体优雅地放松收紧，节奏均匀又有力度；闪电呢，不甘示弱，紧随其后。

观赛台上坐满了观众，大屏幕正在现场转播赛马的一举一动。罗尔斯心里格外紧张，因为像以前一样，不管闪电怎样努力，始终无法超越壮汉。他眼红地对哈里说："果然，你的壮汉出尽了风头啊！"

哈里笑而不答。突然，他紧锁眉头："好像哪里不对劲啊！"

罗尔斯的心一跳："哪里不对？"

"壮汉它很痛苦。"哈里盯着屏幕上奋力奔跑的壮汉，"怎么回事？它在喘粗气……壮汉可能有问题了！"

这么一说，罗尔斯也仔细地观察起壮汉来。果然，尽管壮汉步伐仍然优雅，但步频明显缓了下来，起跑还不到半小时，它已显得有些体力不支了。罗尔斯见此，心中暗喜不已。

很快，不可思议的一幕发生了！壮汉一个趔趄翻滚在地，闪电呼啸而过，后面的马带起滚滚烟尘将壮汉的身体埋没。罗尔斯紧张得站了起来。可大屏幕上的镜头没再对准壮汉，而是聚焦在蹿升到第一位的闪电身上。

然而，闪电飞奔出去没多远，竟奇怪地裹足不前，很快也被紧随其后的马群赶超，消失在了镜头里……

"发生了什么事？"哈里和罗尔斯同时站了起来。他们冲下观赛台，赶往出事地点。可惜已经迟了，等他们赶到，壮汉只剩下了喘息的力气，它半躺在地，身上地上全是血。如同几年前的场景一样，壮汉身边卧着闪电。闪电无助地向着两人嘶鸣，哈里悲痛地摇摇头："壮汉没救了……"

罗尔斯万万没想到他的闪电会转身回来留在壮汉身边。50万大奖泡汤了！他懊恼地跪在地上，痛苦不已。

这时，哈里慢慢取下壮汉身上的马鞍、水袋和饮嘴。突然，他的手被刺了一下，血顿时流了出来，他定睛一看，这才发现饮嘴上竟有一根不易察觉的倒刺，那个倒刺在壮汉奔跑时一直摩擦着壮汉的脖颈，割断了颈动脉，壮汉终于不支倒地。

哈里疑惑地望着罗尔斯："是你给我的壮汉……"

"是我，是我干的！"罗尔斯疯狂地大叫起来，"是我做了手脚——"

哈里大惑不解"我的弟弟，你为什么要这样对待壮汉？"

罗尔斯歇斯底里地叫了起来："为什么？别以为我不知道你打的什么鬼算盘！你拿了奖金，肯定会远走高飞，留我一个人在这个破地方！"

哈里无奈地摇摇头："不是的。"

"你给壮汉准备那么多水，却把闪电的水倒了一半，为什么？不就是要赢我？"罗尔斯摊出最后的底牌。

"你的眼里怎么只看得到输赢呢？"哈里叹了一口气，说，"跟你讲实话吧，我发现壮汉擅长短途冲刺，而闪电却适合于长途耐力跑。不过，他们是一对好兄弟，只有闪电可以跟上壮汉的脚步，也只有闪电能依靠壮汉的帮助坚持跑完全程。因此，最后的赢家只会是闪电。"哈里的语气越来越冰凉，他继续说，"壮汉多驮点水，是为闪电做储备的，你没看到吗？只要壮汉嘶鸣一声，闪电就会过去喝水。你呀，你害了大家！"说罢，他悲愤地离开了赛马场……

罗尔斯大脑一片空白，他慢慢挪到壮汉身边。突然，闪电仰天长啸一声，继而瘫软在壮汉身边。等罗尔斯反应过来，一切已经来不及了。

原来闪电一口咬住那个倒刺，与壮汉一起倒在了赛马场上……

（题图、插图：安玉民　梁　丽）

本故事根据〔美〕劳伦斯·布洛克的同名小说改编

离奇的绑票

□张 雨 改编

雪莉是个胆大心细的姑娘,然而,百密也有一疏。

这天晚上,她在回家路上,碰到两个问路的,还没讲上两句话,却被对方喷了迷药,昏了过去。等她醒来后,发现自己已被五花大绑,关在一间特别肮脏的棚屋里。她不禁打了个冷战,知道自己被绑架了!

十万绑票

雪莉告诉自己,冲动是魔鬼,越是危险越要保持冷静。她偷偷从眼缝中望出去,发现那两个绑匪正是问路之人,一人个子高,长得精瘦,有点阴森森的;另一人个子矮,长得胖乎乎的,年纪稍轻一些,看样子不是很聪明。两人正在旁边嘀咕着什么。

就在这时,只听见那瘦高个"嘘"了一声,说:"轻点儿,她好像快醒了。"雪莉灵机一动,趁机打了个哈

欠,伸了伸腿,假装刚发现自己被捆的样子,晃着个脑袋问道:"我这是在哪里?啊,你们绑架了我?"

"不是绑架!是有事要找你商量,"瘦高个说,"雪莉,只要按我们的要求去做,你就不会有事的。"

突然,雪莉快活得尖叫起来:"你们知道我的名字?太了不起了!你们绑架了我?啊,这简直太棒了!你们给我爸爸打电话了没有?"

两个绑匪被她莫名其妙的反应惊到了,忙说:"没有。"

雪莉爽朗地笑了起来:"这样吧,你们给我爸爸打电话,让我也听一听,我敢肯定他会急坏的。"

两个绑匪满脸疑惑，张着嘴，瞪大眼睛望着她。小胖墩说："你好像还挺快活的。"

雪莉边笑边说："是呀，我当然快活，这是我有生以来遇到的最刺激的事！"接着，雪莉话锋一转，说，"我希望你们在我爸爸身上好好捞一笔，你们要他拿多少钱？"

瘦高个笑了："七万五，如何？"

雪莉立即答道："不够！我爸爸很有钱！他是个医生，而且人家付给他的都是现金，都放在我们家地下室的保险箱里。"

瘦高个说："难道是为了逃税吗？"

"好像是那档子事吧，我还听他嘀咕过，他那保险箱里的钱不少于十万。所以，你们不必等银行开门，也不必只拿七万五就完事。你们要个整数，十万，而且能轻松到手。"

瘦高个点点头，说："宝贝儿，你肯定他有十万？"

"肯定！不过，他很可能会跟你们讨价还价，他是个吝啬鬼。那你们就告诉他，你们知道保险箱里的那些钱都没有缴税。我想他很快就会妥协的。"

瘦高个很高兴，说："哈哈，怎么这事就像是你在出主意呢，丫头。"

"不瞒你们说，我自己还想干一票呢。"

"好咧，"瘦高个说着打了个响指，说，"我出去打个电话，一会儿就回来。我这个兄弟会好好照顾你的，小猫咪。"

诱敌深入

雪莉看到瘦高个离开，心里一片阳光灿烂，因为两个绑匪当中，她觉得小胖墩容易对付些。她朝小胖墩嫣然一笑，问："你以前绑过票吗？"小胖墩瓮声瓮气答道："没有。"

雪莉试探性地问道："那等钱到手了，你们会放过我吗？"小胖墩想了半天，才说："啊，当然会的。"

雪莉眼睛一转，道："你很善良，我愿意跟你交朋友。"说着，她一挺胸脯，显露出身上的曲线。她看见小胖墩的目光在自己身上滴溜溜转，便甜甜一笑，又说，"要是不捆我，我还更迷人呢。你那大哥一时半晌还回不来，我想你可以做点什么。"

小胖墩咽了一下口水，走过来就要解开绳子，正在这时，忽听外面有汽车的声音，他忙刹住脚步，慌张地朝外看去，果然是瘦高个回来了！

只见瘦高个一进门，就"嘿嘿"笑着对雪莉说："知父莫若女，不错，不错，一切都跟你计划的一模一样！"

雪莉笑了笑，信口问道："钱谈妥了吗？不过，你们怎么去收钱呢？"

瘦高个一惊，忙说："是的，我也正愁这事呢。"

雪莉歪着头，想了一会儿，出了个主意：130公路靠近收费站的地方，

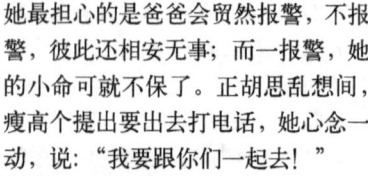

有一座孤零零的立交桥。他们可以让雪莉爸爸开车过来，把钱扔到立交桥外面，然后过收费站。而他们可以在立交桥下面等着收钱。这样的话，即使有警察跟在后面，也只能陷在收费站里。而他们可以溜之大吉……

瘦高个听了，暗暗叫绝："考虑得很周到呢，都是你自己想出来的？"

"哈哈，我是从一部超级大片上学来的。"

瘦高个叹了口气："小猫咪，你肩膀上扛的可是个好脑袋，可惜……"

"可惜什么？"

瘦高个忙解释道："可惜你跟我们不是一伙的，哈哈……"

其实，雪莉是故意这样问的，她听得懂瘦高个的话外音。不过，此刻

她最担心的是爸爸会贸然报警，不报警，彼此还相安无事；而一报警，她的小命可就不保了。正胡思乱想间，瘦高个提出要出去打电话，她心念一动，说："我要跟你们一起去！"

两个绑匪听了一愣。雪莉说："我要亲自给老家伙打电话，让他相信你们是些亡命之徒，如果他不肯合作，你们就会杀了我。还要告诉他，你们拿到赎金之后，就会放我回家，叫他千万别让警察介入。"

两个绑匪相视一笑，不约而同地说："好吧，那我们一起去。不过，你要乖一点，否则子弹是不认人的。"说完，朝雪莉挥了挥手中的枪，然后一起上了车。

不久，三人来到一个投币电话亭前，瘦高个拨好号，谈了几分钟，解释了赎金送到什么地方，怎么个送法，然后把话筒给了雪莉。

雪莉拿起电话，抽抽搭搭地哭了起来："爸爸，照他们的话办吧，他们有四个人，都是些亡命之徒。我吓坏了，把钱给他们吧，爸爸。那女的说，如果你叫了警察，她就拿刀子割断我的喉咙。爸，我太害怕了……"

瘦高个怕雪莉乱说话，就抢过话筒，挂了，然后推推搡搡地把雪莉弄上车，喝道："你乱讲些什么呀？我们怎么成了四个人，还有一个什么女的？"

雪莉解释说："我没有乱讲！人越多，不是就越凶险吗？要是他以后报了警，那就叫警察去抓三男一女好了。这样，你们麻烦也少一些！"

这么一说，两个绑匪倒没有话了。瘦高个觉得这鬼丫头心眼太活了，决定钱一到手，就立即把她做掉。

棋高一着

瘦高个决定单独去取赎金。他说，大约一个钟头后就回来，如果到时候还没回来，小胖墩就带着雪莉立即走人。小胖墩似懂非懂地点点头。

等瘦高个走远，雪莉就趁机朝小胖墩撒起娇来，一会儿说她的手指头给捆得麻木了，痛得厉害，求小胖墩帮她解开来；一会儿，又要小胖墩给她根香烟。小胖墩犹豫了一下，但最终还是都答应了。

雪莉狠狠地吸了一大口烟，朝小胖墩喷了一口，笑道："我非常喜欢你，但很害怕你的同伴。"

"是吗？为什么？"

"我知道他想杀死我，"雪莉抓住小胖墩的肩膀摇了起来，"我说的是真话，只要我没有死，爸爸就不会报警的，放我走吧！"

小胖墩说："以后放你怎么样？"

雪莉摇摇头："不行，得在你同伴回来之前放！不然他拿到了钱，也就不在乎我的生死了。你可以把我放掉，然后你们拿了钱，离开这个城市。

没有人会知道的。我会告诉爸爸说是你们放了我的。他见到我回去一定会很高兴。而且，他害怕逃税的事曝光，所以一句话都不会说。你能放我走，是吗？"

小胖墩想了很久，最后犹豫着说："放了你，我会被撕成两半的。"

雪莉眼睛骨碌一转，说："那假如我弄什么东西打你一下，把你打昏了？"

"他不会相信你能打到我。"

"假定我真打了你呢？不厉害，但是能留下记号，你可以给他看，作为证明。你就说那绳没有捆好，是我解掉了绳，从背后打你的？"

"这样行！"小胖墩咧开嘴笑了，把枪递给雪莉，说，"你用枪柄敲我一下，好好敲，别太重，好吗？"

"行！"雪莉爽快地答应了，接过枪，突然转转枪头，对准小胖墩的心窝，狠狠地扣下了扳机。小胖墩猝不及防，呆呆地望着她，紧接着，雪莉又对准他开了两枪……

不一会，汽车马达声传了过来，瘦高个来了！雪莉抓住枪，蹲在门口等着。车门"砰"地甩了开来，瘦高个跳下车，拎着个钱袋，哼着歌推开棚屋门，一眼就瞧见地上小胖墩的尸体。他不由愣了一下，抬起头来，却撞见门旁雪莉愤怒的目光。说时迟那时快，一串子弹射了过来，他"扑"的一声倒在地上……

雪莉手疾眼快，把钱袋从瘦高个手上抢了过来。接着，拿起捆过她的绳子，在椅腿上使劲地磨，直到把它磨断为止。她在棚屋里找到一把铲子，挖了一个浅坑，把钱放了进去，再把坑填平了。然后雪莉擦掉枪上的指纹，扔进草丛中。最后，她上了大路一直走，找到一个电话亭，给爸爸挂了一个电话。

爸爸很快就赶过来了，把她紧紧搂在怀里，安慰她。雪莉边哭边说："我太害怕了，那个男的取了赎金回来，分赃不均，结果和一个同伙双双火拼而死。第三个人便趁机跟那女的一起，开了一辆车跑掉了。我这才侥幸捡回了一条命……"

爸爸忙安慰说："孩子，没事了。"

雪莉让爸爸看了那根绳子，说："我是磨了好久，才把绳子磨断的。"

爸爸夸奖道："你真勇敢！"说完，把雪莉带上了车。车上，雪莉关切地问道："爸爸，他们要了你很多钱吧？""是，但我只给了一万！"

雪莉笑了，心想，爸爸真是个老狐狸啊，可嘴里却说道："一万块可不少啊！"

爸爸说："乖女儿，没关系。"

雪莉出主意道："爸爸，我们报警吧，让警察把钱追回来！"

"不必惊动警察了，"爸爸想了想，严肃地说，"最重要的是我女儿平安无事，那可比世界上一切财富都重要！"

（题图、插图：佐 夫）

· 本刊信息传真 ·

2010 年《故事会》增刊征稿

2010 年，故事中国网将继续编辑《故事会》增刊——故事中国网专辑。

增刊在稿件要求上与《故事会》正刊有所不同，除了坚持故事性和"可传"的基本特点保持不变外，在作品的题材选择、语言风格、表现形式、创作来源上均力求突破，融入更多新颖的时尚元素、都市元素和网络元素，内容更贴近现实生活，符合现今读者的阅读喜好和心理需求。增刊稿件不必拘泥传统故事在结构和语言上的要求，抛弃程式化的规则，按自己喜欢的方式讲故事，充分体现娱乐性、情感性、热点性，可以讲生活中的真实故事，可以天马行空虚构故事，也可以把道听途说的有趣事、新鲜事转述出来。希望增刊能给人这样的感觉：故事存在于生活的各个角落，故事有各种不同的表现方式。增刊入选作品稿费标准和《故事会》期刊相同，并可参加年底《故事会》优秀作品评奖，挑战千字千元的奖金！

征稿时间：即日起到 5 月 31 日，投稿信箱：storychina@gmail.com

详细征稿要求请见故事中国网(www.storychina.cn)。

快进人生

□ 叶 梓

密 约

杨旭是一名篮球运动员,这两年正处于人生巅峰时期,然而,在最近一次训练中,他的右手粉碎性骨折。经过认真诊断,医生告诉他,要想保全右手,伤好后,就要立即去办理退役手续!他闻听,如同五雷轰顶。

常言道:"福无双至,祸不单行。"几个月后,杨旭从医院里出来,由于心情不好,经常上酒吧借酒消愁,女友赵晓晴久劝不听,不得已两人分了手。这下,他彻底绝望了。

这天深夜,杨旭从酒吧里出来,竟鬼使神差般来到了篮球场,当他再次拿起篮球,却没有了往日的感觉,手指迟钝,连转个身子都显得很困难。杨旭叹了一口气,把篮球一扔,一

屁股坐在空荡荡的看台上,双手抱着头,心如死灰……

不知过了多久,突然一个篮球骨碌碌滚了过来,杨旭一惊,朝四下里一看,灯熄了,什么都看不到。

这时,从黑暗里走出一个人影来。只见那人戴着墨镜,腔调有点阴阳怪气的:"是不是事业不顺,爱情有险,走进人生的死胡同啊?"

杨旭抬起头说:"不,我只有20岁,我不想死。"

那人诡秘一笑:"谁说让你去死?不需要你去死,只需要让你的人生快进。"

杨旭苦笑道:"人生快进?怎么个快进法?"

"你说说看,对于篮球运动员来说,什么最重要?"

"投得准?不,是速度!"

"对,速度!"墨镜男神秘地说,"如果你同意,我们可以签订一个契约,我保证你会成为最出色的篮球运

动员！"说着，他伏在杨旭的耳边，如此这般说了一通，然后，用脚勾起篮球，即兴表演了一番，看得杨旭眼花缭乱，如痴如呆。

墨镜男突然停了下来，给杨旭递过一份契约，杨旭连想都没想，就在上面签下了自己的大名……

成 名

第二天，杨旭来到篮球场，主动要求参加训练。队长把他打量了一下，突然，出其不意地将球砸了过来。杨旭一个弹跳接过篮球，回手又给队长抛了回去。可篮球旋转得很厉害，

球速太快，队长竟一时没有接住。杨旭突然觉得不对劲，他的手感明显跟以前不一样。他拿起旁边筐里的备用篮球拍了两下，心一下子提到了喉咙口，一股狂喜涌上心头。

杨旭开始加入训练，断球、抢球、弹跳，他越来越觉得奇怪，自己的身体里好像注入了什么东西，速度比以前快了几乎一倍。而别人的动作，在他眼里似乎在放慢镜头一般，他不费吹灰之力就能抢过球来。更不可思议的是，就在对方篮球进筐前的一刹那，他也有足够的时间把球顶出来。

起初，大家分成两队对打。后来，就变成了大家合力围攻杨旭一个人。只见他动作凌厉，快如闪电，简直像一头扑向猎物的豹子，竟然能从十来个人的包围中带着球冲出去，一个高速弹跳，篮球进筐了！

教练喊了声"停"，将杨旭叫到一边，担心地问："你小子没嗑药吧？"杨旭心里十分兴奋，嘴里却不屑一顾地说："嗑药？呵呵，我还没有那么堕落。"教练当胸捶了他一拳，竖起大拇指："小子，好样的！"

从此，杨旭就像变了一个人，变得更加自信、成熟了，没多久，就众望所归，当了篮球队队长。在他的带领下，球队所向披靡，看台上，所有的观众都在为杨旭加油欢呼，他的表现实在太出色了，简直就是个篮球天才。杨旭成名了！

爱情

杨旭享受着成功的巨大喜悦。可每当从球场上下来，他的心情并不轻松，因为他仍忘不掉赵晓晴。这天晚上，杨旭来到赵晓晴住的小区，给她打了个电话，然后站在拐角处等。

过了好久，赵晓晴才从家里走了出来。杨旭走上前，认真地对赵晓晴说："晓晴，我们可以重新开始吗？"赵晓晴紧紧咬着嘴唇，看着他问："你还爱我吗？现在，你可是大明星啊！"

两人正说着，突然一辆轿车如离弦之箭从斜刺里冲了过来。说时迟，那时快，杨旭快如闪电，硬是将赵晓晴从死亡线上拉了回来。只听"砰"的一声，轿车撞到了灯柱上，赵晓晴惊魂未定，吓得一动也不敢动，杨旭紧紧地抱住了她……

很快，杨旭和赵晓晴就结婚了。没过多久，杨旭发现了赵晓晴的一个小秘密：每隔一段时间，赵晓晴就会往一只细瓷花瓶里放点东西。杨旭问她，里面放的是什么？赵晓晴却神神秘秘地说，放的是"秘密"。至于秘密是什么，她怎么都不肯说。

赵晓晴有时也会问杨旭："为什么你会比别人快？"

杨旭笑着说："因为，我的人生比别人快一倍。"

赵晓晴捣了他一拳，说："你胡说什么？还能有快一倍的人生？"

杨旭笑而不答，快一倍又有什么关系？他喜欢这样的成功事业，这样的美满家庭，这才是他想要的人生。

回归

日子过得飞快。这天，杨旭从篮球场回到家，感觉有点不对劲儿。只见赵晓晴呆呆地坐在沙发上，怀里抱着那只细瓷花瓶，一动不动。杨旭慌忙走到她身边，问她怎么了，赵晓晴抬起头，将瓶子递给杨旭，问道："你知道这瓶子里装的是什么吗？"

杨旭摇摇头。赵晓晴悲伤地说："这是我的愿望瓶，里面储存着我对以后人生的全部计划。你不想看看吗？"说着，眼泪慢慢流了下来。杨旭吓坏了，他拔出瓶塞，倒出一个个叠得整整齐齐的小纸条，打开一看，上面写着：

27岁：和亲爱的旭生个孩子。不管男孩还是女孩，都好好宝贝他（她）；30岁：带孩子去海边旅行。和老公、孩子一起堆沙雕，在沙里埋愿望瓶；70岁：一起照顾孙子……

杨旭将纸条依次看完，心里涌出一股暖流。他猛地将妻子拥在怀里，赵晓晴却一把将他推开，将一张纸递到了他眼前。杨旭一看，顿时惊呆了，那是他和墨镜男的契约。

"这是我在你的旧球裤中发现的，"赵晓晴一字一顿地说，"没想到，你的快进人生是真的！你为什么要做这样的事！你真傻啊，如果你的寿命是80岁，那么你将在40岁时死去，对不对？"

杨旭呆住了，半天没说话。是的，这是他和魔鬼签的协议，他之所以出手快如闪电，是因为他的人生在快进。他的一半人生，已经卖给了魔鬼。可他认为这是值得的。赵晓晴用力捶打着杨旭的胸口，泣不成声："不，我不许你这样做！即使你没钱，没有地位，即使你是一个卑微平庸的男人，那又有什么关系？我爱你，杨旭！"

杨旭紧紧拥着妻子，也默默地流下了眼泪。他原以为妻子不会爱上平庸的自己，不会喜欢平淡的生活。想不到，他错了。

从那以后，每天晚上，赵晓晴都陪着杨旭一起去篮球场，想找见那个墨镜男。时间一天天过去了，他们始

终没有看见那个怪异的身影。可赵晓晴坚定不移地对杨旭说："我们要一直找下去，直到他出现为止。我决不能让你拿生命去换取任何东西。"

终于，一个月后，墨镜男出现了。他看着杨旭，问他"你真的要终止契约？"杨旭紧紧攥着妻子的手，郑重地点点头。墨镜男脸上掠过一丝冷笑："你好好想一想！没有契约，你将重新变得一无所有，没有钱，没有房子，没有车子，没有崇拜的目光……"

"不，他还有我！"赵晓晴直视着墨镜男。杨旭把妻子的手握得更紧了，坚决地说："我们已经决定了！"

墨镜男无可奈何地一笑，说"希望你以后不要后悔。要知道，不知有多少人想得到这份契约呢。"

那夜之后，杨旭果然又变得一无所有。他不过是个右手骨折、断送了篮球生涯的平凡男人。没有钱，没有别墅，没有车子。没过多久，他便从人们的视线中消失了……

几年后，有人在一个海滨小镇看到这样一对普通夫妇：丈夫穿着工装，拿着锤子，妻子则素面朝天，端着茶水，两人一起修理小木屋，旁边还有个小女孩在捉蝴蝶。那个丈夫，像极了以前的篮球明星杨旭……

（题图、插图：谢 颖）

神木咒

□曹景建

深山良材

明朝永乐年间，明成祖朱棣下旨修建皇宫。皇帝住的地方，材料自然要用最好的。经过工部官员的考查，发现川蜀之地的楠木最适合了，于是，一路摊派下去，谁也不敢怠慢，顿时锯声阵阵，一个叫葫芦寨的小山村被打破了宁静。

葫芦寨地处四川南部，当地流传着一句话"天下楠木找川蜀，蜀楠就数葫芦寨。"这里上千年的楠木，树干参天，粗壮茂盛，但由于当地土质松软，容易引起山体滑坡，所以绝不能过度砍伐。不过，州府派来的伐木队才不管这些呢，尤其是一个叫林光的头领，为人急功近利。不到一个月的时间，不管葫芦寨的村民如何哀求，山坡上的楠木几乎被砍伐殆尽。

这天夜里，阵阵惊雷过后，大雨倾盆而下，紧接着轰隆隆的声音响彻整个村寨。次日清晨，村民们惊恐地发现，山脚下的一户人家被泥石流深埋在了碎石之下。老族长大为光火，带领村民们找到林光，质问说："都是你们干的好事，活生生的三条人命就这样没了！"

林光一脸无所谓，"哼"了一声："关我什么事？"

"是你们把山上的楠木砍光了，才引发了泥石流。"老族长据理力争。

林光一甩袖子："胡说八道！率土之滨，莫非王土。我奉旨伐木，何

来过错？"

"你……你怎么这样无理！"老族长说完，便"扑通"一声，晕倒在地。村民们赶紧七手八脚把他抬回村里。接下来的日子，老族长的身体一天比一天差。没想到趁着这时候，林光带着人又把魔爪伸向了"神木岭"。

这下子可震惊了全寨的人。要知道，神木岭是葫芦寨的圣地，就是当地人也不敢轻意踏足。这神木岭是葫芦寨后面的一座孤山，四面环水、地势险要，只有一座几百年前修建的铁索桥与外界相连。岭上的楠木全都是无价之宝，它们长在悬崖边，随便挑一棵，七八个人都抱不过来。

林光一见这些楠木，惊叹之余，顿时乐开了花，心说：这样的上等材

料送到京城，还能少了自己的好处？当下带领人前往神木岭，一行人走到那条锈迹斑斑的铁索桥时，只见桥上铺满了厚达尺余的碎木和树叶。林光不觉感慨道：想不到，经历数百年的桥竟然如此结实！

神秘符咒

老族长听说这个消息，一时急火攻心，吐了几口鲜血。他把儿子阿大叫到身边，缓缓说道："儿啊……我没有几天的活头了！可我们村子现在面临着灭顶之灾，你一定要带领大家保住神木岭啊。要是神木岭成了秃山，一旦发起泥石流，它将阻塞下面的水源，那我们寨子就彻底完了！"

"爹，你放心！明天我就把寨子里的壮小伙子都召集起来，和他们来个鱼死网破！"阿大握紧拳头，暗暗下了决心。

"阿大，他们人多势众，我们怎么斗得过他们呢？"老族长叹了一口气，又说，"你们不要轻举妄动。我明天去一趟神仙观，求神仙保佑一下吧。"

阿大嘴上答应，心里却想：父亲怎么如此迂腐，求神能管

什么用！

第二天，阿大召集了几十个年轻人聚集在寨子前面，带上平时狩猎的家伙，就准备往神木岭进发。这时，老族长突然由人搀扶着走了出来，用颤抖的手拿出一个小木盒子，交到阿大手里："这是我求来的灵符，叫'神木咒'。只要把这几张符咒挂到那些楠木上，再加上神仙观王道长的施法，就能唤醒古楠的灵气。乱砍乱伐者，将死无葬身之地！"

阿大说："爹，这些道士的鬼话你也相信？我看啊，都是哄人的！"

"你个混小子，不可亵渎神灵！你想……把我气死不成？"老族长一口气没接上来，胸口剧烈地起伏着。阿大一看这样，再也不敢言语，只好勉强点了点头："好吧，既然你说它这么灵，那就试试吧。"

由于官兵们把守严密，村民们根本无法靠近神木岭，更别说是到神木岭上挂灵符了。一直等到晚上，阿大才想出了主意，他派了几个年轻人把符咒挂在箭头上，然后趁着天黑，偷偷溜到神木岭对面的山峰上，拉满弓弦，把符咒射向繁茂的树林之中……

第二天一早，老族长把神仙观的王道长请了来。村民们纷纷围了上来，看他如何施法。只见王道长在场上摆起长条木桌，燃上蜡烛、檀香，挂上张天师神像，手舞桃木剑，当空一挥，口中念念有词起来。过了一会儿，

他把手中的黄纸一烧，用剑向神木岭方向一指，叫道："罪孽不恕，神木显灵！"然后，长舒一口气，环视大伙儿，朗声又说，"诸位，两日之后，神木必定显灵。"

村民们看看对面的神木岭，又瞅瞅一脸神秘的道长，都在心里默默祈求祖宗保佑，神木快快显灵。就在这时，只听神木岭那边传来一声巨响。不一会儿，寨里的放牛娃飞奔过来，大声喊道："桥断了，桥断了，他们……他们都掉到山崖下去了！"

断桥之谜

老族长闻听，又惊又喜："难道……神木这么快就显灵了！"说着，转头去看旁边的王道长。没想到王道长也是一脸惊愕，红着脸小声嘀咕："啊……不会这么快吧？"

随即，老族长带领村民们来到了神木岭，只见数百年的铁索桥已从中间拦腰折断，悬崖下面的河流滩上有几具尸体，旁边还散落着一些圆木。大家一看就明白，桥是不堪负重而断的。"不对啊，这桥一向好好的。前些时候，他们运木材也没见发生什么事啊，怎么会突然断了呢？"大家议论纷纷。老族长笑了："还用问，神木显灵了呗！"

"对啊，是神木显灵了，神木显灵了！"一些村民开始一边惊呼，一边跪倒在地，对着神木岭磕起头来。

这时，阿大却是将信将疑，他紧锁着眉头，蹲下身去，仔细观察起断桥来。突然，他对后面的人群喊道："你们看……这是什么？"

大家一听，赶紧围了过来。只见阿大和几个年轻人已经把断掉的铁索拉了上来，那上面早已成了锈块，用手一掰，就掉下一块来。"怎么回事，铁索都锈成这样了？别说在桥上运送木材了，就是桥上面这么厚的碎木和树叶也承受不起啊！"

老族长也觉得奇怪，他蹲下身子，注视着桥中间断掉的木头，突然哈哈大笑起来"我明白了！你们看断掉的木头，那不是楠木树根吗？"

大家纷纷望去，仔细一看，可不是嘛，这桥面上长年累月被碎石和落叶覆盖着，根本看不见最下面是什

么，现在终于看见了，原来这桥是由数千根楠木根拼构而成的，所以，承重的并不是那两根锈了几百年的铁索，而是树根！

老族长看着中间断掉的树根，命人把脚下的树叶全部清理出来。这时，大家才发现，这些树根早就已经深深地扎进泥土石缝里了。老族长欣喜地说道："我明白了，肯定是当年咱们的先人发现，两根铁索并不能长久托住桥的重量，于是采用了一种原始方法，种了一座桥出来！"

"什么，种桥？"

老族长点了点头："没错，我们的祖先居住在林木茂盛地方，一遇到沟壑就用这种办法。"说着，指了指对面的神木岭，"就是从对面悬崖把几根楠木根引到桥上，再在桥上放上土，一年接着一年，长此以往，这些树根就会长到对面来，然后，在咱们这边的土坡上彻底扎下根来。这样，一个'树根桥'就形成了。"

"我明白了，伐木队砍伐掉悬崖上的楠木，再加上官兵天天来回践踏，树根逐渐枯萎，抓地不牢，自然就会断掉喽！"阿大笑道。

老族长点了点头，感慨地说："祖先们的智慧才是最神奇的符咒啊。"

（题图、插图：黄全昌）

□ 蒲国方

这钱
该归谁

这天，在城郊的一个小村子里，传出一个消息：陆、秦两家的娃娃不见了！两个娃娃一个叫陆诚，一个叫秦建，都在县城上初一，现在已有两天没消息了。两家大人急得团团转，正当他们准备去派出所报案时，两个孩子却又一起回了家，平平安安，毫发无伤。

两家大人顾不上责骂，赶紧询问这两天到底出了什么事？

这还要从前些天学校组织的勤工俭学活动说起：那天，陆诚、秦建与同班同学周继峰分为一个小组，干完活后，他们小组分到了10元钱。因为10元钱不好分，周继峰就提议买彩票碰碰运气。于是，三人一起来到福利彩票销售点，由周继峰经手买了五注彩票。想不到天上真的会掉馅饼，过

两天，他们发现自己居然中了25万元的大奖！周继峰家就在县城，他父亲知道了这事，就把三人一起带到周家，并当场给了陆诚和秦建每人1000元。三个孩子在周家有吃有喝，还玩上了游戏机，孩子毕竟缺少自控力，一玩就上了瘾，玩了两天两夜才想起回家。

这飞来的横财，把陆、秦两家大人乐坏了，他们赶紧问："那彩票呢？"两个孩子你望我，我望你，好久才说："被周继峰的爸爸拿去了。"

两家大人一听，当场就跳了起来："彩票是三个娃娃一起买的，中了奖应该大家平分，凭什么被一个人拿去？""走！我们去周家！"于是，两家的父母带着孩子一起来到周家，想要协商25万元大奖的分配事宜。

周继峰的父亲早有准备，很干脆地说："彩票是我家小峰一个人买的，为什么要分给你们两家？"陆、秦两家大人不信，当即带着孩子来到彩票销

售点。彩票销售人员回忆，那天来买彩票的是个高个子，外貌特征还是很明显的。陆、秦两家大人听了，犹如一盆凉水从头浇到脚底。因为三人中，周继峰足足高出陆、秦两人一个头，彩票销售人员所说的高个子，无疑就是周家的娃娃。

就在这时，陆家大人想到一个重要问题："彩票虽然是周继峰买的，但这钱却是三个人共同劳动所得，这大奖理所当然应由三家平分。"

周继峰的父亲根本不承认，反而说："说话总得有证据吧，凭什么说我儿子掏的钱是你们的？"

这下，陆、秦两家傻眼了，这钱又不会说话，怎么办？不得已，秦家

向当地派出所报了案，说是周家为了去兑奖，竟将两个孩子锁进一间屋子里，非法限制他人人身自由。

派出所通过多方调查走访，最后认定：周继峰的父亲虽然为了自己的目的，诱使孩子在家打游戏机，但毕竟孩子是自愿留下的，因此，非法限制他人人身自由的罪名不成立。最后，陆、秦两家决定将周继峰的父亲告上法庭，并为此请了律师……

这个由25万元大奖引发的风波，处理起来很复杂，但最后总要解决的。大家都说："三个娃娃是一起读书的朋友，有了好处，理应大家分享。可是，周家见利忘义，想独吞这笔钱，结果呢？伤了彼此的和气，恐怕到头来还要竹篮子打水一场空。"

律师点评：

《民法通则》规定：违反法律或者社会公共利益的民事行为，无法律效力。而无效的民事行为，从行为开始起，就没有法律约束力。所以依据《彩票销售管理办法》规定，在这个故事中，周继峰等三个未成年孩子购买彩票的行为，显然是不被允许的，这势必就导致了无效结果的发生。彩票销售机构违反相关法规，管理不到位造成这样的事实，当由彩票管理机关纠正、处理。而周家的25万大奖属不当获利，应该由相关部门追缴。

（题图、插图：安玉民　梁　丽）

三国人物手机被偷后

◇ **诸葛亮：** 手机被偷后，写下一篇文章，名为《手机表》："手机使用未半，而中途被偷；仅售价三千，囊中羞涩，此诚危急存亡之秋也……"最终文章获奖，奖金五千，另送新款手机一部。

◇ **刘备：** 手机被偷后，痛哭了三天三夜，最后诸葛亮买了部最新型的手机给他，他才破涕为笑。

◇ **曹操：** 在餐馆里手机被偷，轻叹一声："宁教我负天下人，休教天下人负我。"然后趁人不备，随手抓起别人的手机就跑。

◇ **关羽：** 在酒吧里喝酒，突然发现有人偷了他的手机，立刻飞身追出去，把小偷痛打一顿，连小偷的手机一块儿抢了回来，然后回去继续喝酒，此酒尚温！

◇ **张飞：** 在公交车上手机被偷，小偷尚未下车，于是大喊一声："给我把手机放下！"吓得车上有多人晕倒，十几个人将手机扔到地上。张飞最后随手捡了一部拿回了家。

◇ **赵云：** 手机不慎被偷，痛下决心，死也要抓住小偷。连续七天蹲点守候，一共抓获小偷五十余人，捣毁犯罪团伙两个，抢回手机三部，最终被授予"反扒能手，一身是胆"锦旗一面。

◇ **杨修：** 手机被偷却若无其事，言道："此手机外观不佳，型号太老，功能不全，对我来说只能算是鸡肋。鸡肋者，食之无味，弃之可惜。"

◇ **周瑜：** 陪小乔逛街的时候两人走散，想打手机却发现手机不翼而飞，被后人耻笑为："周郎妙计安天下，赔了夫人丢手机！"

◇ **袁绍：** 手机不知何时被偷，叹一声："可惜我的保镖颜良、文丑不在，不然定能抓住小偷。"

◇ **孟获：** 手机被偷，但当场抓住了小偷，大声斥责道："敢偷我，也不去打听打听，老子'进去'过七次！"

◇ **魏延：** 新买一部手机，有人劝他小心保管，以防失窃，魏延不以为意，当街大叫："谁敢偷我的！谁敢偷我的！谁敢偷我的！"三声喊完，发现手机被偷，又大骂，"是谁偷的？是谁偷的？是谁偷的？"

◇ **貂蝉：** 手机被偷了，没关系，回去一说，第二天马上有一大堆人争着送她新手机。面对十几款各式新手机，貂蝉笑道："这辈子做女人挺好！"

◇ **吕布：** 开宝马去兜风，回来后发现手机被偷，遂仰天长叹："今日手机被偷，时不我与，我乃人中之龙，当再认一干爹，请干爹再买一部为好！" **（推荐者：易　林）**

经典诗词混搭

◇ 少小离家老大回，安能辨我是雄雌。(苦命的人儿，这些年都经历了什么？)
◇ 红酥手，黄縢酒，两个黄鹂鸣翠柳。长亭外，古道边，一行白鹭上青天。
　(如此意境，只有汉语做得到！)
◇ 借问酒家何处有，姑苏城外寒山寺。(不许瞎说！)
◇ 洛阳亲友如相问，轻舟已过万重山。(欠人钱了？跑得够快啊！)
◇ 爷娘闻女来，举身赴清池；阿姊闻妹来，琵琶声停欲语迟；小弟闻姊来，
　自挂东南枝。(人品有问题？)
◇ 在天愿作比翼鸟，大难临头各自飞。(你俩真配！)
◇ 美人卷珠帘，万径人踪灭。两岸猿声啼不住，惊起蛙声一片。
　(这还是美人吗？)
◇ 遥想公瑾当年，小乔初嫁了，使我不得开心颜!
　(爱人结婚了，新郎不是他！)
◇ 满堂花醉三千客，更无一人是知音。(天才都是孤独的！)
◇ 路漫漫其修远兮，壮士一去兮不复返！ (工整啊！)
◇ 人生得意须尽欢，从此君王不早朝。(这个昏君！)

(推荐者：无　为)

买车前后的生活对比

◇ 买车之前，体重120斤；买车之后，体重180斤。
◇ 买车之前，知道所有公交的详细路线；买车之后，知道所有停车场的分布。
◇ 买车之前，在马路上跑步、走路；买车之后，在健身房里跑步、走路。
◇ 买车之前，坐在路边的栏杆上向美女们吹口哨；买车之后，美女们坐在路边的栏杆上向你吹口哨。
◇ 买车之前，足球能踢90分钟，游泳能游1000米；买车之后，足球能踢9分钟，游泳能游100米。
◇ 买车之前，肉都在胸肌上；买车之后，肉都在肚子上。
◇ 买车之前，在公园里恋爱；买车之后，在车里恋爱。
◇ 买车之前，斥开车的人没公德；买车之后，斥行人不守规矩。
◇ 买车之前，每次打车10元；买车之后，每次加油200元。
◇ 买车之前，酒店门口的保安拦住问："干嘛的？"买车之后，保安向你敬礼，并问："有什么可以帮忙的？"
◇ 买车之前，兜里再有钱，别人以为你没钱；买车之后，兜里再没钱，别人也以为你有钱。
◇ 买车之前，穿的衣服再名牌，别人以为是冒牌；买车之后，穿的是冒牌，别人以为是名牌。

(推荐者：木　木)

一张古画，牵出一段陈年往事……

画中藏刀

□冰 儿

1. 怪客登门

在春城，有个画苑一条街，街道不长，却有不下百家画苑，鳞次栉比，煞是壮观。在这百家画苑之中，有家名叫"隆暄画苑"的，更是典雅古朴，风格独特。

隆暄画苑的老板，是春城有名的画家，姓刘名叟，是位须发皆白的花甲老人。如今，一般画苑裱画，大都是机裱或半机裱，而刘叟则全部手工裱，而且是他亲自动手裱画。刘叟裱

的大都是名家名作，所以要价较高。其实，这刘叟开画苑的目的，不是为了挣钱，他是想通过画苑，见识更多的画派，从名家的作品中吸取长处，为己所用。

然而，刘叟的画苑开了三年，其间，虽说他也见识了一些名家之作，但让他感到遗憾的是，三年来却没见到真正的精品。他失望至极，准备结束画苑的生意，静心作画，颐养天年。

可是就在刘叟准备关门大吉的当天，突然进来一个人。只见来人蓬头垢面，穿着邋遢，刘叟不由皱了一下眉头。那人进来，不吭一声，就大大咧咧地往太师椅上一坐，他从怀里掏出一张皱巴巴的纸来，往八仙桌上一放，然后粗声粗气地对刘叟说："你看这画，能复不？"他说话的腔调，真让刘叟受不了。可是来的都是客，刘叟没有说什么，但听说要复画，倒让

刘叟暗暗惊疑。因为现在能说出复画的人几乎是没有了。刘叟再次打量了来人几眼，再看看画，不由大惊，心想：也许是真人不露相，别看他邋里邋遢，也许真有些来历。于是，刘叟立即给来人沏上上等香茶。

接着，刘叟看了那张皱巴巴的纸。这是一张揭画，至少是揭了四层，而这张就是最后一层。虽然被揭了四层，可是品相依然清晰。更让刘叟惊讶的是，这张画竟然是张大千没有裱过的裸画。

为了探听一下这个男人的来历，刘叟故意问道："你要裱这画吗？"来人一愣，说："不，复画。"刘叟假装一愣，说："我没听说过什么复画呀。"来人嘴角露出一丝冷笑，被刘叟看到了，他心里不由一紧。那人说："刘老师，您就别掖着藏着了。这画的前三张我会在明天九点准时派人送来。"说完，他捧起茶杯一饮而尽，然后转身出门，扬长而去。

刘叟看着这个没有素养的男人，心里很不舒服。他觉得这张画落在这样的人手里，实在是可惜了。看他那一副粗俗的样子，刘叟几乎可以断定，这幅画不是此人的。由此，刘叟便想到自古以来，有人曾在"揭画"、"复画"上大做文章。他们利用揭画的技能，把古画一层层揭开，最多一幅可揭七张，然后复制，一幅可仿制出

多幅，冒充真迹，牟取暴利。一般人是辨别不了真伪的。这么一想，刘叟禁不住打了一个冷战，他似乎感觉到，此中有一个深不见底的陷阱。

2. 古怪行为

第二天一早，刘叟就坐在门前，等候那三张揭画。九点刚到，一个二十多岁的姑娘走了进来，刘叟摆了一下手说："今天不接活了。"姑娘笑道："刘老师，这是那三张揭画。"刘叟忙抬眼打量姑娘，只见她梳了两条如今少见的短辫子，红扑扑的脸上有两个不深不浅的酒窝，一笑像一朵刚开放的花。刘叟心想：今天这个姑娘和昨天那个男人相比，反差太大了。这个反差又让刘叟心里产生了压力。

刘叟接过画，姑娘没再说话，转身就走了。姑娘一走，刘叟就忙上了，他关上门，打开灯，拿出那三张画，摆在桌子上，仔细查看一番。随后他把画翻过来，这一翻，刘叟一下呆住了。他没有料到，竟然会有这样的揭画高手，那画的背面，竟然和原画的背面完全一样。揭画能揭到四张已是了不起的高手，能把背面处理得如原本那样光洁，那更是高手中的高手了。

谁有如此精妙的揭画技术呢？刘叟再次拿起了放大镜细看。当他看到揭画背面那规律的凹点时，他终于松了口气，嘴里喃喃自语道："这复画绝活是不该绝呀！"

复画是刘叟祖传的绝活，如今几乎没有别的人再会了。而这复画先得有揭画，揭画本身就是一个高难度的活计，掌握的人也是凤毛麟角。

一连两天，刘叟都在研究这幅画的复原。就在他定下来复画方案的时候，却突然惊得一屁股坐在了地上。他没想到，这次自己会栽了。因为这时，他才发现，这张画是赝品。先前他一门心思钻研这个揭画的手法，而忽略了画的真假。

刘叟明白了，这就是他之前疑虑的陷阱。当时，他跟那个男人说这画是真品。虽然没有签定一纸合同，但这事传出去，他丢不起这个人呀！刘叟知道，这张画如果是真品，至少也得值个二三十万。那他辛苦了一辈子挣的钱，算是打水漂了。

第二天，刘叟病倒了。这一病就是三天。三天后，刘叟爬起来，按着方案开始复画。这是一个精细活、技术活，只有他刘叟能完成这样的活。这幅画，他一复就是十天。

十天之后，刘叟打开店门，脸色苍白的他坐在阳光下，显得老了很多。当那个男人再次出现的时候，刘叟如同木雕一般，坐着一动不动。

刘叟见那男人，依旧是原来那邋遢模样，晃晃悠悠地走过来，老远就闻到了酒气。刘叟知道，他是来找自己要钱的，可是自己却连一点拒绝的办法都没有，只能听天由命了。

那男人走过来，问道："画复好了吗？"刘叟没有回答，转身进店，那男人也跟了进来。刘叟拽了一下桌子上的画。那个男人走过来，拿起画，盯着瞧了半天没吭声。刘叟的汗就下来了。他潜意识中期待那人没有看出这张画是假的，但那男人看了半天，还是说了一句："这张画是假的。"刘叟闭上了眼睛。

当刘叟睁开眼睛的时候，只见那男人把画放到了水盆里。刘叟一愣，心里琢磨：他到底要干什么？突然，那男人把手伸进盆里，一阵乱搅，那画被搅成了纸浆，接着，他端起盆，把纸浆水倒到了门外，然后放下盆，给

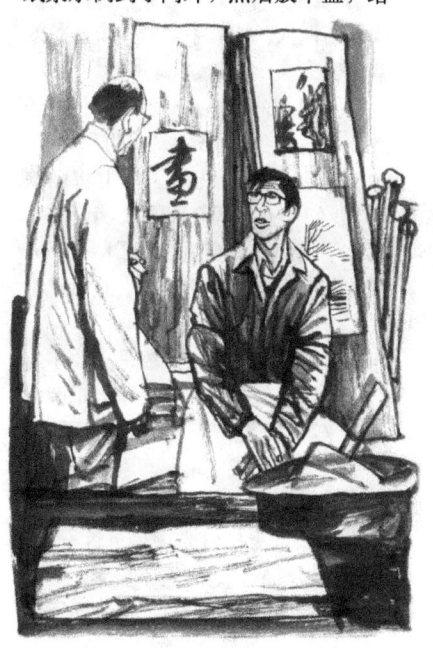

刘叟深深地行了个礼，说："对不住，刘老师！我本不应该这样做的。"刘叟一时还真摸不准对方这么做的用意，便没有开口。那男人接着说："这张画是假的，让您老担心了。明天我把真迹送来，要再次麻烦您了！"说完，把一万块钱放到了刘叟的八仙桌上，就走了。

刘叟呆呆地看着对方的一举一动，半天没缓过劲来。

3. 绝世孤品

第二天，刘叟起来打开店门，见那男人站在门外，衣着整洁，与前两次判若两人。他双手抱着一个长长的盒子。

刘叟把他让进屋，那男人把盒子放下后，自我介绍道："我叫周立明，这画是我周家祖传的，祖上将画揭了。我们一直在找复画的人。我知道，我终于找到了，麻烦您老了！"男人又恭恭敬敬向刘叟行了礼，然后就走了。

男人出门之后，刘叟马上关了店门。他双手颤抖着打开盒子，把画拿了出来，打开看一眼，顿时呆住了。原来这画竟然被揭了七层，看来能复原此画的除了他刘叟，再也找不出第二个人了。刘叟把灯光调得更近一些，用放大镜细看。这一看不要紧，他的血压猛然升高了。此刻，他虽然还不敢确定这幅画的真假，但能基本肯定此画定是大有来头。他倒了杯水，吃了降压药，稳定一下情绪后再次拿起放大镜，反反复复、仔仔细细看了半个小时后，刘叟望着画发起呆来。他不敢相信，眼前所发生的一切是真的。他更没有想到，在他有生之年会看到这幅画！直到外面传来"咚咚咚"的敲门声，他才惊醒过来，慌乱地用报纸把这幅画盖上，才去开门。

来人是刘叟交往一生的一位过命老友，叫孙迹夫。刘叟忙把孙迹夫让进屋，等人一进门，刘叟随即就把门关上。孙迹夫见了不禁一愣，他知道，在画界只有弄到了绝品，才会这么神神秘秘的。可是刘叟已是六十多岁的人了，而且搞了一辈子的画，阅画无数，到底是怎么样的一幅画，让他如此紧张呢？

刘叟见孙迹夫一脸疑问，便指了一下桌子。孙迹夫走过去，把上面盖着的报纸拿下来一看，也顿时目瞪口呆。他自言自语道："这不可能，这绝对不可能……"说着，他几乎是趴到画上，看了好一会儿，终于激动地点了点头。

这究竟是一幅怎么样的画，让两位在画界混了一辈子的老人这样失态呢？说起这画的来头可就大了。这幅画正是江南风流才子唐寅唐伯虎的《骑骡归思图》。而且既不是当今传说的那幅，也不是放在国家博物馆的那幅。说起唐伯虎画这幅画，还有个心酸有趣的故事呢！

原来唐寅当年耻不就官，傲世不羁。他三十一岁时开始游历四方，足迹遍及江、浙、皖、湘、鄂、闽、赣七省，这个时候他正处于贫困凄苦之中，靠卖画为生。这幅《骑骡归思图》就是唐寅在今天的湖南省张家界画的。那么刘叟又是怎么知道这幅画的呢？

这话说起来就长了。原来当时刘叟的祖上，在张家界开了一个酒馆。一天唐寅来到这里，虽然兜里没钱，但他酒瘾上来了，也不管有钱没钱，就钻进刘家酒馆，来了个一饮为快。等到唐寅酒醉之后，准备起身要走时，却被刘叟的祖上给拦住了。唐寅付不出酒钱，一时性起，操起摆在账台上的笔墨，"刷刷刷"画下了《骑骡归思图》。那个时候，唐寅已在外面游历了两年之久，思念家中的父母，他想有头骡子驮自己回家，便作了这么一幅画。这可是当时唐寅的心声写照啊！

刘叟的祖上是一个喜欢字画的人。他见了唐寅的画，惊喜得目瞪口呆，并断定此人将来必成大器，于是便把这画珍藏起来。这一传就是几百年。可是当传到刘叟太爷那辈，画不见了，只留下一张记录这件事的黄纸。刘叟一生就是想再见到这幅裸画，而不是摆在博物馆里的那个已经裱过的《骑骡归思图》。如今，这幅早就不见踪影的裸画，竟摆在眼前的桌子上。你说刘叟能不惊喜得目瞪口呆吗？

刘叟怎么也闹不清这幅画怎么会落到这个男人的手里？然而刘叟觉得这毕竟已经是几百年前的事了，一时让他去哪儿弄清楚？他觉得现在最重要的工作就是复画。这《骑骡归思图》已经被揭了七层，刘叟只得一层一层仔细翻看，当看到第四层的时候，刘叟的手突然一哆嗦，险些把那画给扯坏了。他停止翻看，却冷汗直流，心跳加快。一旁的孙迹夫忙扶他坐到椅子上。

足足过了一个小时，刘叟才平静下来，这才向孙迹夫说出了刚才他发现这幅揭画第四层的秘密。孙迹夫听了也惊讶得张大了嘴巴，半天没合上。

4. 刨根问底

刘叟再次拿起那第四层的揭画，把放大镜凑近细看一阵后，很肯定地说："没错，这揭画手法除了我们刘家，没人会的。"

这个秘密是刘叟在看第四层揭画的时候发现的，他发现这层揭画所用的手法竟然是"倒揭"。也就是说，揭

画的时候，前三层是顺着揭的，而第四层却是倒着揭的。这种揭法绝对艰难，每揭一下，画都会撕开，就像人们常说的戗喳，那一揭必定要坏的。但是，刘家就会这么一手，那是祖传的。刘家这样做出的揭画，无论归谁所有，到最后，必定要找刘家的后人来复这个画。由此，刘叟断定这画就是当年祖宗传下、后来失踪的那幅画。可是现在这画是人家拿来的，得先把画给人家复上，再追究其来龙去脉。

接着，刘叟很快又发现，这张画已经复过一次，只是复到第四层的时候失败了，又揭了回去。从手法上看，此人复画的功夫也是了得，且隐隐约约含有刘家复画的手法，只是显得稍嫩了一些。这让刘叟惊疑不已，这个人到底是谁？跟刘家有什么瓜葛呢？

刘叟开始复画。这个复画的工艺非常复杂，尤其到第四层。这第四层绝就绝在重复上。这个秘密只有刘家单传的人知道。这就是，刘叟在把前三层复完后，要过一个星期，等画胶干透后，再将第四层复上，而且要倒着复上。等画干了后，再揭下来。这时候的第四层画，已经是薄如蝉翼了。这还没完，刘叟又在第四层复上一张白宣，把第四层的飞羽打立过来，为第五层复画的羽毛对上喳口。就在刘叟把白宣复上去后，等待它干透的时候，又有人"咚咚咚"地敲门

了。

刘叟听到敲门声，透过门缝往外一看，见是那个送画的男人。刘叟打开门，却拦在门口，不让他进来。那男人问道："刘老师，复得怎么样了？"刘叟沉默了半天才从嘴里吐出两个字："难呀！"那男人一听惊道："我想看看画。"刘叟摇了摇头说："绝对不行。"男人急得硬往里闯，刘叟拦也拦不住，那男人闯进屋里。当他看到桌子上的画竟是一张白宣时，顿时大叫起来："这……这你可赔不起！"

刘叟微微一笑说："你说，这画你复过是吧？"男人一愣，犹豫了一下支吾道："复、复……是复过。"刘叟问："谁？"男人不耐烦地说："这你就别管了。我告诉你，这画要是复坏了，我把你告上法庭，你就是倾家荡产也赔不起。"刘叟说："这个你放心，就是你花钱让我毁了它，也是不可能的事。"男人一听，这话里有话，就没再说什么，转身出门走了。

刚才，刘叟在跟这男人说话的时候，注意看了他的肘部，并断定他不是画的主人，至少他对复画一点不懂。刘叟知道凡是复画人的肘部，即小臂处，那块皮肤都比常人的要黑。因为，在复画的时候，一定要用肘部抚平。如果这男人懂得复画，而且能把唐寅的《骑驴思归图》复到三张，那功力也很了得了。那他至少要揭上几千乃至上万张的生宣，也至少要复上

几千、上万张的生宣，那么他的小臂一定会留下一块黑色的皮肤。可是，让刘叟不解的是，要说他只是代人办事，但瞧他刚才看那画的神情及生气的样子，又不像是装出来的。对那男人，刘叟一时还真弄不明白。

一个星期后，刘叟揭掉画上的白宣，把飞羽顺过来，又花了半个月，清理了白宣留下的飞羽。但他并没有急着把画复上，而是放下了手里的工作，把画锁到保险柜里后，就去找孙迹夫喝茶。

刘叟和孙迹夫在靠窗的桌子前坐下，边品茶边聊天。这时，只见一个姑娘走上楼来，坐在东南角的一张桌旁。刘叟立即认出来，她就是送画到他店里的那个姑娘。不过刘叟没有和她打招呼，他要看看这个姑娘到底在等什么人。可是过了好半天，也没看到有人找她，而她喝了一杯茶后，就站起身来，绕过桌子，从刘叟的前面走了过去。就在姑娘走过去的一瞬间，刘叟一下就呆住了。只见姑娘的胳膊露在旗袍外面，而她右小臂下的那块皮肤是黑的。很明显，这就是复画所留下的。

当刘叟追出去时，已经不见了姑娘的身影。刘叟感到事有蹊跷，急忙赶回画苑，打开保险箱，看到画还在，这才松了口气。

当天晚上，刘叟便开始复画，直

到第三天的晚上，才把最后三张画复完。他把画展开，挂到墙上又仔细看了几遍，这才满意地点了点头。现在，他就等那个男人来取画了。可是，他天天等，日日盼，这一等就是一个月，那男人也没有出现。当初，他曾让那男人留下地址、电话，可那人却说不用。如今，天南地北，往哪儿去找？时间过得越久，刘叟感觉心里越没底。他焦急得寝食不安，他想莫非这画有什么问题？他又看了好多遍，也没有发现问题。

刘叟等了半年，那人还是没来取画。这期间，刘叟也曾四处找过他，结果均无功而返。不料，就在刘叟不知道如何是好的时候，一件怪事发生了。

这天早晨，刘叟起床后，习惯性地往挂在墙上的那幅《骑骡思归图》望去，这一望惊得刘叟倒退了几步，"噌"地一屁股坐在了地上。他万万没有想到，这幅画上竟然出现了一把带血的刀。过了半天，刘叟才哆哆嗦嗦地站了起来，走到画前，仔细查看。觉得这把带血的刀是那样的立体，那样的逼真，似乎是画上去的。可是，再细看的时候，刘叟不由大惊失色。他觉得如果是画上去的，那完全可以处理得和原来的画一样，可现在他发现，这刀并不是画上去的，而是从画的中间透出来的，应该是在中间几张

揭画中的某一张中渗出来的，现在这幅原画是没有恢复的可能了。

刘叟此刻才明白，这画毁了，他这回就是舍上老命也赔不起了。他颓丧地坐到了沙发上，脑子里一片空白。

5.复仇血刃

刘叟知道，不出几天，那男人就会上门来。果然不出所料，第二天，那男人就出现了。在他身后还跟着那个送画的姑娘。刘叟把两人请到屋里，泡上茶，然后坐着等他们开口。

两人喝了口茶，那个姑娘开口说道："刘老师……"但没等她往下说，刘叟就接过话茬说"那画毁了，你们看……"

姑娘紧锁的眉头扬了扬说："刘老师，我讲一个故事，你先听听再说。在很早以前，我的祖上在一个小城开了一家茶楼。挨着茶楼有一家酒馆，祖上和酒馆的老板都喜欢字画，一来二去的，两人无话不说，好得如同亲兄弟一样。有一天，酒馆的老板提出要教祖上揭画和复画的技术。祖上对此也有兴趣，这一来一往的倒也学个精透。不过，比起酒馆的老板还差一截。谁知道，风云变幻，一天夜里着了一场大火，整条街的店铺无一幸免。我祖上带出了一些珠宝，酒馆老板带的全是字画。在当时，那些字画中只有一幅很值钱。后来我祖上变卖

珠宝，开了一间小店，酒馆老板则整天抱着那些字画，不舍得卖掉，弄得吃了上顿没下顿。祖上看他可怜，就买了他的画，让他先用这些钱开个店，等有了钱再把画拿回去。可是，祖上怎么也没想到，酒馆老板竟把这张画揭了七层，然后复到临摹的画上。当时祖上也没注意，酒馆的老板拿了钱当天就消失了。没过几天，小城竟然出现了同样的六幅画。祖上拿出画一看，才知道让酒馆的老板给骗了。当时我祖上虽然非常生气，可念在多年交友的情分上，也就没有追究。"

刘叟听到这儿，"噌"地站了起来，拍着桌子吼道"不是的，不是的，我老祖宗不是那样的人……"

闻听，周家后人只是冷笑。

刘叟愣怔了半天才说："难道你们是来复仇的？"

那男人冷笑道："你说呢？本来我们的祖上凭着这幅画，可以东山再起。可是，就因为你祖上的贪心，致使我们周家至今仍是衰败不兴，这个仇我们是一定要报的。"

刘叟听到这儿，又一屁股坐到椅子上。他知道画界的水深水浅，自己一生无时无刻都小心翼翼，

可最后却还是着了道。过了很久，他才站起来，从怀里掏出一个存折，又从一个箱子里翻出一张房产证，说："这是我的一生所有，如果真的发生了这样的事，是到应该还的时候了。"说完，刘叟老泪纵横，踉踉跄跄地往画苑外走去。

不料，那个男人却上前拦住了刘叟说："我们不会要你的东西的，人这一生，生不带来，死不带去，我们只想让你得到报应，你很快就会得到报应的。"说完，这个男人和姑娘出门扬长而去。

刘叟呆呆地站在那儿，良久才回到屋里，随手关上门，摇摇晃晃往躺椅上倒去，两眼怔怔地盯着墙上挂着的那幅画。只见画上的那把血淋淋的刀是越来越清楚，越来越恐怖！他不知道应该做什么好。他感到迷糊、疲倦。这些日子，他实在太累了，便闭

上眼睛睡着了，然后从此昏睡不起……

三天后，刘叟的儿子来画苑时，发现父亲倒在躺椅上，才赶紧把他送到医院。这时，墙上那幅画已经恢复了它原来的面貌，再也没有人知道，这幅画上曾经出现过一把血淋淋的刀。

医院对昏迷不醒的刘叟，做了全方位的检查，得出结论：在他手指和手肘的皮肤上有一种神秘的神经性毒药，毒药经由皮肤渗入他的中枢系统，致使他昏迷不醒！刘叟的儿子知道，父亲一定是在裱画的过程中被下毒的，那么究竟是谁和父亲有这样的深仇大恨呢？他来到画苑寻找蛛丝马迹，终于，在储藏室里找到了一个锁着的破箱子。这箱子有夹层，他敲开箱子，打开夹层，里面只有一张发黄的纸。他打开一看，上面写着：

贤弟：

愚兄所做之事，望贤弟能知我心，切勿生出嫌隙来。

这幅《骑骡归思图》，终年之后，自然归你子孙所有。愚兄不辞而别，乃看透火尘，自然当隐世。今天所书，希望贤弟能明白事情始末。

我所做之事，为画流传。你我兄弟十数年，情深意重。经过火起之事，我懂得了，钱财再多，也不过是身外之物，随时可去可来。只有一技在手，方能长久。你复画还欠一层，所以我把这张画揭了，望你能研究，复之，便掌握其中的技术，则大成。

明正德四年(1509年)

刘叟的儿子看向墙上的《骑骡归思图》，感到迷惑不解，难道这里面藏着父亲昏迷不醒的秘密吗？

其实，这封信是刘家代代相传的，刘叟开这个画苑也是在等待着《骑骡归思图》的出现。但是，他不知道，祖上为什么没有把这封信送出去，而是留下自己保存起来。刘叟当时猜测，很有可能是什么事情耽误了，所以信一直没有送出去。

当《骑骡归思图》出现的时候，刘叟本想把这封信拿出来，可是思来想去，怕再生出事来。可是他没有想到，到底对方后人还是误解了他刘家的祖上。他更不会想到，那画上血淋淋的刀，是由一种特殊的化学药品绘制，它散发着一种毒气，能致人死亡。随着毒气散尽，这把血淋淋的刀也就渐渐消失，谁也不会知道发生了什么事。甚至，刘叟也没有打电话把这件事告诉儿子。他不想因为这件事，再让仇恨伴着儿子一生。

没有父亲的说明，刘叟的儿子当然无法了解整个事件的始末。他只能继续守着隆暄画苑，揣着这封信，等着墙上这幅《骑骡归思图》的主人找来，然后拼凑、还原出一切的真相……

（题图、插图：杨宏富）

红兜兜

□ 荆棘路

有两个小鬼，一胖一瘦，整天赤条条地在乱坟岗上游来荡去。

这天，胖小鬼对瘦小鬼说："你看咱俩老是光着身子，夏天还好说，冬天实在吃不消。"

瘦小鬼点点头道："是啊，还有那些大鬼富鬼，没事老拿我们光屁股开玩笑。""那怎么办？""不如我们今晚偷偷投个胎吧。""可是没得到阎王爷准许，我们投了胎也还会夭折的！""夭折怕什么？起码能弄个衣服穿穿！"

说干就干！这天深夜，两个小鬼便晃进了一个村庄，转了一圈，他们发现有两户人家还亮着灯，人声嘈杂，仔细一听，不禁乐了。原来，这两户人家正巧都有人要生孩子。

请神不如撞神，两个小鬼心领神会，分头进了两户人家。没多久，两家几乎同时传出婴儿的哭声。再一看，嘿，都是大胖小子，两家人都十分高兴。

却说生孩子的两位母亲，都十分心灵手巧，她们早就给孩子备下了红兜兜。一位母亲在兜兜上绣了龙，另一位呢，兜兜上绣了虎。她们从产婆手里接过孩子，把红兜兜小心翼翼地系在孩子肚子上，喜欢得不得了。你甭说，这两个孩子系上红兜兜，看上去粉嘟嘟的，很是讨人喜欢。两家人乐得都找不到北了，那是抱在手里怕摔着，含在嘴里怕化了。

头一天，还太平无事。然而，第二天，两个小孩子不知何故，大哭不止，而且越哭越凶，声嘶力竭。这可急坏了两家大人，他们四里八乡，把能找的郎中都找遍了，结果都说无能为力。就这样，只捱到第三天，两个孩子便双双夭折。

这回，轮到两位母亲哭了，直哭

得一佛升天，二佛入地，村里的人听了无不长吁短叹。

按当地风俗，夭折的孩子不能入土为安，所以，两户人家只好把孩子尸体弃置在乱坟岗上，不过，他们身上还都系着母亲缝制的红兜兜……

当天晚上，村里一个醉汉从外乡回来，正在乱坟岗上歇脚，突然听见两个小孩子在说话。

一个说："嘻嘻，你看啊，我的红兜兜上有龙哩！"

另一个说："你看，我的红兜兜上有虎！"

醉汉身上的汗毛全都竖了起来，这时想跑，然而腿却不听使唤。接着，

他又听见一个孩子说："这兜兜来得真容易，咱们明晚再去村里，看谁家还生孩子，我们再去投胎。"

"是呀，这一次，我要骗个小花帽戴戴。"

"我不要小花帽，我要骗双小鞋子穿穿。"醉汉听了，酒都吓成汗了……

第二天一早，醉汉就赶到庙里，把昨晚听到的，一五一十告诉了老住持。老住持双手合十，念佛不已。末了，他命小和尚去乱坟岗把那两个孩子尸体抱来，放在就寝的房里。

夜深人静时，老住持还在床上打坐，突然，只见无数颗小石子向他砸来，接着就见两个小鬼，一边扔石子，一边骂骂咧咧："砸死你，老秃驴，我们投胎管你屁事！"

老住持并不理会，依旧闭着眼睛，捻动佛珠，过了好一会儿，才不焦不躁地说："孩子，我不是在管闲事，而是在渡你们！"

说罢，一甩袍袖，一道佛光闪过，屋里顿时安静下来……

天下事说巧也巧。却说那两位失去孩子的母亲，不久又同时怀孕，十月怀胎，各自产下了一个男婴。这两个男婴，小肚皮上各有一个胎记，一个如龙，一个似虎。这两个孩子一直很健康，长大后都十分讲道理，孝顺父母。

（题图、插图：安玉民　梁　丽）

面子事大

□东 关

汤姆把面子看得比命都重要。这样的人，却偏偏遇到了一件让他颜面尽失的事：汤姆的妻子叫珍妮，长得非常漂亮，这给汤姆长足了面子。但是，珍妮却不甘寂寞，竟然趁着丈夫出差，红杏出墙！这天，汤姆出差提前回家，正好抓奸在床。他不敢置信，一时呆愣在那里。床上的男人见势不妙，赶忙溜走了。

很久，汤姆才回过神来，这真是奇耻大辱啊！他上前一把揪住珍妮，又打又骂。珍妮自知理亏，跪在汤姆面前，任打任骂，不断低声哀求丈夫原谅自己，并发誓以后再也不敢了。

失节事小，面子事大啊，要是让别人知道自己戴了绿帽子，以后还怎么在人前抬头啊？无论妻子如何央求，汤姆都不肯原谅。他越想火越大，一边咬牙切齿地低声痛骂着妻子，一边对她拳打脚踢。

珍妮也无法忍受下去。她心一横，爬起来，大声叫道："好！是我的错。那我们离婚！"说完，她跌跌撞撞冲到门口，哭着一把拉开门。

这下，汤姆脸色大变，他抢上前"砰"的一声关紧了门，然后耳朵贴在门上，倾听外面的动静。

珍妮大声哭喊："对不起……"

汤姆大急，他伸手捂住珍妮的嘴"你小点声，千万别让邻居听到。"

珍妮挣扎着："反正我做了不要脸的事情，也没脸见人了。"

"邻居听到了，不知道他们会怎么说闲话呢！"汤姆急得满头大汗。

珍妮也是豁出去了，继续拔高了嗓门嚷嚷："我不在乎！索性让大家来评评理——"

汤姆眼见她情绪已经失控，"扑通"一声毫不犹豫地跪下了："求你了，看在我的面子上，宽恕这一回吧，我以后不敢了，还不行吗？"

荒岛斗笔

□ 王瑞杰

红心笔厂秘书科有"四大高手"：小赵、小钱、小孙、老李，他们文笔都非常了得。这天，他们四人出去旅游，偏巧遇上险情，流落荒岛。他们身边也只剩下纸、笔和一块牛肉。众人为这块肉闹得不可开交，最后老李发话了："别争了，我岁数最大，听我一句：你们几个比比，谁本事大，谁吃肉！"三人同意，说要斗笔。

小赵第一个掏出笔，找了张纸写

了起来，写完便像拧毛巾一般，从那张纸中拧出了很多清水。他说："瞧见没，我能搞到救命的淡水！我这支笔擅长写总结，那里面有的是水分。"说完，他便想拿肉。

"等等！"小钱一把拦住小赵，"这水是生水，肉是生肉，瞧我的！"说着小钱再次摊开那纸添添改改，然后拿起来对着太阳朝另外一张白纸一照，瞬间白纸聚焦出刺眼的亮斑，冒烟起火了！小钱得意洋洋地说："总结要有放大镜般的聚光作用，把小优点变成大成绩！"

最后轮到小孙展示了，他说："就算有水，有火，你们难道想在这呆一辈子？那么只好我来露一手了！"于是，他第三次在纸上加工润色。再看这张纸不得了了，用手一弹竟发出"叮当"的金属声。他得意地说："我的文笔真叫不惧水火，伸缩自如。去抄个几百份，拼成条船好逃生！"没想到等拼好的船往海里一放，小孙抄起牛肉，"嗖"地一下跳上船，自个儿跑了。他边划边快活地喊"你们在荒岛上老老实实待着吧！"

眼瞅小船越漂越远，小赵和小钱气得直跳脚。只有老李意味深长地说："急什么，你们写了这么多年总结还不明白？那些都是唬人的，做的船又岂能当真！"话音未落，一声惨叫从海上传了过来，只见小船正迅速下沉……

超级会计

□ 马凤文

有一家企业要招聘会计，条件十分苛刻。这天面试都快结束了，外面冲进来一个女人，她说自己叫小萍，刚离婚，需要找一份工作糊口。末了，她又说："无论账面多么复杂，我都能算得清清楚楚！"工作人员当即拿过几个账本，让她清算。只见小萍边翻账本，边熟练地打算盘，不一会就算完了，果真分毫不差。

这时，外面又进来一个男人，自称小李，说自己也要应聘。

工作人员忙解释说，小萍有强项——会算账。小李不屑地说："她会的我也会，她不会的我还会。我不但会算账，我还懂法律。"于是，小李也有一次公平竞争的机会，结果还真如他所说，他不仅懂算账，还熟知有关财产争议的法律。

工作人员只得对小萍说："岗位只有一个，本着择优的原则，我们录

取他了。"这下小萍可气坏了，她指着小李的鼻子，大声质问："你是不是故意来捣乱的？"小李不屑地说："我是来应聘的，你技不如人，就得服气。"旁边的工作人员糊涂了，心说：难道他俩还认识？

小萍转身对工作人员说："我还有强项。"只见她把脸一冷，站在小李面前，伸出手说："拿来！"工作人员一惊。哪知小李更出人意料，竟然从衣兜里拿出钱交给了小萍。小萍把钱往工作人员面前一放，说："就他这样随便给钱的人，能当会计吗？"

难道这小萍会特异功能？一个工作人员忙问小李："你为什么把钱给她？"小李后悔地说："我都条件反射了，她一做那个动作，我就习惯性地给钱。"

见工作人员不解，小李说："哎，我们原来是夫妻，现在离婚了。为了分财产，我们打了两年多的官司。我之所以算账灵活，还懂法律，都是这两年从实践中学来的啊！"

民间有高手

□ 白中玉

一家商城新开业，他们宣布：将抽出五名顾客，比赛数钱，一分钟内谁数得又快又准，钱就归谁。很快五名幸运顾客就一一出现了。

为了制造气氛，主办方让参赛者一一表演。第一位是个年轻姑娘，她手指翻飞，把一叠崭新的百元大钞捻得像是风吹起来，快得人眼根本看不清。时间到，姑娘报了数字 21700 元。工作人员花了五分钟将钱清点一遍，果然没错。

"请问您怎么能点得又快又准

呢？"主持人忙问。"我在银行工作，每天都点好几百万。"那姑娘娇笑着回答，原来是个专业的！

后面的几个参赛者都表现平平。直到最后一位参赛者登场，这是一个弯腰驼背的老头。老头拉过一把椅子坐在台中间，慢悠悠点上烟。台下的观众忍不住喝起了倒彩。老头也不理会，愣是眯眼享受了一会儿，才示意开始。这下，大家又傻眼了！只见老头抓过一叠钞票，"呼"的一声，不是一张张数，而是像翻书一样，几十秒钟就翻完了一叠钱，他便又抓过下一叠随手翻起来。

台下顿时鸦雀无声。不到半分钟，那老头就点完了桌上大半的钱，这时他却停了下来，肯定地报了个数字：51200 元。点钞机也没他这么快啊。商城总经理花了十分钟，反复清点确认，居然分毫不差。这下经理也忍不住了，问道："您老怎么能练出这种本事？"

老人憨厚地一笑："这钱都是新的，刚从银行取出来的吧？我这个老茶农有什么本事……"经理恍然大悟，佩服地说："那您手上的功夫真是了得啊，这钱直接用搢的都不用数了！"

老头嘿嘿直笑："不是不是，这一叠叠钱都是连号的，一翻不就知道多少钱了么？哎，我还不忍心多要你们的哩！"

合 奏

□ 黄 河

市里举办社区文艺汇演，最终夺冠的是来自碧香园社区的乐队，乐队的名字挺奇怪，叫"9楼2单元"。

颁奖结束后，好奇的记者们纷纷围住了乐队成员，问他们为什么要给乐队起这个名字。

碧香园社区的王主任满面红光，主动当起了乐队的发言人，他得意地对记者说："很简单，因为乐队所有成员，都是我们小区9号楼2单元的住户。"

记者们一听，禁不住感叹：不得了，民间果然藏龙卧虎，一个单元里竟然聚集了这么多喜欢音乐的人，真是稀奇啊！

王主任得意地打开了话匣子："说起来，这里面有我的功劳。他们以前都是各练各的，上个月，我接到汇演通知，一时找不到好节目，突然想

到9号楼2单元住的全是人才，就动员他们组成一个乐队参赛。真没想到，仅仅合练了一个月，就拿了第一！"

"看他们的演奏都很娴熟，其中是不是有专业搞音乐的？"记者问道。

王主任把手一摆："绝对没有！这些人里有学生，有职员，还有退休工人，大家喜欢玩乐器，纯粹是业余爱好。"

一个记者撇开王主任，凑上前问乐队成员："你们是怎么开始对乐器感兴趣的？是一起练的吗？"

乐队成员们互相看了几眼，最后，一个吹萨克斯的汉子回答说："我们对乐器感兴趣的时间有早有晚，最早的是她。"他指了指一个中学生模样的女孩子，说，"当初，她每天晚上都要练习两小时钢琴，雷打不动。我住在她家隔壁，也不甘寂寞，就买了萨克斯学着吹。"

·幽默世界·

□风 云

舍命陪小人

这天,张老师收到银行的通知,说他同村的黑子没有按时还贷,银行要扣发他这个担保人的工资。

这下张老师急了:自己当初是被黑子忽悠,当了他的贷款担保人。没想到,现在黑子却赖着不还钱。这时,在外读大学的儿子正好打电话回家,

听说这事后,给父亲支了一招。

第二天,张老师拎着几瓶啤酒去了黑子家,他说:"我想通了,钱不着急还,今天我们先喝个痛快。"

黑子笑了笑:"行啊!"他心里暗想:甭管你使什么招数,我今天反正

小号手接过话茬说:"我住在他们两家的楼下,听楼上这么热闹,咱也不能闲着呀,就学了西洋号。"

架子鼓手紧接着说道:"我比他们都要晚,见他们玩的乐器声音都挺响的,就去乐器店问了问,最后选了架子鼓。老板说,能盖过他们声音的就只有这玩意儿了。"

记者好奇地问:"为什么要盖过他们的声音呢?"

鼓手嘿嘿一笑,没回答,表情有点尴尬。

王主任半天没捞着说话,此时见缝插针说:"他们那个单元每晚都热闹得很,哈哈,刚开始的时候,还有

邻居到居委会反映说噪音扰民,后来大家都练乐器了,就再也没人反映了。"

这时候,有个记者发现乐队成员里有个退休老头一直没说话,就问他"大叔,您老玩的这个乐器挺特别的,看起来就像是截铁管,它叫什么?"众人的目光一下子都集中到了老头手上,只见他右手握一把小铁锤,左手拎着一截管子,果然很特别。

老头说"这就是铁管。"说着,他右手一挥,小锤敲在了铁管上,发出清脆的"当"的一声。只见他气呼呼地说,"哼,每天夜里他们鼓捣乐器的时候,我睡不着,就敲水管子!"

88

是咬死不还钱，你能把我怎么样？

很快，两人就喝空了好几瓶啤酒。啤酒一喝多就要撒尿，黑子连连跑去方便。等黑子回来，张老师说："你怎么上厕所上得这么勤啊？你该不会是肾有毛病吧？我儿子是学医的，他说过如果肾有毛病，就爱撒尿，如果严重的话，还会患上尿毒症。"

黑子忙说："你可别咒我。"

张老师笑了笑，拿起一个空酒瓶，说道："要不咱们测测，你先把这啤酒瓶夹在左边胳肢窝下面。然后你再试试左手的脉搏，看看怎么样？"

黑子一一照做，伸出右手，在左手手腕试了半天，脸色越变越难看："咋回事？我咋摸不到脉搏了呢？"张老师叹了一口气："我儿子说，这样就是肾有问题，而且还挺严重。这事大意不得，不如明天我陪你去做一下体检，我医院有熟人……"

黑子这下真担心了，毕竟人家是老师，儿子又是学医的，有学问啊！他一晚上都没睡着，第二天一早，便来找张老师。一见面，张老师打量了黑子一番："你的脸有点浮肿，显然是肾出了问题。"黑子一摸脸，果然觉得紧巴巴的，不舒服。他说："万一真是尿毒症，我可咋办哪？听说要治这病得换肾……"

张老师摆摆手，说"我昨晚和医院的熟人联系了，可他正在出差，所以今天做不了检查。不过你放心，如果你真要换肾，我就捐一个给你！"黑子听到这话，激动得连连道谢。

隔了两天，张老师又来到黑子家，发现黑子消瘦了许多，两只眼睛都陷了下去。张老师摇头叹气道："你照照镜子，都成啥样了。"黑子照了照镜子，只见自己黑瘦黑瘦的，面无血色。张老师说："昨晚，我把你的情况和我儿子说了一下，他说不用检查就可以断定你得了重病，必须尽快换肾，否则活不了几天！"

黑子一把拉住张老师的手，跪在地上哭着说："兄弟，你答应过把肾捐我一个，你可不能说话不算话呀。"张老师拉起黑子，说："我一定帮你，舍命陪君子嘛！"

黑子感激涕零，又忽然想起什么，说："兄弟，我这就把贷款还给银行，你这么救我，我得对得起你啊！"

果然，第二天黑子便把银行贷款还上了，张老师的工资也照开了，便开始故意避开黑子。没过几天，黑子还是找到了张老师，他一把抓住张老师的手。张老师吓了一跳，以为黑子发现自己在骗他，要动手。哪知黑子竟把张老师抱起来转了几圈，半晌才放下，高兴地说："兄弟，我刚刚去做过检查，医生说我真有肾病，但不是尿毒症，幸亏发现及时，否则就有危险了，这可多亏了你呀！"

（本栏题图、插图：顾子易 包丰一）

我为财狂——银行里的爆笑事

@ **粉红泰迪**　我是一名银行客服。一次，一个客户来电："你们有没有怪兽业务啊？"这个业务我没听说过，便说没有。"你们太不先进了，别的银行都有。"客户嘟囔着挂了电话。为此，我特别向同事们讨教，大家一起琢磨了很久，恍然大悟：原来客户是问，有没有挂失业务。

@ **阿使特鲁特**　我也是一名银行客服。这天，一中年男子来电，非常着急地说在ATM机上没有取到钱。我问道"是机器故障，没有吐钞吗？"他忙说："吐倒是吐了。"这下我也诧异了："那您为什么没有取到钱？"他的声音透着懊恼"机器吐钱的时候，正好打了个雷，我吓了一跳，等我反应过来，钱又被机器吃进去了。"

@ **隐身达人**　我是一名准银行客服。在实习的时候，我接过一个毕生难忘的电话。当时，我认真而又亲切地接起电话："尊敬的客户，请问您贵姓？""喂？"电话那头传来一个短促有力的男声。我又问："请问您贵姓？""喂！"哟，看来是信号不好！我再问"请问可以听见吗？"电话那头沉默了半晌，随后肯定地回答"可以听见，我姓魏。"

@ **水水更健康**　这天中午，我去银行ATM机上存钱，那天队伍排得特别长。这时候，后面有人拍我的肩膀，回头一看，是个美女。她问我"您是来存钱的么？"我点点头。美女的大眼睛扑闪扑闪的，她说："你存钱，我取钱，不如您直接把钱给我，这样我们都不用排队啦！"我一听，挺有道理的，就把钱给了她。那天回家后，我总觉得怪怪的，但又说不上来！

@ **妮奇组合**　有一次，我去银行办理公司业务。排在前面的是个外地小伙，他递了一张支票进柜面。稍后，工作人员又退还给他："背书！"我一听，明白了：一定是"背书"，也就是支票背面的签章出了问题。却见那小伙接过支票，憋了半天，怯怯地问道"背哪段啊？"

@ **努力学习**　十几年前，我第一次去银行，也闹了个笑话。去之前人家告诉我，密码是6个1，结果不知怎么我就听成了16个1。我抱着密码器，非常努力地按着，突然，密码器中传出提示音：密码错误！于是，我凑近密码器，小声地说道"同志，我刚输了一半啊！"

@ **铁杆粉丝**　我去ATM机上取钱，前面一个哥们儿一次只取100元，连取了三次，看样子还要继续。他指着取款机，充满歉意地对我说："抱歉，我要取1000元，可这变态的机器一次只能取100！"顺着他的手指，我看到了ATM上的提示条 本机只提供100元纸币。

（推荐者：王露阳）

464

2010
SEMIMONTHLY
上半月刊

6月

STORIES

欢迎登录本刊主办的"故事中国网"（www.storychina.cn）

故事会
—STORIES—

2010 年 6 月
上半月·红版

社　长·主　编：何承伟
常务副主编：吴　伦
副主编：姚自豪（上半月·红版）
副主编：夏一鸣（下半月·绿版）
本期责任编辑：叶小萌
电子邮箱：xiaomeng.ye@gmail.com

红版发稿编辑：
姚自豪 郑继文 吕 佳 李天然（见习）
美术编辑：李宝强
电脑制作：郭瑾玮
通　联：归依玲

本社办公室电话：021-64375030
上半月刊编辑部电话：021-64332325
下半月刊编辑部电话：021-64336469
（上海市绍兴路 74 号 邮编：200020）
主管·主办：上海文艺出版（集团）有限公司
出版单位：《故事会》编辑部
发行范围：公开

制作·发行总监：张　凯
电话：021-64313938
广告业务：上海故事会文化传媒有限公司
广告总监：张　淮
广告业务：021-34010383
广告投诉：021-64333738
广告经营许可证
沪工商广字 3100320080016 号
发行：中国图书进出口上海公司

寒风刺肉

有个小学生写了一篇作文，作文的内容很夸张：爸爸的饭碗像做饭的锅一样大，筷子像两棵树那么长。

老师看了作文，对小学生说"写作文不要过于夸张，要实事求是。"小学生若有所悟地点点头。

第二天，小学生又写了一篇作文，老师一看就批评了他"明明是寒风刺骨，你怎么写成了寒风刺肉呢？"

小学生委屈地说："昨天你说写作文不能太夸张，要实事求是，我那天真的没有感觉到骨头冷啊！"

（藏马山）

（本栏插图：包丰一）

不会失望

大李带着儿子去看望侄子，侄子因为高考失利，整天闷闷不乐的。

从侄子家出来，大李看了一眼旁边的儿子，不禁感叹道"唉，真是希望越大失望越大啊，将来轮到你考大学时，还不一定会考成什么样子呢。"

儿子听了，忙安慰大李，说："爸爸，你不用担心，我从上学到现在，从没给过你什么希望，所以到我考大学时，也不会让你感到失望的。"（梁　斌）

重要的讲话

公司要举办周年庆的会餐，董事长让新上任的经理在会餐前发言，并告诉他发言有两个要求：1、要有领导的风度；2、要有冲锋陷阵式的口号。经理点点头，答应了。

那天会餐前，经理上台发言，只见他高高地举起右手，然后使劲地挥下去，说："预备，开吃！"

（左右拉）

4

称 呼

小伟利用假期在餐馆打工，母亲想看看小伟的工作环境，于是来到了餐馆。中午餐馆很忙，母亲见小伟一个人忙不过来，就帮他端了两盘菜。这时，餐馆领班气冲冲地走过来，训斥了小伟："我说了多次，顾客就是上帝，你怎么能让顾客跑腿？赶快给这位女士道歉！"

小伟满脸通红地看着母亲，说："妈妈，真对不起……"

领班一听愣了，她结巴着对小伟说："你……你怎么能一错再错！这么年轻的女士你应该叫姐姐，叫阿姨都不应该！你……你竟然还叫妈？快给我再次道歉！" （郝翠英）

大 吉 利

大年三十，夫妻俩在家里吃年夜饭，吃到兴头上，妻子放宽了"禁酒令"，允许丈夫喝点小酒助兴。

丈夫见机不可失，急忙举起酒杯，对妻子说道"斟满！"

妻子瞥了丈夫一眼，说："只准倒三分之一杯。"

丈夫讨好地说"过年图个吉利，要个双数，二分之一，可好？"

妻子大喝一声"那就六分之二吧，上下都是双数！" （朱玉强）

看星星

三个喜欢看星星的小孩正在说理想。

第一个小孩说"我长大以后要当天文学家，这样就可以每天看星星了。"

第二个小孩说："我长大以后要当宇航员，那就可以到宇宙去看更多的星星了。"

第三个小孩说："我长大以后要当爸爸。"

大家很奇怪地问他："为什么？"

那个小孩回答道："因为每次我考试成绩不好，爸爸都可以把我揍得满头星星。"

（王 伟）

没看清

儿子相亲回来，一脸的不高兴，母亲问他："怎么了，没看上那女孩？"

儿子嘟囔了一句："不知道。"

母亲心急地说："你看你这孩子，又没人蒙住你的眼睛，怎么会不知道呢？"

儿子极度失望地说："你不懂，这季节根本不适合相亲。"

母亲疑惑地问："为什么？"

儿子抱怨道："天太冷了，她戴着大口罩，一直没摘，我只看到了她俩眼睛。"

（梁　斌）

亲戚

卡尔的公司新来一位主管，主管上任第一天，就主动和卡尔打招呼。

同事觉得很奇怪，就问卡尔："你认识我们的主管吗？"

卡尔苦笑一下，说："认识，他可以说是我的亲戚。"

同事问："你们是什么亲戚？"

卡尔皱了皱眉，沉默片刻，说："很奇怪的亲戚，他和我的前妻结婚了。"（蓝昌科）

一个秘密

一位老人躺在床上奄奄一息，亲人们都聚拢在他身旁，老人低声说："我要告诉你们一个天大的秘密——我结婚前什么都有：有跑车、美女、许多好朋友、一大堆钱，但有个好朋友提醒我：'还是结婚成家吧，否则临终的时候甚至没有人帮你倒一杯水。'我听从了他的建议，不再到处玩。我将美女换成妻子，啤酒换成婴儿食品，卖掉法拉利，储存孩子的大学学费。这么一路走来，现在，你们知道我怎么想吗？"

亲人们异口同声问道："怎么想？"

老人回答："现在我是到了临终的时候，可问题是我不觉得渴呀！"

（罗幕轻寒）

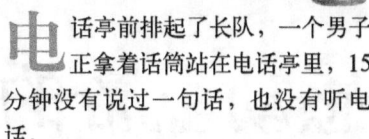

前　兆

一天，王姐和姐妹们聊起自己的儿子，她感慨地说："我的儿子上大学后，很少打电话回来，而且每次打来都是来讨生活费的，可是最近他好像懂事了，天天打电话回来，总会对我嘘寒问暖一番。"

一个姐妹接话说："那你可要有心理准备了。第一，他想要涨生活费了；第二，他要领女朋友回家了。"

大家觉得莫名其妙，王姐更觉得奇怪，问："你有什么根据吗？"

那姐妹"嘿嘿"一笑，说："我老公和我谈恋爱时，就是这么对付他妈的。"

（梁　斌）

打电话

电话亭前排起了长队，一个男子正拿着话筒站在电话亭里，15分钟没有说过一句话，也没有听电话。

队伍里有个妇女实在忍不住了，就对那个男子喊道："先生，既然你不打电话，就不要占着电话亭了，我们还要打呢！"

那个男子有些无奈，说："您说错了！我老婆正在唠叨，我在等她唠叨完了呢！"

（霜月白）

死去活来

看了灾难片《2012》，几个中学生感到很恐惧，在回家路上，他们商讨着大灾难真会发生的话，现在作哪些方面的准备可避免。

甲说："我得赶紧学潜水。洪水来了，我在水中能潜多久就潜多久。"

乙说："我觉得还是学爬山好。大地下沉时，能爬多高就爬多高。"

丙说："我要学死去活来的功夫！遇上大灾难，不管死几次，我都能活过来。"

（陈文平）

本栏欢迎来稿，读者、作者可将有新鲜感、有精彩细节的笑话佳作投寄给我们。来稿一经采用，最高稿费为一则100元。本期责任编辑电子信箱：xiaomeng.ye@gmail.com。

感动上帝的

爱情宣言

□一 冰

爱情宣言

雷布德是一名警官，管辖自己居住区域的治安。圣诞节前的一天早晨，雷布德推开家门，发现外面白茫茫的一片，原来是昨夜下雪了，雷布德下意识地扫了一眼停在马路上的车，准备转身去拿除雪工具。

忽然，他的眼睛看到一个可疑的人，那是个二十出头、金黄色头发的小伙子，他正站在一辆车前，伸手在车前部的引擎盖上画着什么，画完了，又走到另一辆车前，又画了起来……

不好，这家伙是在做什么坏事吧？雷布德立即上前问道："喂，小子，你在干什么？"

那小伙子一见身着制服的雷布德，冲雷布德笑了笑，就向旁边的一条路上跑了。雷布德虽然没弄明白小

伙子在画什么，但心想先把他抓住再说。雷布德一边追一边叫，眼看就要追上了，可一不留神，他居然被雪滑倒了，让那小伙子给溜了。

雷布德从地上爬起来，立即拿起对讲机呼叫前面的同事拦截。他转身回去，想看看那小伙子刚才都干了什么，他来到停车的地方，老远就看到好些人正围着几辆车子指指点点，还不停地"哈哈哈"笑着。他疑惑地来到一辆车前，只见车前引擎盖上有一行字"I LOVE YOU"——"我爱你"。那字是写在积雪上的，对车子没有任何伤害。雷布德愣了一下，再一看前面几辆车，写的都是"I LOVE YOU"，雷布德顿时明白了，小伙子并没干坏事，他的心情顿时高兴起

来，刚才的懊恼一扫而光。

雷布德想回家，把车身上的雪都除去，一看，自己的车上也写着这样的字，他忽然犹豫了，他很想把那一块雪和字迹保留下来，他回头看了一下，意外地发现，身边的人都不约而同地在除雪时保留了那几个字迹，他想了想，也把字迹保留了下来。

雷布德驾驶着车子上路了，在路上，他发现很多车的前面引擎盖上都留着一片雪，当然还有那一行"I LOVE YOU"，人们见面，都扫一眼对方的车子，然后相视一笑。虽然隔着车窗，外面天寒地冻，但气氛却显得非常温暖、融洽。

感动魔鬼

雷布德来到警察局，刚把车停稳，忽然一辆车冲了过来，很快从车上跳下一个中年男子，他冲到雷布德的车前大叫道："警官，警官！快，车里有人要抢劫！"

居然有抢劫警察局的？雷布德立即拔出手枪，跳出车子，与此同时，几个警察也闻讯过来，举着枪对着那辆车。刚才那个报警的中年男子对着车里的人喊道："杰克、马修，你们现在没办法再去绑架了，快缴枪投降吧，我求你们了！"

过了一会，车门开了，两个人举着双手走了出来，警察一拥而上，把那两人铐起来。那个中年人这才全身

一软，瘫坐在地上。雷布德把报警的那人扶进办公室，他边流着泪，边讲起来——

中年人叫柯瑞，几天以前，他和杰克、马修计划要在今天绑架一个富翁。可是，柯瑞早上起来开车时，发现自己的车身上被人写上了"I LOVE YOU"。本来因为要犯罪，他一直就担惊受怕，一见到这行字，他知道是有人在关爱自己，忽然就后悔了，他认为他们不应该那样做。一路上，他越想心里越是不安，就劝告同伴杰克和马修放弃绑架，但两人都坚持按原计划行动，无奈之下，在路过警察局时，柯瑞就把车开了进来……

柯瑞激动地说："我想，这一定是

·海外故事·

上帝在圣诞节时给我的礼物，我不能在爱我的人面前犯罪啊！"听到柯瑞的讲述，雷布德眼前立即浮现出那个金黄色头发的小伙子，他很感激小伙子，如果不是小伙子，也许今天就会出现一起血案。

这时，雷布德的电话响了，是一个警察同事打来的，同事说，那个小伙子找到了，但他不认为自己违反了法律，雷布德忙说："把他请过来，你就说警察局要表彰他。"

那小伙子过来了，雷布德把柯瑞的事讲给他听，他大吃一惊，说："我没想到会这样，我只是为了一个女孩……"

原来，小伙子爱上了一个女孩，

那女孩也很喜欢他，但女孩的父母却极力反对，说他不务正业。正在这时，女孩的父亲被公司派驻到另一座城市，他想把全家搬迁到那座城市，使女儿离开小伙子。昨天晚上是女孩离开的时间，小伙子在外面等女孩，女孩在电话里说，让他向上帝祈祷，为了表明他的诚心，要对她说一万个"我爱你"，看能不能感动上帝。这时下雪了，他随手就在女孩家门口一辆车的车盖上写上了"I LOVE YOU"。后来他忽然想：我如果在很多很多的车上都写上"I LOVE YOU"，上帝就会看见，女孩也会看见，就会明白他的心，于是小伙子就开始在车上写自己的爱情宣言，他写了整整一夜……

感动上帝

雷布德被小伙子的举动感动了，问他："那女孩知道了吗？"小伙子满脸倦容，灰心丧气地摇了摇头，说："她当然不会知道，她昨天夜里已经离开了本市……"雷布德一听，也很替小伙子可惜，他安慰道："你不要难过，只要有毅力，我想你们还是有机会在一起的。"

"是的！"小伙子忽然又有了信心，他说，"如果我写够一万个'I LOVE YOU'，她一定就会出现在我身边的！"说着他就又出去了。

小伙子的爱情故事很快传播开

10

外面太阳出来了，到处明晃晃的，雪当然更是丝毫不见了。

"这鬼天气！"雷布德嘟囔了一声，他其实是喜欢晴天的，只是有些为那小伙子惋惜。然后，他向自己的车走去，旁边的车都开走了，路边只停着他一辆车。他远远地扫了一眼，忽然感觉自己的车有些异样，紧接着赶了几步，顿时又惊又喜，只见他的车前引擎盖上不知道被谁贴了一张彩纸，彩纸上面正是那行字："I LOVE YOU"！

雷布德驾驶着车子开进市区，很快，他发现一辆车身上也有"I LOVE YOU"的字样，不同的是那字是用鲜花拼成的；紧接着他又看到第二辆、第三辆……很多车上都有这行字，有手写的，有用彩纸贴的，有用鲜花拼的，显然，小伙子的爱情故事被很多人知道了……

雷布德放了心，他想，小伙子的心愿一定能传达得到的。果然，到了中午，小伙子给雷布德打来了电话，他兴奋地说那女孩已经回来了，她父亲的工作又被调回来了，这都因为柯瑞他们要抢劫的那个富翁正是女孩父亲的老板，老板听说了这件事，就把女孩的父亲调了回来……

雷布德也很激动，他说："祝贺你，看来你真的感动了上帝！"

（**题图、插图**：安玉民 梁 丽）

来，很多人加入进来，到中午时，雷布德到街上去，他看到很多车上都有那行字："I LOVE YOU"。

第二天就是圣诞节了，凌晨三点钟，雷布德被惊醒了，因为他突然想起一件事：气温开始回升了，雪化了，雪一化，车上面的字当然就没有了，女孩即使想看也看不到了。雷布德到窗口一看，外面黑糊糊一片，看看窗台上，不但没有雪，连昨天下的雪都全化了，雷布德不由为小伙子担起心来，他该怎么办？

雷布德又在床上躺下，一觉醒来，天已经大亮，看看时间，再晚几分钟差不多就要上班迟到了，他连忙起来，洗漱的时候，他看了一下户外，

如此
高境界

最近，一个惊人的消息传遍了整个迈阿密州，有个叫古利的先生去世了，他生前很喜欢动物，所以他立下一份惊世骇俗的遗嘱："当我的生命结束时，我盼望由野生动物来分享我的身体。我希望出现这样的盛宴，证明我将生命献给了森林朋友。"

野生动物保护区的老板知道这个消息后，感到由衷的喜悦。长期以来，保护区的开销严重透支，许多大型猛兽陷入了没肉吃的窘境。动物们一个个骨瘦如柴，往日的雄风，已然不再。古利先生自愿把遗体捐献给野生动物，这真的是一个大好消息。

保护区老板在第一时间内召集了保护区里的动物们。在长期的零距离接触中，老板擅长用非人类语言同各种野生动物对话，他高兴地说："诸位，我有个好消息要告诉你们，有位

古利先生，立下了遗嘱，希望自己死后能被你们吃掉。所以，我很高兴地祝贺你们，即将吃到人肉了！"

保护区老板本以为动物们会欢呼雀跃，可是大家的兴致并不高，而且分歧很大。

老虎瞪着保护区老板说："恐怕没那么乐观吧？就算是古利先生的遗体送到这里来了，够我们吃一顿吗？说实话，就我这大肚子，吃下去整个人恐怕都填不满！"

狮子恶狠狠地说："是啊，还不够我们塞牙缝！我想知道，古利先生这么做，不是沽名钓誉吧？"

保护区老板拉下脸来说："肃静！你们并没有认识到这件事的划时

代意义。难道古利先生仅仅是捐献一具遗体吗?我告诉你们,一个古利先生这样做,就会有千万个古利先生站出来! 更重要的是,这件事情的本质意义是人类对野生动物的爱的奉献啊!"

黑熊冷不丁插话说:"可是您是知道的,我们黑熊从不吃死人,吃死人是很恶心的!"

保护区老板耸耸肩膀,说:"那你就只好看着大家吃了。我们总不能要求古利先生病故之前,就让他自己走来,请你把他吃掉吧?"

黑熊不吭气了,豹子却嚷了起来:"老板,您说什么?古利先生是个病人? 他得的是什么病? 是传染病吗? 太可怕了! 如果是传染病,我宁可饿肚子!"

保护区老板冷着脸说:"这有什么可怕的?在广大农村,农民家的鸡病死了,农民不是照吃不误吗? 有些养鸡场闹了鸡瘟,不照常把死掉的鸡送到厨房去,做成烧鸡,卖到城市的酒楼饭馆吗? 高级动物都不怕死,你们野生动物还怕死吗?"

野生动物们看看保护区老板的脸色,知道他生气了。既然老板生气了,大家就只好装作哑巴。管他呢,到时候,古利先生的遗体送过来,再说吧。

不久,古利先生的遗体果然送到野生动物保护区来了,遗体被放置在一片葱绿的草坪上。保护区老板有意让动物们增加感性认识,也是给动物们一个热身的机会。他知道,野生动物也是爱面子的,与其当面观赏它们分食人肉,倒不如让它们偷偷摸摸地美餐一顿。

可是,动物们都不吃古利的遗体,都做出置若罔闻的样子,不靠近一步。

这天晚上,野生动物们偷偷地来到草坪,围在古利先生的遗体前。狮子静静地看着遗体,然后叹了口气,说:"人类真是可怕,为什么要把同类的遗体送来让我们吃掉呢?"

老虎接着说:"古利先生生前很喜欢动物,他可是我们的朋友,真不明白,老板为什么要让我们吃了朋友?"

野生动物们都这么想,于是,大家商量出一个重大的决定。

第二天早上,观察员向保护区老板报告:古利先生的遗体不翼而飞了!

这怎么可能? 保护区老板亲自到丛林中视察。终于,他发现了一处新隆起的土坟。原来那天晚上,野生动物们竟然用爪子刨了一个坑,将古利先生安葬了。

保护区老板感到非常惊讶,他想了很久,终于明白了野生动物的行为或许,这也是一种境界吧! 之后,他站在古利先生的坟前,默哀了三分钟。

(作者:秦德龙;推荐者:余 卫)

(题图:安玉民 梁 丽)

老板说了

有位白领去医院看病,他的神情恍惚,医生问他哪里不舒服。白领说:"老板说了,我感冒了,再不治要死的……"医生对他做了检查,把药方交给白领,示意他可以走了。白领纹丝不动,问:"老板说了吗?"医生见他句句不离"老板说了",便点点头,白领接过药方后,突然晕倒在地上,他脸色煞白,心脏已经停止跳动。这时,医生跑到他面前,大吼一声:"老板说了,你没有死!"

奇迹出现了:白领果然睁开了眼睛。医生笑着说:"老板说了,要你赶快回公司!"白领如梦初醒"是吗?那我得赶快回公司了!"

白领走后,一位护士问医生:"他患了什么病?被你一喊,就好了?"

医生笑道:"老板综合征!"

压力不可避免,与其希望减压,不如学会解压。

(作者:梅承鼎;推荐者:罗幕轻寒)

鼓励使人向上

有个徒弟第一次给顾客理发,第一位顾客理完发,说:"头发留得太长。"徒弟不语。师傅笑着解释:"头发长使您显得含蓄,这叫深藏不露。"顾客高兴离去。第二位顾客理完发,说:"头发剪得太短。"徒弟无言。师傅笑着解释:"头发短使您显得精神、厚道。"顾客满意离去。第三位顾客理完发,问:"怎么五分钟就理完了?"徒弟不知所措。师傅赶紧回答:"如今时间就是金钱,'顶上功夫'速战速决,为您赢得了时间和金钱。"顾客含笑离去。

晚上打烊,徒弟问师傅"我没有一次做对,您为什么每次都替我说话?"师傅笑道:"我之所以在顾客面前鼓励你,原因有二:一、对顾客来说,谁都爱听好话,这样能使他们开心;二、对你而言,则是鼓励。万事开头难,我希望你以后把活儿做得更加漂亮!"徒弟听了,很受感动。

(作者:一 凡;推荐者:节节高)

火力侦察

公司要招聘销售员，一位中年男人前来应聘。人事经理提了一些销售方面的问题，中年男人侃侃而谈，分析得很有见地。谈到一半，中年男人反客为主，提出了许多问题，譬如，加盟贵公司会有什么样的待遇，如何按规定给员工办理"三金"等等。中年男人很专业，对公司了如指掌，人事经理很满意，于是主动抛出了绣球。满以为中年男人会爽快地签约，没想到，他微微一笑，掏出手机，拨号后，说："阿山，叫你妈一起过来。这家公司我谈过了，各方面的条件对你很合适。"

经理吃惊不小，问道："搞了半天，不是您求职啊？"

中年男人一脸苦笑："我儿子叫阿山，今年刚从大学毕业。没办法，这孩子胆子小，又没有什么社会经验，现在情况复杂，我怕孩子受骗，只好先行'火力侦察'。"

温室里长不了大树，大树要想长大成材，不但需要养分的吸收，更需要承受风吹雨打。

（作者：宋绍武；推荐者：罗幕轻寒）

有一位年轻的妻子下岗了，情绪一直很低落，丈夫为了鼓励她，花了家里所有的积蓄，给她开了一个小吃店。妻子当厨师，丈夫下班来店

·沧海拾贝 人生百味·

里帮忙。

小吃店的生意渐渐有了起色，每天都能净赚一百多元。

一天，丈夫又来小吃店里帮忙，妻子无意中发现，丈夫悄悄地向收银盒里放钞票，她愣了下，但是，很快就明白过来。

第二天，她特意把每一笔营业收入都记在心里，那天的营业款是一百一十三元，但是，收银盒里却有一百五十八元，妻子顿时感动不已，原来平日里，丈夫总把身边仅存的零用钱偷偷给了妻子。

一年后，妻子的小吃店变成了饭店，她成了真正的老板娘。那天她回到家，房间里响起了热烈的掌声，只见丈夫和儿子等着为她庆祝。她的眼泪一下子流了出来，她也开始鼓掌，她是为自己的幸福鼓掌，为自己的爱情鼓掌，为自己找了个天下最好的老公鼓掌……

（作者：红颜添乱；推荐者：罗幕轻寒）

（本栏插图：安玉民　梁　丽）

给爱情鼓掌

学写作文，从读故事开始

狼心狗肺新传

狼和狗同时爱上了一个女孩，但女孩得了一种怪病，医生说："她必须把心和肺换了，否则只能活三个月。"

狼和狗听到这个消息，都悲痛欲绝。第二天，狗跑到女孩跟前说："我爱你，我愿意把肺换给你。"

狼听说了这事，后悔不迭，赶紧跑去，跪在女孩跟前说："我爱你，我愿意把心换给你。"他们在手术单上签完字后，先后被推进了手术室。手术非常成功，女孩获得了新生。

那一天，女孩和狗举行了盛大的婚礼，宴会上，女孩对狗说："你比狼聪明多了，要不然他也不会死的。"狗诧异地问："为什么？"女孩说："你有两叶肺，而狼只有一颗心。"

女孩的话让天使听到了，天使附在女孩和狗的耳后悄声说："爱情不是平衡秤，有些时候，为了爱情，需要耍一点小聪明。"（作者：李大勇）

正在流通的树叶

大栓从小精神异常，靠街坊邻居接济。一天，大栓捡到三片树叶，以为是纸币，就拿了其中一片到包子铺买包子。包子铺老板给了包子，却没收树叶，大栓却不依不饶，说："这么多年白吃实在不好意思。"无奈之下，老板收下那片树叶，又找给他五元钱。

过了两天，大栓带着另两片叶子来买包子，并嚷着："找钱。"老板心想不能跟一个傻子计较，于是照做了。到第四天，大栓拿着原先找他的五元钱来买包子，继续嚷着："找钱！"老板灵机一动，把树叶找给了他。

后来，大栓拿树叶去隔壁商店买火腿肠，店里的伙计也只得收下了树叶，在无奈之中找了他五元钱。

就这样，这三片树叶在村里各家店铺和大栓之间流通起来，大栓再也不像以前那样白要人家东西了。

（作者：谢汝平；推荐者：罗幕轻寒）

（本栏插图：安玉民　梁　丽）

16

· 中国新传说 ·

都说不幸的家庭各有各的不幸，其实，幸福的家庭也非千篇一律，各人一种活法，都值得我们体味……

这一家子不简单

□ 王兴荣

高级家政不高级

李保是名大学生，家里经济条件不错，两个月前，他家买了套新房，举家迁入了新居。当时，李保人在学校，心里就盼着念着，想象着新买的房子到底是个啥样，所以学校一放寒假，他就迫不及待地跳上了回家的火车，回到家，李保两眼立刻瞪直了：落地长窗，旋转楼梯，电子遥控大门……这房子实在太牛了！

李保回到家的这天上午，他爸妈要出去参加个活动，临走时，妈对李保说："我十点钟约了家政来收拾房子，你别忘了招呼一下，来咱们家收拾房子的这位，可是这里有名的高级家政啊！"

李保拍着胸脯说："不就是招呼人吗？妈，你就放心走吧！"

父母一走，李保心想，"高级家政"这个词很时髦，他在大学里就听说过，也在网上看到过，据说这些家政都是高学历的，做菜、做家务、养宠物，甚至陪主人聊天，样样都行，能在这么豪华的小区里做家政，肯定非同寻常。

十点钟刚到，门铃准时响了，李保赶紧去开门，可门一打开，李保大失所望，门口站着一位五十多岁的大

妈，压根儿不是什么高级家政，不过，他还是很有礼貌地问了一句："你好，请问你找谁？"

那位大妈说她是来做家政的，昨天电话里约好的，让她十点过来。李保简直不敢相信自己的耳朵，他怎么也没想到，所谓的高级家政，不过就是眼前这位普通的大妈，他勉强笑了笑，把那大妈让进了屋。

大妈道了声谢，进了屋，麻利地往脚上套了一双白鞋套，卷起袖子干起了活，归置东西、扫地、拖地、给皮具上油……大妈干活时，李保一直在留心观察着，可他心里还在纳闷，一个年过半百的大妈，凭啥称得上"高级家政"呢？他没看出什么特别的地方呀！

再说，那位大妈自打进屋后，一直不吭声，埋头干自己的活，直到擦客厅地板的时候，她才主动问李保："小伙子，你在哪里读书？"

李保把自己上的大学告诉了她，没想到大妈眼睛一亮，夸赞道："哟，不错，好大学啊！"

这句话多少让李保开心了些，他就跟着说了一句："嗯，学校是不错，我上的是金融专业……"李保说完这话，就有些后悔了，说啥专业啊，她又不懂，可李保猜错了，大妈听了这话后更加高兴了，甚至有些激动地说："好专业啊，高考录取时，这个专

业分数是最高的。"

李保一听，心里乐开了花，对大妈的认识多少改变了一些。不大一会，李保的困意上来了，毕竟坐了一夜的火车，十分疲倦，他跟大妈打了一声招呼，回卧室睡觉去了。

李保迷迷糊糊地睡了很久，醒来之后，脑袋还是昏昏沉沉的，他从卧室里走出来，突然，惊呆了：门口有个人在蠕动着！李保本以为是那个大妈在擦地，可仔细一看，心立刻"扑腾扑腾"地跳了起来 那不是大妈，而是一个陌生的干瘦老头，正背对着李保蹲在地上，往一个大背包里塞着什么……

李保的心几乎要跳出嗓子眼，他迅速做出了判断：这个不速之客，一定不是什么好人！李保想：我年轻力壮，还怕对付不了这个干瘦老头？于是，他决定要教训教训这个行迹诡异的老头。

神秘老头不神秘

李保蹑手蹑脚地走到瘦老头身后，猛地抱住了他，然后一使劲，把他撂倒在地，这一下来得很突然，吓得瘦老头大叫了一声。

瘦老头被制服了，服服帖帖地趴在地上，一动也不动，李保刚想问他是干什么的，没想到瘦老头却反问道："你是小偷吧？大白天的你可不能胡来啊，我告诉你，这个别墅里的

保安可多了！"

李保一听，心里乐翻了天，没想到让自己见识了"贼喊捉贼"是怎么回事！李保一只手摁住瘦老头的脖子，一只脚磕在他的屁股上，腾出另外一只手，去解瘦老头刚系好的那个包。

瘦老头立刻急了，大声喊道："你想干吗？"

李保得意地说："干吗？我想看看你包里装的是啥。"可等李保把包一打开，立刻傻了眼，包里一没装值钱的，二没装什么特别的，塞得满满的，全是一块一块的碎布，有大有小，有厚有薄，有纱布棉布，全是布片，他疑惑地问老头："你弄这么多布片干吗？"

瘦老头还没回答，门外有人用钥匙转动起了门锁，李保吓了一跳：莫非是瘦老头的同党？门一打开，李保才松了口气，原来开门的是他爸妈。

李保爸妈一打开门，冷不丁地看到眼前这情景，顿时吓了一跳，她上前一把扯住李保，喝道："李保，赶快松手，这可是咱家请来的家政啊！"

李保一听，不由松了手，惊讶地问："咱家请的不是位大妈吗？"

这时，李保的爸也明白过来了，他怒气冲冲地瞪了李保一眼，赶紧拉起趴在地上的瘦老头，关切地问道："孙大爷，您没事吧？这孩子刚回家，以前没见过您……"

这时，孙大爷反倒不好意思起

来，他赶紧说："孩子警惕性高是好事。"

接下来，李保听爸妈一说，才明白是怎么回事。原来，刚才那位大妈姓张，和这位孙大爷是一对老夫妻。他俩都是农村的，二十多年前，两人相爱了，孙大爷家里穷，加上他腿脚先天不好，张家不同意两人的婚事，无奈之下，两人偷偷到城里打起了工。进了城，张大妈很快找到了一份干家政的活，可孙大爷因为腿脚不太

好，一时没找到工作，最后，两人想出一个妙招：由张大妈多接几个活，私下里让孙大爷来帮着做，这样，两人就都有了工作。孙大爷是个细心的男人，他买来许多纱布和棉布，剪裁好，擦碗的用耐温的白纱，擦皮具的用厚棉布，擦桌子的用薄纱……于是，每次去做家政，都是张大妈打前站，简单收拾一遍，如果主人家没人，后面的活就交给了孙大爷。一次，孙大爷在一雇主家干活，碰巧那家主人中途有事回来，把他当成入室盗窃的贼，招呼了几个邻居，狠狠揍了一顿……

讲到这里，孙大爷笑着说："那家主人和邻居们知道真相后，都很内疚，也很感动，接下来，小区里十几户人家雇用了我们，一用就是二十几年。这些年里，每天都是我媳妇负责打前站，先清扫，再刷洗，接下来，我背着这个大包打后站。几年前，小区整体搬迁，这十几户人家都在这里分到了新房子，我们也跟着搬了过来，我们不仅用辛辛苦苦攒了二十几年的钱，在城里买了房子，而且，我们还在城里生了儿子，儿子很争气，今年刚考上北京一所不错的大学！"孙大爷讲完这些，背着包急急忙忙走了，他得去赶下一家的活了……

平凡一家不平凡

孙大爷走后，李保站在客厅里回味着刚才听到的这些话，他无论如何也没有想到，看上去普普通通的两个人，却有着如此不同寻常的经历。十几户人家，二十多年里，一直雇用着这么一对夫妻家政，这夫妻俩绝对配得上"高级家政"这样的称呼啊！

这时，门铃再次响了起来，李保赶紧上前开门，这一回的敲门人他倒是认识的，但他绝对想不到在此时此地遇上这人，他惊叫了一声："怎么会是你啊？"

李保的父母闻声走了出来，一看，门口站着一个腼腆的小伙子，李保开心地一把将那个小伙子拉进屋来，对父母介绍说："爸、妈，这是我大学里的同班同学孙黎。"

那个叫孙黎的小伙子也想不到会在这里遇上李保，他一脸意外，红着脸说："叔叔阿姨好，今天是腊月二十三，在我们老家这叫小年，我爸妈叫我过来给你们拜个早年。"说着，孙黎转过身来，从门外拎进一篮子新鲜的水果，"这篮水果是我爸妈特意叫我送来的。"

一番话说得李家三口子一头雾水，李保忍不住问道："孙黎，你父母是谁啊？"

孙黎脸更红了："我爸妈就是平时给你们做家政的那对老夫妻。"

李家三口几乎同时"啊"地叫了一声，李保这才恍然大悟，为什么一开始张大妈听说了自己上的那所大学,两眼会放光了,其至她还知道金融专业录取分数很高,原来她儿子和自己上的是同一所大学,同一个专业,同一个班,这也太巧了!

李保赶紧招呼孙黎进屋来坐坐,孙黎却推辞了:"我知道你家的地址了,改天我再来玩吧,我今天要给十几户人家送水果,这是我爸妈的心意,我一定要送到。"

李保目送着孙黎在寒风中蹬着三轮渐渐远去,看着孙黎的背影,李保的眼睛模糊成了一片。

这时,李保的爸爸悄悄递给他一张纸,说:"孩子,你们俩都是学金融专业的,看看他做的这东西吧,我想你会学到很多的,瞧瞧这是多么伟大的一家子!"

李保接过来一看,纸上写着"阳光小区孙张家政年度收入报表",他觉得很好奇,仔细一看,心灵深处立刻受到了巨大的震动,原来这是孙大爷让孙黎帮他制作的一张家庭年度收入报表,每一项都列得十分清楚: 1.全年卖各种饮料瓶收入 849 元, 2.全年卖旧报纸、杂志 2053 元……全年收入 108672.5 元,最感人的是结尾处的一段话:"衷心感谢各位给我们一家的馈赠和帮助,让我们在过去的一年、甚至二十几年里能够衣食丰足,我们衷心祝愿你们在新的一年里幸福安康、万事如意……"

（题图、插图：魏忠善）

《故事会》入驻人人网公共主页

《故事会》杂志主办的故事中国网(www.storychina.cn)与国内最大、最具影响力的 SNS 网站人人网(www.renren.com)深度合作,建立了《故事会》的人人网公共主页,致力于向读者和网民们提供更及时的刊物信息和更精彩的故事作品。

人人网以实名制为基础,为用户提供日志、群、即时通讯、相册、集市等丰富强大的互联网功能体验,满足用户对社交、资讯、娱乐、交易多方面需求。人人网的公共主页,功能强大,充分满足了用户与众多媒体、商家及时交流、互动的切实需求。

故事中国将借助公共主页这个平台,与网络用户及时沟通,洞悉广大读者的需求,第一时间发布《故事会》的活动等最新信息,实现与读者的零距离交流与互动。网络用户可以在人人网成为故事中国的好友,关注我们的最新动态,也可以使用人人网的账号,直接登录故事中国网,并将故事中国网上的精彩内容与人人网的好友分享。

我们在人人网的地址: page.renren.com/600006805,等待你的来访!

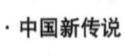

·中国新传说·

别跟我玩爱情诡计

□ 向曙红

爱情的力量是伟大的，就拿小石来说吧，最近，他新交了一个漂亮的女朋友，每天傍晚他都与女朋友在公园里幽会。他们坐在公园角落那把固定的椅子上，那里很幽静，适合搞点小浪漫，但是不知从什么时候开始，他们幽会时，总有个男人呆在离他们不到十米的地方，背靠着一棵树，面对着他俩发呆。

自己的一举一动都在别人的眼皮底下，小石有些不自在，他便提议换个地方，但女朋友不同意，她说："你觉没觉得那男人很忧郁、有一种诗人的气质呢？"小石的心"咯噔"一下，他知道女朋友有喜欢忧郁男人的情结，自己当初就是扮深沉、装酷才将她哄到手的，莫不是女朋友被那个幽魂似的男人吸引了吧？

小石的担心在不久就得到了印证。这天傍晚约会的时候，小石因为误了公车晚到了一会儿，到公园时，他发现，那个忧郁的男人居然占了他的位置，与他的女朋友相谈甚欢。他顿时气冲脑门，上前拉起女朋友就走，但女朋友不走，还跟小石介绍："他说他是画家呢。"

小石气呼呼的："他说他是画家就是画家了？我还说我是比尔·盖茨呢！"那男人笑了，连笑容都是忧郁的："是不是画家，有什么好撒谎的？我就跟你女朋友聊了几句，你不会小

22

气到要生气吧。这座位让给你，不妨碍你们。”那男人走了，又去10米远的那棵树边，背靠着树面对这边站着。

小石气坏了，这男人存心的，他是不是看上自己的女朋友了？女朋友向小石解释，说那个男人讲，这把椅子，就是他和他以前的女朋友经常坐的，但后来他女朋友嫌他穷，嫁到国外去了，纵然这样，他还是忘不了他以前的女朋友，要是想她了，就来他们经常约会的地方看看。

说到这里，女朋友天真地看着小石的脸，说：“多重情的人啊！”

小石气不打一处来，说“他女朋友瞎眼了，你没瞎眼，所以你们俩才在这里腻乎！”“说什么呢？”女朋友生气了，拎起包就走。小石追了两步，不追了，他斜睨着十几步外的那个男人，那个男人还在看着他呢。他终于明白了，这个男人有企图，而且一步一步，快达到目的了。

小石怒气冲冲地走到那男人面前，那男人还冲他笑：“跟女朋友闹别扭了？”小石怎么听就怎么觉得人家的话里有幸灾乐祸的味道，他气愤地说道：“你不就是这样希望吗？”

男人愣了一下：“我怎么会这样希望呢？我来这里只是因为我想念我的女朋友，是不是我打扰你们了？”

小石气得肚子都快爆了，嚷起来：“少装了！别跟我玩什么爱情诡计！你不就是看上我女朋友了吗？扮什么忧郁，编什么故事，你这一套都是我玩剩下的！想得逞？做梦去吧你！”

小石撂下目瞪口呆的男人回家了，想想那个男人就可气，但女朋友还在生气呢，不得不哄。他打了好几个电话给女朋友道歉，女孩子不经哄，最后还是原谅了他，问：“我生气你也不追我，却去找那个男的，你到底想干什么？”小石说“我就是去问问，他跟你说的故事是不是真的。”

“是真的吗？”女朋友来了兴趣。

“当然不是真的，他就是编个故事哄你这样单纯的女孩子的，你没见他那模样？就他那德性，还画家呢，狗屁！”

“可我觉得是真的，他有画家的气质呢。他说了，他只是还没成名，穷点。他女朋友怎么能嫌贫爱富呢，抛下他嫁到国外去，真同情他……”

又来了！小石气得快发疯，他知道，女孩子一同情，麻烦就来了，因为女孩子总是将“同情”和“爱情”搞混淆了，同情着同情着就爱情了。看来，那个男人的小把戏真的起效果了，自己得赶快阻击。

小石想了一整夜，直到天快亮时，他才想出办法来了。他要丑化那个男人，让女朋友看清人家的嘴脸，他决定第二天去揭开那男人的“真面目”。

第二天他特意将约会的时间提前

了些，当然仍然是与女朋友坐在那把常坐的椅子上。果不其然，一会儿的工夫，那个男人也来了。

远远地望到那个男人的时候，小石掏出了他的钱包，当着女朋友的面将鼓囊囊的钱包打开，钱包里装着1800元钱呢，是他这个月的工资。估摸着女朋友看清了他钱包里的钱了，他才抽出了一张百元的钞票，给了女朋友，央求说："我有点口渴，你去帮我买瓶饮料吧。"

女朋友不知是计，钱都没接，说

一声"我有钱"，便欣然去了。

女朋友一走，小石立即从钱包里抽出一沓子钱来，揣进自己的裤袋里，只留了三张百元的钞票在钱包里，然后，将钱包放在椅子上，自己很快躲到不远处的柳树后面，让柳树下垂的枝条将自己遮起来。

他的计划很完美，就是让那个男人来捡他的钱包。既然那个男人说他穷，兴许会贪那几百块钱，捡到钱包就会离开，自己就可以当着女朋友的面去追，让女朋友认清那个男人是一个多么贪便宜的小人。

果然，那人见这儿的椅子上没人，就直奔这儿来了，还没坐下，就发现钱包了，拿起来翻了翻，然后左顾右盼起来，没找到人，他便拿着钱包坐了下来，一副要等失主的样子。

小石是希望对方拿到钱包就离开的，既然人家不离开，还在等失主，他也不着急，反正，他留有后手。

一会儿，小石的女朋友拿着饮料回来了，还没靠近椅子呢，那个男人就举起了钱包，问："这钱包是不是你男朋友的？我刚刚在椅子上捡到的。"女朋友接过包看了看，然后左顾右盼找起人来。小石只得从树枝后面绕出来，装着在地上寻找东西的样子，说："我的钱包不见了，在哪……哟，你捡到了啊，真是谢谢。"他跑上前来，从女朋友手中接过钱包，就当着她的面打开钱包，一打开，他就做出一脸吃

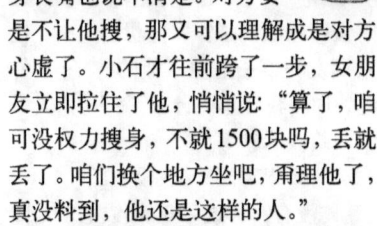

惊的样子，将敞开口的钱包朝女朋友扬了扬。

女朋友当然明白他的意思，看到钱包里只有三张钞票，也是一愣，她是记得包里有多少钱的。小石这才装着有些难为情的样子，问坐在椅子上的男人："我这包，你是什么时候捡到的？"

"刚才。"

"在这之前，有没有谁动过我的包？我的包里少了1500块钱……当然，我的意思不是说你拿了我的钱，我是说，不知是谁拿去了。"

那男人愣住了，老老实实地说："我很远就望见你从椅子上离开呢，在我之前，应该没人动过你的钱包。因为除了我，没人来过。"

真是不知死活啊，这家伙居然自个儿往枪口上撞。小石高兴极了，但还是装出一副为难的样子，说："那，不好意思，你，能不能，翻翻自己的衣兜呢？我这里确实少了1500块钱。"

男人傻了眼，站了起来"你的意思是，我口袋里要是有钱，就是你的？你想搜身还是怎么的？"

小石说："搜身我哪敢？只是瓜田李下，避一下嫌疑罢了。"他说着话真往前凑了一步，像是要搜身似的。他这个计划歹毒得很完美，女朋友是看见他包里有厚厚一沓子钱的，现在少了那么多，哪个人出门身上不装点钱，钱上又没写名字，只要从这个人

身上掏出钱来，这人就是浑身长嘴也说不清楚。对方要是不让他搜，那又可以理解成是对方心虚了。小石才往前跨了一步，女朋友立即拉住了他，悄悄说："算了，咱可没权力搜身，不就1500块吗，丢就丢了。咱们换个地方坐吧，甭理他了，真没料到，他还是这样的人。"

小石心花怒放，他的目的达到了，他也不可能真搜身，他只要女朋友知道，这个男人不是什么好人就够了。见女朋友劝，他装着不情愿的样子，跟着女朋友一起离开。

但他们才走了两步，那个男人在身后叫了："喂，你等等。"小石他们站住，回过头来，就见那男人从怀里掏出钱包来，从钱包里抽出一大叠钱，一下子拍在小石的手上，说："演戏骗这么单纯的女孩子，我实在不忍心。得，我不陪你玩了。不就1500块钱吗？还有你昨天给我的1000块劳务费，我全还给你，我不玩了。"

男人将厚厚的一沓子钱拍在小石手中，掉头就走。小石愣住了，这家伙根本就没拿他的钱呀，居然自己掏钱还给他，还给了这么多？他女朋友也愣住了，傻傻地看着他，末了就恍然大悟，叫起来："什么意思？你请他演戏是怎么回事？"

男人头也不回地撂下一句话："他要我演一回小偷，好让你远离我。我真犯浑，昨天居然还答应了。"

这一下轮到小石犯傻了，他叫了起来"我什么时候请你演戏了？"他想追上来，但女朋友一下子揪住了他的脖子："好哇，你跟我玩起诡计来了？还请人来演戏给我看？"

小石很委屈："我没有。"

"没有？那这2500块钱是怎么回事？你不是只丢了1500吗？人家平白无故，这么好心地多给你1000块？我真没想到你这么卑鄙！"

小石真想将裤袋里的那1500块钱掏出来，但掏出来更解释不清楚了。算这个男人狠，现在轮到他浑身是嘴都说不清了。

女朋友撂下一句话："小石！不，

你不叫小石，你叫该死！居然跟我玩这种下三滥的把戏！你知道我是最恨被人欺骗的！从今以后，我再也不认识你！"她气呼呼地走了。

小石这天打了一晚上女朋友的手机，先还打得通，只是没人接，到后来，就再也打不通了。

接连好几天，小石再也找不到女朋友的踪影了，她换了手机号，也搬了家。他只能天天往公园跑，到两人平时约会的地方来看看。他又看到那个男人了，那男人就坐在他和女朋友经常坐的那把椅子上。小石气呼呼地质问对方："你为什么坑我？"

男人并不答他的话，慢悠悠地说："你知道吗？你们在公园里的情景跟我谈恋爱时很像。你知道我女朋友当初为什么跟外国佬跑了吗？就像你和你女朋友的故事一样，不同的是，为了陷害外国佬，我在钱包里放的是美元，你在钱包里放的是人民币。我反过来对付你的这招，就是跟那个可恨的老外学的。"

从此之后，每天傍晚，公园角落的长椅上，总是坐着两个男人，一个坐在这一头，另一个坐在那一头，他们像在等什么人，又始终没有等到。偶尔，他们也交流一两句，说得最多的一句话就是："真不该玩什么爱情诡计呀，看来，在爱情中，还是坦诚相待好。"

（题图、插图：谭海彦）

俗话说，人无嗜好不可交心。可无限纵容嗜好，就会变成执迷，害人害己……

□ 王明新

坐在轮椅上的杨贵妃

秦始皇之死

雪影是个年轻女人，本来应该有个幸福的家庭，可结婚不到一年，她的婚姻生活就陷入一片泥沼。半年前，丈夫迷上一款叫《屠龙天下》的网络游戏，从此难以自拔，除了上班他几乎整夜地泡在网上，几个月不理一次发，不洗一次澡，不换一次衣服，当然也不再碰雪影，如果不叫他，他甚至连饭都不知道吃，这还不算，丈夫竟在游戏中找了个网名叫"杨贵妃"的老婆，在网友的见证下举行了婚礼，过起了网上夫妻生活。

为了让丈夫戒掉网瘾，雪影哭过闹过，还曾离家出走，甚至割腕自杀，能用的招数全都试过，但一切都枉费

心机。无奈之下，雪影只好向法院提起离婚诉讼，雪影今年才26岁，为了眼不见心不烦，自提出离婚诉讼后，雪影一直住在娘家。开庭在即，不料却传来噩耗，丈夫惨死在20公里外一条河边的林荫道上，雪影百思不得其解，丈夫去那里干什么？认领完尸体后，警方拿出遗留在现场的凶器，让雪影辨认。

雪影一眼就认出这是丈夫形影不离的"屠龙刀"，并向警方介绍说"屠龙刀"本来是网络游戏《屠龙天下》中的顶级装备，谁如果获得了它，就能功力大长，在网游世界里生杀予夺，称王称霸，但这是顶级装备，并非轻易可以到手的，不知有多少游戏玩家梦寐以求，还有人出真金白银高价购买。丈夫熬了无数个不眠之夜，终于

还是和"屠龙刀"无缘，无奈之下，他只好按照网络上"屠龙刀"的样子找人打造了一把，并从此与这把刀如影相随。后来丈夫与杨贵妃结为网上夫妻，他也把网名改为"秦始皇"，两个人联手在网络世界里日夜拼杀，总算如愿以偿——当时是夜里两点多钟，雪影正在梦中，突然被丈夫的狂叫声惊醒，丈夫先是一阵"哈哈"大笑，然后学着京剧《智取威虎山》中座山雕的腔调说："'屠龙刀'，我为你，朝思暮想……"之后，他又是一阵狂笑。

雪影说："当时就有游戏玩家要出价5万元购买，但被丈夫一口回绝了……"

警方对雪影丈夫的生活背景作了调查，这个网名叫秦始皇的男人，人际关系十分简单，除公司同事外，几乎不与人交往，在公司里表现不好也不坏，但对谁都一团和气，从没与谁结过冤仇。

雪影肯定地说："我丈夫的死，肯定与那个杨贵妃有关。"

一见杨贵妃

警方立即和游戏《屠龙天下》的开发商取得联系，在开发商的帮助下很快就锁定了杨贵妃的IP地址，在本市一个新建小区的五楼，当警方赶到那里，他们吃惊地发现，杨贵妃竟是个坐在轮椅上的三十多岁的男人，而

且戴墨镜留小胡子。当雪影知道这些时，她的感觉就是想吐。

杨贵妃承认和雪影的丈夫结为了网上夫妻，他说："我们这样做的目的完全是为了'屠龙刀'，因为结为夫妻后两个人可以联手，一天24小时不间断地在网络游戏里拼杀。"

警方告诉杨贵妃，雪影的丈夫被人杀害了，杨贵妃听后当即号啕大哭。在警方的劝说下，杨贵妃好不容易才按捺下自己的悲伤情绪，并向警方提供了一个重要线索，杨贵妃说，他们获得"屠龙刀"后，有个网名叫"袁世凯"的人曾多次求借，但都被拒绝。后来，雪影的丈夫实在经不住袁世凯的软磨硬泡，答应借给他玩一天，谁知道袁世凯是个不守信用的小人，竟一借不还。为此"夫妻"两个只要在网上见了袁世凯，就是一场血拼，无奈袁世凯有了"屠龙刀"后，功力大增，他们"夫妻"即使联手也不是他的对手。雪影的丈夫悔恨不已，发誓一定要夺回"屠龙刀"，就在秦始皇——也就是雪影的丈夫被害前一天，他曾对杨贵妃说，已经打听到袁世凯的下落，并表示要带着自己那把打造的"屠龙刀"，去找袁世凯算账！

杨贵妃说："虽然是在网上，谁也看不见谁，但我还是感觉到有一股逼人的杀人寒气和血腥味。我劝他不要去，太危险，但秦始皇决心已定。之后，不管是秦始皇还是袁世凯，我都

没再见过，我也打算从此金盆洗手，戒除网瘾，好好过日子。"

最后，杨贵妃用哀伤的腔调说："秦始皇的死，肯定和那个袁世凯有关！"说完，他又呜呜咽咽哭起来……

追踪袁世凯

一连数日，袁世凯都没在网上露面，这进一步增加了他作案的嫌疑。专案组由组长大头和夏山虎、李眼镜三人组成，他们立即对袁世凯在网上进行24小时监控，四天后，袁世凯终于现身，专案组迅速出击，在市郊的一个网吧里找到了他。

袁世凯是一名高中学生，他承认自己曾借过秦始皇的"屠龙刀"，但已经归还，不过归还给了杨贵妃，而不是秦始皇，因为他们是网上夫妻，所以还给谁都一样，但杨贵妃却不承认，还和秦始皇一起向他讨要，估计"屠龙刀"可能已经被杨贵妃卖掉，"她"想独吞这笔钱才故意如此。

专案组把秦始皇遇害的消息告诉了袁世凯，并要他提供相关情况，袁世凯说，开始时他确实是不想还，但也只是为了多玩几天，后来见秦始皇真的急了，也就还了，还刀的时候秦始皇不在，所以还给了杨贵妃。袁世凯最后一次在网上见到秦始皇是9月1日，第三天——也就是9月3日，杨贵妃告诉他，说秦始皇要来找他，还

说会背着一把真刀来，要他小心提防。袁世凯听了没往心里去，因为他的确已经归还。9月4日上午，袁世凯正在网吧里玩，秦始皇找到了他，袁世凯说"屠龙刀"已经还给他"老婆"杨贵妃了，可秦始皇不信，争执中秦始皇火了，挥刀就砍，幸亏袁世凯反应快，抓起键盘挡了一下，没砍中。袁世凯拔腿就跑，秦始皇没追上。袁世凯说着，找到了那个键盘，键盘上果然有一个明显被刀砍过的痕迹，网吧里几名目击者也证实确有其事。

说完这些，袁世凯又提供了一个线索 这些天里，袁世凯一直在找"屠龙刀"的买主，后来打听到是一个网名叫"吴用"的人买了这把刀。

袁世凯的话几乎没有破绽，而且有目击证人，但如果他说的全是真话，秦始皇又是谁杀的呢？难道说是杨贵妃？可一个残疾人，连下楼都困难，即使他有杀人动机也没这个能力啊！

警车一路飞驰，回去的路上，正当夏山虎和李眼镜苦苦思索时，大头突然说："我们上当了！"

二见杨贵妃

夏山虎和李眼镜不约而同地问："我们上了谁的当？"

大头说："如果我没说错的话，杨贵妃腿上的残疾可能是伪装的。"

一语惊人，夏山虎说"伪装？这

· 大千世界 众生百相 ·

怎么可能呢？"大头分析说："杨贵妃一个人住在五楼，如果没人帮助他连楼都下不去，怎么生活？"夏山虎说："他可以雇个钟点工啊！"李眼镜也附和说："是啊！再说附近住着他的什么亲属也说不定！"

大头说："我已经调查过，只听说杨贵妃父母双亡，他小时候被人用弹弓打瞎右眼，造成终身残疾，现在一个人靠残疾补助生活，哪来的钱雇钟点工？"夏山虎和李眼镜"嗯嗯啊啊"着表示佩服，大头继续说："秦始皇找袁世凯要'屠龙刀'，杨贵妃为什么要

把这一消息透漏给袁世凯？他这样做的后果可能有两个，一是袁世凯躲起来不见秦始皇，这样秦始皇只能空手而归，如果'屠龙刀'真的没要回来，杨贵妃肯定不想要这样的结果；二是袁世凯知道秦始皇提着真刀去找他，他会严加防范，说不定还会找几个哥们帮忙，两个人见了面难免会有一场恶斗，这才是杨贵妃想要的结果。"

夏山虎接话说："你是说杨贵妃想借刀杀人？"大头没说话，李眼镜把话接过来说："难道还有第二种解释吗？"大头接着说："秦始皇遇害后，杨贵妃知道我们一定会找他，就装成腿有残疾，这样就会轻易被排除在嫌犯之外，而那个小区是新建的，大家互不相识，也不容易露馅。"

夏山虎和李眼镜频频点头。

这天中午，杨贵妃家来了几位客人，他们说是轮椅生产厂家的，对客户进行回访，如果对他们厂生产的轮椅有意见和建议可以提出来，只要是合理化建议他们一定采纳。几个人彬彬有礼，杨贵妃也客气了一番，说暂时还没发现轮椅有质量问题。

客人站起来就要告辞了，其中一个客人"亲热"地握住了杨贵妃的手，杨贵妃由于坐姿低，本能地把屁股向上抬了起来，就在这时，那个人一脚将轮椅踹开，拽着杨贵妃的手顺势往上一拉，想不到的是，杨贵妃竟稳稳地站住了，并在拉力的作用下向前迈

了两步，刹那间，杨贵妃愣了愣，正不知如何是好，那个人笑着说："杨贵妃，你这不是可以站立吗？"

杨贵妃听了，突然双腿一软，"扑通"一声摔倒在地上，"嗷嗷"地叫起疼来，那个人厉声说："杨贵妃，不要再装了，你腿上的残疾是假的！"杨贵妃仍然仰面朝天叫着，那个人又说："你认识吴用吗？"听了这句话，杨贵妃顿时停止了叫喊……

夺命"屠龙刀"

杨贵妃被带到公安局后，没费多少周折，就交代了，他说，"屠龙刀"的确让他卖给了一个网名叫吴用的人，对方出价6万块，这不能不让他动心。为了独自得到这笔钱，他谎称袁世凯没还。对这事秦始皇本来就一肚子火，杨贵妃又以"爱妻"的身份不断火上浇油，秦始皇终于决定去找袁世凯讨个说法，这也正是杨贵妃所希望的。

秦始皇是背着一把真刀去的，杨贵妃之所以把这一消息告诉袁世凯，是希望他们见了面能刀刃相见，不管谁杀死了谁，这笔钱都只能属于杨贵妃了。当然这只是一种可能，还有别的可能，比如说袁世凯躲起来，秦始皇根本找不到他；比如说袁世凯找到买主，证实"屠龙刀"已经归还并被杨贵妃卖了，这样杨贵妃的谎言就会被戳穿，杨贵妃不希望这样的结果发

生，所以当秦始皇准备去找袁世凯的时候，杨贵妃已先期赶到袁世凯经常出入的那个网吧附近隐藏起来。

之前，两人虽没见过面，但秦始皇背的那把"屠龙刀"是最好的标记。果然，秦始皇没能杀死袁世凯，当秦始皇无限失落地到处溜达时，杨贵妃出现在他面前，见"杨贵妃"是个男人，秦始皇不仅没感到意外，还有一种他乡遇故知的感觉，在大街上抱着他失声痛哭。

大头说："如果袁世凯躲着秦始皇不见呢？"杨贵妃说："如果袁世凯躲着秦始皇不见，我就设法提前打听到袁世凯的下落并告诉秦始皇。"

大头说："后来呢？"

杨贵妃说，这时候已经到了晚上吃饭时间，他一边安慰秦始皇，一边把秦始皇带到一个小餐馆，点了酒和菜，喝醉之后，秦始皇十分亢奋，向杨贵妃发誓：讨不回"屠龙刀"决不回去！杨贵妃借口要看看他背着的那把"屠龙刀"，把刀要过来后拿在手里把玩。出了饭馆，两人溜达到一条小河边，这时天已经黑了，四周连个人影也没有，杨贵妃趁秦始皇不注意，杀死了他，看着流了一地的鲜血，杨贵妃十分害怕，就打出租回来了，第二天他就买了这把轮椅……

雪影得悉了案情后，唏嘘不已……　　（题图、插图：魏忠善）

给我一个
月亮

□〔美国〕詹姆斯·瑟伯

从前，有个七岁的小公主得了一种怪病，每当看见月亮，她就会大哭不止。医生诊断后告诉国王，公主得了罕见的"月光嗜"，她一见到月亮便觉得那是她的东西，可她又得不到，所以就大哭起来，如果能满足公主的愿望，她的病就会好的。国王听了，立即召集全国的聪明人，要他们想办法摘月亮。聪明人们听了国王的话，都为难起来。

总理大臣说："陛下，月亮远在八万里外，比您的宫殿还大，由熔化的黄铜做成，想要摘到它是不可能的。"魔法师说："月亮远在十二万里外，是用白银做的，比整个岛屿还大，没人能摘下它。"数学家说"月亮远在五十万里外，是用金刚石做的，有半个王国大，还被粘在天上，不可能摘下它。"国王听了这么多个"不可能"，心里烦透了，

只好叫宫廷小丑来给他解闷。

小丑听说了公主的病情，对国王说："您请来的都是些聪明人，但他们眼里的月亮都不一样，为什么我们不问问公主自己的想法呢？她觉得月亮有多大、有多高？"国王觉得很有道理，就领着小丑来到公主的寝宫。

小丑问公主："亲爱的公主，月亮有多大？"公主不假思索地说："月亮比我大拇指的指甲小一点吧！因为我只要把拇指举到眼前，就把月亮遮住了。"

"那月亮有多高呢？"公主笑嘻嘻地说："不会比窗外的那棵大树高！因为有时候月亮会卡在树梢当中。"

最后小丑问："那月亮是用什么做的呢？""傻瓜，当然是金子做的！"公主很肯定地说，"金色的月亮当然是金子做的。"

小丑鞠了个躬，说："公主，等今晚月亮挂在树梢上时，我就爬上树去为您摘下来。"小丑从公主的寝宫出来，立刻找金匠用金子做了一个精致的圆形薄片，大小比公主的大拇指指甲稍微小一点，然后穿上金链子，送给公主当项链。公主好高兴，戴着小月亮到处炫耀，病很快就好了。但是国王仍然很担心，到了晚上，月亮还是会挂在天上，公主如果看到了，谎言不就揭穿了吗？于是他又召集了那班聪明人，向他们征询办法。

总理大臣说："让公主戴上一副墨汁一样黑的墨镜，这样她就看不到天上闪闪发光的月亮。"魔法师说："把整个王宫用黑绒布罩起来。"数学家说："天黑后就不停地放烟火，这样就能遮住月亮的光华。"国王听了这些主意，气了个半死，没一个办法是可以用的。

天渐渐黑下来，月亮已经在地平线上露出了金黄色的边，国王吓得赶忙又把小丑找来，他告诉小丑："月亮又要升起来了，如果公主知道她脖子上挂的小月亮是假的，那她肯定又会生病的。"小丑想了想，说："既然那些聪明人都没有办法把月亮藏起来，那么月亮一定是藏不住的。"

国王听后更沮丧了。

这时，眼看着月亮已经升起来了，月光照进了公主的房间，国王急坏了，小丑灵机一动，提醒国王："陛下，上次是公主自己解决了问题，这次我们为什么不再去问问小公主本人呢？"

国王似乎看到了希望，便来到公主的寝宫。

公主正望着窗外闪闪发光的月亮，她脖子上的小月亮也在闪闪发光。国王担心极了，他不敢问公主。

小丑开口问道"亲爱的公主，请您告诉我，月亮挂在您脖子上的金链上，它怎么又会在天上闪闪发光呢？"公主干脆地说："傻瓜，这还不简单！我的一只牙齿掉了，新牙又会长出来，壁虎的尾巴掉了，又会长出新尾巴。你摘走了月亮，天上不能黑糊糊的，所以天神就派了一个新月亮来站岗，不是吗？"

小丑假装迷糊地说："哦，我怎么就没想到呢！"国王也笑了，没想到大人们认为很复杂的事，在孩子眼里竟然如此简单。

"银手指"点评：这是一则极具想象力的童话故事，怎样才能摘到天上的月亮？答案就在那另辟蹊径的想象中。不仅童话故事需要想象力，好故事的核心情节里往往都蕴含着作者独特的想象。

□九斗

冰儿的故事

娶亲条件

民国时期，有一年冬天，冰天雪地，天气很冷，靠山村里却十分热闹，因为村里的大户吕贺家终于要嫁女儿了。这天，吉时已至，新娘子蒙着红盖头，被喜娘扶着就要上花轿，就在这时，突然从人群中冲出一个人，大喝一声："慢！"顿时院子里没有人再说话了，只有那迎亲的唢呐依旧"滴滴嗒嗒"吹个不停。

那人走到吕贺面前，跪倒在地，说道："岳父，我来迎娶冰儿。"

想象力是独创，而不是复制。一个人想今天晚上吃什么菜，想得再花样百出，也不能称之为"想象力"，因为那只是对日常生活的复制。故事需要的想象力是打破常规、超越平庸的，就像小公主对月亮的想象，能给人耳目一新的感觉。

想象力是创造，而不是编造。好的想象总是建立在逻辑的基础上，小

公主的回答虽然别出心裁，却自有她的一番道理。真正的想象力不会给人虚假的感觉，因为作者通过想象，表达的是对生活最真实的领悟，就像这则故事，摘月亮的难题虽然是虚构的，解决难题的办法却真实可行，那就是——只有倾听对方心声，才能明白对方真正需要的是什么。

（题图：佐　夫）

34

吕贺一看，顿时变了脸色，结结巴巴地说："张勇，你、你不是已经死了吗？"

原来这张勇的父亲和吕贺是结拜兄弟，有次喝酒一时高兴，便给两家的儿女订下了娃娃亲。后来张勇的父母双双病故，家道败落，张勇只能离家出去闯荡，这一走就是五年，有人说在外面看到他被土匪给杀了，贺家正在苦恼，恰巧来了个薛家五兄弟，不知怎么的，这薛大少爷偏偏就喜欢上冰儿，软磨硬泡逼着吕家订亲。吕贺老两口见薛家财大气粗，一时动了心，就答应下来，想不到节外生枝，就在今天冰儿出嫁这天，张勇赶了回来！

张勇手里有婚约，而薛家已经来人迎娶，吕贺为难了，他老婆子想了想，笑着对张勇说："你要娶我女儿总不能让她睡露天地，这样吧，你准备三间房子，配上过日子的家什，冰儿就嫁你，你做不到，别怪我们毁约了。"

张勇在外面这些年，也赚了些钱，心里盘算一下，自己家原有三间房，添些家什应该够了，于是他就应了下来，为了保险起见，他把迎亲的日子订在三个月后的元宵节，到那天验收新房，正月十六冰儿就进门。薛家大少爷一听可不干了，吕贺忙把他拉到一边，小声嘀咕了半天，他才无奈地答应等三个月。

张勇的算计倒是不错，可赶到家里一看就傻眼了：三间房子不见了，而是一片废墟，听人一说才知道，去年河水改道，把房子给吞了一半，另一半也房塌壁倒。张勇这才明白上了吕家人的当，他们早知道三间房子没有了，表面上看是吕家宽容，给了三个月时间，可是这天寒地冻的，斧子砍在地上都是一道白印，别说打桩盖房子了。这村子本来富户不多，当年除了张吕两家，就没人盖得起三间房子！

奇思妙想

从那天起，张勇就没在村里露过面，听说是在修旧房子，吕贺乐了：这天寒地冻的，不能打桩不能浇土坯，能盖什么房子？只有冰儿暗中着急，可又无计可施。

转眼元宵节到了，吕家人从早晨等到黄昏，还是不见张勇上门，正当冰儿坐立不安时，管家跌跌撞撞地跑进来，说是让老爷去验房子。吕贺半信半疑地随众人来到张勇的家，此时天已经黑下来，明月初升，还不很明亮，远远看张家，只见一片晶莹夺目，不知是什么物什。众人走近一看，不由得一阵惊叹，这哪里是房子，分明是宫殿，只是这宫殿是冰做的！

原来张勇这些年流落到俄罗斯国，学了冰雕的手艺。他虚张声势，假意收拾老房子，实际上在河边破冰盖

了三间冰房子。众人进了冰屋一看，雕花大床，八仙桌，梳妆台，圆墩儿，就连脚踏板都是冰做的。家具上面都雕着团龙团凤或是百花，刀工细腻，十分好看；八仙桌上还摆着一个冰灯，里面点上红烛，火光摇曳，美轮美奂；最令人称奇的是院子里的一座冰雕，看那模样

儿分明就是冰儿，杏眼含羞，低头浅笑，衣带飘飘若仙，就跟个真人儿似的。大家一起叫好，吕贺老两口的脸色也缓和了下来。

众人正在啧啧称奇，张勇趁机向吕家二老跪拜，张口就叫"爹娘"，这时，却听有人冷笑道："会这点手艺就能娶了冰儿？若是这样我倒要试上一试，看看谁的手艺好。"说这话的是薛家大少爷，张勇没想到这个衣来伸手的富家少爷会冰雕，心里就有几分瞧不起，问道："你说要怎么办？"

薛家大少爷说，他今夜也雕出一件东西，让大家评判，如果是他做得好，冰儿就是他薛家的媳妇。张勇心里一盘算，自家这冰屋子做了近一个月，薛家再有能人也不能一夜完成，于是点头答应。因为薛家太远，来回不方便，就约定在吕家后院做冰雕。

第二天，大家拥到后院一看，只见一块大红绸子从头到脚蒙着一件物什，薛家几兄弟前呼后拥的，正得意洋洋呢，他们见人都到了，就上前把红绸子一掀，众人顿时一片惊呼：这也是一座冰雕，雕的也是个美人儿，手执团扇，玉面半遮，那眼神那衣裳，全都栩栩如生。

众人不知该如何评判，吕家老婆子自有主张，她站出来说道："两家做的冰雕不分上下，可是薛大少爷只用了一夜，所以是薛家赢了。"众人一听说得在理，也无异议。

薛家大少爷微笑着走到张勇面前，说："这次你服了吧？"

张勇摇头道："不服。"众人大惊，不知他葫芦里卖的什么药。

张勇踱到冰雕前，用手一指，说道："你们看这冰美人的脚上穿的什么鞋。"众人仔细一看，不由得哄笑起来，原来这女子脚上穿的竟然是双千层底方口布鞋，那是双男人鞋，在北方，女子为了下地干农活儿方便，多半不缠足，即使如此也都穿绣花鞋，再不济也不能穿双男人鞋出来。薛家兄弟被众人笑得脸上挂不住了，薛家二少爷挺身站出来，说："明天我再雕个出来，我不信你还有话说。"

一宿无话。次日早上众人又早早来到吕家。这次薛家二少爷雕的是个少年，身穿布衣裤短打扮，背上有鱼篓，姿态轻巧活泼，活灵活现，两只手正举起一条鱼，而且这竟然是一条真鱼，真是心思独到。众人又是齐声叫好，薛家二少爷上前问张勇："这次你服了吧。"

张勇还是摇头，说是"不服"，他上前指着冰雕说："大家看，这少年是从河边捉鱼刚回来，这鱼怎么就连鳞都没有，还是开膛破肚的，敢情是从厨房里拿来的吧？"大家一看，果然那鱼身上光溜溜的，肚子上的刀痕隐约可见。

不等张勇说话，薛家老三站了出来，说是今夜他来雕一个，这次如果薛家输了，就把冰儿让给张勇。双方一言为定，只等明日决断。

感动天地

第二天一大早，众人来到吕家院子一看，只见薛家三少爷雕的是一个舞剑的少年，一招白鹤亮翅，双臂展开，金鸡独立，不说那身姿如何英气，就是那一柄青锋又薄又窄，非一般人的功力能雕出来。不用说这次比试一定是薛家兄弟胜出了，众乡亲不由替张勇惋惜。

吕老婆子看了看张勇，说："这次你无话可说了吧？"

张勇冷冷一笑，走到冰雕前，突然从身后抽出一根木棍，对着冰雕狠狠砸下去，转眼间冰雕粉身碎骨，薛家兄弟没想到张勇会突然袭击，都呆了，立刻扑到冰上大哭，薛家三少爷劈面抓住张勇，吼道："你——你敢害我五弟！"

张勇仰天大笑："我早就知道你们是冰妖，人怎么可能一天内雕出这样的冰雕来？"薛家兄弟闻言变色，忽然化成一团白雪，夹着狂风呼啸而过，等众人回过神来睁眼再看，地上的碎冰也不见了。

众人都吓得变了脸色，围着张勇问个不停，张勇这才一一道来：第一次，薛家大少爷能在一夜之间完成冰雕，这就很出乎他的意料，心里有了

怀疑可又找不到凭据；等到晚上，他潜到吕府后院，躲在暗处察看，等了一夜，天快亮时，果然看见薛家二少爷溜进厨房，拿了一条鱼出去。张勇怕打草惊蛇，不敢走近去看，等天亮时薛家兄弟亮出冰雕，果然用了那条鱼，这时他还发现，薛家只有四个兄弟出来，说明这个冰雕是其中一个变的。果不其然，第三天薛家三少爷展示冰雕时又少了一个人……

这时吕家已无话可说，只能答应冰儿和张勇马上成婚。依着吕家的意思小两口就留下来，可是冰儿说喜欢冰屋子，非要去住上一夜。

第二天，张勇一觉睡到日上三竿，醒来睁开眼睛一看，却只觉得寒气扑面，回头叫冰儿，不由大吃一惊，昨夜好好睡在身边的冰儿已经成了冰雕，原来那些冰妖遇到自己喜欢的人就冻成冰带回山上，如果带不走，就会让她冻成冰雕。张勇急忙去吕家叫人，吕家急忙让人把冰儿抬回去，吕老婆子让人把炕给烧热了，想让冰儿暖和暖和，让她活过来，可她没想到成了冰雕的冰儿是怕热的，变暖后融化成水，冰儿就没救了！

等到张勇赶到吕家，院门里已是哭声一片，再看看冰儿，她躺在炕上，身下的被褥已经湿透了，她化了……

张勇把冰儿抱到雪地上放下，让她不再融化，就这样，张勇一守就是七天七夜！

这一夜格外的冷，张勇看着冰儿，不由得一阵心酸，忍不住伸手去摸冰儿的脸。张勇的手已经冻得不成样子了，上面裂了很多小血口子，一动就流出血来，血滴在冰儿的脸上，奇迹出现了：冰儿的皮肤竟然渐渐红润了起来，张勇吃了一惊，大喜过望，他干脆再挤些血抹上去，血水过处，冰儿的皮肤有了弹性，现出血色……

这一夜没人知道发生了什么事情，天亮时，吕家人来到雪地一看，见张勇脸色惨白地躺在冰儿的身边，已经流尽了身上最后一滴血，而冰儿脸色红润，气息平和，就像睡着了一样。

吕家人把冰儿带回家，可是她不吃不喝不说话，也不睁眼睛，只是呼吸如常。张勇复生无望，只能下了葬。转眼到了春暖花开时节，这天，吕老婆子来看女儿，却见冰儿笑吟吟地起身，说："娘，勇哥今天就来娶我了。"

吕老婆子呆了：女儿今天怎么开口说话了？回过神来时，外面已经是一片鼓乐声响，来了一队迎亲的人，骑在马上的正是张勇！

有人说是冰妖被张勇的诚意打动，救了他和冰儿的命，不知是真是假，反正从那时起，每年冬天第一场雪降下后，村里就到处摆上红色的冰灯，据说这样的人家都会得到冰妖的保佑……

（题图、插图：黄全昌）

屋顶上的私人花园

□ 陈 菁

梦想的花园

每个人都有梦想，有的人想变成亿万富翁，有的人想成为大明星，而任晴的梦想就是拥有一个私人花园。任晴和老公都是普通的上班族，每个月靠工资生活，根本买不起洋房和小花园。有一次，她去朋友新家做客，朋友的房子在顶楼，楼顶有一个天台，朋友偷偷在天台种了些花草，任晴看了非常心动，自己何尝不可买一套这样的公寓、建个"屋顶花园"呢？

回家后，任晴和老公商量起屋顶花园的事。老公扶扶眼镜，十分郑重地说："老婆，这事行不通。按物权法规定，楼顶属于公共面积，不动则罢，一旦你做花园，就有人要说话了。"

任晴见老公一副胆小怕事的样子，叹了口气，说："罢了，我自己想办法。"第二天她联系房产中介公司，等了十来天，中介公司打来电话了，说有一栋建造了五六年的公寓，顶楼有个花园，与周围其他单元隔离，种花养草不会有人干涉。于是，任晴毫不犹豫地把房子买下了。

房子的问题解决了，接下来就该修建花园了。那天晚上，任晴和老公商量找物业的事，老公听了，犹豫起来："老婆，这事行不通。物业能同意我们建花园吗？我可不想自讨没趣。"

任晴叹了口气，说："罢了，我自己去跟物业说。"第二天，任晴找到物业人员，笑盈盈地说："师傅，我那房子屋顶有点漏雨，我想处理一下。"

不料物业人员眼神躲躲闪闪的，语气含混地说："你处理嘛。"

事情比想象的顺利，她原本组织了一大堆理由，还打算带物业人员去看看被雨水浸过的地方，想不到物业人员如此信任她。

潘多拉的盒子

一切都按预想的进行，任晴忙碌了十多天，屋顶花园做好了。她又从花卉市场搬回桂花树、栀子花，扦插了葡萄藤，给菜圃里撒上各种菜籽儿。一个晴朗的星期天，任晴叫上老公去花园除草，看到郁郁葱葱的花草，任晴心里十分得意，对老公说："怎么样，花园不错吧，我们终于有自己的花园了。"

老公心有顾虑，喃喃地说："好是好，就怕邻居们有意见。"

话音刚落，就听见楼道里响起一串脚步声，只见两个女人走进花园。任晴见是楼下的邻居，忙跟她们打招呼。女人们看见盛开的花朵和刚冒出泥土的菜秧子，眼里满是羡慕和嫉妒，一个女人说："呦，你真能干呐，种了这么多花草，简直像私家花园啊！"

另一个说"还种了这么多菜，吃菜都不用上菜市场了，一年要省好多菜金呢。"

老公唯唯诺诺起来："现在的种子贵，哪能省出菜金，我们是自己种着玩的。"

第一个女人挑了下眉毛，阴阳怪气地说："种着玩？我们傻呀，不知道上来种着玩？"

任晴知道来者不善，忙接话说："哎呀，你们细皮嫩肉的，哪能做这些粗活，你看，我的鞋子裤子全给泥巴弄脏了。看看你们那么优雅，怎么能做这个？"

两个女人听着任晴的话很受用，聊了一会儿就走了，躲在一旁的老公着急地说："老婆，怎么办啊？你看，潘多拉的盒子打开了吧？"

老公的话让任晴心里发毛，她想了又想，决定给小花园加一道锁。

第二天，任晴下班回家，物业人员叫住她，说："你等一等，那个，你能把屋顶打理出来，实在不错啊……不过，有人提意见了，说楼顶是公摊面积，大家都有份儿呢。"

该来的终于来了。任晴问物业人员："你们有什么意见呢？"

物业人员笑笑，说："大家没意见我们就没意见，其实我们也没意见，不过是向你反映业主们的意思。"

任晴也笑了，她说："你也知道的，平时根本没人上楼顶，我们搬进去时屋顶漏雨，处理屋顶时顺带做了花园，以后漏不漏雨我们都会自己承担，不会给你们找麻烦。业主们那儿，我来做工作好了。"

"好、好、好。"物业人员一个劲儿点头。多一事不如少一事，何况这栋楼是旧楼，物业管理费收得少，处理一处屋顶就得花掉大半维修基金，物管哪想花这笔钱啊！

洁白的栀子花

这天晚上，任晴和老公又商量起花园的事。老公有些焦虑，吞吞吐吐地说："老婆，我说这事行不通吧，要不我们把花园拆了？"

任晴听了，没生气，反而笑了，说："别担心，我有办法！"

第二天早上，楼道里贴着一张启事，过往上下的住户看见，都停下来瞧瞧，只见上面写道

各位住户大家好：

我们是701住户，今年初处理屋顶漏雨问题时，顺便将荒弃多年的楼顶做成花园，现诚邀有兴趣的住户加入进来，与我们共同分担修枝、施肥、除草、除虫、清扫、浇灌等义务，同时共同分担浇灌的水费，如遇楼顶漏雨，共同出资修整，其目的是使花园更加生机勃勃，运转有序。当你尽了上述义务后，可以进入花园喝茶观花。欢迎大家加入，共同使我们的生活环境更加美好！

有意者请与701联系。

701住户启

贴出告示后，楼道里没有动静。这对任晴来说自然是好事，可为了谨慎起见，她还是决定去探探虚实。

双号的住户与她这个楼顶无关，任晴便敲开601号房。房里住了一对小夫妻，任晴一眼就看见阳台上一盆蔫蔫的君子兰。她笑着对小夫妻说："我在楼顶搞了个小花园，不知你们有没有兴趣种点花花草草？"

那男人客客气气地说："你真有雅兴。你看我们成天早出晚归，自己吃饭都顾不过来，哪还有时间照顾花草啊？"

客气了几句，任晴暗自欢喜地出

了门。

她又敲开 501 的门，开门的是一位戴着老花镜的老头，老头听她说完，和善地说："你的想法很好啊，不过，我们人老了，也没力气做那些修枝除草的事了，你就好好地照看花园吧。"

任晴一听这话很高兴，她却不知道，头天 501 的王阿姨看见告示后，回去对老头子唠叨说："哼，真狡猾，让我们共同负担水费，还说楼顶漏雨也让我们大家出钱修，凭什么呀？"

老头子对王阿姨的喋喋不休不耐烦了，对王阿姨说："人家的要求没错

啊，你只羡慕花草长得好，就不知道人家付出了多少，要是换了你，也会提这些条件吧？付出才有收获，楼顶是大家的没错，花园可以享受，漏雨的时候怎能不管呢？一点不付出，怎么好意思享受？过去楼顶烂糟糟的，大家都看得过去，现在人家打理好了，你们心里就不平衡了，人怎么能这样呢？"

老头子的话让王阿姨哑口无言，所以今天听见任晴的声音也没出来。

401 的主妇是一位极俭省的人，自然也不愿意出资建花园。101 的肖阿婆七十岁了，腿脚不方便，听了任晴的话，连忙摆摆手，拒绝了。

301、201 的住户就是那天上楼的"潘多拉的盒子"，她们向物管"告了密"，却见物管根本不想拿出屋顶维修费，现在又见告示上写着"共同出资"，两人便再不吭声了。任晴走到她们家门前，想了又想，却没有敲她们的门。

就这样，大家都又忘了楼顶的花园，任晴索性连花园的门也懒得锁了，不锁门，也没人上楼采摘开得正热闹的栀子花。任晴觉得那些花儿开得有些寂寞，同样寂寞的她动手摘下一朵朵洁白润泽的栀子花，从六楼开始，发传单一样，挨家挨户插到别人的门环上。花儿的香气四散扑来，满楼都是栀子花的清香。

（题图、插图：黄全昌）

聚宝盆

□藏马山

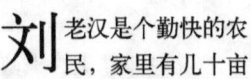

刘老汉是个勤快的农民，家里有几十亩地和一个竹园。都说"人勤地生宝"，刘老汉家的麦子长得特别好，就连承包的竹园也葱葱绿绿的，眼看日子过得一天比一天舒坦，刘老汉乐得合不拢嘴。

这一年的冬天走得特别早，刚过完年，田间地头已经有了些绿绿的草芽了。

这天晚上，刘老汉正在炕上喝着烧酒，老伴去粮囤子里取麦子，不一会儿，老伴急冲冲地进了屋，一脸狐疑问刘老汉："老头子，上周你从粮囤子里装过一袋麦子吗？"

刘老汉回答："是啊，怎么了？"

"那就对了。"老伴凑上前，说，"我记得你从粮囤子里取出约有一袋子的麦子，粮囤中间凹了下去，可是我刚刚看了囤子，那个凹陷不但填平了，反而鼓了起来。"

刘老汉听了，连忙跳下炕来到粮囤子旁，揭开盖子一看，果然粮囤子里的麦堆鼓了起来，原本中间的凹陷不见了。

这怎么可能？老两口子迷惑不解，倒是老伴出了个主意："要不咱再装一袋麦子？"

刘老汉和老伴又从粮囤子里装了一袋麦子，粮囤子里的麦堆留下了一个不大不小的凹陷，刘老汉小心翼翼地盖好盖子，还在上面压上了一块大石头。

又过了几天，老两口子来到粮囤子旁，搬下那块石头，轻轻地挪开囤上的盖子，不禁大吃一惊：麦堆中间原先的凹陷又被填平了，并且还鼓出来一些，像一个小山丘。

刘老汉大喜过望，激动地说："聚宝盆来咱家了！"

从此以后，刘老汉把粮囤子当成了宝贝，隔三差五就从囤子里装一袋麦子。

而粮囤子真是个聚宝盆，每次取麦子，留下的凹陷都会慢慢地消失。刘老汉越装越欣喜，谁让麦子越变越多呢！

十来天后，刘老汉在屋里就堆了整整五口袋的麦子。

这天，刘老汉的儿子从城里回来，看望两位老人家，他一进屋就看见屋里堆着一袋袋的麦子。儿子觉得莫名其妙，问刘老汉："爹，你一下子要磨这么多的麦子干吗？"

老伴凑到儿子耳边，悄声说："小点声，你爹得了一个聚宝盆，这粮囤子里的粮食越存越多，取都取不完！"

儿子是个读书人，自然不会相信有聚宝盆这样的东西。

老两口见儿子不信，于是把他拉到粮囤子旁，掀开盖子，指着一个快要鼓起的"山丘"说："瞧见没？前天

才从这个位置装了一袋麦子，留下的凹陷又快鼓起来了。"

儿子看着粮囤子，也愣住了，但是这聚宝盆确实不存在，究竟是怎么回事呢？他撸起袖子，把手伸进了麦子堆里。

刘老汉一看，急了，赶紧拉起儿子的胳膊："哎呀，你别把聚宝盆惊走了！"

儿子没有理会刘老汉的话，又把一只手伸进了麦子堆，突然，他摸到了什么，另一只手也伸进粮囤子，猛一使劲，将一个不黄不绿的东西从麦子里拽了出来。

三个人仔细一看，不由一惊：这不是一块竹笋芽吗？

儿子急忙说："快拿口袋！"

三个人七手八脚的往外装麦子，终于那聚宝盆露出来了：六七只竹笋从粮囤子底下一起往外冒，顶开了粮囤子底下铺的稻草和薄膜，正在使劲地往上长。从表面上看，就好像麦子越变越多一样。

(题图：刘斌昆)

□ 蒋凤姣

捐款之后

这天，电视台接到一个报料电话，说刘村有个叫二虎的普通村民向中华慈善总会捐了8万元善款，电视台领导觉得此事有新闻点，就立马派新闻记者小于前去采访。

小于曾到刘村采访过，知道那地方并不富裕，这次有人出手就是8万元，此事一定有新闻可挖。小于叫上摄影师，火急火燎地赶往刘村。

小于才到刘村村口，就听到一阵哭喊声，在一间破旧的房子里，小于看到一个妇人。那妇人面容枯槁，正在床上伤心地哭嚷着："这可怎么活啊……"几个邻居大嫂在一旁劝说着，隔壁床上还有一个老太太也在抹眼泪。

小于一打听，真是无巧不成书，这家居然就是捐款的那家人，失声痛哭的正是捐款者的妻子田彩。此刻，田彩一看是记者来了，顿时像看到救命恩人一样倒地就拜："记者同志，请你一定要帮帮我啊，我都没办法活了啊……"

原来，田彩家不但不富裕，相反还很贫困。家中不仅有一个常年卧病在床的婆婆，还有一个正上初中的儿子。家里开着一家豆腐磨坊，常年替人加工豆制品。虽然前阵子收到了一笔8万元的加工费，可家里还欠着人家一年的黄豆钱，本来两厢一抵也余不下几个钱，可没想到的是丈夫二虎自说自话地把这笔款子全给捐了。如今债主天天吵上门来，这日子可真没法过了。说到这，田彩恳求小于，能不能帮她跟慈善总会商量一下，退回丈夫二虎捐的8万元钱，实在不行的话，哪怕退一半也可以。

看看田彩家的现状，小于就弄不明白了，既然家里并不宽裕，那二虎为什么非要这么干？面对小于的疑问，田彩却显得忧心忡忡，欲言又止。

小于也是个热心肠，见田彩不愿意说，他也不好意思多问，便随即拨通了一个熟人马律师的电话，问：捐赠者能不能对自己所捐的款项再度要回？

马律师听了后，告诉他这是不可能的！《中华人民共和国公益事业捐赠法》第十二条有明确规定：如果捐赠者已经办了捐赠协议等相关手续，就必须履行，是不可以随意更改和单方面毁约的。

小于看到田彩伤心欲绝的模样，心里更是同情，他在电话里把此事的前因后果又讲了一遍。

马律师在电话那头考虑了一阵，说："此事尚有回旋余地，捐赠法里也有规定：捐赠财产应当是其有权处分的合法财产。既然二虎捐赠的款项里面不仅有债款，而且也有他妻子的份额，那么，他妻子或债权人都可以起诉二虎的捐赠协议无效或部分无效。"

听马律师说有可能要回捐款，田彩变得异常激动，急忙拉着小于，要去找马律师。小于说："大嫂，马律师已经赶过来了，你放心吧。"

马律师很快赶到刘村，他急于知道这样一个问题：既然田彩家这么困难，那为什么她丈夫还要这样做呢？马律师这么一问，田彩又开始沉默，小于着急了："你不把事情说清楚，马律师怎么帮你？"

这时门口有个邻居大嫂朝小于他们使眼色，小于赶紧出门，那邻居大嫂告诉他："这二虎平时就是喜欢吹牛，总是说自己怎么的了不起，是个大人物，是做大事的。五年前还曾经离家出走过，说国家主席请他去北京参加什么代表大会……"

马律师明白了，他立即进屋对田彩说："大嫂，为了事情圆满解决，你要说实话，否则这案子没法翻案。"

田彩见事已如此，只得把一个自己守了十几年的秘密说了出来。

原来，二虎是个精神病患者，有严重的躁狂症症状，临床表现为：喜热闹，交往多，主动与人亲近，与不相识的人也一见如故。由于田彩家庭困难，没有钱送二虎去医院，所以就一直拖着。田彩怕村里知道真相而看不起二虎，所以对谁也没说。没想到这次二虎进城，受到情绪感染，头脑一热，就将刚刚收到的8万元加工款给捐了。

听完田彩的叙述，马律师心定了，这事不需要再上法庭了，可以与有关部门协商解决，毕竟二虎的捐赠协议法律效力确实存在较大的问题。

后来经过拨打电话证实，中华慈善总会负责人明确给予答复：只要情况属实，就会把二虎捐赠的款项在手续齐全的情况下，依法予以返还。

· 解剖一个案例 明白一个道理 ·

律师点评：

故事《捐款之后》主要涉及的是法律效力的问题：首先，根据《中华人民共和国公益事业捐赠法》第六条及第九条，捐赠不得损害其他公民的合法权益。捐赠的财产也应当是其有权处分的合法财产，而故事中男主角二虎的捐赠行为显然损害了他妻子田彩及其他债权人这部分合法权益。所以，二虎的捐赠必须得到妻子和其他债权人的认可才具有法律效力，如果没有得到认可则属部分无效。

其次，根据《中华人民共和国民法通则》第58条第1款规定，无民事行为能力实施的民事行为无效，那么，故事女主角田彩如果要推翻捐赠协议有效性，只需对二虎作精神鉴定推断其无民事行为能力即可认定其捐赠协议无效。

（题图、插图：张恩卫）

· 本刊信息传真 ·

法律知识故事征文启事

本刊推出的"法律知识故事"，通过发生在我们身边的、短小而具体的个案，生动、形象地宣传法律知识。这些知识注重现实性、实用性，真正起到解剖一个案例、明白一个道理的作用。

为鼓励作者深入生活，写出高质量的法律知识故事，我刊决定面向全国征文，优秀作品除在《故事会》发表并参加评奖外，还将结集出书。

本次征文也欢迎读者和法律界人士提供相关素材、案例，一经录用，即付稿酬。

来稿方法：1. 从邮局寄发，请在信封上注明"法律知识故事"字样，本刊地址：上海市绍兴路74号《故事会》杂志社，邮编：200020。2. 从网上传递，可寄以下信箱：wulun@vip.sohu.net，请在主题上注明"法律知识故事"字样。凡已和我刊编辑有联系的作者，稿件可继续投给联系的编辑。

北京时间

□ 岩朵朵

林宇在一家跨国公司工作，由于他的出色表现，公司奖励他一个出国工作的机会，大家都在羡慕他，林宇却有点犹豫：父母年纪大了，而且就自己这么一个孩子，他担心父母不同意自己出去，可没想到他试探性地把出国的事对父母一说，只沉默了一会儿，母亲就高兴地说："好事啊，去吧，别担心我们，你走后，不用给你洗衣做饭，我还更省事了呢！"父亲也在一旁连连点头。

见父母这么支持自己，林宇终于把心放下了。

再过几天就要提交出国申请了，林宇对未来充满期盼。

这天，林宇走在路上，正准备去跟一个客户见面，突然他发现马路旁边有一位老人不太对劲，只见他坐在地上，用手痛苦地揪着胸口的衣服。

林宇马上跑过去，老人大口大口地喘着气，一只手颤抖地指着口袋，林宇赶紧帮老人从口袋里找出药，喂老人吃下，老人这才渐渐恢复了正常。

看老人没事了，林宇便把老人扶到一旁的椅子上，让老人坐下休息，并关切地说"老人家，要不要通知您家人来接您一下？记得孩子的电话吗？"

听了这话，老人叹了一口气说："儿子不在眼前，哪能赶过来？小伙

看，一边嘴唇翕动着，可好长时间没说出话来，林宇着急，便凑上前去看，这一看，"扑哧"乐了："老人家，别看了，您这手表坏了！"

老人说："哪里坏了？一秒不差，跑得很准呢！"

"老人家，据我估计，现在大约是十点左右，您看您的表，还在三点呢！"

老人也笑了："别急，我这不正在给你算吗？唉，老了，脑子不好使了，算得有点慢。"

林宇越发糊涂了："看时间还要算？把表调准不就行了吗？"

"那哪行，那时间不就乱套了吗？"老人看着手表，一本正经地说，"这个时间啊，是我儿子的时间。两年前儿子出国了，虽然我们一百个不愿意，可不能影响孩子前途不是？儿子出去后，我们老两口想他想得难受，就把家里所有的钟表都调成了国外时间，反正我们老两口也没什么事，儿子的时间就是我们的时间。我们每天算着，儿子该起床了，该吃饭了，该睡觉了……"老人说着说着，完全陷入了对儿子的思念中。

林宇心头一热，悄悄地离开了。他决定放弃出国机会，因为——他希望父母只有一个时间，那就是北京时间。

（题图、插图：刘斌昆）

子，太谢谢你了，我没事了，家离得也不远，一会自己慢慢回去就好了，你忙你的吧。"

说到"忙"，林宇突然想起约了客户，他刚想打开手机看看几点了，说也巧了，手机"嘟嘟"地响了两下，竟没电了，偏偏出来得急，又忘了戴表，他见老人戴着手表，便问："老人家，现在几点了？"

老人抬起手腕，一边眯起眼睛

我喜欢

林兰兰

□ 左文萍

初三（1）班新来了一个女生，叫林兰兰，班主任安排她和马小超同桌。马小超可是班里有名的淘气鬼，喜欢欺负同学，他很不喜欢林兰兰，因为林兰兰是从乡下转来的，穿着土里土气的衣服，说一口方言味浓重的普通话。马小超暗暗琢磨着：一定要把这个同桌换掉。

第一天午自习时间，林兰兰看着音乐书，充满疑惑，她幽幽地问："马小超同学，马上要上音乐课了，我不会这首曲子，你能教我吗？"

马小超不耐烦地说："上面有简谱啊，你不会不识简谱吧？"

林兰兰低下脑袋："我们家乡的学校没有音乐课，也从来没学过乐谱。"

马小超愣了愣，嘟囔了一句："你们那是什么破学校啊！"他灵机一动，接着又说："那我教你。"

马小超居然教林兰兰识简谱？以他平时欺负同学的架势，怎么可能？果然，到了音乐课上，马小超又捣蛋起来。音乐老师要求同学们熟悉曲子，然后点一位同学起来领唱，这时，马小超举手了："老师，林兰兰唱歌很好听，让她领唱曲子吧。"老师点点头，叫了林兰兰，于是开始弹奏曲子，林兰兰照着马小超教她的旋律唱了起来，她的声音又尖又细，简谱唱得七零八落，听起来很滑稽。突然，班里爆发出哄笑声，马小超已经笑得前仰后合，老师生气地把乐谱扔到钢琴上，说："林兰兰，不熟悉曲子课前为什么不预习？"林兰兰的脸涨得通红，泪水在眼里打转。马小超见同桌出了丑，特别解气。

从此以后，马小超一直欺负林兰

兰，有一次上国画课时，林兰兰不会国画，只是看着马小超画，他便不高兴了，冲着林兰兰大吼起来。同学们都觉得马小超又要换同桌了，可是，日子一天天过去了，马小超和林兰兰俩却相安无事，马小超也没有再欺负林兰兰。

这天，上音乐课，音乐老师说要来一个小测验，每位同学都要抽签唱一段乐曲。轮到林兰兰了，她苦着脸，抽到了一段《雪绒花》的乐谱。她还没唱，几个调皮的男生已经"咔咔"笑了起来。

这时，马小超却举起了手，说："老师，我想和林兰兰一起唱《雪绒花》，我认为和声唱效果会更好。"下面的同学都愣了。老师也觉得有点意外，但还是同意了。

马小超悄声对林兰兰说："你跟着我唱。"然后开始唱了，马小超的声音洪亮，音准也很出色，唱得非常动听，几乎盖过了林兰兰的声音。林兰兰声音不大，跟着马小超的音调，加上以前的练习，居然也准确地唱完了。这段和声唱得很不错，连音乐老师都颔首赞许，带头鼓起了掌。

下了课，林兰兰红着脸向马小超说了"谢谢"，马小超满不在乎地"哼"了一声。大家都觉得很意

外，一个调皮的男生跑到马小超桌子前，挤眉弄眼地说"哥们，今天怎么啦？咦，这是什么？日记本吗？"说罢，从马小超的桌上拿起一本硬皮本子，就要打开看。

马小超急了："你还给我！"说罢就去抢本子。班里的同学都在看热闹，那男生一边跑一边躲，还翻开了本子，大声读起来："我喜欢林兰兰……"

这时，那男生愣住了，班里顿时安静下来。静了片刻后，忽然爆出一阵起哄声，热闹得像掀翻了天。马小超气急败坏地抢过本子，林兰兰站了起来，满脸通红，眼里噙着泪花，跑了出去。

后来，几乎全年级都知道了"马小超喜欢林兰兰"，林兰兰彻底不理马小超了。很快，这事传到了班主任的耳朵里。班主任是个师范毕业不久的年轻女老师，她知道十五六岁是一个微妙的年龄，容易产生懵懂的情

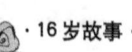

懔，一定要加以正确引导。

于是，她决定召开一次主题班会，主题是"青春期的天空"。

班会开始，老师先是朗诵了一首描写初恋的诗歌，然后教导同学们，说："初恋是美好的，但也是不成熟的，同学们一定要正确认识这个问题。"话还没说完，讲台下已经开始有"咪咪"的笑声，大家都瞄向马小超和林兰兰，林兰兰的脸红得像熟透的柿子。

忽然，马小超高高举起了手："老师，我想上讲台发言。"老师微微一愣，点头答应了。在大家好奇的目光中，马小超走到讲台前，清清嗓子："今天，我想告诉大家，我为什么喜欢林兰兰。"

此话一出，班里又炸锅了。老师皱皱眉头，制止了同学们的喧闹，想听听马小超要说什么。

马小超呼了口气，开始讲述起来："最开始的时候，我一直不喜欢林兰兰，不想和她做同桌。尤其是那次音乐课，是我故意教林兰兰唱错曲子的。"下面发出窸窸窣窣的声音。

马小超接着说："后来上美术课，学习国画时，林兰兰一直盯着我的画看。下课以后林兰兰悄悄对我说，我的画很奇怪，我把树画成红色的了。我当时很紧张，因为我是红绿色盲，这件事我不好意思告诉别人，连我爸妈都不知道。学校发的颜料是简装

的，没有标注颜色名称，盖子是什么颜色，这支颜料就是什么颜色。我看不清楚，就画错了。我觉得秘密被发现了，十分生气，冲林兰兰发了脾气。但是后来的美术课上，我发现我的颜料和调色盘上都贴满了小标签，标示出颜料的颜色。红色颜料挤进调色盘的对应格子里，这样就不会出错了。"马小超微微停了一下，向林兰兰的方向看了一眼。同学们包括林兰兰都被他的话吸引了，静静地看着他。

马小超继续说："从那时候起，我就发现林兰兰其实挺可爱的。我希望和她做好朋友，也愿意向她学习。音乐课测试上，我主动帮助了她。可是，从那天到现在，林兰兰再也没理过我……"说到这里，那个"惹事"的男同学吐了吐舌头，同学们脸上都露出了善意的笑容，林兰兰也微笑。

班主任老师释然了，她问林兰兰："林兰兰同学，你原谅马小超了吗？"林兰兰红着脸点点头。

班主任拍了拍马小超的肩膀，说："以后希望你能向同桌学习，并且像'喜欢'林兰兰一样，喜欢每一位同学。"话音刚落，同学们七嘴八舌地说了起来——

"老师，我们也喜欢林兰兰！"
"我们也喜欢马小超！"

林兰兰听着同学们真诚的回答，开心地笑了。

（**题图、插图**：张恩卫）

常言道："君子爱财，取之有道。"做生意不仅是赚取金钱，更是要赚取人心，其中的"做人"道理很奥妙……

谁会做生意

□岳　勇

1．投石问路

绣林城地处湘鄂两省交界处，紧挨长江，是个船码头，地界虽小，却市肆繁盛，人烟稠密。城中东大街原有家"德懋"当铺，一枝独秀。一年前，有个叫张宝恒的外地商人，在西大街开了一家"裕丰"当铺。这张宝恒是个极善机变之人，为人又稳重厚道，当铺在他手底下，生意蒸蒸日上。

一天傍晚，裕丰当铺正要打烊，门口闪进一个人来，将一个卷轴递进柜台，说："管事的，劳驾，看看这能当个什么价？"

柜上坐的正是张宝恒的儿子张煦，他展开画轴，就光下一看，乃是明朝画家仇英的《桃源仙境图》真迹！他故意绷起脸，漫不经心地说："倒是仇英的真迹，可惜收藏不当，虫吃鼠咬，已有破损。当银元五十。"

那人听了报价，显然不太满意，说声"打扰"，卷了画轴，掉头就走。

只听柜台后边传来一个浑厚的声音："这位先生，请留步！"那位当主止步回头，说话的，正是裕丰当铺大掌柜张宝恒。

张宝恒朝他拱了拱手，说："不知先生可否让老朽看看这幅画？"

那人看了看张宝恒，又把画轴递进来。

张宝恒戴上老花镜，展卷看了一番，抬起头，上下打量对方一眼，只见那人约莫四十来岁年纪，身上穿一件青灰色旧短袄，衣角翻处，隐约可见里面是件黄色短褂，须发凌乱，面容粗糙，略显落魄，却垂手立在柜台外，眉宇间自有一股威势。

张宝恒心里已有底儿，缓缓卷起画轴，说："我瞧先生打东边来，想必已去德懋当铺问过价了。"

那人说："正是。"

张宝恒道："敢问他们给您出的

什么价？"

那人说："比贵处高出五块银元。"

张宝恒摸着颔下的一绺山羊胡，略一沉吟，道"这样吧，先生这幅画，咱们收下了，我给您当价六十大洋，如何？"

那人见张宝恒给出的当价比德懋当铺还高，面露喜色，忙冲着他一抱拳："在下顾长青，多谢张老板成全。"

顾长青走后，张煦忍不住埋怨起来："父亲，您今天是怎么了，就这么一张虫吃鼠咬的破画儿，也值六十大洋？要是他到期不赎，成了绝当，这画能不能卖出这个价儿还难说。您这不是花钱买亏吃吗？"

张宝恒呵呵一笑："亏不亏，你到时候就知道了。"

三天后，顾长青又来了，还是那身打扮，还是那副落魄相，只是手里多了一个大包袱，他把包袱往柜台上一放。

张煦解开包袱，内有三只盒子，打开盒子一看，顿时愣住，里面装着三件宋定窑白瓷，此外，包袱里还有一方荷叶歙砚、一尊铜鎏金佛像，无一不是千里挑一的精品。

顾长青抱拳道："请张老板出来估个价吧。"张煦一迭声应着，催人去请父亲……

送了客，张宝恒见张煦犹未想通，哈哈一笑，道："此人气度不凡，况且你没见他旧短袄里面，还衬着一件黄马褂吗？这人的来历定然不简单。他典当那幅《桃源仙境图》，只是投石问路，哪家当铺给的价高，他就会认准哪家，往后有东西也都会往那家送了。"

后来一问，果然顾家三代都在紫禁城当差，皇室赏赐极丰，只因顾长青突遭诬陷，革职还乡，只得靠变卖往日受赏的珍玩度日。张煦做梦也想不到，只因父亲一次"吃亏"，竟换来偌大的一位当主。

2. 道高一丈

再说与"裕丰"仅一街之隔的"德懋"，是绣林城最大的当铺，掌柜李呈祥买卖一向做得顺风顺水，不想"裕丰"才开张不久，一下子就分走了"德懋"许多主顾，尤其是在听说了顾长青与张宝恒结缘的经过之后，李呈祥越发心气难平，下定决心，要趁"裕丰"立足未稳，整垮它。

转眼间年关将至，张宝恒准备回一趟老家，把老母亲接到绣林来过年。他向儿子略作交待，就径直去了。

张宝恒走的第二天，张煦正掌着柜，见外面走进一个年轻人，身上绫罗绸缎，走起路来一步三晃，一副纨绔子弟模样。

那年轻人从肩上取下一个沉甸甸的褡裢，往柜台上一放："管事的，给个价，少爷我着急用钱。"

张煦接过褡裢，打开一看，不由眼前一亮，里面竟是一张古琴，上刻"大圣遗音"四字。随手一拨，淙淙有声，琴音通透沉郁，饶有古韵。

张煦惊道："此琴莫非就是盛唐名琴'大圣遗音'？"

那年轻人一听大为得意："算你还有点见识，一口价，当一万二千块大洋，少一块，我只好去'德懋'了。"

张煦一阵暗喜，假如这小子到期不赎，只要找对了买家，这琴转手卖个一万八九甚至两万银元绝不是问题，就算他到期来赎，月息三分，也是一笔可观的收入，忙说："好，一万二，成交！"

俗话说得好：财运来了，长江大堤都挡不住。

年轻人前脚刚走，居然又有人送来一颗龙眼大小的夜明珠。此后一连数日，铺子里几乎每天都能做成一两笔大生意，有时是一方宋代端砚，有时是两株硕大珊瑚，有时是一幅米芾的字，有时是几件青花瓷器，当价少则上千，多则过万。

这天腊月二十三，正是小年，"裕丰"的生意竟比平时还好，蜂拥而至的当客们几乎把柜台都给挤破了。张煦心里正高兴呢，账房先生却跑了过来，小声道："少掌柜的，账上已经没多少钱了，这可如何是好？"

张煦吃了一惊：账面上本来有二

十多万大洋呢，这几天生意好得出奇，自己光顾着招揽生意，竟忘了银库也有见底的时候。万一这会儿有人来当东西，却没有现钱兑给人家，这不等于是砸自己的招牌吗？看着柜台外挤成一团的当客们，他额头上的冷汗一下就冒出来了。

这时，外面有伙计来报：大掌柜接着老太太回来了。

张煦宛如抓住了救命稻草，急忙去向父亲问计，张宝恒听儿子说了事情的来龙去脉，眉头一下子就皱起来了，瞪着他问："你收当的时候就没想想，这些贵重古玩，品类繁杂，却件件都是精品，在我们这样的小城，一年到头能收到其中一两件，就已是运气了，而你短短几天内竟一连收到数十件，就没想过它们的来历？"

张煦若有所悟："您的意思……这些都是当铺里的东西？"

张宝恒点头道："正是。"

张煦搔着后脑勺："谁家当铺会干这种事呢？"

张宝恒冷笑一声："弹丸大的绣林城里，不是咱们，还有谁呢？"

张煦惊呼道："'德懋'！爹，您是说这事是李呈祥干的？"

张宝恒苦笑道："'德懋'是城里最大的当铺，资金雄厚，藏品也比咱们丰富得多，李呈祥拼命把自己的藏品当到'裕丰'来，就是要把咱们的资金抽空。银库见底，没钱收当，咱们苦心建立起来的信誉就会毁于一旦，这间当铺就再也没有办法经营下去了。"

张煦切齿道："李呈祥这只老狐狸，居然对同行使这一手，心也太狠了！可当务之急，外面那么多当客等着咱们收当兑银，这、这可如何是好？"

张宝恒将一捋胡须，嘿嘿一笑"魔高一尺，道高一丈，他李呈祥若以为这样就可以挤垮'裕丰'，也太一厢情愿了。爹实话对你说，为防不测，我早已预留了三十万元家底，都存在省城的钱

庄里。你出去跟当客们说，今天过小年，当铺歇业一天，请大伙明早再来。爹现在就带人去省城提现银，明日一早赶回，你好生看家，等我的信儿。"

张煦点点头，赶紧回到柜上，照着父亲所授之意对众当客一说，他们居然也不闹了，各自散去。

第二天一早，裕丰当铺还没开门，当客们已不约而同在门口聚齐了。眼见着卯时开门收当的时间到了，张煦站在窗户旁瞧着外面人头攒动，一颗心不由得又悬了起来：莫非父亲在省城出了什么岔子？正在着急，忽有伙计飞报，大掌柜押着两辆马车，已经到城门口了，叫他带人速往接应。

张煦大喜，一面命人开门，一面火速赶去迎接父亲，待到城门口，果见父亲亲自押着两辆马车，骨碌碌驶进城来，那车辕甚沉，压得马匹呼哧呼哧直喘气。马车上装着几只大箩筐，上面盖着篾盖，张煦抢近去揭开篾盖，果见每只箩筐里都堆满闪闪发光的银元，少说有三十万元，他一颗悬着的心，这才安安稳稳落下来。

张宝恒擦着额角的细汗说："走得太匆忙，忘了带装钱的木箱进城，时间紧迫，只好随手找了几只箩筐来装。"话没说完，马车忽然一颠，车上的箩筐一偏，哗啦啦洒下数十枚银元，叮叮当当滚到马车下。

张煦正要爬进车底去捡，那边张

宝恒早已吼起来："混账，当铺里急得都快起火了，你还有闲工夫捡这几个小钱？还不赶了车回去救急！"张煦一听也对，也顾不得去捡钱，跳上车，催马往回赶去。

城门口早已聚集了不少人，待马车一走，便蜂拥而上，去抢地上的银元。

银车还没回到当铺，裕丰当铺大掌柜亲自押银车进城的消息，已像长了翅膀一样传遍全城，自然也传到了李呈祥的耳朵里，这位李掌柜的脸，当即就白了。

正如张宝恒所料想的一样，"裕丰"最近收到的那些奇珍异宝，正是来自李呈祥的"德懋"。李呈祥原本是想借着自己开当十余年积累下来的雄厚家当，来挤垮这家外地人新开的当铺。谁知"裕丰"实力之雄厚，大大出乎他的意料。如此一来，他的苦心谋划非但不能成功，而且他在"裕丰"当了那么多东西，月息三分，光这笔利息，就不是一个小数目。他哪里还坐得住，赶紧差人去"裕丰"把那些东西一件不剩地赎了回来。

3. 白玉奔马

其实，那天张宝恒运进城的几只大箩筐里，装的全是鹅卵石，他只不过连夜在省城一位朋友家中借了一千五百块银元，在几只箩筐上面铺了白花花的一层。一时间，"裕丰大掌柜智

斗地头蛇"的故事在绣林城里传得沸沸扬扬，李呈祥这才明白自己被张宝恒耍了一回，气得浑身发抖，嘴角抽搐，差点中风。

这一天，李呈祥正坐在当铺里生闷气，只听得门口脚步声响，柜台外面走来一个面如菜色的年轻人，身上穿着一件打满补丁的旧长衫。这个落魄之人他认得，叫孙麟，是个读书人，读了二十几年的书，仍旧是个秀才，家里穷得叮当响，只有他与老母亲相依为命，绣林城里的人都叫他落魄孙。

李呈祥板着脸，正要把孙麟撵出去，忽然看见他手里似乎拿着什么东西，定睛一瞧，却是一尊汉代白玉奔马，便忙换了一副脸色，干笑着说："原来是孙相公，有何指教？"

孙麟面带忧色，把玉马从柜上递进来说："这是我们家的祖传之物，传

自汉代，至今已有一千八百年历史……家母前几日不幸染病，急需现钱看病抓药，不得已才……"

李呈祥顺手接过白玉奔马，只见那马玉色莹洁柔润，构图巧妙，琢工精细，心中忽然一喜，便问："你想当多少钱？"

孙麟说："一千五百元。"

李呈祥又拿起放大镜细细看了看，支吾道："果然是汉代留下的宝贝，年代如此久远，保存至今，仍然这般完美，实属不易，当一千五百元，倒不算贵，只不过……"

孙麟忙问："只不过如何？"

李呈祥为难地说："只不过鄙店这几日业务繁忙，银库里所存现银已所剩无几，老朽正派人去省城钱庄里提钱，这一时三刻只怕回不来。如果孙相公急等现钱支使，只怕老朽帮不上什么忙……不过好在这绣林城里开当铺的，不止咱们'德懋'一家，孙相公不妨去别处看看。"说着往西边一指。

孙麟说："多谢李掌柜，在下明白了。"一拱手，收起那尊白玉奔马，转身往西街奔去。

李呈祥身后的一名管事有些急了，说："大掌柜，我瞧这白玉

奔马倒是值些钱，您怎么把到手的买卖往裕丰当铺那边推啊？"

李呈祥冷冷地哼了一声，瞧见孙麟的背影去得远了，才说："这小子，若不是我仔细，还真被他骗过去了。"

管事一惊"哦，莫非他拿的是块假玉？"

李呈祥说："玉倒不假，却是一件赝品。乍一看，和汉代真品一模一样，可我再仔细一看，就觉得有些不对劲。汉代有'游丝毛雕'的工艺，阴刻线条细如毫发，虽弯曲有度，但绝无跳刀的痕迹。我瞧这尊白玉奔马，玉质和构图都与真品毫无二致，惟有马肋处的阴刻，线条却比头发丝粗些，且似续似断，好几处都露出了跳刀的痕迹，根本没有汉代'游丝毛雕'纤细隐逸的效果，显然是今人伪作，存世时间不会超过一百年。单以这块玉而论，当个百儿八十元倒还可以，若要想当一千元以上，那他就是把我当冤大头了。"

管事讪笑道："所以您就不动声色地把他介绍到裕丰当铺那边，借他手中这尊白玉奔马，来试试张宝恒这老头的眼力劲儿，是吧？"

李呈祥咬牙切齿道："张宝恒这老家伙，上次让我吃了个大亏，这回要是能让他吃点小亏，也算出了我心头一口恶气。"

且说孙麟拿了那尊白玉奔马，从东街转到西街，来到裕丰当铺，说声

"劳驾"，就把手里的白玉奔马递进了柜台。柜台里张煦接过一看，又问了价钱，说："您请稍等，我得请咱们大掌柜来定夺。"忙命人去请父亲出来。

自打上次吃过大亏之后，张煦处事再也不敢大意，每有贵重物品收当，必请父亲出来把关。

张宝恒来到柜台，一瞧孙麟，施礼道："原来是孙相公。"

孙麟也作揖道"张大掌柜，家母不幸染病，我想筹些钱给她请大夫。这尊白玉奔马是我家祖传之物，在下想当一千五百元救救急。"

"好说好说。"张宝恒一边应着，一边拿起那尊白玉奔马，戴上老花镜，仔细验看，当看到那玉马的肋处时，眉头微皱了一下，抬起头来打量孙麟一眼，忽然呵呵一笑，说："果然是一块好玉，当一千五百元不算贵，这尊白玉奔马，咱们裕丰当铺收了。"

孙麟这才松下口气，连声道谢。那边早有人写了当票，连同一包银元，一起交给孙麟。孙麟接了，告了辞，匆匆离去。

早有尾随孙麟的小学徒飞奔回去告诉李呈祥，李呈祥一听精明过人的张宝恒也上了当，乐得嘴角一歪，差点中风。

4.慧眼识人

三年后，辛亥革命爆发。

这天，一队荷枪实弹的革命军开进了绣林城，城中人心惶惶，不少人家早已卷了金银细软躲到乡下去了，街上商铺能歇的都歇了业。裕丰当铺仍旧大门敞开，伙计们忙进忙出，一如往常。

这一天，中午刚过，一队革命军忽然开到了裕丰当铺的大门口。张煦哪里见过这般阵势，心里一个劲地埋怨父亲，总说革命军不扰民，不用往乡下躲，这下可好，当兵的都找上门来了，这还有好果子吃？

正没个主张，一个腰别短枪戴眼镜的副官模样的人走进来，冲着里面喊："谁是这儿的大掌柜，快出来，咱们革命军陆军第10师师长前来拜访。"

绣林城地处湘鄂交界，长江南岸，而革命军陆军第10师师长则正是新政府派驻湘鄂两省的最高军事指挥长官。张煦吓得连大气都不敢喘，忙叫人去请父亲。

张宝恒闻讯，急忙从楼上下来，候得片刻，便听得清晰的脚步声响，一位穿长筒靴的年轻军官大步走了进来。

张宝恒父子抬头一瞧，咦，怎么挺眼熟啊？正自惊疑，那军官早已哈哈大笑起来，拱手道："张大掌柜，别来无恙啊？"

张宝恒父子这才看清，原来这革命军的师长竟是孙麟。父子二人先是一愣，继而长舒一口气，忙请孙师长到内厅喝茶。

双方落座，喝了一阵茶，孙麟说"当年我从张掌柜手里当了一千五百块银元，去给家母请大夫看病，无奈家母已病得厉害，连看了几位大夫，终是回天无力……家母病逝后，我给她办完葬礼，就带着手边剩下的一点钱出外游学，后来在广东认识了黄兴，参加了同盟会革命军……"

他呷了口茶接着说："孙某此来，没别的意思，只是想赎回三年前当出的那尊白玉奔马，毕竟是家传之物，若是丢了，百年之后，孙某实在无颜去见祖宗。孙某知道当期早已过了，所以孙某除了利息照付，还愿加付五百元赎金。假如那尊白玉奔马尚在贵处，还请张大掌柜行个方便。"

张宝恒忙说："孙师长太客气了，加付赎金就免了吧，老朽可是把那尊玉马精心收藏着，只等您回来取呢。"说着，便吩咐张煦上楼，从库房里取了一只精致的木匣下来，捧了递给孙麟。

孙麟打开匣子，不由惊呆，匣子里竟然装着两尊一模一样的白玉奔马，定睛细看，一时竟分不清哪一件是家传玉马。上面那尊似乎是自己拿来典当的，而下面那尊却不知从何而来。他捧着匣子呆了半响，才疑惑地问："这是……"

张宝恒微微一笑，指着两尊玉马

缓缓说道"汉代最突出的雕刻工艺是'汉八刀'和'游丝毛雕'。'汉八刀'采用单撤刀法，起刀轻、落刀重，刀法简练，线条刚劲有力。'游丝毛雕'的阴刻线则细如发丝，弯曲有度，脉络清晰。后人模仿这两种刀法，大都不得要领。'汉八刀'的刚劲简练和'游丝毛雕'的纤细隐逸都是后人所不能企及的，尤其是后人模仿'游丝毛雕'，线条虽然也还流畅，但大多会出现跳刀现象，内行人一瞧便知……"

孙麟仔细看自己所当的那尊白玉奔马，果见阴刻细线似微微有跳刀痕迹，不由心头一震："莫不是我这尊玉马，是赝品？"

张宝恒指着另一尊玉马道"孙师长家传之物，必是这件真品，不知如何又变成了一件高明仿作，其中必有来历，要不是真品已被老朽所得，倒也不易辨出真伪来。"

孙麟想了想，说："这尊玉马是我们孙家历代相传的宝物，怎么可能会是仿作……"他眉头一皱，"对了，我想起来了，在我小的时候，家道还未中落，有天我听曾祖父唠叨，说家中失盗，最值钱的东西丢了，不久又说找回来了，莫非丢的就是白玉奔马，因怕无颜面对列祖列宗，所以就找人仿雕了一个？"

张宝恒点头道："想来是这样了。这件真品也不知怎样七弯八拐的，四年前被转到老朽手中。"

孙麟不由自主地站了起来："这么说三年前收当时，您就看出这不是真品了？"

张宝恒含笑点头，道："不止如此，我还看出你对此事一无所知。我想，买卖买卖嘛，就是有进有出，更何况是济人燃眉，所以当时就照你要的价码收下了……"

孙麟呆立良久，突然双膝一曲，扑通一声就跪在张宝恒面前："大掌

柜，当年若不是得您援手之恩，我孙麟只怕早已当街饿死，哪里会有今日……"

"孙师长言重了。"张宝恒忙伸手将他扶起，"总算老天有眼，这两尊玉马，今日正好物归原主了。"

孙麟抱着两尊玉马，感激道："大掌柜，现下新旧交替，世道不宁，今后若有用得着孙某的地方，尽管开口，孙某赴汤蹈火，不敢推辞。"

张宝恒说："一定一定，喝茶喝茶。"两人端起茶碗，相对一笑。

两人正叙着旧，忽有一名伙计从外面送进来一封信。张宝恒拆开一看，眉头当即就拧成一团，又把信递给儿子看。孙麟看出端倪，就问："莫非有什么事？"张煦是个急性子，瞧了沉默不言的父亲一眼，就把事情和盘托出。

原来裕丰当铺这几年生意越做越大了，想在湘鄂两省的省城长沙和武昌各开一间分店，铺面已经选定，可现在省城那边的管事来了信，说人家省城人排外，组成了一个什么典业公会，硬是不许他们进城开当。

孙麟听罢哈哈一笑："这有何难，湘鄂两省刚好都是孙某的管辖范围，大掌柜尽管放心地开店，孙某保证今后不会有任何人敢找你们的麻烦。"

张煦大喜："真的？"

孙麟用力一点头："绝无戏言。"

就这样，孙麟安排副官给两省典业公会打了个招呼，裕丰当铺的两家分店，就红红火火开了起来。

已经带着家小躲到乡下的李呈祥听到这个消息，气得一连好几宿没睡着觉，三年前原本是想让张宝恒这老小子吃个亏，却没料到让他在三年之后捡了个大便宜，最后他才想明白其中的道理——开当铺，一定要有眼光，不但要有识货的眼光，而且还有识人的眼光。谁知道张宝恒是不是当初就看出"落魄孙"这小子将来必有飞黄腾达之日，所以才预先埋下那么一个伏笔，让自己的裕丰当铺在三年之后的动荡时局中找到"孙师长"这么一个大靠山呢？

半年后，张宝恒把裕丰当铺的总店迁到了武昌，又通过孙麟的帮助，在湘鄂及临近的川贵皖赣等各省开了近二十家分店，成为民国时期全国最大的当铺之一。

（题图、插图：张恩卫）

虎总的感悟

◇ **调虎离山：**

我一旦离开了我的企业，其实我也是个很平常的人，我不会那么傻的。

◇ **骑虎难下：**

别跟我说你能上不能下，当初是我让你上的，现在我让你下你就得下，别跟我说难。

◇ **为虎作伥：**

要想跳槽离开我，可以，找一个人来代替你就行。

◇ **狐假虎威：**

我是被下属利用了，没错，可这体现了我对下属工作的支持，他的成绩最终也就是我的成绩。

◇ **如虎添翼：**

作为一个老总，我想我的能力已经足够了，并不需要更多的蛇足，就算我能长出一对翅膀，就算我们真能飞翔，到哪里去找能够让我们栖息的树枝？我的事业决定了我并不需要一对翅膀。

◇ **一山不容二虎：**

要解决同类竞争的问题，除了竞争也能合作，比如一只公老虎就可以和一只母老虎合作，成立一家新的更有发展潜力的公司。

◇ **谈虎色变：**

作为老总，有时候是必须有些威严的。

◇ **拉大旗，做虎皮：**

做山寨版就要做得很山寨。

（**推荐者**：雷　茜）

各样糗事大集合

◇ 我和男友刚开始交往，一般只在周末见面。因为不想让男友觉得我很在乎他，所以我平时表现得很矜持，但是就在刚才，他QQ上说今晚要来见我，因为想我了，我跟他说本来有点事的，但是看在他诚心一片，就

故事会2010年6月上半月刊·红版 **63**

·快乐辞典·

经典语录

◇ 年轻的时候，我们常常冲着镜子做鬼脸，年老的时候，镜子算是扯平了；

◇ 工作，退一步海阔天空，爱情，退一步人去楼空；

◇ 如果多吃鱼可以补脑让人变聪明的话，那么你至少得吃一对儿鲸鱼；

◇ 没有钱，没有权，再不对你好点，你能跟我？

◇ 爷爷都是从孙子走过来的；

◇ 老板，钱对你来说真的就那么重要吗？讲了三个多小时了一分钱都不降；

◇ 不吃饱哪有力气减肥啊？

◇ 男孩穷着养，不然不晓得奋斗，女孩富着养，不然人家一块蛋糕就哄走了；

◇ 我希望有一天能用鼠标双击我的钱包，然后选中一张百元大钞，按下"CTRL+C"，接着不停地"CTRL+V"；

◇ 爱情就像两个拉着橡皮筋的人，受伤的总是不愿意放手的那一个。

（推荐者：希 希）

推了吧。其实我心里快活得要死，就马上发条短信给我妈，内容如下：老妈，我今天不回去吃晚饭了，他终于约我啦，哈哈哈哈……可是信息提示是发给了男友。现在，我关了QQ，关了手机，郁闷中……

◇ 我的寝室在6楼，那天，我爬上6楼后发现钥匙没带，就下楼问宿舍老师借钥匙，然后再爬上6楼开门，又下去还钥匙，再爬上来，结果回来的时候，发现门紧闭着。

这时，隔壁一同学经过，他说："看你门没关，我帮你关了。"

◇ 我刚刚看了一篇有关精神病人的专访，里面记录了一些精神病患者的世界观与人生观，忽然觉得自己非常认同他们的观点……

◇ 我表哥上小学时有一年放暑假，老师要求每天写一篇日记。他天天在家疯玩，快开学了，在家突然把日记全补上了，结果速度没掌握好，一口气写到8月35日。

◇ 不知道哪个家伙告诉我老婆：仙人球防辐射。晚饭后，我赶时间要打副本，跳到电脑前，拍下电源，抓起鼠标——啊！我默默地看着手下嫩绿的仙人球，一声惨烈的叫声传遍神州大地。

◇ 今天用"飞信"给朋友发"圣诞快乐"这四个字，因为我打字不熟练就低头按键盘再回车发送，结果当我抬头的时候，看到了发给辅导员的短信上面写的是："奢望你滚蛋快乐"……该死的拼音输入法。

（推荐者：雷 茜）
（本栏插图：佐 夫）

64

人，无论处在什么情况下，保持纯净的心将是幸福而神圣的，即使在偌大纷杂的世界，渺小的纯净都有保留的价值。因为，世界最无法抗拒的是——纯净与善良……

乞丐的财富生活

□ 方冠晴

1. 友谊是一笔财富

庙生是个乞丐。他的身体严重畸形，没有腿，一对胳膊也瘦细得像竹篾似的。他就靠这竹篾似的双手扒着地，牵引屁股下面带轮子的木板"坐骑"，穿街过巷，乞讨为生。

乞丐也是有地盘的，"游乞不如坐丐"，说的就是地盘的重要性。庙生14岁的时候，已在城里乞讨了两年，还是没有自己的地盘，所以，常常受同行的欺负。

这一天，庙生爬到市文化广场，几个路人瞧他可怜，扔给他几枚硬币，他还没来得及将那几枚硬币从铝盆里捡起来，一个流浪汉走了过来，

将铝盆里的钱全倒进了自己的口袋，然后对着庙生吼起来："滚！这是我的地盘！"庙生碰到这样的事情太多了。平时，他碰到这样的情况，都是乖乖地离开，但今天，他没挪窝。他的心里很不平，这个流浪汉四肢健全，完全可以自食其力，凭什么来抢乞丐的饭碗，还占着能容纳几万人的文化广场做地盘？这些话庙生当然不敢说，他只是赖着不走。

见他不走，又过来一个同样是健全人的流浪汉，这两个流浪汉开始骂他，轰他走，其中一个还动手打了他。就在这时，有人叫了起来："不能打他！"

叫喊的是个小女孩，五六岁的样子，白胖白胖的，很可爱。

小女孩"吧嗒吧嗒"地跑过来，张开小手护着庙生，对两个流浪汉说："你们不能打他，我们老师说了，不能欺负没腿的人！"

两个流浪汉当然没有理睬小女孩，还是动手打庙生。

小女孩急得哭了，叫着"你们不能欺负没腿的哥哥！"她转过身来将庙生抱住了，哇哇大叫起来："妈妈！妈妈，快来呀！"

女孩这一叫，远处有妇女应了声，往这边跑过来，两个流浪汉吓得住了手，悻悻地离开了。

小女孩这才用双手捧着庙生的脸，稚气地问他："他们打你，你觉得痛吗？"

女孩的脸上还挂着泪珠，一边问一边抽泣，一颤一颤的，泪珠就跟着往下掉。

庙生一句话也答不上来。从小到大，没人为他哭过，这小女孩，是第一个。看着女孩干净得一尘不染的眼睛，他也流泪了。

小女孩慌了："痛是不是？我帮你摸摸。"小女孩真的伸手来摸庙生的脸，那小手那么柔软和光滑。就在这时，女孩的妈妈跑了过来，一把将女孩的手从庙生的脸上拉开，啧啧地直叫："哎哟，脏死了，你没看到他身

上有多脏吗？"妈妈赶紧掏出卫生纸来擦女孩的手，女孩可不管这些，跟妈妈说："他们打这没腿的哥哥了，哥哥好可怜。"

"是的，是的。"妈妈不耐烦地应着，拉起女孩就走。女孩被动地跟着妈妈走，还扭过头来冲庙生喊"没腿的哥哥，别怕他们。我明天还来看你。"

庙生喉头哽咽，郑重地点头。在这个世界上，居然还有人许诺，明天来看他，他觉得自己像个人了。所以，当天晚上，他虽然还是被流浪汉赶出了文化广场，但他没离开多远，在广场外面一个中转垃圾的黄色车斗旁停了下来。这里一天到晚臭烘烘的，没有同行会将这里作为地盘，所以庙生在这里很安全，不会有人来赶他走。

第二天，小女孩果然来看他了。她背着个小书包，去不远处的幼儿园上学，路过这里。她手里拿着根冰棍，伸长舌头舔着，望到他了，跑过来，叫他"没腿的哥哥"，跟他说话，还请他共吃一根冰棍。

庙生不敢吃。女孩问他："为什么不吃？"

他红了脸："我脏。"

"我不嫌你脏。童话书里说，没腿的哥哥都很善良，长大后会变成王子的。吃吧！"

庙生说："不，我自己嫌。我从来没刷牙，会弄脏冰棍的。"

女孩将小小的手指伸到他嘴里，摸他的牙齿："你的牙齿好黄，你为什么不刷牙？"

庙生没法回答了。他一出世就被父母遗弃在一个乡间破庙门口，是破庙里那个半路出家的和尚收养了他，但破庙的香火差，养个和尚都够呛，添人添口，和尚能让他一日三餐吃上东西就不错了，哪有钱给他买牙膏牙刷？到他12岁时，破庙拆了，半路出家的和尚还了俗，回儿子家养老去了，他没地方去，才出来当了乞丐。对于他这样的乞丐来说，能混饱肚子就是幸福，哪敢奢望刷牙之类的讲究事？

庙生没法回答，小女孩却自以为是地想到了答案："你没有牙刷是不是？我明天把我的给你。吃吧，明天你刷牙了，就不脏了。"

与其说庙生想吃那根冰棍，不如说，他想享受这份不带歧视的平等的友谊，他最终还是吃了。哪知道小女孩的妈妈推着小货车出来做生意，刚好看到了这一幕，跑过来，揪住女儿，抡起巴掌，照着女儿的屁股上就打，一边打一边骂："小盈！瞧你这点出息，跟个要饭的共吃一根冰棍，丢脸不丢脸？"

庙生吓得嘴里含着的一块冰棍溜出嘴来，掉在地上。

小盈的妈妈骂完小盈又来骂庙生："你是什么人你自己不知道吗？哄个不懂事的孩子，你难道就不害

臊？你知道自己多脏吗，还敢与我女儿共吃东西？"妈妈像拎小鸡似的，将小盈拎走了，临走还警告小盈："再也不能跟要饭的在一起玩，让我发现了，我打死你！"

庙生心灰得要命，他知道小盈今后不会和他玩了，难得有个人将他当人看，今后不会有了。他很难过。

但是，小盈第二天还是偷偷摸摸地来看他了，而且还真的给他带来了牙刷和牙膏，那牙刷很小，柄上画着一只小白兔，漂亮极了。庙生拿着小牙刷去喷水池边刷牙，高兴得一整天都没合拢嘴。

从此之后，庙生在垃圾车斗旁安

家了，虽然这里讨的钱少，但他哪儿都不去，他就认定这儿了，因为这里有个人叫他"没腿的哥哥"，实实在在地将他当着一个人了。他觉得他比任何乞丐都幸福都富有，因为，他拥有了别的乞丐无法拥有的东西，那就是小盈对他的友谊。

庙生和小盈的友谊，整整经历了十年，从小盈读幼儿园，到读小学、读初中，到……到小盈读高中时，小盈已经长成了好看的姑娘了，她对庙生的态度也有了些变化，她不再叫他"没腿的哥哥"了，见了他，只是"哎"的一声算是招呼。到后来，"哎"的次数都少了，很多时候，她从他面前经过时，总是急匆匆的，连看他一眼都顾不上。

庙生知道，读书是很累人的，小盈总在赶时间。

有一天，小盈和几个同学一起从他面前经过，走得很悠闲，小盈仍然看都没看他一眼。他已经有好长时间没与小盈说话了，实在忍不住，就小声喊了小盈一声。小盈的同学都看向他这里，小盈还是头都没回。第二天，小盈一个人来找他，说："哎，今后有人的时候别叫我，同学们会笑话的。"

庙生怔了一下，但还是点了头。这一天他才知道，小盈有点嫌弃他了，但他不难过，小盈妈妈说得对，他

应该知道自己的身份，小盈对他，已算是不错的了。

2. 真正的财富时光

那天晚上，庙生正倚着垃圾车斗睡觉，迷迷糊糊的，有一个人从文化广场那边跑过来，后面有好几个人在追，其中还有一个是警察。那个在前面逃的人，跑到车斗边时，顺手将一只黑色的包扔到了垃圾车斗里，然后径直向前逃走了。追的人中也没人注意到那人扔包的细节，都从庙生的身边一路追下去，谁也没停步。

庙生一下子就没有睡意了，那个人扔了个包在车斗里呢，包里有什么？有钱？还是有吃的？

庙生费了好大的劲够着那只包，拿过来拉开拉链，他的眼睛瞪得快爆出来，人都快呼吸不过来了：那满满的一包，全是百元大钞，有多少钱，他都没法估算了。

有这么一大包钱，他下半辈子不用愁了，庙生先是发愣，后来就忍不住咧开嘴笑，但是，笑着笑着，他笑不起来了。那个扔包的人要是回来找怎么办？他着起急来。看来，这里不能呆了，他赶紧将包藏在自己那捆破衣烂裳里，用手扒着地，离开了。

但去哪里呢？这么多钱随身带着可不安全，还有，那个人会不会找自己？他不知道该怎么办了。左思右想，他想到了小盈，只有让小盈帮自

己保管这些钱，才是最安全的。小盈的家在三元巷，离这儿不远，这些庙生早就知道，但这十年来他一次都没去过三元巷，他怕小盈的妈妈。现在，他不能不去了。

进了三元巷，但他不知道小盈的家是哪一间，于是在巷口等着。这天是星期天，刚好小盈与几个伙伴一起看夜场电影回来，在巷口碰上了。

他激动地喊她："小盈，小盈，我有个东西要……"小盈不理他，目不斜视地往巷子里走。有个伙伴问小盈："你认识这个乞丐，他是你亲戚？"小盈的脸一下子就涨红了，生气道："是你家亲戚才差不多。"她站住了，冲庙生喊："我不认识你，走开！"

庙生愣在那儿。他有些后悔，小盈早就说过，有人的时候不能叫她，他让小盈难堪了。等伙伴们走后，小盈皱着眉，只说了一句话"你为什么不去别的地方乞讨呢，偏偏要守在我家附近？"

庙生终于知道，小盈厌烦他了，像所有的人一样。他只得离开了巷子，找了个远离路灯的花坛，装着趴在花坛里睡觉，其实是用他吃饭的不锈钢勺子，偷偷摸摸地挖花坛里的土。挖了两个小时，挖了一个坑，他将那只黑色皮包放进坑里，埋了起来。

第二天庙生的脖子像安了转轴，

一会儿盯着那个花坛看，看有没有人去他埋包的地方，一会儿又向三元巷那个方向望，看小盈有没有来，但小盈始终没有出现，他不知道，小盈为了躲开他，已经绕道走了。

晚上，一个瘦高个的年轻人来找庙生，那年轻人说："我记得，前天晚上在垃圾车斗旁睡觉的就是你。我丢了个包在车斗里，你是不是拿了？"

庙生吓蒙了，不敢吱声。

那人开始搜他的身上，然后搜他身后那一大捆肮脏的破衣烂裳，自然什么都没有搜到，但瘦高个并不就此罢休，开始逼问庙生将包藏在哪了。

庙生紧闭着嘴唇不吱声。

他不可能说出来，没有谁能比他更加懂得钱的重要性了。一元钱就能填饱一次肚子，那么多钱，够他后半生花的，到什么时候动不了，讨不了钱，他可以靠那些钱活命。

他不吱声，瘦高个更加认定包是被他拿走的，开始动手打他。他咬着牙就是不吱气，心里说：只要你不打死我，那钱就是我的；你就是打死我，那钱还是我的。

瘦高个打了他很久，将他打得掉下"坐骑"，躺在地上。后来还是开垃圾车的司机来拉垃圾，看见了喝斥："欺负一个要饭的，你还是人吗？"瘦高个这才逃走了。

吃尽了苦头的庙生浑身疼痛，他打算将那包钱从土里抠出来，带着钱逃走，但到了花坛边，他惊醒过来。他没有腿，但脑子并不坏。他知道瘦高个一定在盯着他，只要自己一拿出包，自己就什么都没有了。

庙生放弃了逃走的打算。

果然接下来的好几个晚上瘦高个都来找庙生了，每一次来都拼命打他。他知道自己再不吱气是不行的，所以，只要瘦高个一打他，他就哭。庙生说"我的东西都在这里，我真的没偷什么包。我只讨钱，从来不偷东西，我也不知道你说的包是怎么回事。"

后来瘦高个也厌烦了。每天晚上都看到半夜时垃圾车来拉垃圾，瘦高个开始相信庙生的话。庙生如果真拿了那么多钱，不可能不逃走。也许，庙生根本就不知道是怎么回事，是包放在垃圾车斗里被拉走了。他折磨了庙生五个晚上之后，不再来了。

一直过了三个月，平安无事。这一天，园丁突然来给花坛里的花木松土了。庙生一见，吓得脸都变了色，他那包钱，危险了。

庙生赶紧爬到他埋包的地方，抢在园丁的前面，躺进花坛里，将埋包的地方用身体压住了。园丁就在眼前，他不敢将包从土里抠出来，他只能装着睡觉，躺在上面。园丁用脚尖轻轻碰碰他："喂，挪个地方，我要松土了。"他装着没听见，园丁只得踢得重点儿。他知道装睡觉是蒙混不过去了，六神无主间，他看到了花坛的坎沿上放着一只纸碗，碗里还有一点人家吃剩的豆腐脑，他悄悄端起来，喝了满满一嘴，然后，装着被迫爬起来的样子，爬到园丁的脚边，将一嘴的豆腐脑全吐在园丁的脚上。

园丁跳到一边，拼命跺脚，骂："要死，你往哪里吐哇？"园丁恶心得龇牙咧嘴，跑到浇花用的水龙头那儿洗脚去了。庙生赶紧将那只黑包从土里抠出来，裹进他那捆破衣烂裳里，悄悄地爬一边去了。

他从此开始过起了担惊受怕的日子，总担心有人发现了他的钱，会抢走。他越发不敢离开他生活了十年多的地方。去别的地方，会有同行误以为他在抢地盘，很有可能会搜他的积蓄，那样，那包钱就难保了。他只能呆在原地不挪窝，他还是希望小盈能帮他解决这个问题，帮他将钱保存起来，但是，他再也没见到小盈了。

两年后的七月，正是高考放榜之后的日子，一群学生嘻嘻哈哈地从他面前经过。庙生认得其中的好几位，他们是小盈的同学。有一个女孩子直叹气，说："小盈真倒霉，偏偏高考的时候生了病。以她的成绩，要是参加高考，一定不会考得比我们差，一定也是好大学呢。"接着其他人也跟着叹气："没听说这么小年龄得这种病的，真是倒霉。"

庙生一下子怔住了。小盈生病了？他壮起胆子，大声问那些孩子："你们说什么？小盈得什么病了？"

刚才那女孩回过头来："你是小盈的亲戚吧，你不知道吗，她得了癌症。"她叹一口气，走了。

癌症是什么病？别看庙生在城里生活了十多年，但他无知到什么都不知道。除了小盈，几乎没人和他聊过天。他从来没有电视看，也不识一个字。

当一个大婶来往垃圾车斗里倒垃圾时，庙生壮起胆子问了人家："癌症是什么病？"

大婶大惊小怪的："癌症是什么

病？癌症就是人快要死了。"

庙生只觉眼前一黑，他险些从坐着的木板上滚下来。他，被吓蒙了。

3. 乞丐的义举

庙生第二次去了三元巷，这一次，他比哪次爬得都快。

他到三元巷时，碰上小盈的妈妈了。小盈的妈妈刚刚出门，推着自行车，正要去医院为小盈送饭。庙生慌慌张张的，脱口就问："小盈就快要死了，是不是？"

小盈的妈妈一下子便站住了，柳眉倒竖，牙关紧咬。她扔下自行车，冲上来照着庙生的嘴巴就是一巴掌，愤恨地骂："你个要饭的也敢来咒我的女儿？呸！呸！老天爷，您只当这疯子在放屁！"

庙生吓傻了，他不知道小盈的妈妈为什么会发这样大的脾气，只得结结巴巴地解释："我、我是、听别人说的。"

"谁说的？我女儿才不会死呢。就是卖血卖房子，我也会救好我的女儿！"小盈妈气得快要抓狂，推起自行车，走了。

庙生委屈啊！他哪会咒小盈死？他巴不得她好好的。庙生也不知哪来的胆子，他找到小盈的邻居，一位老奶奶，他可怜巴巴地央求："奶奶，你就告诉我吧，小盈她、她到底怎么

了？"老奶奶叹了一口气，告诉了他：小盈已经住院快两个月了，为了治病，她家里的钱也花得差不多了，眼看就治不起了，但医生说，要治好小盈的病，起码得要十多万。小盈家哪有这么多钱呀，现在，小盈的妈妈正在委托中介卖家里的房子，给小盈治病，但一时之间还没人来买房，小盈家断了来路，医院快要给小盈停药了。

庙生垂头丧气地离开了三元巷，他整个人像霜打的茄子，蔫了。他时不时地就将手伸到那捆破衣烂裳里，摸一下里面的皮包。那里面可有很多钱，他从来没敢拿出来数过。这些钱，要是给小盈治病，可能够了吧，但是，他真的有些舍不得。像他这样的人，钱真的就是他的命。那包钱就是他老来的依靠，那一包钱可以买一座山的馍馍了。

到傍晚的时候，庙生终于下了决心，爬着去了附近的一家酒店，却被门口的保安拦住了。他说："我想弄个房间住一晚上，我有钱。"保安就像轰苍蝇："去去去！我们这儿衣冠不整者一律不准入内，要饭的也想来住酒店，笑话！"

庙生被保安赶走了。他本来打算也住一夜酒店，看躺在床上睡觉是啥滋味，然后将剩下的钱全给小盈治病，但现在，他只能叹一口气了，去了医院。

庙生在医院门口守了一夜，第二天早晨才看到小盈的妈妈从医院里出来。庙生喊她，她没搭理。庙生爬到她跟前，拽她的裤腿，小盈的妈妈瞪着他，有些生气："你到底想干什么？"

"我知道小盈治病需要钱，我给她送钱来的。"他小声说。

"你？"小盈妈诧异地看着他，尔后叹了一口气。她的脸色终于缓和了些，摇着头说："难得你有这份心，我替小盈谢谢你了。你有几个钱？还是自己留着买馍吃吧。"小盈的妈妈仍然抬腿走了。

庙生急起来，他从那堆破衣烂裳里拽出了那只黑色的皮包，说："我真的有好多钱。"小盈的妈妈只是瞥了那只包一眼，还是走了。庙生真急了，大起了胆子，拉开皮包的拉链，将包里的钱一股脑儿地往地上倒，一边倒一边喊"你看，你看！我真的有好多钱！"

小盈的妈妈呆住了，进出医院的病人目光也全都直了，一扎一扎的，全是百元大钞啊！小盈的妈妈奔了回来，手忙脚乱地将地上的钱往包里装，问庙生："这些钱是哪来的？"

"你甭问了。反正我全给小盈治病，你看够不够？"

"够！够！"小盈的妈妈已经数过了，整整13扎，就是13万元啊！她眼里噙着泪："孩子，好孩子。你让阿姨怎么说呢。我、我……你等着，我这就给小盈交钱去。"她提着那包钱奔进医院里去了。

庙生并没有等，他有一种如释重负的感觉，于是笑眯眯地离开了医院，往回爬。半道上，有两个人追了过来，一男一女。男的是市电视台的摄像师，女的则是市电视台的记者。他们接到线报，一名乞丐为一名重病的女学生捐款13万，这算得上爆炸性新闻，他们来采访庙生来了。

摄像师扛在肩上的摄像机就对着庙生，这让庙生很害怕，他没见过摄像机，吓得赶紧往前爬。摄像师可不放过他，绕到前面挡着他，还弯下身子将摄像机对准他的脸。庙生吓得快哭了。记者拿个话筒往他嘴前一摆，问他："你为什么给小盈捐那么多钱？"

那话筒像保安腰上别的电棍，庙生见过，他吓得一下子坐直了身子，他知道是怎么回事了。自己偷拿了人家一包钱，现在自己当着那么多人面将钱拿出来了，这事不就被揭发了吗？人家终于拿着电棍找自己算账来了。庙生几乎带着哭腔说："不就是那包钱吗？我、我都拿给人家看病还不行

吗？"

记者更来兴趣了："'不就是那包钱吗？'听你这口气，对那包钱满不在乎似的，你是不是还有很多的钱？"

"没、没。"庙生只顾躲着人家快要"电"到他嘴巴的"电棍"。

"这些钱是哪来的？"记者终于问到重点了。

庙生结结巴巴，胆战心惊："你都、都知道了还问？当、当然不是我的。"

"我当然知道。这些钱都是你当乞丐这么多年讨来的。你一个乞丐，却拿出这么多钱来救一个女学生，是什么让你有这样高贵的品质和善良的行动？"

庙生一直躲着话筒，而女记者一直将话筒往他嘴边凑，他终于往后仰

着仰着便翻了。摄像师赶紧关了摄像机，和记者一起将庙生扶到了他代步的木板上。趁这工夫，庙生赶紧往前爬，他要躲开他们。

4. 人怕出名猪怕壮

庙生不知道，当他众目睽睽之下将那包钱哗哗地倒在地上，从那一刻起，他想不出名都难了。

市电视台当天晚上就播放了对他的采访。文化广场的中心有个超大的电视屏幕，庙生一直生活在文化广场的外面，他当然看不到电视上的自己，但是，在广场上乞讨的流浪汉们都看到了，那两个揍过庙生的流浪汉，很快就认出了屏幕上的人是谁。

当天半夜的时候，那两个流浪汉就摸过来了。他俩首先将庙生那一捆破衣烂裳抖开了，一寸一寸地捻，看哪里藏有钱，但是，一分钱也没找到。然后，他们开始搜庙生的身，他俩在庙生贴身的口袋里还真搜到钱了，一共72块5毛，那是庙生乞讨十多年攒下的。那两个人将这72块5毛钱装进了自己的口袋，但是，他们并不就此满足，他们开始逼问庙生，大笔的钱藏在哪。一个流浪汉掐住了他的脖子，另一个流浪汉开始左右开弓拼命打他的脸，打一下问一句，两个人一直打庙生，将庙生的脸打木了，打红了，打肿了，还不罢手。好在这时有人大踏步地往这边来了，这两个流浪汉才不得不撇下他，悻悻地离开。

来人一直走到庙生面前，才停下来。庙生只看了来人一眼，就吓得差点岔了气。这人他认得，瘦瘦高高的个儿，就是将装钱的皮包扔进垃圾车斗里、后来又去折磨了他五个晚上逼问钱包下落的那个人。

瘦高个来到庙生面前，二话没说，一脚就将庙生踢翻在地，尔后，脚重重地踩在庙生的胸口，恶狠狠地问："你不是说没拿我的皮包吗？你他妈的拿了老子的钱，却去做人情送给别人？你是不想活了！"瘦高个比那两个流浪汉可残忍得多，他蹲下来，一手捂住庙生的嘴，让庙生不能出声呼救，另一只手就拼命地揍庙生。庙生只觉得身上的骨头都快断了，痛得只有出气没有进气。直到这时，瘦高个才松开捂他嘴的手，他掏出了刀子，在庙生的眼前晃着："你只是个乞丐，老子弄死你，扔在这车斗里，也没人会将你的死当回事，你信不信？"

庙生相信。除了小盈，不会有人将他的生死当回事的。他只得央求："你饶了我吧。我将你的钱拿去是救人命，也算是做好事，看在做好事的份上……"

"狗屁！"瘦高个一巴掌掴在庙生的脸上，"老子才不做好事！说吧，那13万，你怎么还我？"

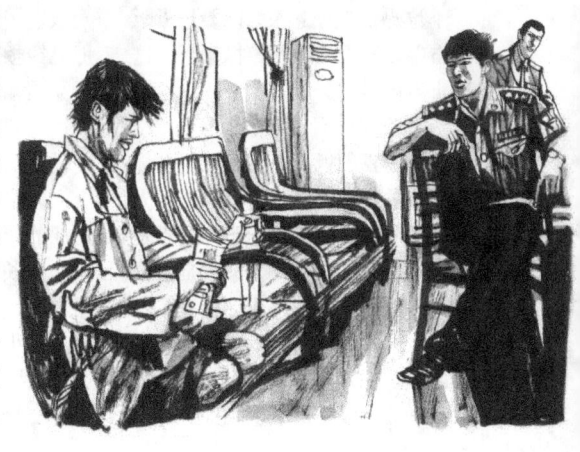

庙生结结巴巴地说："我还不了，钱我全给小盈了。"

"你去要回来！"

庙生哭丧着脸："我要是将钱要回来，小盈会死的。"

瘦高个的脸比锅底还黑，他将刀伸过来，阴沉沉地问："你是去将钱拿回来，还是打算用你自己的命来还老子的13万，你现在就给老子选择！"

庙生吓得直哆嗦，可怜巴巴地说："钱我真的拿不回来了，都给小盈交医药费了。要不，我给你磕头，行吗？求求你，饶了我。"

这招是当年抚养他的那个和尚教的。14年前，和尚将他领到这个城市，临走时跟他说了："你没有腿，一双手也是废的，要是有人欺负你，你就磕个头认个错，人家就会放了你。总好过挨打受苦。"

瘦高个气得一巴掌打在庙生脸上，打得庙生耳朵里嗡嗡的，瘦高个冷笑起来："磕头？磕头就想抵你的命？抵我那13万？"接着，他阴森森地冷笑起来："好吧，你既然愿意磕就磕吧，先给老子磕130个，等于是一千块钱买你磕一个头呢，磕完了咱俩再算总账。"

庙生只得磕了，"咚咚咚"地磕在水泥地面上。瘦高个还嫌他磕得不够重，抓着他的头发将他的头往地上撞。水泥地面坚硬无比，庙生被撞得眼冒金星，额头很快就破了，但瘦高个并不放过他，仍抓着他的头发将他的头往地面撞，一下比一下重……

好在这时好几个人悄悄地靠拢过来，庙生没注意，瘦高个正在疯狂地折磨庙生，也没注意。当庙生磕到61下时，突然有人发一声喊："拿下！"就见悄悄靠拢过来的几个人猛地扑了上来，将瘦高个死死地按在了地上，夺下了他手里的刀。

一个妇女这时才跑了过来，将磕得头昏眼花的庙生从地上抱了起来。这妇女，是小盈的妈妈。原来，小盈的妈妈在医院里交完钱出来找庙生时，庙生已经走了。晚上，等小盈睡着之后，她赶到这儿来本想道谢，可到附近时，刚好目睹了瘦高个对庙生

惨无人道的折磨。她不敢上前，只能躲在暗处偷偷打了110报警，警察这才赶来了。

警察将瘦高个带走了，也请庙生和小盈的妈妈一起去派出所做笔录。

审讯完瘦高个，警察们一个个眉开眼笑，他们告诉庙生，那瘦高个是个毒贩，两年前他们就在抓他，但被他逃脱了，想不到天网恢恢，疏而不漏，两年后的今天，因为庙生，警察们却误打误撞将这个毒贩逮个正着。

所长说完事情的原委，笑眯眯地拿出一扎钱，分成两半，分别推到庙生和小盈妈的面前："是你俩帮我们逮住了被通缉的毒贩，按照规定，这1万元的奖励是给你们的，你们每人5000元吧。"

"给我的？"看着面前的5000元钱，庙生直咽口水，但他扭捏起来，"是阿姨报的警，这钱应该给阿姨。"

小盈妈也推让起来，说要是毒贩不打庙生，她也没法报警抓毒贩，这钱是庙生应得的。

两个人推让间，所长发话了："没有人报警，我们抓不了毒贩不说，你还有可能被毒贩打死，所以报警的人应该得到奖励，但话说回来，要不是毒贩来找你要那13万，人家就是想报警也报不了啊，还是因为你引出了毒贩。依我看，你们每人5000元奖励，正合适。"

所长发了话，庙生哪里还推让，

一把抓起面前的5000元钱，就在手里摩挲起来。5000元啊，这是真正属于他的钱，他真的有钱了！

看着庙生小心翼翼地将那扎钱揣进口袋，所长的表情这才严肃起来，他话锋一转，问庙生："你该得的奖励得了，那么，你该交出来的钱也应该交出来了，毒贩的那13万元赃款呢？"

庙生脸上的表情一下子僵住了："那钱、那钱我给小盈治病了。"

"不！你没有处置那13万元钱的权力，那是赃款，必须上交！"

这一下，不但庙生慌了，连小盈妈也慌了，没有那笔钱，小盈就治不了病啊！庙生抖抖索索地将刚装进去还没焐热的那5000元钱又掏了出来，紧张地推到所长的面前，说："那——这5000元钱我不要了。"听庙生这么说，小盈妈也赶紧将自己手中的5000元钱递了回来，央求道"我闺女指着那笔钱救命呢，你们别……"

看着两个人的表现，所长直苦笑，无奈地摇起了头："一码归一码，奖励是奖励，赃款是赃款。赃款必须上交，否则，你们就是非法占有，是违法的啊！"

所长给两个人讲起了法律，讲起了道理。这些道理，庙生怎么都弄不懂，但小盈妈懂。在所长的耐心劝说下，她终于同意去医院将那笔钱取回来，交给派出所。

小盈妈走了，但庙生赖着没走，他就那样僵直地坐在木板上，猛地就弯下腰来，给所长磕起了头。他这突然的举动吓了所长一跳，所长赶忙跑上前，一把搀住了他："你这是干什么？"

庙生结结巴巴的："你就行行好吧，别收回那些钱。要是没有那些钱，小盈会死的。"

所长无奈地摇头："我也没有这样的权力，这是法律。"他想了想，问庙生："你与小盈到底是什么关系，你要这样帮她？"

庙生脱口而出："因为——小盈为我流过泪，只有她为我流过泪；还有，她叫我没腿的哥哥，她对我好。"说到这里，庙生又要弯腰磕头，被所长一把搀住了。庙生可怜巴巴地说："你就让我磕吧，只要你不收回那些钱，你让我磕多少个头都可以，一百个，一千个。"

面对面前这个浑身脏兮兮的残疾人，所长的表情凝重起来，说："你一个乞丐，捡到那么一笔巨款，自己一分钱都舍不得花，却全部拿出来救人了，我们现在逼着你交出那笔钱，确实不近人情，但法律就是法律，我们也没办法。你一个乞丐能做到这样，我、我们……"

他猛地站了起来，开始掏自己的口袋，掏出了一千多元钱，放在办公桌上，郑重地说"庙生同志，放心吧，

小盈治病的事，你就交给我，我来给她筹款。我这点钱，算是捐给小盈的。"望着那薄薄的一千多元钱，再想到自己交给小盈妈的那满满一包钱，庙生怯怯生生地说："这、这么点，哪够啊？"

"不，还有我。""有我。"在场的警察纷纷掏起了腰包。

庙生终于有些明白过来，他拿起刚刚奖励给他的5000元钱，也往办公桌上送，才到办公桌跟前，被所长伸手挡住了，所长说："你，每一分钱都不容易，你就别捐了，有我们呢。我可以在公安系统发起一次捐款，众人拾柴火焰高，我相信，我们会筹够小盈的医疗费用的。"

庙生犹豫了一下，将手中的钱颠过来倒过去地看了好几遍，最后还是将钱往桌上送，所长劝说道："给自个儿留点吧，你，还要生活。"

庙生迟疑了一下，给自己留了一半，将另一半放在了桌上，想一想，又往桌上添了一千元，又想一想，咬咬牙，又往桌上添了500元。所长抓住了庙生枯竹似的手，看着他手上仅剩的一千元钱，说："庙生同志，你让我们不知道说什么好啊，这一点钱，你自己留着吧。"说着话，所长掏出钱包，将钱包里仅剩的200元全掏了出来。其他警察见状，也纷纷第二次掏起了口袋。

这一天，派出所里的警察几乎都

掏空了自己的口袋。望着桌上的钱越堆越高，庙生笑了。

5.终点也是起点

庙生又继续过起了他的乞讨生活。有些事，是他后来才知道的：继那一天派出所发动捐款之后，整个市公安局发起了为小盈捐款的活动，整个活动，为小盈募集了10多万元，小盈终于可以动手术了。

但庙生的"坐丐"生活结束了，他不得不做了"游乞"。生活了十多年的垃圾车斗那儿他再也回不去了，他害怕那两个流浪汉。他开始四处流浪，他无论走到哪里，都会立即引起人们的注意，他真的成为名人了。

媒体的力量真的太巨大了，电视台播出他的事迹之后，人们都认得这个没腿的乞丐了，而且，公安系统发动为小盈捐款时，他又捐了4000元钱的事再度曝光。报纸、网络开始跟风炒作，将他说成了拥有百万财富的富翁乞丐。没有人真正了解他的生活，那些撰文的记者，只是以小人之心度君子之腹，他们觉得，一个人不会将自己的全部家当捐给别人治病，更何况是一个乞丐，所以，庙生如果没有一百万，是断不会捐给小盈13万的，更何况，他还有第二次捐款。

一时间，乞讨也能成为百万富翁的文章满天飞，老百姓都咋舌了：原来，乞丐并不可怜，我们还不如一个乞丐富，我们的同情心太泛滥了……

庙生成了名人，到哪都有人认得他，但是，再也没人扔给他一分钱了。见了他，人们的第一句话往往是："哟，这就是那个最有钱的乞丐吗？真成功啊，装得多可怜。"

当"富翁乞丐"被炒作成新闻、传得沸沸扬扬的时候，公安局不得不出面辟谣了，说庙生捐出的13万是捡来的赃款，不是乞讨来的，已经被公安局收回，但几乎没几个人相信这种说法，一个乞丐捡到了13万，他还不好好享受一下这笔钱，会一分不留地捐给一个病人，你信吗？

记者更会来事，他们不知怎么的采访到了那个酒店的保安，酒店的保安证明，庙生曾想到他们酒店开房。住没住成保安没说，但记者的文章标题成了《富翁乞丐的生活：白天乞讨博同情，晚上出入高级酒店》。

庙生再也讨不到钱，好在他怀里还揣了一千块钱，那是派出所奖励给他的，捐款时他留下了一千元，他饿不死，但半个月之后，一个人找到他了。庙生记性好，一眼就认出了来人，那是养他的那个和尚的儿子。和尚的儿子满头是汗，说："找你真不容易呀，我来城里找了三天了。"

"找我？"庙生有点意外，但还是问："师父他好吗？"他一向叫养他的和尚师父。

"不好，他病得快不行了，家里已经没钱给他看病了，我只能来找你，你现在是有钱人，看在他养你十多年的份上，你救救他吧。"

庙生愣住了，师父应该有七十多岁了，生病倒正常，而且是人家将他养大的，他是该尽尽孝心的。他颤巍巍地掏出了怀里的钱，1000元现在只用剩956元了，他迟疑了一下，自己留下了56元，把900元递给了对方。

和尚的儿子接过钱，但惊讶地瞪大眼睛："不会吧？你就给这么点？"

庙生说："你看，我过的是什么日子。不瞒你说，要不是派出所奖给我5000元钱，我一分钱都拿不出。"

和尚的儿子当然不相信，软磨硬泡，但再也泡不出一分钱来，他发了火："庙生，你这个没良心的，你忘了谁将你养大的？一个不相干的姑娘生了病，你都给人家13万，一把屎一把尿地将你拉扯大的人生了病，你就给了这么点，你有人性吗？你打发叫化子啊？"骂归骂，和尚的儿子还是攥着那900元走了。

庙生没料到自己的一场捐赠引出这么多事来，他很伤心。

一个月后，庙生留下的那56元钱用完了，他每天能讨到的钱微乎其微，他的日子过不下去了，他不得不靠翻垃圾桶找剩菜剩饭来填肚子。

这天，庙生从垃圾桶里翻找到了一只烂苹果，拿着苹果有滋有味地吃着，就在这时，他看到一个姑娘了，白白净净的，好漂亮的女子啊！他认出来了，那是小盈。小盈奔上来，一把打掉了他手中的烂苹果，然后蹲下来，一把抱住了他，哭了："哥哥，我没腿的哥哥！"

庙生也哭了，多少年没听到这亲切的称呼啊！小盈哭着说："哥哥，咱回家，咱不过这种日子。""回家？"庙生茫然了。他哪有家啊？小盈说："有家，我的家就是你的家。你跟我回家吧，有妹妹一口吃的，就会有哥哥一口吃的。"庙生慌了，连连摆手："不行不行，我哪能去你家？我脏，你妈妈她……"

"我不会嫌弃的。"

有人接腔了，是小盈的妈妈走了过来。她蹲下来，拉住了庙生的手，真诚地说："孩子，都是阿姨不好。阿姨哪能嫌弃你呢？你为了小盈，什么都舍得，有谁能像你的心这样干净啊？不是我们嫌你脏，是请你别嫌我们脏。跟我们回家吧，要不是因为你，我家的房子早卖了，小盈有没有救还说不定。现在，房子还在，小盈的病也好了，都是你的功劳啊，你住那房子，是应该的。你去我家过日子吧。"

"不，我没做什么，我给的那13万，不是被警察收回了吗？"

"那笔钱是被收回了，但你的心，在啊！你要是没捐出那13万来，谁会知道你有那笔钱？警察又从哪里追回那笔钱？你其实可以拿着那笔钱过很好的日子。你今天沦落到这地步，都是因为——你为了小盈啊！"小盈妈说得很动情，连眼睛都湿润了。小盈妈所说的道理，庙生还是有点不懂，但看这对母女执意相邀，他还是答应去小盈家了。其实，他做梦都想有一间房子，能躺在床上睡觉啊！

庙生跟着小盈她们去了小盈的家，一进门，小盈就将他推进了卫生间，让庙生洗澡，并换上一套整洁的衣服。从卫生间里出来，庙生完全变了个人，干净整齐得连他自己都不敢相信。小盈将他抱起来，放在一把轮椅上："哥，这轮椅是电动的。你今后不用在地上爬了，你想去哪，按下开关就行。"

她看着他，眼睛清澈得像她五岁半时那样，她说："哥，我和你商量件事。派出所的同志出面，帮你联系了一个小厂，是做一次性喝茶用的纸杯的。我们决定送你去那里当工人，装杯子，你今后不当乞丐了，当工人，体体面面地过日子，行不？"

庙生骇住了："那杯子我见过，据说是很干净的，我这么脏，哪能装那些东西？会弄脏……"

"又来了，你今后再不许说自己脏了！"小盈噘着嘴，"你再也不脏了。从此以后，你就是我的哥哥，是真正的哥哥，你可不能丢妹妹的脸，你要学会新的生活。那活儿不要力气，很轻松，挣钱不多，但能养活自己。哥，你要开始新的生活了，我知道你能行。到时，你能真的养活自己了，妹妹还要给你说个媳妇呢，到那时，我就有哥哥、有嫂子了。相信我，你会幸福的，我们都会。"

庙生的脸红了，不好意思地笑起来，但他真的看到了小盈所描绘的未来。他似乎看到一个女人朝他走过来，还看到自己在干干净净地工作，周围的人们看他的目光再也没有鄙夷和怜悯，有的只是平等和尊敬。他抿着嘴儿笑了。

（题图、插图：杨宏富）

□ 韩春玲

26条毛巾

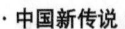

贾子君有洁癖，特别爱干净，所以他想找个称心如意的保姆，不料这竟成了一件天大的难事。别的不说，保姆一进贾家的门，首先就被26条毛巾吓住了，这26条毛巾，不但用途不同，就连多长时间洗一次、洗涤时使用什么洗涤剂，都是极有讲究的。

我们先说第一个保姆，一个二十多岁的女孩，她来到贾子君家，站在一溜毛巾前，听贾子君如此这般地说了这些毛巾的注意事项，还没听完，她就干脆自己炒了自己的鱿鱼，扛起铺盖走人了——毕竟单单伺候这26条毛巾，就是一项浩大的工程呀！

又过了一段时间，第二个保姆来到了贾子君的家中，这保姆还算机

灵，她在毛巾架上挂上标签，标签上详细地记录着每条毛巾的主人、用途、洗涤时间以及洗涤时所用的洗涤剂，按说她也够尽力的了，但贾子君请保姆不单是过来洗毛巾的，还有其他许多活儿要做，时间一长，这保姆就把毛巾弄混了，她竟然让贾子君用擦脚的毛巾擦脸，贾子君是十分爱干净的，他怎么受得了？简直是不能容忍！所以他就毫不犹豫地把这个保姆辞掉了。

贾子君就不信，有钱还雇不来一个合格的保姆？这天他又来到那家家政公司，一进门，家政公司的工作人员就迎过来，兴奋地说："贾先生，这次我们给您推荐一个保姆，保证您能满意。"

贾子君扫了工作人员一眼，没好气地说："保证满意？我每次来，你都说'保证满意'，但为何每一次都不满意？"

这次工作人员仿佛底气很足，说："贾先生，这次不同了，如果您再不满意，我们分文不收。"

贾子君当然不会在乎那仨瓜俩枣的，不过，他倒是对工作人员推荐的保姆产生了兴趣，既然工作人员极力推荐她，想必人家还真有点绝活呢，于是他连忙让工作人员把那个保姆喊来，先来个面试。

一会儿，那保姆来了，一个四十多岁的妇女，其貌不扬，贾子君不免有些失望，但他连忙自我安慰：俗话说得好，人不可貌相，既然工作人员这么看好她，雇回家去试试不就知道

了吗？

就这样，这个保姆踏进了贾子君的家门。

我们长话短说，一个月过去了，这个保姆果然厉害，每件事都处理得井井有条，就说那26条毛巾吧，一次都没搞混过——单单这一点，就大大出乎贾子君的预料，因为这26条毛巾虽然有几种颜色，但毕竟数量多，甭说一个外人，就连贾子君的家人都经常搞混。

这天吃完晚饭，闲聊时，贾子君又提到了那26条毛巾，于是就对保姆说："以前，让我对一个保姆服气，那是绝对不可能的，但你的出现改变了我的这个看法。大姐，四十多天了，26条毛巾，你一次也没搞混，你是怎么做到的？"

保姆不好意思地笑笑，支支吾吾地说："这个……这个不能说。"

贾子君怔了一下，说"怎么不能说？说吧！"

保姆搓搓手，似乎很为难，她吞吞吐吐地说："还是别说了，我怕说出来，你会不高兴的。"

这下贾子君更纳闷了，说："大姐，你说吧，我保证不会不高兴的，而且，也绝对不会辞退你。"

保姆看了看贾子君，说"讲出来你们别笑话，我以前是个养猪的，在一家私人养猪场养猪，有一次，主人告诉我丢了一头猪，我一来到猪圈，

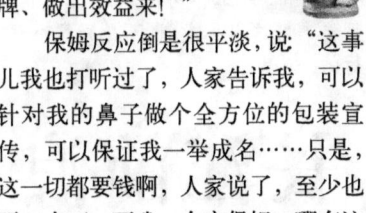

把它好好包装包装，做出品牌、做出效益来！"

保姆反应倒是很平淡，说："这事儿我也打听过了，人家告诉我，可以针对我的鼻子做个全方位的包装宣传，可以保证我一举成名……只是，这一切都要钱啊，人家说了，至少也要二十万，可我一个穷保姆，哪有这份闲钱啊？"

"你就没有一个富点的亲戚？"

保姆说："没有啊，不过，现在我找到赞助人了，听说这人的家产两千多万呢。"

"谁？"

保姆看着贾子君笑了，说："那个人就是——你啊！"

贾子君一愣，随即笑了，说："我？你开什么玩笑，我可不是慈善家。"

保姆正色道："我没有跟你开玩笑，因为我在你身上嗅到了三个女人的味道，我想你不至于为了区区二十万，让这事儿传到你爱人的耳朵里吧？"

（题图、插图：安玉民 梁 丽）

就对主人说，肯定是那头一只耳朵白、一只耳朵黑的猪丢了。主人听了我的话很纳闷地问我，是怎么知道的？我说，让他查查是不。主人查了半个多小时，这才查出果然是那头猪丢了，然后追问我怎么知道的，我说我不用查找，因为我鼻子特灵，而一头猪一个味道，我来到猪圈一闻，没有哪头猪的味道，就知道是哪头猪丢了。"

保姆一讲完，贾子君就明白了，原来保姆是靠鼻子分辨这些毛巾的，哎呀呀，他怎么也想不到，世上竟会有如此神奇的鼻子，于是便直勾勾地盯着保姆的鼻子，惋惜地说："大姐，你有这么一个好鼻子，却没有很好地利用它，真是太可惜了！你呀，应该

·中国新传说·

社会是个大舞台，每个人的工作岗位只是一个小舞台，可要唱好这出小戏，也不是光靠小聪明就行的……

长江前浪拉后浪

□ 梁　锐

有道是"长江后浪推前浪"，这话没错，但要想"后浪推前浪"，先得"前浪拉后浪"，这事得从小张说起。小张是刚毕业的大学生，很幸运地通过了公务员考试进入海关工作，分配到远郊的口岸车检场。这天是大年三十晚上，天下起了毛毛细雨，这个时段已没多少货柜车通关了，再坚持一会儿，他就可以下班了。

和小张一起值班的是组长老王，他快要退休了，此刻正趴在桌上写着什么，小张知道，老王在写工作笔记，几十年了，他都这个样。

小张问："老王，快到点啦，要不咱关门打烊了？"老王头也不抬地回答："不行，还差一刻钟呢，说不准还有企业赶着出货，咱得按时上下班啊！"小张觉得好笑，可是还没来得及嘲讽老王，监视屏上显示有一辆货柜车正在进场。

小张只好按作业流程查系统、录入车号，经检查，发现这不是一辆必查的车辆，于是便高兴起来："不必查了，赶紧放吧。"不料老王神情严肃地盯着监视屏，斩钉截铁地说："得查，现在是敏感时间，单单来这么一辆车，太奇怪了，说不准有猫腻。你先去查验台，我核对资料。"老王是组长，只得听他的，小张拿着指令单，很不情愿地通知隔壁的两名武警战士，一起上查验台。

外边很冷，挂着境外牌的货柜车已停靠在查验台旁，一个大胡子司机端着一碗热气腾腾的方便面，赔着笑脸凑过来。这是一趟跑单边的车，赶着到香港接货，看样子，司机连饭都没来得及吃。大胡子一边狼吞虎咽地吃面，一边反复强调："吉柜，吉柜。"所谓"吉柜"，就是空货柜箱的意思，在南方方言中，"空"与"凶"同音，所以一般忌讳说"空柜"，而说成"吉柜"。大胡子反复强调"吉柜"，意思是暗示不必开箱检查。

小张一听是"空柜"，便想顺水推舟，他本来就不想折腾，不料就在这时，突然，从值勤室传来一阵争执声，小张和大胡子赶紧跑过去，一看，原来是大胡子的副驾驶和老王闹僵了，那个副驾驶很年轻，愣头愣脑的，认为空车没有必要核对资料，于是便和老王吵了起来。大胡子见此情景，放下端在手里的方便面，一把扯开年轻气盛的副驾驶，抢过老王手里的单证资料，赔着笑脸，说："我来确认，我来确认。"看样子，老王还有点激动，他推着大胡子往外走，狠狠把门带上："没规矩，赶紧开箱！"

小张在一旁看着，有点幸灾乐祸呢，他打心里笑这老王真迂，大年三十还瞎折腾，自己落个难受了吧？好在开箱检查很顺利，货柜里除了几个压扁的纸箱，并没有发现什么异常。

下班后，小张收拾好行李匆匆赶车回家，过年的喜庆就不多说了，过了两天，也就是大年初三那天上午，小张刚起来就看到杂物间里搁着个礼品袋，好家伙，好几条高档烟呢！

小张的老妈说，一大早来了个陌生人，说是小张的熟人，听说小张还没睡醒，放下礼品袋就走了，说是等一会儿再联系。听老妈这么一说，小张很纳闷，自己没跟人约好啊，到底是谁呀？他再三琢磨也没理出个头绪来，看来只好等电话了。

到了下午，果然有个陌生来电，一接听，没想到竟然是大胡子的声音，大胡子说他正好路过，与朋友聊起来，知道小张住在这里，就过来拜个年送点礼，想约小张出来泡泡脚、聊聊天。

挂了电话，小张越发觉得蹊跷，这家伙葫芦里卖的什么药？他满腹狐疑地来到约定的金盆洗脚城，果然看

到大胡子在那里等候着。

泡完脚后，大胡子又请小张喝茶，席间称兄道弟，亲热得不得了，末了，大胡子忽然问："听说那个车检场的设备很先进，不知道小哥能不能带我到你们办公的地方参观参观？"小张一下子警觉起来："那可是最核心的地方，外人不能随便进去。"没想到大胡子不死心，死乞白赖地央求了几次，小张把茶盅重重一放，冷笑道："别拐弯抹角了，直说吧，你到底想干什么？"

到了这个时候，大胡子没办法再遮遮掩掩了，他犹豫了好一会儿，终

于道出了原委。原来，那天有人花钱托他们想法子带个古董碗出境，他和徒弟从来没做过这种事，合计来合计去，怕"夹藏"的招太老，便想出个怪招：演一场双簧，把查验人员的注意力吸引到空柜上，实际上呢，预先往古董碗上糊了几层纸，包装成一碗方便面的模样，声东击西，瞒天过海，没想到一时紧张，大胡子竟然在打圆场时把碗留在值勤室的桌子上，老王把值勤室的门一关，再也没法把这碗重新拿回来。既然事黄了，大胡子也只好自认晦气，赔钱吧，没想到回去一说，物主大发雷霆，说那是汝窑瓷器，威胁他俩尽快拿回来，否则每人打断一条腿！这一下大胡子可傻眼了，没办法，他只好费了九牛二虎之力来找小张。

说到这里，大胡子乞求道："小哥一看就知道是好人，你我虽素昧平生，但一见如故，怎么看怎么亲！小哥能不能帮我把东西拿回来？如果你觉得要做那老同志的工作，我还可以备份礼，事成后还有重酬。"

小张的心"扑扑"直跳，他隐约知道汝窑瓷器非同小可，20年前美国曾公开拍卖过一个，100多万美金的成交价，现在该怎么办？答应还是不答应？他灵机一动，撒了个谎，说钥匙不在身上，但他可以想想办法向别人借，需要时间周转，先把大胡子"稳"了下来。

小张心虚，额头直冒汗，一转念，把碗亮了出来，给老王看："老王，我跟你说件事，我们至少可以立个三等功啦，你先答应我不要告诉别人……"还没等他说完，老王竟抢过瓷碗，往地上"咣当"一摔，瓷碗顿时被砸得粉碎。

小张指着老王，气恼了起来"你你你……这可是汝窑啊！"说着，他就弯下腰去捡瓷片，老王不急不恼，不慌不乱，他从小张手里拿来一块碎片，放到小张眼前："看清楚，这会是汝窑吗？全世界有数可查的汝窑不过六十来件，都收藏在大博物馆里，告诉你吧，这是我托大胡子在地摊上买来的，十块钱一个。"

小张脑袋"嗡"的一声，脸一下变了："好啊，你们居然合伙来耍我？"老王不紧不慢地点上了烟，说"小伙子，过完年我就退休养老去了，没心思跟你过不去，只不过想让你对我的最后一班岗加深一点印象。"

原来，小张自以为自己大学毕业，才华横溢，平时眼高手低，老王看在眼里，急在心里，这才在临退休之前演了这么一场"戏"。

这时，老王拍拍小张的肩膀，说"留在你家里的不是烟，而是我这些年做的工作笔记，希望对你有用。"

不知什么时候，小张低下了头，眼窝湿漉漉的，说不出一句话来……

（题图、插图：安玉民 梁 丽）

两人分了手后，小张马上赶回办公地点，直奔值勤室，还好，没有其他人进来过，那碗"方便面"还醒目地搁在桌上。小张拿过碗来，捂着鼻子，倒掉发臭的面条，简单清洗了一下，然后取了条毛巾，就着水，小心翼翼地抹去碗上黏贴的纸，果然，一个天青色的瓷碗呈现在眼前，小张心口"扑扑"跳："古董啊！如果将这个碗卖出去，岂不是……"就在这个时候，他忽然注意到一个人影站在门外，正不动声色地盯着自己看。

小张赶紧把瓷碗藏到身后："老王，你……怎么也来了？我忘了点东西，过来拿。"

老王一脸严肃地看着小张："我站在这里很久了。"

啥书有档次

□ 韩国成

有个包工头为了显摆自己是个儒商，搞了一个豪华的办公室，在办公室里摆放了一个很宽很宽的书柜，然后问秘书："书柜里放什么书好？"秘书说："别的老总都摆放经营类的书，像李嘉诚啊，比尔·盖茨啊，松下幸之助啊……"

包工头摇晃着大脑袋，摆摆肥手，说："我要的是标新立异，明白？"于是，秘书带他来到一家书店挑选，包工头看了文学区、财经区的书籍都

不满意。

他来到外国文学书籍区，皱着眉，问营业员："有没有没翻译的书？"营业员吃惊地看着这个老板模样的人，迟疑着说："有是有，你……"

包工头不耐烦地说："别啰嗦，在哪里？"营业员带他们去二楼。果然，二楼的书都没翻译，包工头挨个看着书，看着笑着，慢慢的，又皱眉了，他问营业员："这些是什么文字？"营业员说是英语，包工头又问有没有不是英语的，营业员指着一长溜的书架说，那些全是法文的、德文的、西班牙文的、阿拉伯文的……

包工头连声叫好，他又问秘书："你说，咱那书柜上，能摆放几米长的书？"秘书算了一下，说："书柜有三层架子，每层6米宽，共计18米。"

包工头指着那些外文书，对营业员说："就这些架上的书，给我弄一批，摆到书架上，够18米长的，运到我的办公室！"营业员听了，目瞪口呆。

书运到后，秘书还是不明白，尤其搞不懂包工头为什么不要英文书，包工头得意地说："你想呀，咱们国家，学英语的太多了，谁都多少懂点，有人懂就不稀罕了，你看，这些外文，谁懂？不懂才显得出水平呢！嘿嘿……"

事后，秘书把这些书照了相，上传到网上，网上的朋友乐翻了天，你知道这些是什么书？嗨，全是字典！

·幽默世界·

还是逃不掉

□ 杨晓雄

最近，小黄手头拮据，接连几天收到请柬，红包超支，入不敷出。这天，他接到一个同学的电话，那同学有好几年没见了，是来给小黄下口头请柬的，说是下个月要结婚，到时务必请小黄光临。

小黄随口恭喜了几句，苦着脸说到时再说，能去的话一定去。

回到家，小黄跟老婆一提起这事，老婆一语惊醒梦中人："你这个同学不是在北京吗？你在广州，隔着万水千山呢，怕什么？"小黄一拍大腿，心想：对呀，这么远的距离，这回总算有个理由省下这个红包了。

下个月的头一天，同学再次打来电话，问小黄能不能出席。小黄装出为难的样子，说："哎呀，我是真想去见见老同学的，可这一去一回，至少也得三四天，公司现在忙得很，请不到假呀！"

同学沉默了片刻，颇有同感地说："我理解我理解，你离得实在太远了，总不成让你坐飞机来喝一顿酒、又飞回去吧？"

小黄心中一喜，听完电话，兴冲冲地去买了两个菜回家庆祝。躲过了这个酒席，就等于白捡了几百块钱呀！

又过了一个星期，小黄下班回家，老婆扔给他一个快件包裹，说："你那个同学还是不肯放过你，这不，用快递把请柬寄来了。"

小黄一怔，接着"哈哈"一笑："这家伙，还真舍得下本钱！请柬寄来又怎样？明天就到日子了，我总不能坐火箭去喝酒吧？嘿嘿！"

小黄拿出请柬，打开看了看，突然愣住了。请柬上留下一串阿拉伯数字，旁边写道：这是我的银行账号，谢谢。

看看谁热闹

□ 云 玲

市里有两个贸易城同时竣工了：甲城和乙城，两处的设计大体相同，贸易城里还有不少门面房，贸易城一竣工，甲乙城的分管经理都想尽快把这些门面房租出去。

甲城位置好，甲经理不着急，广告打出后，就坐等愿者上钩，但没多久，甲经理就坐不住了，因为他听说，

这段时间乙城的门面房出租很火，而且价格也很高。原来，对手的计划是靠活动聚集人气，乙经理和那些租房的商家签了合同，承诺一年搞活动不少于十次，那些商家早想好了，有了这个做保障，还怕人气聚不起来？

甲经理忿忿不平地想："哼，你们能搞活动，我就不能吗？"甲经理打听到乙城的第一次活动是十天后举行的轮滑比赛，于是当机立断，决定六天后举行一场大型演出。这天上午，甲城来了许多等待看演出的人，可是，九点刚过，天空竟淅淅沥沥地下起雨来，观众哪有那么大的热情冒雨看演出？不大一会儿，人几乎全走光了。

甲经理一看这场景，顿时傻眼了，就在这时，秘书跑了过来，气喘吁吁地说："经理，不好了，可能是对手得知我们今天搞活动，他们也改变计划，把活动提前到了今天……"

甲经理一听乐了，说："那敢情好啊，他们不是轮滑比赛吗？这鬼天气，我看他们还怎么轮滑？"

秘书结结巴巴地说："不，不是轮滑，我看他们那边人山人海，好多人打着伞，两个小时过去了，人不但不少，反而越来越多。"甲经理一听立刻傻了，这……这么可能呢？他瞪大了眼睛问："他们搞的是啥活动？"

秘书哭丧着脸说："唉，他们也真够绝的，我问了，他们放弃了轮滑比赛，改成大学生招聘会了！"

465

2010
SEMIMONTHLY
下半月刊

6月
STORIES

欢迎登录本刊主办"故事中国网"（www.storychina.cn）

故事会
STORIES

2010 年 6 月
下半月刊·绿版

社 长、主 编：何承伟
常务副主编：吴 伦
副主编：姚自豪（上半月·红版）
副主编：夏一鸣（下半月·绿版）
本期责任编辑：邢 悦
电子邮箱：simyyue@126.com
绿版发稿编辑：
夏一鸣 朱 虹 杭 帆
刘迎曦（见习）颜轶超（见习）
美术编辑：李宝强
电脑制作：郭瑾玮
通 联：归依玲
本社办公室电话：021-64375030
上半月刊编辑部电话：021-64332325
下半月刊编辑部电话：021-64336469
（上海市绍兴路74号 邮编：200020）
主管、主办：上海文艺出版（集团）有限公司
出版单位：《故事会》编辑部
发行范围：公开

制作、发行总监：张 凯
电话：021-64313938
广告业务：上海故事会文化传媒有限公司
广告总监：张 淮
广告业务：021-34010383
广告投诉：021-64333738
广告经营许可证
沪工商广字 3100320080016 号
发行：中国图书进出口上海公司

·笑话·

（本栏插图：包丰一）

你也看出来了

语文老师组织了一次作文比赛。没想到，平时水平一般的小华，这次作文写得相当出色。老师把小华叫到办公室问："小华，你跟老师说实话，这次作文是你写的吗？"小华吞吞吐吐地说："老师，其实，这……这不是我写的。"

老师继续疑惑地问道："那是谁帮你写的呢？为什么这篇作文的前后风格很不一样啊？"

小华听到这里，吃惊地说："老师你真厉害！别人都说我爸我妈没有共同语言，我还不信，可你却一眼就都看出来了。" （刘洪进）

高山滑雪

滑雪老师告诉新学员："学习高山滑雪，要分三步走：第一步要学会在平地滑雪；第二步要学会从高处往下滑。"

学员听了很好奇："那第三步是什么呢？"

老师抬高了语调"第三步，也是最重要的一步，那就是要学会架着拐杖走路！" （汪 杰）

宣传广告

有个人当了好多年副厂长，一直想把那个"副"字拿掉，可是始终不能如愿，因此看到"副"字就来气。后来，他调到了一家药厂工作，但还是任副职。

这天，秘书送来一份新药的宣传广告请他审定。他见最后一句话里面有个"副"字，气就不打一处来，条件反射似的把这个字划掉了。

没几天，宣传广告印出来了，只见上面写着：此新药无任何作用。 （陈 冰荐）

谈谈哥伦布

夫妻俩为哥伦布是否有老婆争论了起来。丈夫争辩道:"我看哥伦布肯定没老婆。要不,他什么大陆也发现不了。"

妻子问道:"为什么?"

丈夫说:"哥伦布如果有老婆的话,在出海前,她一定会问哥伦布,你上哪儿去?为什么去?有什么事吗?和谁一起去?去多长时间……"

话没说完,妻子就抢着说:"哥伦布当然应该把这些事情交代清楚!"

（语 佳）

11朵玫瑰

一对恋人走进鲜花店,看见花店老板正在扎玫瑰花,每11朵扎成一束。

女友高兴地说:"看! 11朵玫瑰花就表示一心一意。"

男友摇摇头说"不对,11朵是表示一生一世的意思。"

女友听了很不服气,便问老板:"你说说,这11朵玫瑰花到底表示啥意思?"

"没啥意思",老板答道:"今天我们店里搞促销,买10送1! "

（舒一耕 荐）

打起精神

史密斯破产了,心情十分郁闷,这天他去酒吧喝酒,碰到了一位当司机的老朋友。朋友安慰他说"打起精神来,一切都会好的。有一次,我欠了人家5000美元没法还,便把车子开到悬崖边,在那里坐了一个小时。"

史密斯好奇地问:"那后来呢?"

朋友答道:"后来有一群人听说了我的麻烦,便开始捐款。最后我的难题解决了,便把车子驶离了悬崖。"

"太好了! "史密斯说道,"请问那些好心人是谁?"

"就是我开的那辆公交车上的乘客。"

（冯国伟 荐）

·笑话·

不迟到的雇员

有个老板为手下的雇员经常迟到而犯愁。这天，他听说有家公司的雇员天天争先恐后地来上班，便找到他们的经理，咨询道："为什么你的雇员上班，来得一天比一天早？"

经理微微一笑，道："因为我这30个雇员人人都有车啊。"

老板"哦"了一声，但接着又说："不对呀，我手下的雇员也都有车，可他们还是照样迟到啊！"

经理诡异地笑了笑："告诉你，我只给他们留了25个停车位。"

（小　牧）

中奖了

这天，爸爸让儿子出门，帮他买彩票。没一会，儿子就回来了，大声嚷嚷着："爸爸，您中奖了。"妈妈纳闷地问："这彩票不是明天才开奖吗？你怎么现在就知道他中奖了呢？"

儿子神秘地把妈妈拉到里屋，说："嘘，妈妈我告诉你一件事，你可千万别告诉爸爸啊。"说着把一包栗子递到妈妈面前说，"我刚才一出门就碰到一个卖栗子的，我就买了一包。"

妈妈惊讶地说："你把买彩票的钱买栗子了？"

儿子点点头："是啊，不过，爸爸要真买了彩票，说不定也打了水漂，连买栗子的钱都没了。我呆会儿就说这栗子是奖品。"（蓝昌科　荐）

主　角

这天放学后，儿子兴冲冲地跑进家，大声说："爸爸！我们学校演戏，我在里面扮演主角了！"

爸爸很高兴"太棒了！儿子，你扮演的是什么角色啊？"

儿子得意地说："我扮演的是爸爸，台词可多了。"

爸爸想了一会儿，吩咐说"明天回学校，告诉老师你要扮演妈妈，这才是主角，而且台词更多。"

（黄　玉）

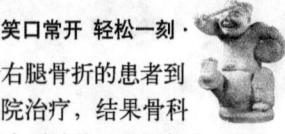

有钱好过手表

这天，妻子参加完同学聚会后回到家里，嘴里就不停地念叨："我那个同桌现在可发达了，光那款手表，就要10万块呢。"丈夫不屑一顾地说："要是我有那么多钱，才不会拿去买表呢。而且照样能知道时间。"

妻子好奇道："你打算怎么办？"

丈夫笑了笑："把一大叠钞票全捆在手腕上，要想知道时间，就扯一张，随便给一个陌生人，让他告诉我就好。"

(庄妃轩)

借 条

大刚想去买烟，可忘记带钱了，便问同事小李借20块钱。小李掏出钱递给大刚，然后一本正经地说："你给我打个借条吧。"

大刚一愣："20块钱还要打借条啊？"小李严肃地说："亲兄弟，明算账嘛。"可大刚浑身上下找遍了，只找到一支笔。小李不慌不忙地把手伸出来"就写在我手上吧。"大刚无奈，只好在小李手上打了张"借条"。

没想到，第二天刚上班，小李就来催大刚还钱。大刚没好气地说："就20块，值得像黄世仁那样逼债吗？"小李苦笑了一下，说："倒不是我怕你不还钱，只是这借条写在我手上，害得我从昨晚到现在都没敢洗脸。"

(金 关荐)

右腿骨折

━━个右腿骨折的患者到医院治疗，结果骨科医生心不在焉地给他左腿打上了石膏。

后来患者来投诉，医院负责人问他："你当初知道他在给你的左腿打石膏吗？"

患者点点头："知道啊。"

"可你当时为什么不提出来呢？"

患者指着腿上的石膏说："我以为他先用我的好腿做个模子，再换到骨折的腿上。"

(柯 新)

(本栏目欢迎原创作品，翻译作品。来稿可从邮局寄发，也可从网上传递。如为电子邮件，请发以下信箱：simyyue@126.com)

你还
欠火候

□ 赵守玉

我家在小镇上开了一家餐馆，招牌菜是老爹做的醉鱼。

说起我家的醉鱼，那可是色香味俱全，既嫩又鲜，入口还有一股淡淡的酒香，在十里八村很有名气。中学毕业后，我进了餐馆，和老爹学做醉鱼，不久也能把这道菜做得像模像样了。我想接过老爹的班，让他多休息休息，可老爹却总是说："再等等，再等等，你还欠火候啊。"说得我心里很不服气。

这天，镇政府的秘书一溜烟儿来到我家餐馆，告诉老爹，中午要准备两大桌，拿出最过硬的本事，特别要做出最上等的醉鱼。老爹见镇秘书左叮咛右嘱咐的，连忙问是什么样的贵客。秘书四下看了看，压低声音告诉老爹，县长到镇里来检查，中午准备在镇上吃便餐。这可是县长第一次

来到本镇，而且据他所知这个县长又是一个美食家，特别喜欢吃鱼，也特别擅长品鱼，所以镇长下了命令，指定在我家吃饭，拿出最最上等的醉鱼招待县长。

一听是这个原因，老爹可乐坏了，他一个劲儿地说请领导放心，我们爷俩保证完成任务。镇秘书又千叮咛万嘱咐了半天，直到老爹保证由我主勺由他把关来一个双保险，镇秘书才放心地离去。这可是我第一次面临这样的考验，心里没底，坐立不安，怕出现什么闪失，误了县长的午宴。我一次又一次地催老爹快点儿动手准备，可老爹却好像什么事儿都没有一样，优哉游哉地抽着烟，还不轻不重

地扔给我一句话："急啥？越是大事儿越要沉得住气，你小子，欠火候哟！"

我没有办法，只好强捺着性子等老爹。终于，老爹抽足了、坐够了，才站起身来，一摆手："动手！"

老爹一声令下，我便开始行动起来，精心挑选出两条上好的活鲤鱼，简单收拾一下，把它们放进了温热的白水锅里。其实这是我家做醉鱼的一个秘诀，随着水温升高，锅里的鱼会头昂、尾动、嘴轻张，就在鱼第三次张嘴时，我们把精选的白酒顺着鱼嘴灌进去。当鱼不再张嘴时，那灌下去的白酒便闷进鱼腑，到时候再把鱼从水锅里捞出来，精心打理，鱼肉便能散发出淡淡的酒香。

我照着老规矩，把鱼放进锅里，然后两眼眨也不眨地盯着锅子，生怕错过了时机。

"灌酒！"就在我发愣时，老爹突然一声令下。

我这才意识到，该灌酒了，急忙顺着张开的鱼嘴把白酒灌了下去。可灌完白酒我才反应过来："爹，这才是第二次张嘴呀！"

"没错！"老爹看着满脸迷惑的我，"这次的客人是县长，他们喝的酒肯定是好酒，而好酒的酒香就更浓，我们只有提前灌酒，醉鱼中的酒香才能更清醇！"

我点了点头，老爹说得对，我真是欠火候。

一切准备完毕，镇长和众人陪着县长进了餐馆。

老爹亲自上阵，端酒送菜，每上一道还要简明扼要地介绍一下菜名和特点，最后端上了醉鱼。县长边看着醉鱼边点着头，拿起筷子，轻轻夹起一块鱼肉，放进嘴里，慢慢嚼了起来，然后轻轻点了点头："是你做的？"

"是我儿子做的！虽然他是跟我学的，可他的水平早超过我了！"老爹说着，把我叫了过去。县长拍拍我的肩膀："好好干，有前途。"

 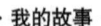

能得到县长的表扬，我得意极了，和老爹一起，恭恭敬敬送走了这些客人。这时我们才感觉浑身像散了架一样，瘫坐在椅子上。

两人刚坐下，就见门一开，镇秘书走了进来。

老爹急忙站起来，拿过一个小本："这次咱也记账吗？"

镇秘书摆摆手："不，结账！"说完，看着老爹算完账，掏出钱扔在了桌上。

老爹有些发愣地看着秘书："这是咋了？秘书，你咋有点儿不高兴呢？是不是我们哪里做得不到位？你说出来，下次我们好改！"

"什么下次？县长临走时说了，你儿子的厨艺在乡镇还成，但登不了大雅之堂，因为他还欠点儿火候。"

我一愣："哪里欠火候了？"

"县长说了，他在你醉鱼的酒香里品出了一点点鱼腥，你的酒香既是特色又是掩盖，这肯定是你在去鱼腥时还欠那么一点儿火候。"镇秘书说完，转身离去。

看着镇秘书远去的背影，老爹慢慢竖起了大拇指："不愧是美食家县长！咱家醉鱼先进温热水锅，就是为了去鱼腥。鱼前两次张嘴是吐尽了腹内的鱼腥，这时再灌酒那就是纯正的酒香。而提前灌酒，鱼腥吐不尽，自然只能用酒香来掩盖鱼腥。一般人根

本就感觉不到的那丝鱼腥，县长只那么一口，就品了出来，佩服！"

我急得差点儿掉眼泪"爹，你还佩服啥呀？你刚才真是瞎指挥，第二次张嘴就让我灌酒，你看人家说不来了吧！"

老爹见四周没人，这才嘿嘿一笑："为啥？还不是为了咱这餐馆还能活下去。镇上原来那个金山餐馆，被镇长相中了，结果活活用白条子给吃黄了。咱要是不故意欠火候，县长吃高兴了，镇长肯定会把咱盯上，以后镇上来人就会安排到咱家，那咱家关门的日子就不远了。"

"那这样你就不用关门了？县里镇里都不满意了，咱的名声也坏了，你说以后咋办？"

"县长也没说不满意啊，人家县长不是拍过你的肩膀吗？还说，你的厨艺在乡镇还成。这可是县长的评价，多好的广告呀，还怕以后没人来吃你的菜？孩子，一定要记住，真正精明的厨师，不是用最精湛的技艺去做菜，而是根据不同对象和不同目的去做菜。一菜百味，因人而异，这才是真正的火候！"

我一愣，但很快就明白其中的道理了……

老爹无奈地一笑："咱经营个买卖不容易，你只有过了这火候的关，爹才敢把餐馆真正交给你呀！"

（题图、插图：安玉民 梁 丽）

10

狗生七崽

□ 邓永江

俗话说"狗三，猫四，猪五，羊六"，说的是这些家畜怀胎的月数。有一只叫阿黄的母狗怀胎三月，一朝分娩，"噼里啪啦"一口气生了七个崽，看着这七个胖嘟嘟的狗宝宝，阿黄却眉头紧锁，怎么也高兴不起来。

原来，狗族有这样一种说法，凡是一胎生七个崽的，必须全部送给别人养，否则，一个也带不大。

话是这么说，可是骨肉连心，当娘的怎么舍得把一窝崽全送给别人啊。

也许是天意，这天，阿黄捡了一只迷路的狗崽，高兴得泪水涟涟。她把狗崽抱回去，一凑数，正好八个，这下好了，不用把七个狗宝宝送给别人了，还应了狗族的另一种说法，一窝八个崽的，将来个个都是狗族里的精英。

阿黄给这个狗崽取了一个响当当的名字——"赛虎"。

然而，世事难料，随着赛虎一天天长大，大家渐渐发现，这只被捡回来的小家伙，并不是狗，而是一只狼！特别是一到晚上，赛虎那忽高忽低"呜嗷——呜嗷"的嗥叫，让狗们听得毛骨悚然，彻夜不得安宁。

狗族里德高望重的长老们召开了紧急会议，全票决定，责令阿黄和赛虎断绝母子关系，让赛虎滚回狼族去，否则就将阿黄一家逐出狗群。

阿黄这下左右为难了，一边是血脉相连的同类，一边是自己一手带大的孩子，到底该如何选择呢？

最后还是母爱占了上风。阿黄拖儿带女，恋恋不舍地离开了狗群，找了一处山坡，安营扎寨，开始了全新的生活。

然而，阿黄一家的灾难也从此开始了。

这天，阿黄给孩子们安排任务，让他们出去捕食，八个崽分作四组，赛虎因为体格强壮而且英勇善战，和体弱胆小的老七分在一组。

临行前，阿黄再三嘱咐赛虎要照顾好老七，赛虎拍拍胸脯说："妈妈，您放心，无论遇到多大的风险，我就是拼了命也会保护好七哥的！"

到了傍晚，狗崽们陆续回来了，唯独赛虎和老七还不见踪影，急得阿黄一颗心怦怦直跳，因为近来世道不好，食物紧缺，许多凶猛的动物为了生存，常常冒险相互残杀。

直到天全黑了，大家才看见赛虎浑身伤痕累累、跌跌撞撞地回来了，背上竟然背着血肉模糊的老七。此时的老七，早已开膛破肚，肢体不全，样子惨不忍睹！

阿黄腿一软，一下晕了过去。好久，她才醒过来，发现身边围着一窝

孩子，个个垂头拭泪，赛虎更是一副伤心欲绝的样子。

阿黄哽咽着问这是怎么回事，赛虎擦了擦眼泪，说出了事情的经过。原来，他们遭到了一群猛兽的围攻，那群猛兽很狡猾，看到老七相对较弱，就集中攻击他，很快老七就一命呜呼了，赛虎拼了命才将尸首抢了回来。

大家听到这里，都咬牙切齿地问："说，到底是谁干的？我们要他血债血偿！"

可没想到，赛虎却一下子沉默了，被逼问了好久，这才支支吾吾地说当时天太黑了，看不清是什么动物，好像是虎或狮子什么的……

仇家都弄不清楚，报仇的事只好搁下了。然而，灾祸并没有就此结束。

这天，阿黄又让孩子们出去捕食，这次七个崽分作两组：赛虎和老大、老六被分作一组，一起出去捕食。

到了傍晚，一组狗崽兴高采烈地扛着食物回来了，而赛虎那一组却迟迟不见踪影。天渐渐黑了下来，不久狂风大作、电闪雷鸣，下起了倾盆大雨。一种不祥的预感掠过阿黄的脑海。

终于，赛虎回来

等到夜深了。阿黄将剩下的四个狗崽招到自己房里，把自己的发现告诉了他们。

狗崽们一听，都愤怒了："一定是他干的，不然为什么不告诉我们凶手是谁？""对，我早就怀疑了，只是妈妈您老是护着他，说他是您亲手养大的，不可能做这样伤天害理的事，可他毕竟是狼啊，残暴的本性是改不了的！""肯定是他了，我看今晚是个机会，干脆把他……"老二说着，伸出爪子做了一个"咔嚓"的动作。

"事不宜迟，走，把这可恶的家伙干掉！"大家说完，纷纷起身，杀气腾腾地奔向赛虎的房间。

可当狗们合力撞开赛虎的房间后，却发现房间是空的，窗户大开着，被风吹得吱呀作响。不好，看来这家伙听到风声，畏罪逃跑了！

狗们恨得汪汪叫骂着。就在这时，一阵"呜嗷、呜嗷"的狼嗥声，由远及近地传来。狗们听了，不由感到一阵恐慌，显然有一群恶狼正向他们靠近。

令他们气愤的是，第一个出现的竟然是赛虎！好啊，原来是引狼入室去了。狗们不由从恐惧变为愤怒，个个双目喷射着怒火，一拥而上，将赛虎扑倒在地，不断地用爪子和牙齿攻击他。

平时最勇猛的赛虎，似乎被这突然袭击弄蒙了，没有作任何的抵抗，张

了，可他又是一身伤痕，背上还背着两具血肉模糊的尸体！阿黄一看，两眼一黑，晕了过去……

兄弟姐妹们早已怒发冲冠，血红着双眼问："说，到底是谁干的？我们要新仇旧恨一次和他算清！"

而赛虎又是支支吾吾了半天，还是说不出个子丑寅卯来，那神情似乎在隐瞒什么。

一连失去三个孩子，阿黄伤心得肝肠寸断，一下苍老了许多。在处理孩子的遗体时，阿黄留了一个心眼，她发现尸体伤口处残留着狼特有的腥臭味，和赛虎身上的一模一样！顿时，一股悲愤之情直往脑门上蹿！但是，阿黄最终还是硬生生地将情绪压了下去。

嘴想说什么，却被兄弟姐妹们愤怒的叫声给淹没了。没过多久，他就被撕咬得奄奄一息了……

看着倒在地上的赛虎，阿黄泪流满面地问："好歹我对你有养育之恩啊，可你……为……为什么要伤害我的孩子？"

赛虎一阵抽搐，艰难地说："妈……妈，哥哥们不……不是我杀的，是、是狼群杀、杀的……"

阿黄一惊："那你当初为什么不说？"

此时，赛虎已经气若游丝，喃喃地说："我……我不忍心说啊，狼是我的同类，我不想他们和狗族结仇，可是他们不听我的劝告，还令我离开你们，否则，连我也一块杀了……今晚，他们要攻击狗寨，我是回来通知你们快……快跑……"赛虎话没说完，四腿一蹬，断了气。

这时，狼的嗥叫声越来越近，狗崽们纷纷催促阿黄："妈妈，别难过了，快走，要不然时间来不及了！"

但他们并没有跑多远，很快就被赶来的狼群围住了。

四个狗崽各站一边，将妈妈阿黄围在中间，个个血红着眼睛，摆出誓死一战的架势。

狼群疯狂地向他们发起了攻击。虽然狗崽们拼死抵抗，但毕竟力量悬殊，很快，四个狗崽一个个地倒在了血泊之中……

就当狼群准备向阿黄再次发起攻击时，突然从身后传来"汪汪汪"的一阵震天的狗叫声。紧接着，一大群狗飞快地冲了过来，原来，狗族得到了消息，前来支援了。虽然，他们并不是狼群的对手，但还是奋力冲进包围圈，救出了阿黄……

很快，狗族召开了誓师大会，决定和狼不共戴天！狗族和狼族之间从此展开了漫长的种族战争。最后，狼族占了上风，并打算乘胜追击，一举歼灭狗族。

为了种族延续，狗族做出了一项改变狗类历史的决定：去投奔世界上最聪明的动物——人类。为人类看家护院，做人类最忠实的朋友。事实证明，这项决定保护了狗族，而狼族却越来越稀少……

没有记载的历史终究会被遗忘，但是"狗生七崽"的传说却一直留了下来：凡是一窝生七个狗崽的，必须全部送给别人养。你还别不信，如果硬是留着养，还真一个也养不大呢。

(题图、插图：安玉民 梁 丽)

绿版编辑部各编辑邮箱：

夏一鸣：gshxym@163.com

邢 悦：simyyue@126.com

朱 虹：zhong98305@sina.com

杭 帆：hangfan1102@126.com

刘迎曦：liuyingxi1203@163.com

颜轶超：yanyichao1004@sina.com

・微博故事・

课堂上，千万别睡觉

@ 闹闹 昨天上课的时候，有个男生趴在桌上呼呼大睡，被老师发现了。老师没发火，很淡定地说："同桌关心一下。"同桌愣了一下，然后——脱下自己的外套披在了睡觉男生的身上……

@ 秋十六 晚自习的时候，有个哥们儿在最后一排睡着了。睡了一会儿，他突然醒了，用手在墙上摸索了半天，找到电灯开关，然后"啪"一下把教室的灯关了，接着睡觉。当时全班同学都看傻了。

@ 大白 同桌上课睡觉被老师发现了。我忙把他推醒了。可同桌瞪着老师就是不站起来。老师急了："你给我站起来！"同桌还是不起来，拿白眼翻老师。老师没脾气了："你这样的学生我没法管。"然后继续上课了。我在底下小声说："你真牛，敢跟老师对着干。"没想到同桌说："其实我想站起来，但是……我腿睡麻了……"

@ 我是学习机 会考的时候，卷子比较容易，基本能剩下来一小时左右发呆。我们班一个男生就睡着了，而且睡得比较投入，在椅子上就开始翻身打呼，不小心翻地上了，掉地的时候他还不忘记要抓一样东西，可惜抓到的只是试卷，于是就睡眼惺忪地抓着张试卷躺在地上……（路人回复：大概是拿试卷当被子吧。）

@ 零食小霸王 刚进高中的第一堂课，同桌上课时睡着了。老师见到，便叫他："睡觉的那个同学，请你来回答一下这个问题。"同桌一激灵醒了，站起来说："我不会……"老师让他坐下："注意听讲，不要再睡了。那么由53号同学来回答这个问题。"同桌又站起"老师，我真的不会！"老师有些烦躁了："坐下！语文课代表给我起来回答！"同桌再次站起来："老师，我就是语文课代表……"

@ 淹不死的鱼 记得有一次我同桌恶作剧，趁我睡觉的时候，把一个怪兽的贴片贴在我衣服后面。我傻乎乎地一直没发现……后来我终于发现了，就问大姨："大姨，你洗衣服的时候没看到这个贴片吗？"我大姨说："看到了呀！"我问："那你怎么没摘下来啊？"大姨无辜地说："我还以为是商标呢，怕洗坏了，特意摘下来洗的，等衣服干了又给你粘上去的……"

@ 刘老六 高三那时，我上语文课特别喜欢睡觉！有一次老师在讲课文时说："这篇文章，文笔细腻，叙述流畅……"我模模糊糊听到最后两个字，猛地一惊，立刻起立，大声说："不知道！"然后全班同学默默地望着我，再然后全班哄堂大笑好久……（注：俺名叫刘畅。）

@ 都市客 记得小学六年级的时候，上班主任的课，一个同学在课堂上打瞌睡，老师见了就拿粉笔头丢他。同学醒了，以为是旁边人丢的，冲着那人大骂。老师问他怎么了？这个同学一脸无辜地说："老师，他拿粉笔丢我！"

父与子

点评：**引人入胜的书：**

《父与子》是德国幽默大师埃·奥·卜劳恩的传世之作，它围绕着父子亲情，以连环漫画的形式，讲述了一个个生动幽默的小故事，常使读者发出会心的微笑。

·编读往来·

编读往来：你的问题我来答

江苏 祝贵成：一天上午，邮递员给我送来一份邮件，一看信封末尾写着"故事会杂志社"，顿感"丈二和尚摸不着头脑"，邮递员当时问了我一句："你订了书吗？"我只得含糊地"嗯"了一声，等邮递员前脚刚走，我就急忙打开信封，一看竟是《故事中国》一书，我觉得有些纳闷，心想《故事会》怎么会给我寄书来？它怎么知道我爱看《故事会》的呀？思来想去，只想到三个原因：1. 二十多年前，《故事会》曾发表过我的一则笑话；2. 十多年前，我曾给《故事会》寄过一篇中篇故事，被退稿；3. 2009 年 12 月下半月刊上的"游戏空间·岁末版"我也参与过。难道就因为这个就把我给记住了吗？

绿版编辑部：您好，我们不会忘记每一位关心我们杂志的作者和读者。您收到的这本《故事中国》的确是"游戏空间·岁末版"的奖品。这个活动举办后，编辑部收到了许多读者朋友寄来的答案，在这其中也有不少答对题目的朋友。我们从中抽取了 150 名幸运读者，将名单发布在故事中国网（www.storychina.cn）上，同时奖品也已经陆续寄出。在此，感谢大家对我们活动的参与。

给座金山也不换

□唐雪嫣

河豚来了

周彦伟是一家公司的职员。这天，他刚走出公司，手机就响了，只听那头传来一个神神秘秘的声音："周先生吗？我是'美味居'的王强，告诉你一个好消息，我们店里刚收了一条野生河豚。"周彦伟听了，心里不由一阵欣喜。

这年头，吃河豚不是什么新鲜事，可要吃到野生河豚那可就难了。周彦伟工作的城市虽然是产河豚的地方，可野生河豚是少之又少，价格已被炒到了上万元，但即便如此，还是有不少人排队等着一饱口福。他们通

常都会跟酒店预约，一旦酒店有了货，就通知他们来。不过周彦伟不想这样干等着，他另辟蹊径，私下里和各家酒店的服务员都打好了招呼，约定店里一收到野生河豚，立即通知他，不管最后能不能吃到，都会给对方二百块钱"信息费"。

这个王强就是周彦伟的"内线"之一，只听王强小声说："我们钱老板现在不在酒店，你要想走后门，就得赶紧来，等他回来通知了原主，就晚了。"

周彦伟接完电话，立马赶到"美味居"，正巧在酒店门口堵住了钱老板。周彦伟告诉钱老板自己愿意多出钱，希望钱老板能优先把河豚给他。钱老板一听，头摇得像拨浪鼓"不行不行，想吃河豚的人哪个不是有钱人？你出得起钱，别人也出得起。我

们饭店卖的不光是河豚，更是信誉，这事儿我不能答应你。"

周彦伟早料到钱老板会这么说，不过，他早有对策，话锋一转，恳求道："钱老板，其实我也不是什么有钱人，就是一个普通的工薪族。实不相瞒，这次我是为了我父亲，他老人家半年前得了重病，怎么治都去不了病根，前不久有个老中医给了个偏方，说要用野生河豚做药引子，说那是天

下至鲜至毒的东西，能够使药力发挥出来，也能去了病根。所以，我这才着急出高价来买鱼。钱老板，求求您，就破回例吧。"

周彦伟并没有撒谎，前不久他刚把父亲接来，就想早日让他吃上一口河豚鱼。钱老板上上下下打量了周彦伟一番，觉得他不像在说谎，便放缓了语气说："咳，我是真想成全你这份孝心，可这事要传出去，我的牌子就砸了，你还是到别的酒店看看吧。"

周彦伟着急地说："这事我保证不告诉其他人，我知道，来河豚的事你还没告诉人家呢，你看这样好不好，如果你肯把河豚让给我，我愿意多出五千块。"

钱老板咂了咂嘴，不屑地说："这可不是钱不钱的问题，是信誉，信誉！"

周彦伟看出来，钱老板没把五千块放在眼里，便又说道："一万块。"

钱老板眼睛亮了一下，可随即又摇摇头，还是不行。

周彦伟咬了咬牙，再次喊价："两万。"

这次钱老板没摇头，只是眨了眨眼睛，脸上的神色变幻不定。周彦伟知道他动心了，趁热打铁地说："两万块可再买一条河豚了。要不是为了治我爸的病，我才舍不得出这么多钱呢。"

可没想到，钱老板犹豫了半天，

最后还是说："不行啊，我们做生意，'信誉'二字还是很值钱的啊。"说着摇了摇头。

周彦伟愣了，两万块钱已经是自己的上限了："钱老板，这可是两万块呀，你就不能再考虑一下？"

钱老板不再看他，烦躁地摆摆手，示意他别再说了。

周彦伟转身想走，可还是不甘心，最后，一跺脚说道："三万，这是最终价了。"

钱老板恨恨地瞪着周彦伟，好像要把他吃了一样，过了半天，终于说道："我豁出去了，三万块，我把河豚让给你——但咱说好了，这件事谁都不能说。"

周彦伟兴奋极了，一个劲地点头答应。但他身边没那么多钱，便让钱老板等着，自己去银行提款。

机会有了

去银行的路上，周彦伟越想越不对劲：就这么一条鱼，三万块钱就砸进去了？心里有点舍不得，可他又实在不想放弃这次吃河豚的机会。怎么办呢？

突然，他灵机一动，对啊，不如请公司的韩总一起来吃这条河豚。韩总是周彦伟的顶头上司，也是个美食家。周彦伟心想，野生河豚很难得，韩总一定会领自己这个情的。这样，既能让父亲吃上河豚，又能讨好上司，

一举两得，这三万块钱花得也值了。想到这里，周彦伟掏出手机，拨通了韩总的电话。韩总一听这事，果然大喜过望，问道："彦伟，你通知你爸爸了吗？"

周彦伟开心地说"还没呢，我准备到酒店再告诉他，给他一个意外惊喜。"

"那就好。"韩总长出了一口气说，"你就在银行呆着别动，我马上去找你。"说完挂掉了电话。

周彦伟心里不由有些纳闷：韩总赶过来想干什么？可他也没多想，先到银行取了钱，等了没一会儿，韩总就到了，他把周彦伟拉到一边，说："彦伟，我听你说过，用河豚能治父亲的病不过是个偏方，对吗？"

周彦伟不明白韩总什么意思，他点点头说："是啊，但人家都说偏方治大病，既然有这个说法，我总得让我爸爸试一试，治好了最好，治不好也能一饱口福。"

韩总问道："那你觉得成功的把握大吗？"

周彦伟想了想，苦笑着摇了摇头。见他这副表情，韩总叹了口气说："彦伟啊，有个事得请您帮个忙了。你知道咱们公司跟凯达公司有笔大合同，可一直签不下来，他们赵总也是个老食客，我琢磨着要是咱们请他吃顿野生河豚，他一高兴，这个合同就差不多了，所以……"

周彦伟的心一下子凉了，问："韩总，您的意思是……"

"我觉得，这条河豚你就先让给公司吧。"韩总劝道，"其实，我也在其他酒店定了河豚，只要一到货，我保证转让给你，无非是晚些时候罢了。那时再请你父亲吃，我觉得也来得及吧。"

"可是，可是……"

韩总拍了拍周彦伟的肩膀，意味深长地说："彦伟啊，咱们公司这么多年轻人，我最看好你了。你让出这条河豚，就是为公司立了一大功，我心里有数……"

周彦伟知道，韩总把话说到这份上了，如果自己再不答应就有些不知好歹了。可是如果答应的话，心里又觉得对不起爸爸。他不由得犹豫起来。

韩总见周彦伟心动了，便继续说道："彦伟啊，这种机会不是谁都有的，丢了可找不回来啊……"

周彦伟终于招架不住了，虽然他不在意钱，但他不能不在意前途。再说本来自己对这偏方就没什么信心，不过是试一试罢了。想到这里，他勉强地点了点头。

事情黄了

韩总高兴极了，立刻和周彦伟一起来到了美味居。可没等进门，就听见里面吵吵嚷嚷的，仔细一听，只听一个气愤的声音说道："你到底还有没有点诚信？我预付款都交了，现在河豚到了，你竟然骗我说没到？有你这样做生意的吗？"

周彦伟心里暗暗叫苦：糟了，预订河豚的客户找上门来了。他急忙拉住韩总，两人悄悄往里看，只见一个老头正怒气冲冲地在那里拍桌子，钱老板则赔着笑脸说："大叔，你干吗这么大火气？你听谁说我们这里收河豚了？"

"这你别管，你敢说你没有收到野生河豚？"

过了好一会儿，里面才传来钱老板沮丧的声音："对不起啊，大叔，我真不是有意骗你，实在是我一个朋友要它有大用……这样吧，大叔，你把这条河豚让给我，我愿意赔偿你五千块钱的损失费。下回一来河豚，我立马通知你。"

听到这里，韩总露出会心的微笑，小声对周彦伟说："有钱能使鬼推磨，这老板在用你的招数呢。"周彦伟笑着点点头。

可没想到，那位大叔却一口拒绝了钱老板的请求，钱老板又把价钱提高到一万、两万，一直到三万，可那位大叔还是斩钉截铁地说："不行！"

周彦伟急了，刚想推门进去，韩总却拉了他一把，退到一个角落里。韩总皱着眉头说道："不对劲，我怀疑……"

周彦伟这下明白了韩总的意思，不由得恍然大悟："你是说那个钱老板找了个人演戏？想再多要一些钱？"韩总点了点头，说："哪有人面对三万块不动心的？我觉得这里面有事，咱们先看看再说。"

两人正说着话，只见那个老头走出了酒店，站到街上等出租车。周彦伟上下打量着老头，小声说："韩总，这老头穿的衣服很普通，不太像是有钱的买主，他和钱老板好像也不是在演戏啊。"韩总也糊涂了。这时老头拦了辆出租车，眼看就要上车了，韩总忙拉着周彦伟，快步走上前招呼道："大叔，留步。"

老头回过头来，疑惑地看看两人。韩总冲老头笑笑说："大叔，美味居的河豚是您订的吧？实不相瞒，我们也想要这条河豚，想跟您商量一下，能不能让给我们？我们可以多出点钱。"老头皱了皱眉，厌烦地说"不行，出多少也不行，你们就别白费心思了。"说完就要上车。

韩总大声说："五万，大叔，这个数总可以了吧？"

可老头就像没听见一样。这下，周彦伟真急了，既然钱不能解决问题，那就再打一次感情牌吧。想到这儿，他摆出一副诚恳的样子说："大叔，实不相瞒，这条河豚是想给我父亲吃的……"

没想到听了他这话，老头一下子恼了，指着周彦伟的鼻子说："别跟我演戏了，你们看钱老板帮不了你们，想撒谎骗我是吧？要不是我老头子聪明，找了内线通风报信，这条河豚就让你们抢走了，还有脸来求我？什么三万、五万，有钱了不起啊？就算你出五十万，我也不会让给你。"老头说完，钻进车里扬长而去。

鱼回来了

这老头的脾气还真倔，周彦伟和韩总面面相觑，看来这条河豚算是彻底没戏了。

晚上，周彦伟闷闷不乐地回到家，在门外就听到父亲爽朗的笑声，开门一看，他不由愣了。

家里除了父亲，还有一个老头，不是别人，正是那个预订河豚的老头。父亲见到周彦伟，忙招呼道："小伟啊，这就是我跟你提过的刘叔，我们是从小到大的朋友了。后来他全家搬到这里，我们就再没见过面，这一晃都二三十年了。"

周彦伟想起来了，父亲刚来这里时，就嚷着要和刘叔联系，原本他想和父亲一起去拜访的，但父亲来的第二天自己就出差了，所以一直没见着。周彦伟赶紧上前打招呼，就听父亲继续说道："你刘叔听说那个偏方后，就一定要给我弄一条河豚，还别说，真让他搞到了手。"

刘叔的脸上露出赞赏的神色，冲

周彦伟竖起了大拇指："好孩子，真孝顺啊。"周彦伟的爸爸不解地问："老刘，你们才第一次见面，怎么就知道他孝顺啊？"老刘感慨地说："刚才我们已经见过一次了。你儿子为了弄到野生河豚，刚才找到我，给我五万块钱要这条河豚，当时我还以为他骗我呢。老周，我听你说你儿子也不是很有钱，这孝心可嘉啊。"

这一瞬间，周彦伟羞愧得直想钻进地里去，如果刘叔知道自己后来改变了决定，该会怎么想呢？

父亲听了，吃了一惊，问道："你说啥？他要拿五万块钱买这条河豚？那你怎么不卖给他？五万啊，一条河豚竟然能值五万？"

老刘哈哈大笑起来："老朋友，五万的确不少，不过没这五万咱一样生活。多五万、少五万又能怎样？自从听说这个偏方后，我就跟酒店预订了河豚。如今有了河豚，那就算别人给座金山我也不换。几十年的老哥们儿，那交情是再多的钱能比的吗？"

（题图、插图：刘斌昆）

□ 杨金凤

奇怪的抢劫犯

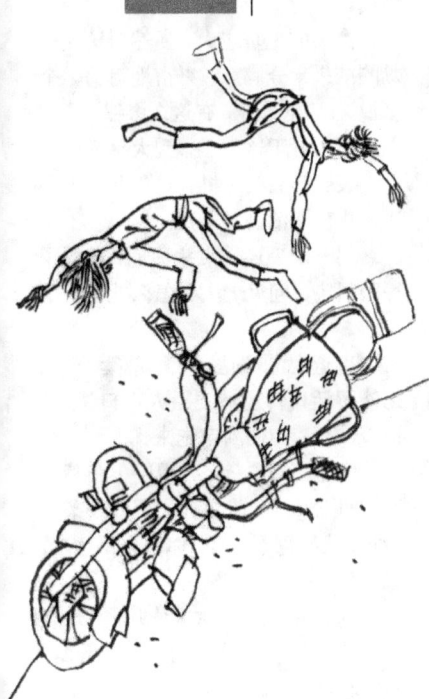

不速之客

城南老街有个香烛店，老板阿宝是个毛头小伙子，喜欢搞些歪门邪道的东西，从老爸手中接过这个店后，从来没有好好打理过，生意渐渐都被别家抢了去。

这天晚上过了十二点，整条街都静下来了，唯有阿宝的店还亮着灯。他睡不着觉，正琢磨着怎么赚大钱呢。忽然，外面有人擂鼓一般敲门，看样子挺急的。

阿宝懒洋洋地起身开门，一边埋怨道："来了，怎么大半夜来买东西，你以为你是鬼啊！"他刚把门打开一条缝，外面的人就猛地发力一推，两个男人直闯了进来，接着又飞快地把门关上。阿宝差点跌了一跤，正要骂人，却见一把闪着寒光的小刀顶在胸口上，拿刀的男人冷冷地说："别动，哥俩抢劫！"

阿宝大吃一惊，接着又觉得有点滑稽，把手举得高高的，说："两位大哥，你们大概找错地方了吧？我这里什么都没有，今天连根蜡烛都没卖出去哩。"

说话时，另一个劫匪已经在屋里翻开了，突然他一声惊呼："大哥，我们发财了！"两手各抓着一大把钞票走过来，欣喜若狂，"全是大票，还有美元！"拿刀的家伙一看，眼里顿时射出两道光，"啪"的就给了阿宝一个

大耳光："还说没有，这是什么？"

阿宝一看，这哪是什么钱，全是店里卖的冥币。看来这两个家伙真是穷疯了，阿宝忍不住"嘻"一声笑出来："大哥，这是冥币呀，只有在阎王爷那儿才流通。"

那家伙听他这么说，反复又看了看，一抬手，又给了他一个耳光："这明明是人民币，你骗鬼呀！给我放老实点！"说罢，便把阿宝绑在一张椅子上。阿宝眨巴眨巴眼睛，心说这两个家伙难道是傻子啊？

两个劫匪可不管他，贪婪地四处搜寻起来，一边翻，一边连连惊叫："妈呀，简直太多了……这儿还有金条，呀，这么多首饰珠宝！"

阿宝知道，他们说的都是店里纸糊的东西。他看着两个劫匪把自己的店一扫而空，眼睛瞪得越来越大了。看这两人的样子，不像是装的，而是真把这里的东西都当成真的了。再仔细看他们的脸，阿宝感觉两人都长得很古怪 身子又长又小，轻飘飘的，像纸糊的一样，一张脸又瘦又干，似乎就只有一张皮，而且脸色青蓝青蓝的，眼眶有一大圈黑影。

忽然，窗外吹进来一股凉风，阿宝不禁打了个冷战，汗毛一根根倒竖起来，心中大叫 见鬼了！不是鬼，谁会抢这些东西？

阿宝虽说从小就跟店里这些鬼用的东西打交道，可还是头一回撞上鬼，只吓得全身发抖，不知所措。

大难不死

两个鬼把店里所有的冥钱以及"金银首饰"都洗劫一空，甚至连那些纸糊的手表、手机和MP4都不放过，装了满满两大袋子，临走前，还在身上挂满了纸枪，说是逃跑时拿来对付警察。

拿刀的鬼是老大，显然对这次抢劫的结果十分满意，兴奋地对另一个鬼说道："兄弟呀，有这么多钱，我们以后不用再干这行了，到太平洋买个岛，买艘船买架飞机，再买几百个女人，快快活活过日子吧！"

另一个鬼连连点头称是，他看了一眼阿宝，问鬼老大，怎么处理这个人。

鬼老大说"这么大一单案子，怎么能留活口？当然要杀人灭口了！"说着，拿着刀向阿宝走来。

阿宝不敢看他，吓得闭上眼睛求饶"两位大哥，求求你们留我一条小命吧，我发誓不报警。你们想要什么，我以后烧给你们！"

鬼老大笑道"这家伙吓傻了。烧什么烧？你以为咱哥俩是死人啊？"阿宝心想，完了，这两个鬼还不知道自己已经死了，一定是刚死不久的新鬼。

眼看刀子就要捅到身上了，阿宝

情急之中灵机一动，嚷道："等等！两位大哥，我心甘情愿让你们杀人灭口，但我临死前有个请求，能不能用枪啊？这样更干脆一点，求求你们了，让我死得痛快点吧！"

鬼老大一听，似乎发了善心，从身上掏出一把纸手枪来，突然脸色一变，骂道："枪一响，警察就来了，你小子想跟我们耍花招啊？"

"不不不。"阿宝拼命朝地上努嘴，"你看，那里还有消音器，装上去什么声音都没有。"

鬼老大点点头，捡起"消音器"装上去，把枪口对准阿宝的额头。阿宝壮着胆盯着他，眼看他手指做了一个扣扳机的动作，马上把头一歪，装死过去。

接着，他听到鬼老大说道："好了，快离开这儿，别让警察追上。"

过了好一阵，阿宝确定两个鬼已经走了，才敢睁开眼睛。然后费了好大一番力气，终于把绳索弄开了。可刚才接连遭遇了撞鬼和杀人灭口的惊吓，已经吓得尿了裤子，两条腿更是软绵绵的，站不起来了。

为了给自己压惊，阿宝跌跌撞撞地走到里面的房间，拿出针筒，往自己胳膊上一气扎了三针，惊恐的心情这才慢慢恢复平静。接着，他就想这事要不要报警呢？按说抢劫是真的，被抢去的东西也值个千把块，可抢劫的是鬼，警察能捉到吗？考虑了

一下，算了，自认倒霉吧，反正说被鬼抢劫也没人会相信。

就在这时，门外走进来一个人，大声问："阿宝，你没事吧？劫匪跑了吗？你放心，警察马上就到了！"

自寻死路

阿宝一看，原来是隔壁的老板。那老板说他刚才起来小便，听到阿宝的店有动静，发现有人抢劫，于是就帮阿宝报了警。

阿宝心里却有点不乐意，这不是多此一举吗？

不一会，外面街上就响起了警笛声，一辆警车停在阿宝门口，跑进来几个警察。他们看了看现场，问阿宝被抢了些什么。

阿宝有些心不在焉地回答："抢的多了去啦，光是现金就有几百亿。"警察大吃一惊，几百亿，就是银行也没这么多现金啊！阿宝连忙解释，说那都是阴间的钱。

警察这才注意到这原来是一家香烛店，全都十分惊讶，抢劫的见过多了，就没见过连这也抢的。阿宝哭丧着脸说："警察同志，你们还是别管这事了，你们也管不了的，因为抢劫的不是人，他们是鬼啊！"接着添油加醋地把刚才被抢的经过说了一遍。

警察听了他的话，犹豫了半天，尽管明知道这是不可能的事，但还是有些半信半疑，最后决定去追劫匪，看看能不能追上。阿宝连连摆手："你们就别忙活了，他们是鬼，怎么能捉得到哟！"

可警察还是把他拉上警车，开足马力追去。追了十来分钟，他们就看见前面有辆可疑的摩托车，上面坐着两个身影。

阿宝心中一哆嗦，指着摩托说道："就是他们，他们是新鬼，还不知道自己已经死了。"

警察说："什么新鬼旧鬼，明明是两个人嘛。"

这时，摩托车上的两个鬼发觉有警车追来，立刻加大油门。坐在后面的鬼还掏出枪，回头向警车开枪。警察大吃一惊，说：不好，他们有枪。

阿宝乐了，说那是他店里的纸枪，警察这才松了口气。

说话间，鬼已经把摩托开上了一座高架桥。警察追到桥下，停了下来，一个警察下了车，拿着大喇叭直喊"快下来"。

阿宝觉着奇怪，问："为什么不追了？"

警察解释说这座桥没还完工，是座断头桥，劫匪肯定得回头，他们在这里守株待兔就行了。

阿宝大声嚷道："他们是鬼啊，什么断头桥，能难得倒他们吗？"

只见那辆摩托飞快地来到了大桥断头的地方，两个鬼连车速也没减一下，径直向空中飞了出去。紧接着，连人带车一块往下掉。过了一会儿，才听到轰隆一声。

阿宝说："你们看，我说得没错吧？"

警察愣了愣，拔腿往桥底下跑过去，找到摩托掉落的地点一看，两个劫匪已经摔得不成样子了，早已一命呜呼。尸体周围掉着两个大袋子，里面的东西撒了一地。

警察对后面跟来的阿宝说道："你看，他们现在才是鬼呢。"阿宝呆呆地看着那两个鬼，脑袋也迷糊了，鬼难道还会死吗？不是鬼，那抢他的冥币有啥用？

一个警察捡起一张冥币瞧了瞧，叹道："哎呀，真是冥币。"递给阿宝说，"嘿，这两个家伙连阴间的钱都要抢，真是想发财想疯了！"

阿宝接过钱一看，眼似乎有点花，急忙揉了揉，却突地一亮，这哪里是什么冥币，分明就是一张货真价实的"老人头"啊！

他一下扑到那些冥币上，捧起来仔细一瞧，天啊，竟然都是一沓沓真钱。不单有人民币，还有美元、欧元。再看那些金银首饰，只觉得一股血直冲脑门，老天爷，竟全部都是如假包换的真货！

真相大白

阿宝怔怔地发了一阵呆，接着噼里啪啦打了自己几个耳光，证明自己不是在做梦。他拼命地把钱往怀里搂，激动地大喊："天哪，天哪，我发财了！怪不得他们抢，原来真的是钱啊，这么多钱，世界首富就是我啦……"他忽然想起什么，抱着钱往每个警察手里塞了厚厚一沓，"拿着，这件事最好就这样算了，别张扬出去啊！"

警察看看手里的钱，又看看乐得手舞足蹈的阿宝，傻了。

过了一会，他们见阿宝仍在疯疯癫癫地胡闹，就上去一人抓住他一条胳膊，捋起袖子，拿电筒一照，好像都明白是咋回事了，于是不管阿宝怎么反抗，硬是把他拖上了车，径直往医院开去……

阿宝在医院昏昏沉沉睡了一觉，一睁开眼就喊："钱呢？我的钱呢？"

过了一会，有几个警察走进来，扔给他一沓票子："在这呢，你的几百亿。"

阿宝拿起来一看：冥币！使劲揉揉眼，再看，还是冥币。他傻了眼，喃喃自语："昨晚明明是真钱的呀，怎么就变了？那两个家伙，难道真的是鬼吗？"

警察呵呵一笑，告诉他，那两个家伙是人，不是鬼。

他们不是鬼，但为什么要抢冥币呢？那是因为他们抢劫时产生了幻觉，把看到的冥币和金银珠宝都看成真的了。

说到这，警察的脸严肃起来，说为什么劫匪会出现幻觉呢？因为他们是吸毒者，抢劫前曾经吸食了过量的毒品！

阿宝听罢，禁不住全身打起了颤。他见几个警察都盯着自己胳膊上密密麻麻的针孔，忽然双手捂着脸，号啕大哭起来："我承认，昨晚他们走后，我扎了三针，比平时多了两针，求求你们把我送去戒毒吧，我不想变成他们一样……"

（题图、插图：魏忠善）

·中国新传说·

□ 张春雨

神秘的宴请

城管大队王大队长廉洁奉公、勤俭一生，终于安安稳稳地退居了二线。这个肥缺一空出来，立刻涌上了一大批人，正可谓是"八仙过海，各显其能"，最终，原副队长马以波"技"高一筹，坐上了这把交椅。

刚一走马上任，马以波的应酬也多了起来，今天这个请，明天那个约，马以波也不好意思推脱，挨个赶场子，忙得一塌糊涂，什么都顾不上了。

这一天中午，马以波刚从一家大酒店里走出来，手机就响了，一看，是个陌生的号码。马以波淡淡一笑，一定又是找自己办事的，于是，他漫不经心地接了起来。只听电话那头是个老头的声音，马以波一下子皱起了眉头，这个声音怎么这么熟悉，细一想，不由狠狠地砸了一下自己的脑袋，这

不是退休的王老队长吗？

电话里，老队长想请马以波到家里吃个晚饭。马以波琢磨了半天，意识到："一定是老队长有事相求。"他心中不由产生一丝内疚，虽然论感情，自己和老队长只是纯粹的工作关系，而且当初在老队长手下的时候，老队长对他是格外严厉。但是有一件事他可没忘，据说他能在众多竞争对手中脱颖而出，正是因为老队长的极力推荐。

知恩图报可是做人的本分，想到这儿，马以波挺了挺身板，痛快并诚恳地说道："老队长放心，您的面子一定是要给的，我肯定到！"

下午，马以波早早赶到了老队长家。老队长把他迎进门，热情地招呼他喝茶、吃水果，然后和他唠起了家

28

常。可是唠了半天，老队长一句正事都没提。

马以波觉得纳闷，是不是老队长不好意思提啊！于是他借了个话头，提醒道："老队长，有事您就尽管开口，能解决的我一定给您办！"可没想到，老队长听了这话，只是点了点头，给马以波添了点水，还是继续聊闲天。

两人从古到今、从中到外又聊了快一个钟头，仍然是没一句正题。马以波心里感到奇怪：这老队长还是拉不下面子啊，哦，对了，兴许一会儿吃饭的时候，喝点小酒，他就能开口了。

于是，马以波耐着性子，继续和老队长聊天。可等到了五点半，马以波看着老队长，还兴致正浓地侃侃而谈，根本没有准备吃饭的意思。马以波是客人，也不好开口问，只能默默地忍着。

不知不觉又过了一个多小时，马以波有点坐不住了，偷偷冲挂钟瞄了好几眼。老队长看出了他的心思，笑呵呵地说道："怎么？着急了？咱吃饭不怕晚，难得见一次面，你就陪我多聊一会吧？"听了这话，马以波也不好拒绝了，只好硬着头皮点了

点头。

转眼间，天就黑了下来，华灯初上，老队长这才停下了话匣子，站起来说道："好了，现在时间差不多了，咱们准备开饭。"

"好！"马以波如释重负，问道，"咱上哪家酒店去吃？"

老队长笑着说道："咱哪也不去，就在家吃顿便饭。"说着，还变戏法似的从茶几下面拿出了一瓶白酒——"小糊涂"。

马以波一脸惊异，在老队长家已经呆了大半天，里里外外就他们两个人，也没见厨房有人忙活，哪里来的饭菜呀！

老队长也看出了马以波心思，笑着说道："小马，饭菜在卧室里呢！"

"什么？卧室里？"马以波着实吃了一惊，心说这真不愧是当过领导的，吃饭喝酒都搞得这么神秘、这么

有特色。

他跟着老队长走进主卧室，一直来到了窗前。老队长慢慢地把酒倒满，接着邀马以波共同端杯，然后大喊一声："上菜喽！"接着，在马以波惊异的目光下，老队长把主卧的窗户猛然打了开来。顿时，一股热浪一下子涌了进来，里面夹杂着油味、烟味、辣味，直冲鼻子。

老队长煞有介事地吸了一口，然后笑着问道："怎么样？小马，味道不错吧！咱先干一杯。"说着，一仰头喝干了杯中酒。

马以波也呆呆地把酒喝干，望着老队长，还没反应过来是怎么回事。老队长一边倒酒一边又说话了："小马呀！这些都是楼下占道摆摊的小吃传来的，咱俩今天就借着这不花钱的美味喝一顿吧！再干！"说完，和马以波碰了碰杯，又一饮而尽。

马以波心中嘀咕起来，这老队长到底唱的是哪一出啊？正想着，老队长的第三杯酒又倒满了："小马呀！这酒能喝上，还得多感谢你呀！"

"感谢我？"马以波诧异地问，"这跟我有什么关系？"

老队长淡淡地笑了笑说道："如果我没有记错的话，这事可是归城管大队管，我退休前，可没人能喝到啊。"

老队长正意味深长地说着，突然话锋一转，嗅着鼻子说道："快快快！

牛肉上来了，再喝一杯！"说完，第三杯酒就又下了肚。

喝完这三杯酒，马以波总算彻底明白了老队长的用意，脸慢慢地热了起来，接着又由红变成了紫黑色，老队长好像没有察觉一样，接着倒酒又说了话"小马呀！有我家这样'美味佳肴'的地方还有不少呢，这群众热线要为民所用，不能有人接，没人管呀！那样的话，早晚有人要管了。"老队长话没落地，又急忙喊道，"快！喝酒，鱿鱼上来了……"说完，又端起了杯子。

马以波实在是喝不下去了，他急忙伸手按住了老队长举杯的手，尴尬地说道"老队长，不喝了，我、我……我够了！"

"真够了吗？小卧室那边还有烤苞米呢？"

马以波羞愧地低下了头，诚恳地说道："老队长，我真喝够了，也喝明白了，是我得意忘形、不务正业了，谢谢您啊，老队长。"

老队长满意地笑了，指着酒瓶对马以波说道："酒可以喝糊涂酒，但是，人可绝对不能糊涂呀！相信我没有看错人！"马以波正视了老队长的目光良久，郑重其事地点了点头……

（题图、插图：张恩卫）

（本栏目欢迎来稿。来稿可从邮局寄发，也可从网上传递。如为电子邮件，请发以下信箱：simyyue@126.com）

等着你回家

□ 楚横声

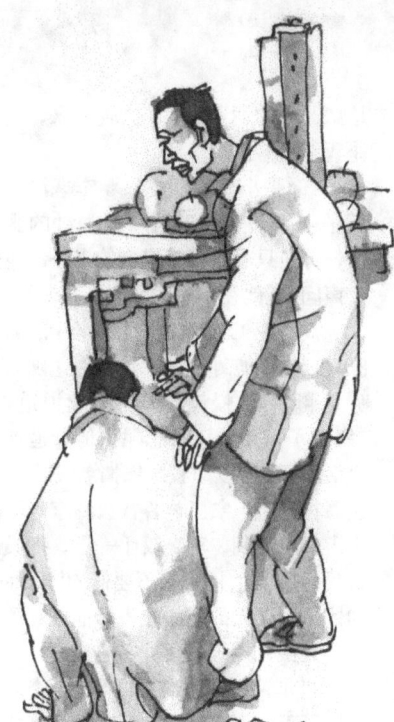

儿子跑了

现在，在家里供牌位的人越来越少了，可李老汉的屋子里却供着一个牌位，上面供的不是神仙也不是祖先，而是个二十多岁的年轻人。李老汉每天早上都要恭恭敬敬地给它上三炷香，虽然这些年，李老汉的身体越来越差，一双眼睛几乎看不见东西了，可这一天三炷香却从没落下过。

这天起床后，房东老何头来了，见李老汉正摸索着要上香，便拦住他劝道："你都这样了还上香？他也就是个二十几岁的孩子，你都多大岁数

了？再说他是被你儿子害的，跟你也没啥关系啊？"

那个牌位是个小伙子的。四年前，这小伙子路过一幢即将竣工的大楼，没想到大楼突然倒塌，一块砖头正好砸中他，小伙子当场死亡。而那幢豆腐渣楼就是李老汉的儿子李冬旭承建的，李冬旭在事发后携款而逃。李老汉觉得对不起人家，便把小伙子的牌位摆到了屋里，一天三炷香地供着。

李老汉摇摇头："子不教父之过，害死了人家儿子，我也有罪啊，不光我要烧香，等我那个小混蛋回来，我非让他好好磕几个响头不可。咳，四年了……"说着，李老汉转过脸来，问道，"老何，你说那小混蛋能回来吗？"

老何头也叹了口气。儿子逃走后，李老汉身体一下子垮了，为了治病，他把房子卖给了老何头，自己却无家可归。老何头可怜他，就把一间偏房收拾出来，免费给李老汉住，要

不是老何头的照顾，恐怕李老汉早就不在了。

老何头看着李老汉摇了摇头，正要答话，只听院子外面有人敲门。老何头忙走出去，打开门一看，只见外面站着一个戴着眼镜、文质彬彬的中年男子。男子问道："大爷，请问李大爷在家吗？"老何头觉得这男人有些面熟，疑惑地点点头，问他找李老汉干什么，那人上前握了握老何头的手，扶扶镜框说"我叫周得聪，是《城市晚报》的，四年前因为李冬旭的案子，我来采访过李大爷，现在我们想对李大爷做一个后续报道……"

怪不得瞅他面熟呢，原来以前来过。老何头觉着有些烦，板起脸就要赶人，周得聪急忙赔着笑脸说："大爷，我们报社知道李大爷生活困难，所以让我带了一千块钱，当作采访费，您放心，我不会问太过分的问题的。"

老何头知道，李老汉这些年全靠退休工资生活，一千块钱，够他贴补好一阵子了。想到这里，老何头不再阻拦，指了指偏房，转身回屋了。

周得聪推开偏房门，李老汉听到声音，迷迷糊糊地问："谁呀？"

"大爷，我是来看你的。"周得聪见到李老汉，眼睛一红，伸出手在李老汉的眼前晃了晃，见李老汉毫无反应，又警觉地往窗外望了望，见外面没人，便坐到床前，小声说："大爷，我跟您说点事儿，您可别激动啊，我

是您儿子的朋友，他不方便回来，就让我来看看您。"

"你是小旭的朋友？"李老汉一下子坐了起来，瞪着一双失神的眼睛，可他只看到一个模糊的影子。他大声问："他在……"

周得聪忙伸出手捂住李老汉的嘴巴："大爷，您小点声，千万别让别人听见啊。"他慢慢松开手继续说道，"您儿子一直惦记着您呢，他知道您生活不好，所以让我给您捎点钱。"他说着打开包，拿出一沓钱放到李老汉手上。没想到，李老汉手一甩，把钱狠狠丢到了地上："我不要他的钱，他的钱上有别人的血。你告诉他，就算我穷死饿死，也不要他一分钱。"

当年，儿子逃跑的时候，给李老汉留了五十万，可李老汉听说了倒楼的事，马上把钱都上交了。他嫌这些钱脏。

见李老汉执意不肯要钱，周得聪的眼泪流了下来，哽咽着说："大爷，您儿子说了，您要不收这钱，他会难过一辈子，您就成全他这片孝心吧。我不方便呆太久，我走了。"

你别骗我

周得聪站起身想走，李老汉突然伸出手去，焦急地说："别走，别走，小旭，别走，你回家了，就千万别再走了……"

周得聪收住了脚步，转过头，强

压住内心的情绪，故作镇定地说："大爷，您认错了，我只是您儿子的朋友。"说着，转身朝门口走去。突然，他听到背后传来"扑通"一声，忙转过头，只见李老汉从床上摔了下来，而两只手却还直直地向前伸着。

周得聪忙跑上前扶李老汉。没想到，却被李老汉死死地抱住，只听李老汉说道："小旭，我眼睛瞎了，但心却没瞎，你的声音虽然变了许多，可那语气，我一听就听出来了，你是我儿子，你骗不了我的……"

"爸，我对不起你啊。"假扮记者的李冬旭再也忍不住了，他跪在父亲身前，哽咽着说，"这几年，我一直想回来看你，可我不能啊。前不久，我无意中听说你身体不好，眼睛也看不见了，这才忍不住回来。爸，这么多年，你就不能原谅我吗？"

李老汉不由得老泪纵横，狠狠骂道："你让我怎么原谅你啊？你盖的楼砸死人了你知不知道？你看到这个牌位了吗？"李老汉伸手一指香案，"你砸死了人一跑了之，我这个当爹的心里难受啊，所以每天给人家烧香赎罪。我一直在等着你回来啊，你来了，一定要给人家上炷香磕个头啊。"

李冬旭见父亲这么说，实在不忍心违背他的命令，于是走到牌位前，跪下去，恭恭敬敬地磕头上香。等他站起来时，李老汉长叹一声说："儿子，去自首吧，争取个宽大处理，如果你不去，我这就通知警察来抓你。"

"我不能去。"李冬旭惊慌地说，"我不想在监狱里呆一辈子，爸爸，我保证再也不做坏事了，你就别逼我了行吗？"

"我逼你？要不是你为了几个臭钱丧了良心，能害死人家的性命吗？"李老汉气得直哆嗦，"一直到你出事儿，我才知道你干了这种缺德事，我怎么就生了你这么个混蛋啊？

你去不去自首？你不去我喊了。"

李老汉深吸一口气张嘴要喊，李冬旭眼疾手快，伸手捂住了李老汉的嘴，李老汉挣扎了几下，突然身子一软，倒了下去。

李冬旭吓坏了，急忙把爸爸扶上床，伸手试了试，发现没有大碍，只是激动过度了，过一会儿就能醒。李冬旭想，等父亲醒来就麻烦了。于是，他跪在地上，恭恭敬敬地给父亲磕了三个响头，把钱放在爸爸身边，然后转身向门外走去，刚出偏房门，突然脑袋上挨了重重一击，"扑通"一声摔倒在地，他挣扎着想爬起来，腿上又重重挨了一下，这下站不起来了。

等你回来

李冬旭惨叫着抬起头来，只见老何头双眼喷火，手持木棒瞪着他："你个王八蛋！终于让我找到你了，我就知道你早晚有一天得回来。"

李冬旭大喊："你是谁？你在胡说什么啊？我不过是采访一下李大爷，怎么惹着你了？"

老何头恨恨地说："你就别演戏了，李冬旭，你还记得那次倒楼事故吗？"李冬旭点点头。老何头痛苦地说："我就是那个死去小伙子的爸爸，我一直在等你，别人找不到你，但我知道你总有一天会溜回来，我买下了你爸爸的房子，就是为了等你回来，

你还想抵赖吗？"李冬旭仍然狡辩道："你凭什么说我是李冬旭？"

老何头捆上李冬旭的手脚，然后走进了李老汉的屋子，再出来时，他手里捧着那些钱，冷笑着说："你们报社这么大方吗？一出手就是几十万？你不用找借口了，等你爸爸醒来的时候，他会对警察说明你的身份的。"

李冬旭知道，什么样的花言巧语都解释不过去了，他也不再伪装，问道："你是从什么地方看出破绽的？"

"那炷香。"老何头冷笑着说，"你这几年样子变了好多，我都差点认不出你了。可是我刚才听到动静，跑过来，从窗子里看到你在磕头上香。我知道你爸爸一向都是早上七点上香，现在时间早就过了，还让人上香，我便起了疑心。因为你爸爸不止一次过，等你回来了，要让你磕头上香。这才让我想起来，你就是李冬旭。"

事到如今，李冬旭知道这次再也逃不脱了，他无奈地说："咳，是我爸爸害了我啊，要不是他逼我点香，我哪会落得如此下场？"

"你错了，你应该感谢你爸爸救了你一命。"老何头瞪着李冬旭说，"我儿子死后，我就发誓杀了你报仇。但和你爸爸相处了这么久，我发现他是好人，我实在不忍心让他伤心啊。所以，看在他的分上才留了你一条命。等着吧，一会儿警察就来了……"

（题图、插图：谭海彦）

第五个应聘者

□李 方

老单是一家公司的经理，以前当兵的时候，腿被炸残了，退伍后就被安置到现在这家公司，一干就是二十几年。公司原本要给他配个轿车，可老单不肯，坚持坐公交车上下班。

这天，他像往常一样，挂着拐杖上了一辆公交车。因为是上班时间，车上坐满了人，老单刚上车，就有人想要站起来给他让座"老大爷，您腿脚不方便，来这儿坐吧。"

老单平时最不喜欢听两种话：一是说他老，另一种就是说他腿脚不行。所以一听这话，他心里有些不舒服，但还是笑着说："没事儿，你坐你坐，我这人原本就是踩高跷的，何况现在脚还沾着地呢！"

他的话引来周围的一阵笑声，后面有个中年人站起来向老单喊道："老单，我只听说你打仗时踩了地雷，怎么还不知道你踩过高跷啊！呵呵，来，我的位子让给你！"

老单回头望去，见是厂里一个熟人，便没好气地说："我踩着高跷探雷，你管得着吗？老实坐回去！"话里透了一点怒气。中年人知道老单的脾气，便又坐了下来，也不再提让座的事了。其他人见老单执意不肯坐，也就不招呼他了。

车子往前走了一站，前面正在修路，车子开始颠簸起来，老单一只手紧紧抓住旁边的扶手，没多长时间，

额头上居然冒出了细细的汗珠。这时，他旁边的座位上，一个小伙子站了起来，说自己要下车，要把座位让给老单。老单没坐，对着小伙子打量了一番。看得小伙子有些不好意思，默默地站到老单身边准备下车。

这时，汽车猛地颠了一下，老单的身体一个趔趄，幸亏那个小伙子扶住了他，这才没摔倒。车到站了，小伙子瞥了一眼老单，似乎有些心虚，低下头匆忙下了车。

有老单站在那儿，谁都不好意思去坐那个空位。老单望了望四周，见大家都让着他，想了想，还是坐下了。他回想起刚才小伙子奇怪的表情，突然想起了什么，下意识地一摸兜，不由失声叫道："咦？钱包呢？"

一听老单的钱包没了，车上顿时炸开了锅，有人反应过来："肯定是那个小伙子干的。不然，那站路前不着村后不着店的，他匆匆忙忙下车干什么。对了，刚才他还扶了老同志一下，肯定是那时候偷的。"

刚才让座的那个熟人也凑上来问老单，是不是要报警？老单摆摆手："算了，人都下车了，追也追不到，何况钱包里也没几个钱。"

很快，老单也到站了。刚进公司，秘书就跑过来说："单经理，今天应聘面试的五个人都到了，要么你先休息一下，等到了8点就开始吧！"

老单说："既然人全到了，就开始吧！别耽误时间了。"说着来到了会议室。会议室里已经坐坐了五个人，其中一个年纪大点的，一看到老单过来，忙上前递了一根烟，见老单没拿，又尴尬地收了回去，然后轻声对老单说道："我是黄总的表弟，这次是带我儿子来面试的。"然后转过头，对一个年轻人说道，"小磊，快过来向单叔叔问好！"老单点了点头，对年轻人说道："行了行了，你坐。"然后让秘书将中年人请了出去。

老单在会议室里等了一会儿，眼看规定时间已经到了，可那第五个应聘者还没出现，老单最反感没有时间观念的人，干脆不等了。老单将门一关，从里面反锁住，说了一声："开始吧！"

面试进行差不多半个小时，老单对四个人都不是很满意，说了句："你们都回去等通知吧！"便让他们走了。这时秘书走进来说道："单经理，刚才那第五个应聘者来了，一直在门口等着呢，你看怎么办？"

老单听了想也不想地说："第一天来面试就迟到，太没时间观念了，让他回去吧。"秘书打开门正要出去，突然老单又把他叫住了："让他进来吧！"

原来，老单刚才看到，第五个应聘者，不是别人，正是刚才匆匆下车的那个小伙子。没想到自投罗网了！

老单顿时来了兴致，想和这个"嫌疑人"当面聊上两句。

小伙子走进会议室，一见老单，吃了一惊，但随即就镇定下来："大叔，原来是您啊！"

老单冷冷地说了一句："你心理素质还不错嘛！"小伙子愣了一下，接着应道："还可以吧！我今天记错了站牌，所以提前下了车！"

老单话里有话地说："那你以后坐车可不能再马虎了。要知道，现在车上有不少小偷啊。"小伙子呵呵一笑："不怕，我上次在车上还抓过一个小偷呢。"

这就叫"贼喊捉贼"吧，老单不由有点佩服起这个小伙子：现在的年轻人，演技都不弱啊！既然你给我装蒜，我就奉陪到底吧！

想到这儿，老单话锋一转，面试起专业问题来。没想到，这个小伙子比刚才那几个人强多了，每个问题都能应对自如。老单心想，可惜啊，要不是公车上的事，自己肯定会留下这个小伙子。

老单正要打发小伙子"回去等通知"，突然他的手机响了，是老婆打来的。老单一接，只听电话那头说道："你个没记性的！让你下班的时候带点菜回来，你怎么把钱包给落家里了。下班后，你拿什么买菜？"

钱包？老单听了不由一愣，随即说了句："行了，我在工作呢，有事回

家说！"便"啪"地挂上了电话。

老单明白过来，钱包不是小伙子偷的，看来自己是误会了。他不由对小伙子有了一些愧疚，同时也对小伙子有了些好感。老单尴尬地对小伙子笑了笑，继续说道："你表现的确很不错……"

正在这时，手机又响了。肯定又是老婆来唠叨的，老单看也没看就接起来，说道："你烦不烦啊！"

"老单啊！怎么那么大脾气，向谁发火呢？"电话那头传来一个男人的声音。

老单知道自己搞错了，忙道歉道："是黄总啊？不好意思。"

电话那头说道:"没事,刚才我的表侄来面试,你觉得怎么样啊?"

"啊……挺好的,不过……"

"不过什么啊?"电话那头接口道,"这孩子可是我看着长大的。再说,现在的大学生都差不多,主要还要在工作里历练,你说对吧!"

老单用余光扫了面前的小伙子一眼,然后装作若无其事地说道:"行!我看这事就按你说的办吧!好的,再见!"挂了电话,老单犹豫起来:自己转业回家后,一没学历,二没后台,还有残疾,完全是黄总一手提拔上去的,自己做事虽然有原则,但也不能不考虑情义啊。

最终,老单看了一眼面前的小伙子,接着刚才的话说道:"你的表现虽然的确很不错……但你连站牌都会记错,看来做事还是有点马虎啊。我们还要再讨论一下,你回去等结果吧!"小伙子似乎要说什么,但最终只是笑了笑,转身离开了会议室。

老单拿起小伙子的简历,翻动着。突然,他的目光停住了。他发现小伙子是二中毕业的。二中,就在公司附近啊!一个二中毕业的学生怎么会记错站呢!莫非……

老单回想起小伙子下车时的眼神,这才琢磨过味来。小伙子当时在骗自己,他根本没有记错站,他是为了给自己让座,才提前下车的,而这也是导致他面试迟到的原因。老单明白了,小伙子走出会议室前,原本是想申辩的,可为了照顾自己的感受,这才将"欺骗"进行到底。

老单坐在座位上愣了好久,然后猛地站了起来,拄着拐杖走出了会议室,他要去找黄总,争取一个新的名额,他想让这个小伙子来,做自己的助理!

(题图、插图:魏忠善)

·本刊信息传真·

法律知识故事征文启事

本刊推出的"法律知识故事",通过发生在我们身边的、短小而具体的个案,生动、形象地宣传法律知识。这些知识注重现实性、实用性,真正起到解剖一个案例、明白一个道理的作用。

为鼓励作者深入生活,写出高质量的法律知识故事,我刊决定面向全国征文,优秀作品除在《故事会》发表并参加评奖外,还将结集出书(具体评奖方法稍后公布)。

本次征文也欢迎读者和法律界人士提供相关素材、案例,一经刊登,即付稿酬。

来稿方法: 1. 从邮局寄发,请在信封上注明"法律知识故事"字样,本刊地址: 上海市绍兴路74号《故事会》杂志社,邮编 200020。2. 从网上传递,可寄以下信箱 wulun@vip.sohu.net,请在主题上注明"法律知识故事"字样。凡已和我刊编辑有联系的作者,稿件可继续投给原编辑。

高人的
规矩

□ 紫墨

早年间有个行当叫"戗剃刀",其实就是磨剃头铺的剃刀,你别说,"三百六十行,行行出状元",这戗剃刀的人里面也出了这么一个能人……

这是规矩

在京城一带,最有名的戗剃刀匠要算石师傅,因为他靠着戗剃刀的本事,把一个人送进了有名的梁王府。

那还是一年前。这天,石师傅正在街上兜生意,突然听到前面一阵喧闹,走近一看是家剃头摊子,里面有几个人正拉着剃头师傅在说些什么,一打听才知道,原来是梁王刚从外地返京,还没回府,就接到了皇上的召见。

此时梁王是风尘仆仆、头发杂乱,怎么能去见皇上呢?于是,他和手下找到了这个剃头摊,要剃头匠以最快的速度给他理理发。可谁知越急越出事,剃头匠的剃刀这时候还钝了,三刀也刮不断一根头发。石师傅一听这事儿,二话不说,跑到剃头摊那儿,放下板凳,接过剃刀,双臂抖动,眨眼间就把一把钝刀磨得锋利无比。剃头匠有了好刀,也来了精神,很快便把梁王的头发修理得服服帖帖。梁王生来就喜欢有本事的人,从宫里

回府后就派人找到石师傅，要赏他白银百两。石师傅说什么也不要，说自己有个外甥秦什，父母故去，无依无靠，人也机灵能干，只求梁王赏他碗饭吃。梁王点点头，一挥手，秦什便进了王府。而石师傅也名声大振，成为戗剃刀行当里的名人。

秦什进了梁王府，被安排在后厨。他人机灵，办事又麻利，很快便受到赏识，被安排跑后厨的外事。秦什自然也没忘舅舅的大恩，经常到石师傅家探望。

这天，已是掌灯时分，秦什又来到了舅舅家。石师傅一抬头，纳闷道：

"秦什呀，这么晚了你来干什么呀？"

秦什把手里的包袱往桌上一放，只听"丁零当啷"几声，竟亮出一大堆大大小小的菜刀来。

石师傅一愣："秦什，你这是要干什么呀？"

秦什看着舅舅："舅舅，明天惠王爷要到王府，梁王吩咐要好好准备宴席，可这些刀都钝了，手巧不如家什妙呀，所以我来求舅舅帮忙，把这些刀在四更前都磨好了。"

石师傅一皱眉："秦什，你不是不知道，舅舅我是戗剃刀的。戗剃刀的不能磨刀剪，而磨刀剪的也不能接戗剃刀的活儿，这是行当的规矩。那么大的王府，难道没有个常用的磨刀匠吗？你赶紧找他去。"

"舅舅，这规矩我知道，王府是有个磨刀匠刘哑巴。我刚才去了他家，可谁知他病了，上吐下泻，别说磨刀了，连炕都快起不来了，所以我才到您这儿来的。您就帮着磨磨呗。"

石师傅摆摆手："不成，不成，戗剃刀和磨菜刀是两个活儿，虽然都是磨，可方法和成效都不一样，你还是去找别的磨刀匠吧。"

秦什"扑通"一声跪在了地上："舅舅，你知道吗？这次可是梁王的大事，梁王最近受到了排挤，怀才不遇，而惠王爷在圣上面前特别吃香，如果他肯出手相帮，梁王一定能转危为安。明天，梁王请惠王吃饭，就是这个目的。饭菜都是梁王精心安排的，要是因为这菜刀的事儿出了差错，说重了，梁王会要了我的脑袋；说轻了，也得把我赶出王府呀。舅舅，我知道你一辈子都守行当的规矩，可看在我娘的分上，你救救我吧！"

坏了规矩

石师傅身子一抖，眼泪淌了下来。秦什是石师傅姐姐的孩子。石师傅从小和姐姐相依为命，姐姐、姐夫死后，留下了秦什。石师傅没有子女，就一直把秦什当自己儿子看待。现在见秦什涕泪俱下地求自己帮忙，又提起了过世的姐姐，他怎么能不动心？石师傅扶起秦什，叹了口气："孩子，起来吧，舅舅可以帮你，不过，戗剃刀用的是小细磨石，磨刀剪需要有大条磨石，舅舅可没有呀！"

"舅舅答应了就好！"秦什破涕为笑，"我这就去找。"

很快，秦什搬回了大条磨石，和舅舅一起把大磨石在磨凳上绑好，石师傅先用大石磨，接着又用戗剃刀的小石磨了一次。

石师傅本来手艺就好，再加上时间紧迫，他用了十二倍的心力，所以，四更刚近，他就把整整一大包袱菜刀磨好了。

磨完刀，石师傅累得浑身像散了架子一样，他往炕上一躺："秦什呀，咱说好了，只此一次，下次舅舅不会再帮你了。"

"放心吧，舅舅！"秦什收拾好菜刀，离开了石家。

而此时，石师傅像虚脱了一样，瘫软在炕上。违背了行当的规矩，让石师傅心里空落落的，一点儿也打不起精神，倒在炕上大睡起来。第二天，他也没起床，昏昏沉沉躺了一天。直到第三天傍晚，听到有人在外"哐哐"砸门，他这才爬起来。

打开门，石师傅愣了，门外站的竟然是梁王府的一个差官。差官朝着他一抱拳："石师傅，王爷有请！"

虽然以前梁王也请过自己几次，可这次石师傅心里却"咯噔"一下，他看了看差官："大人，王爷叫我什么事儿呀？"

差官一笑："王爷只吩咐请你到府，也没说什么原因，只是叫你带上戗剃刀工具。"

石师傅也不再问了，收拾好工具，跟随差官前往梁王府。

进了梁王府，差官带着石师傅一直来到厅堂前。只见厅堂下仆人、丫鬟老老实实站了一圈，个个低头垂手，鸦雀无声，梁王坐在堂上，旁边站着秦什和一个老头儿。

一见石师傅到了，梁王站起身：

·传闻逸事·

"石师傅，不好意思，急匆匆把你找来。"

石师傅急忙见礼："王爷说的哪里话，王爷召唤，不知有什么事要小人做。"

"请您到这儿，只是想请你戗一下剃刀。"梁王说完，命人取来一把钝剃刀，先叫秦什在自己的头上试了几下，果然三刀刮不断一根头发，然后梁王让秦什把剃刀交给石师傅，请石师傅当众戗刀。

石师傅不知道梁王葫芦里卖的是什么药，接过剃刀，也不说话，坐在磨凳上，双手用力，飞快地磨了起来。虽然前两天自己精力不济，但不知怎的，一摸上剃刀，石师傅就觉得浑身的力气又回来了，很快，便将那把钝剃刀戗得刀刃泛锋。石师傅又把剃刀仔细打量了一番，觉得没有问题，这才把剃刀交给秦什。

秦什拿着剃刀，又在自己的头上试了一下，刀锋过处，头发纷纷落下。

梁王转过头，看了看身边那个老头儿："怎么样，刘师傅？我知道你虽然是哑巴，可你耳朵不聋眼睛不花，这一切你都听到看见了吧。石师傅也是毫无准备，可他磨出的剃刀既快又利。可你呢？这就是比较，你的确是技不如人啊。"

那刘师傅"扑通"一声跪倒在地，双手比划着，嘴里"呀呀"叫着，似乎想争辩什么。

石师傅愣了："王爷，这是怎么回事儿呀？"

秦什一拉他的袖子，小声说道："舅，不该问的你别问。"

"没什么！"梁王摆了摆手，"石师傅刚到，不知道是怎么回事儿，我现在就告诉你。"

原来，今天惠王到了梁王府，梁王精心筹备了酒宴，可谁知饭菜做到一半就停了，原来府里的菜刀看上去挺锋利，可使着使着竟然钝了，后厨里顿时手忙脚乱，到了开席时间却迟迟不能上菜。幸好此时皇上召惠王进宫，这才解了围。

梁王见迟迟不开宴席，查问下去，才知道问题出在菜刀上。再找来秦什一问，秦什没提让石师傅磨刀的事，却说菜刀是让刘师傅磨的。于是，梁王就派人把哑巴刘师傅叫到府中，问他为何磨的刀有问题。刘师傅忙着争辩，连比划带跳，"呀呀"直叫，梁王误以为刘师傅在为自己找借口，这才把石师傅请来，让石师傅当面戗剃刀，就是想告诉刘师傅，什么才是真正的技高一筹。

规矩就是规矩

梁王讲完，叹了口气，看了看刘师傅："刘师傅，我梁王一向佩服有真本事的人。你虽然只是一个磨刀匠，可我佩服你。不过，这次你的确丢了手艺，看来人不服老不成呀。我也不怪你，毕竟人人都有老的时候。来呀，给刘师傅拿十两银子。秦什，以后你再物色一个王府的磨刀匠！"

"是！"秦什暗暗一笑，走过去推着泪流满面"哇哇"大叫的刘师傅，"王爷不怪你了，你捡了条命，还喊什么，快走吧！"

"王爷！"突然，石师傅大叫了一声。

"舅舅！"秦什一把拉住石师傅，目光里充满了乞求，"你……你就别要什么赏钱了！"

梁王一笑："哦，对了。来呀，赏石师傅二十两银子。可惜石师傅不是磨菜刀的，要不然，我府上也不至于闹出这样的笑话啊！"

"王爷！"石师傅上前一步，"扑通"跪倒，"王爷，那菜刀不是刘师傅磨的，是我磨的！"

这句话一说，在场的众人全愣住了。秦什的脸刷的一下白了，抓石师傅的手一松，人瘫倒在地。梁王听了这话，一皱眉，身子直起来问道："石师傅，你说什么？"

"那菜刀是我磨的！"接着，石师傅便把秦什夜里来磨刀的事儿说了一遍，"他给我找的那块磨刀石还

在我家，王爷不信可以差人去取。"

很快，那块磨刀石被取了回来。这下，梁王的眉毛皱成了"川"字，他盯着瘫在地上的秦什："到底怎么回事？说！"

秦什往前爬了半步，说出了事情的真相。

原来，秦什虽然头脑灵活，但却贪财爱小，总是想办法占王府中的便宜。他接了找人磨刀的差事，就想起了自己的舅舅，于是编了个谎话，让舅舅替自己磨了菜刀，然后把磨菜刀的银子揣进了自己的腰包。为了万无一失，他特意把梁王请惠王的日子说早了一天，这样，如果有个差错，还能来得及补救。没想到，昨天厨子们还夸磨的菜刀使起来锋利，今天要办

正事了，菜刀却不能用了。

后来，梁王追查下来，秦什便硬着头皮说是刘师傅磨的，可怜刘师傅口不能言，气急之下又乱了方寸，要不是石师傅当众承认，他真是跳进黄河也洗不清了。

秦什把事情的经过说完，刘师傅来到石师傅的面前，跪倒在地，磕头感谢。

石师傅忙扶起刘师傅："刘师傅，我应该求你原谅，是我为了私情坏了行当规矩。虽然王爷没有罚你，但这消息一旦传出去，那你的饭碗就砸了，实际上是我害了你啊！"

刘师傅紧紧握住石师傅的手，眼泪"哗哗"直淌。

梁王看着石师傅，好奇地问："石师傅，你戗剃刀的功夫很了得，为什么磨菜刀就不行了呢？"

石师傅说道："其实这事儿我现在才明白，剃刀重刮、剃、挑，而菜刀重切、斩、削、剁，它们对磨刀的要求和侧重各不一样。我是按磨剃刀的要求磨的菜刀，所以虽然锋利却不耐用。我现在清楚了，其实规矩就是规则，背后都是有道理的。破坏了规矩也就等于坏了规则，到头来害的都是自己啊。"

"不愧是戗剃刀的头牌！"梁王挑起了大拇指，他看了看秦什，"你有这么一个以信为本的舅舅，可你为什么会是这样？"

"王爷！"石师傅又跪了下来，"求王爷饶他一命！"

梁王把石师傅扶起来："好。秦什，本王不罚你，但王府已不能留你，你还是好好跟你舅舅学习戗剃刀的手艺，从头做起，做个好人吧！"

梁王又看着刘师傅"刘师傅，我错怪你了，本王向你赔罪！"说着，一揖到地。

刘师傅急忙跪倒还礼。梁王扶起刘师傅，又挽住石师傅："两位真正的高人，今天咱们要痛饮三杯！"

当晚，秦什便跟着舅舅回了家，又成了一个普普通通的老百姓。第二天，这件事便传遍了京城的大街小巷，众人纷纷说："一句话就能让一个人进了王府，一句话，又能从王爷的刀下救出一条人命，石师傅就是石师傅，他不愧为戗剃刀的头牌！"

（题图、插图：黄全昌）

您手中有没有得意之作？本刊辟有二十多个原创性栏目，如中国新传说、我的故事、情感故事、16岁故事、海外故事和中篇故事等；您读到或听到什么有趣事可以和大家一起分享吗？3分钟典藏故事、外国文学故事鉴赏和快乐辞典等都是本刊推荐性栏目。热忱欢迎来稿，可从邮局寄发，也可从网上传递。邮寄地址：上海绍兴路74号《故事会》杂志社，邮编：200020；如为电子邮件，本期责任编辑信箱：simyyue@126.com。

自杀代理

□ 陈自强

维克已经失业三个月了，一直没有找到工作。这天他找了一天工作，还是一无所获，直到晚上，他才拖着疲惫的身体回到公寓里，心灰意冷地打开电脑，浏览起网页来。

维克点击进入了一个社交网站，想看看能不能找到一个倾诉心事的人。突然，一个陌生的头像在一旁不停闪烁，维克点击了一下，一个对话框弹了出来："你想挣得1000万美元吗？"

维克的心跳瞬间加快起来，但他还是不太相信会有这样的好事，于是回复道："我想挣钱，但我能相信你吗？"

陌生人答道"这是真的，也不太

麻烦，只需要你轻轻动一下手指，就能拥有这些钱。"

维克心想"有了这么多钱，想有什么就能有什么。将来，就能过上享福的日子了……"

陌生人打断了维克的遐想："我是一名抑郁症患者，活得很痛苦，一直想自杀结束自己的生命，但我一直下不了手，所以想雇个人帮我一下。"

维克大吃一惊，他有些颤抖地打字道："你不会是想让我杀了你吧？"

陌生人回复道"不是杀了我，是帮助我获得解脱，我还要感谢你呢。"

维克想了想，回道："那你死了，我问谁要这笔钱呢？"

陌生人答道"你放心，我会写好遗嘱交给我的律师，只要我得到了解脱，我的律师会把钱汇到你账上的。你又不会吃什么亏。"

维克心里盘算着，1000万呢！要奋斗多少年才会有？再说对方是自己

想死，我只不过帮个忙……

最后，维克咬了咬牙，说："我干！我该怎么做？"

陌生人回道："很好！我明天晚上十一点会站在幸福树大厦的楼顶，你悄悄地走到我背后，把我推下去就行了。千万不要让我发现，我怕自己又下不了这个决心了。完事之后，一定要先和外界断绝联系，不要出门也不要上网，过一段时间，等风声过了，再使用我给你的酬劳。"陌生人发完这些信息就退出了。维克看着屏幕愣了很久。

整整一个晚上，维克都没睡好，

他不停地做梦，一会儿梦到自己有数不清的钱，一会儿又梦到人从高处跌落摔死的惨状。突然，他听到警车拉着警笛呼啸而过的声音，"啊"的一声被惊醒了，原来是个梦。维克看看钟，已经是第二天的清晨了。

一整天，维克都在犹豫着，是不是该赴这个死亡之约。傍晚时分，维克在楼下的邮箱里收到一封信，打开一看，竟然是 1000 美元和一张便条，上面写着："亲爱的维克先生，这是订金，请务必记住，今夜 11 点。"下面没有署名。看到这 1000 美元，维克终于下定了决心，决定要赌上一把，为了这 1000 万，担什么风险都是值得的……

广场的大钟敲响了十一下，维克竖了竖衣领，硬着头皮踏上了幸福树大厦楼顶。今晚没有什么星星，楼顶上也有些冷，维克看见靠近边上的地方，站着一个矮胖的人，这人背对着他，估计就是那个想自杀的白痴。

维克握了握几乎麻木的拳头，轻轻地走近那个人，快靠近的时候，那个人回了头，似乎有些惊恐。维克生怕对方不想死了，自己的1000万也飞了，便使劲抓住那人，要把他往外拽。那个人不断地挣扎，维克使出全力拽着那人跑了几步，猛地把他推了下去。过了一会，下面传来一声闷响，维克低下了头，默哀了几秒钟，像什么也没发生一样离开了。

维克回到家后，一直履行约定，哪儿也不去，和外界断绝了联系。然而一天、两天……很多天过去了，没有一个人汇钱给他。终于，维克耐不住性子了，他上了网，查了查那天的新闻。一看新闻，维克吃了一惊，新闻里面说汉森公司的老板在幸福树大厦坠楼身亡，警方正在调查死因。而更近的一条新闻说，警方确定汉森公司老板的死系他杀，正全力追缉凶手。

维克感觉被骗了，全身的血都往头上冲，自己不但没有得到1000万，还成了杀人犯，如果被抓获，自己这条命都保不住了。他情绪激动地乱点鼠标，不经意间，又打开了上次那个社交网站，那个陌生人居然还在！

维克愤怒地问道："你为什么欺骗我！"

陌生人回道："我等你很久了，谢谢你！我原来是一家公司的老板，汉森公司用卑鄙的手段使我破产了，我想过自杀，但此仇不报我死不瞑目，我了解到他住在幸福树大厦，喜欢午夜在楼顶吹风，但我身体有病，如果被他发现，很难将他杀死，所以只能请你代劳了。"

维克更加愤怒："我帮你报仇了，把钱给我！"

陌生人说："我不是说了我破产了吗？寄给你的1000美元，是我最后一笔资产了。"

维克感觉到了绝望，又急又气地说："我要杀了你！"

陌生人回道："我心愿已了，可以安心地死了，今晚11点，爱嘉大厦顶层，我等你。"

维克一下瘫坐在椅子上，久久回不过神来，各种滋味全都涌上心头，他忍不住痛哭起来。

晚上11点，维克紧握着一把匕首上了爱嘉大厦顶楼，一个男人微笑着面对着他。看到对方，维克惊讶地说不出话来："你……你是……"。

那人笑着说："是的，我们见过面。在一个招聘会上，你一直向我抱怨命运不公，说工作没了，女友没了，还想拥有一大笔钱。你还告诉了我，你喜欢上社交网站，于是，我便想到可以找你帮我的忙……"

维克被他的话激怒了，失去了理智，握着匕首就冲了上去："去死吧！"

眼看维克就要冲到面前了，那男人突然闪开身，维克没有留神，径直冲了过去，一头从楼的边缘栽了下去。那人低下了头，默哀了片刻说："对不起，维克，我会去自首的。谋杀汉森老板是死罪，我经受不了，但我会对你的意外死亡负责，我希望法院判我终身监禁。我已经没有钱给自己治病了，进了监狱，我才有生的希望。真的谢谢你……"

（题图、插图：安玉民 梁 丽）

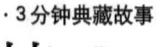

情人节那天，一个年轻人开车去外地看他的未婚妻，还特意从故乡带上未婚妻最喜欢的木兰花。可没想到，木兰花在路上就全蔫了。

正当年轻人一筹莫展之时，他发现路边的小院里有一棵高大的木兰树，上面开满了木兰花。年轻人停下车，按响了小院的门铃。

开门的是一个老人。年轻人很有礼貌地对老人说道："您好，我需要您的帮

助……"接着说了自己的请求。

老人听完年轻人的话，憔悴的脸上露出了笑容，并亲自爬上梯子，剪下了大捧大捧的木兰。

临走时，年轻人向老人道谢，感谢他给予自己和未婚妻一个最快乐的情人节！

没想到，老人却摆摆手："不，年轻人，我应该谢谢你。"

老人轻声说道："我和老伴结婚67年，她身体虚弱，一直需要我照顾她。可上周她走了，"老人顿了一顿，"我们安葬了她，孩子们也回去工作了。我今天早上坐在厨房里，突然发觉没有人再需要我了。正在这时，你来敲门并对我说：'先生，我需要你！'我想自己一定是遇到了天使。"

爱，不仅仅是给予与接受，更是一种"被需要"的感觉。

（编译者：王致诚）

陌生的电话

一位日本学生在法国留学，租住在一座小公寓里，整座公寓只有一部电话。

一天，这个学生正在看书，听到电话铃响了很久都没人接。

于是，他不情愿地放下书本，走出房间，发现原来是接电话的管理员外出了。

学生有些不耐烦地接起电话，电话那头传出一句不太标准的法语："你好，请问这是留学生公寓吗？"日本留学生回答"是"。

对方这才说起为什么要打电话来。原来有个美国外交官要去日本工作，想找个精通英语的日本人。

日本留学生一听，觉得这是个绝好的机会，于是灵机一动，模仿管理员的口吻说："好的，我会为您找到最合适的人选！"

第二天，这个日本学生独自去见了那个外交官，并顺利通过了面试。

这位留学生因为这次经历，意外地走上了外交工作的道路。

是的，"接电话"只是分外的小事，但恰恰是这件小事影响了这个留学生的一生。不管在什么地方，有时多做一点小事，也会增加自己人生胜出的机会。

（原作者：朱文娟）

最后的粮食

在古希腊时期，有一个城邦被敌对国的军队围困了大半年。

这天，负责军粮的官员惊慌失措地跑来报告：城里的粮食只够维持一周时间了，一周之后，全城的人就会被饿死。

其他官员听到这个消息，都不禁慌乱起来，他们纷纷

·沧海拾贝　人生百味·

向最高长官进言：与其被围困饿死，还不如开城投降，保住一城百姓的性命。

这个时候，最高长官站了起来，脸上充满了自信和乐观。他说："我们还有一周的粮食，太好了，难道我们不能利用这一周的时间突围吗？难道敌人的军粮能够一周所用吗？难道我们用一周的时间还想不出更好的办法吗？"

最高长官的话让大家看到了希望，一种乐观的气氛在城邦里弥漫开来。大家开始为如何突围出谋划策，为如何节约粮食献计献策……

正如最高长官预测的那样，眼看还有三天，粮食就要耗尽了。这时有人发现，围城的敌人开始撤退了，原来敌人的军粮已经用尽了。最终，城邦里的人们靠信心和希望战胜了敌人。

同一个问题有时会有两种截然相反的看法：从一个角度去看是死路一条，而从另一个角度去看，则是充满希望的阳光大道。

（原作者：鲁先圣；推荐者：冯国伟）

（本栏插图：安玉民　梁　丽）

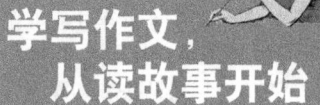

学写作文，从读故事开始

现场闪回

□寒汐

神秘的电话

这天晚上，麦田警官处理完手头最后一个案子，抬手一看表，不由暗叫一声：不好，已经九点半了。他匆匆离开办公室，开车往家里赶。

麦田要赶回去给妹妹麦穗过生日，去年这个时候，自己因为在下班路上追捕一个凶手，没及时赶回去，惹得妹妹不开心了好几天，今天说什么也要在十二点以前赶回去。麦田想着，不由加大了油门。

正在这时，麦田的手机响了，他一看号码，是妹妹的手机打来的。于是他打开自己的蓝牙耳机，说道："麦穗，等急了吧，哥哥正开车往家赶呢，保证十二点之前能到！"

"哼哼哼，真是兄妹情深啊，不过这次生日恐怕要换个地方过了……"没想到，电话那头却传来一个阴森冰冷的声音。

麦田吃了一惊："你是谁？"

对方冷笑了一声，说"你妹妹现在在我手里，如果你不想生日变忌日，就得按我说的做！"

麦田极力保持镇静，问道："我怎么能相信你？你先让我妹妹说话。"

"哥、哥，快来救我啊……"电话中传来麦穗惊慌失措的呼叫声。紧接着又是那个冰冷的声音："怎么样？这次相信了吧！"

麦田努力用沉着的语气说道："好，好，我听你的，现在要我干什么？"

对方用命令的口气说道："你现在开车上罗盘山！"

"罗盘山那么大，我上哪里找你啊？"

"你顺着盘山公路往山顶开，到时候我会再通知你！"对方说完就挂了电话。

罗盘山在郊区，一到晚上就变得冷冷清清的，还有不少闹鬼的传闻。不知道对方让自己上山到底想干什么。为了救妹妹，麦田也顾不了那么多了，他掉转车头，直奔罗盘山而去。

山路上一片昏暗。电话也没再响起，麦田只有一直往里开。开着开着，前面渐渐浮起了一大片夜雾，什么都看不清楚了，麦田只能凭着感觉驾驶着汽车，小心翼翼地往前"蹭"去！

忽然之间，夜雾逐渐消散了，一条阴暗狭窄的小巷出现在麦田面前，在两盏残破的路灯照射下，显得格外的诡异。

这里是座荒山啊，怎么会出现一条小巷？麦田简直不敢相信自己的眼睛！正在惊疑之间，他突然听见一声枪声，紧接着又传来一声惨叫——"啊"！

麦田条件反射似的刹住车，跳下来，冲进巷子里，同时掏出了枪。突然，他看见一个人倒在地上，身前流了一大摊鲜血，似乎是中了枪。麦田蹲下身子，去摸那个人的胸口，没有心跳，再探他的鼻息，也没有呼吸，看来是死透了。

古怪的场景

借着微弱的灯光，麦田看见了死者的脸，全身猛地一颤"是他？怎么会是他？"

麦田认出了这张脸，这就是去年那起凶杀案的死者。去年的今天，这个人也是这样倒在了自己的面前。麦田心里一惊，抬起头看去，不由感到一阵寒意，眼前的情景和去年凶杀案发生的场景竟然一模一样！

麦田慢慢站起身，内心一阵阵发颤：昏黄的路灯，阴暗的小巷，完全就是一年前的杀人现场！怎么会这样？

忽然，一个黄色的身影从巷口一闪而过，麦田飞快地追了上去，一转弯，和一个人撞了个满怀。麦田一伸手，将对方死死地压住，咔嚓一声，给他戴上了手铐。

麦田稍稍松了一口气，稳了稳心神，看清了来人是个中年胖子。那个人也是一脸惊慌失措的表情，看到麦田的脸，忽然大叫道："警官，你是麦田警官？你不认得我了？我是唐吉！"

麦田也认出了对方，正是去年那起凶杀案的目击证人："你怎么会在这里？刚才是不是你开枪？巷子里那个人是不是你杀的？"

中年胖子连连叫苦"警官，真是冤枉啊，我哪来的枪啊？我是被人威

胁来的啊！我刚看到这场景也吓了一跳，接着就听见枪响，又看见你拿着把枪蹲在死者身边，我还以为是你开枪杀的。我想逃，可谁知道这巷子七拐八拐，转来转去又和你撞上了！"

麦田把唐吉拉到死者身旁，指着那人问道："你认不认得他？"

唐吉定睛一看，不禁惊叫起来："这、这，这不是去年的那个死者吗？他怎么会在这儿？这场景和上次的一模一样，早就听说这罗盘山闹鬼，该不会是那人阴魂不散，来找我们了吧？"唐吉一边说，身体一边哆嗦起来。

麦田沉思道："不可能，凶手当时就被抓住了，还判了刑，听说入狱不久就死了。被害人即使要报仇，也不会找我们啊。"

麦田镇静下来，仔细一思考，发现有些不对劲："不，这不是闹鬼，而是有人在捣鬼！唐吉，你说说你怎么会到这儿来的？"

唐吉愁眉苦脸地说："我妈住院了，手术需要一大笔钱。我想起家里有块祖传的金表，就想把它卖掉，本来和别人说好今晚交易的，可我在家里怎么都找不到这块表。后来我接到一个电话，对方说金表在他手上，让我穿一件浅黄色的衬衫开车来罗盘山找他，他会把表还给我，并警告我不许报警，否则后果自负！我想靠这块金表来救我妈啊，只好听他的话来了！"

麦田皱起了眉头："奇怪，那人为什么要你穿浅黄色的衬衣过来呢？真想不通。"

唐吉把被铐着的双手伸了过去："麦田警官，您能不能先把手铐解开啊？"

麦田这才想起唐吉还被铐着，忙从衣兜里掏钥匙，一伸手，碰到了兜里的手机，他顿时有了主意。

麦田给唐吉打开手铐，拿出手机，找到刚才的来电记录，拨了回去。电话通了，只听到一阵悦耳的铃声从巷口传来，麦田与唐吉循声望去，在巷口出现了一个又高又瘦的身影，等这人走近，两人发现原来对方是个头发斑白的老人。

愤怒的老人

老人按掉了手机铃。麦田立刻认出了手机的挂件，没错，是妹妹的手机。他一边大声嚷着："你究竟是谁？我妹妹在哪里？"一边冲上前去。

身后的唐吉忽然惊叫起来："我认得他，他就是那个凶手的父亲！"

老人愤怒地叫道："胡说！我儿子不是凶手，他是被冤枉的！我今天要证明他是清白的。"

麦田停下脚步，冷冷地说："你凭什么来证明？就凭你的几句话？"

老人没有回应麦田的话，低下头，慢慢地讲了起来："一年前的今天，我儿子路过一条小巷，忽然听见一声枪响，接着看见一个男子倒在血泊之中。他一时好心，蹲到那人的身旁，想看看他还有没有救。就在这时，他忽然听见巷口有人惊叫，害怕被误会为凶手，就连忙向巷子另一头跑去。没想到，没跑几步，就被一个警察抓住了。那个惊叫人就是唐吉。而那个警察，"老人说着一指麦田，"就是你！"

麦田说道："这些都是你儿子的一面之词！当时我们有确凿的证据，容不得他抵赖！"

老人怒道："什么证据？当时根本没有物证，法官之所以给我儿子定罪，全因为你们两人的证词！唐吉，你口口声声说当时看见我儿子蹲在死者身旁，可是刚才，你也看见麦田拿着枪蹲在死者身旁，难道是他开枪杀人吗？"

唐吉的脸一阵红一阵白："嗯，这个……可能当时是巧合……"

老人"哼"了一声，转过头又问麦田："你当时听见有枪响，就追了过去。你说你转过小巷口时，曾看见有两个人影向两个方向跑，你为什么偏偏要去追我儿子，认定他就是凶手？"

麦田道："当时的确有两个人分开跑，不过在凶手转弯前，我看到他穿着黄色的衣服。等转过弯，我看见有一白一黄两个身影，我当然去追黄衣服的人，而那就是你的儿子！"

老人指了指身上的衣服："那你看看，我现在穿什么颜色衣服？"

麦田打量一眼："浅黄色！"

老人转过头，招了招手："你们两个跟我来！"说着，领着两人转到小巷另一头的出口，"你好好看清楚我的衣服！"

麦田定睛仔细一看，不由一愣，他揉了揉眼睛，又打量了一番，奇怪，老人穿的竟然是一件白色的衬衫！

"这，这……"麦田惊讶得说不出话来。

老人冷笑道："你们没想到吧，原因其实很简单。杀人现场那两盏旧路

灯发出的光是黄色的，光线照到白衣服上时，衣服就会被映成黄色。而转过弯，这边的路灯却是白色的，原来的颜色就会被还原。当时情况那么紧急，你们在慌乱之中难免会看错！刚才，我穿着白衬衫在巷口一闪过，但是麦田警官却看成了黄色，所以转过弯，撞上了穿黄衬衫的唐吉，就立刻把他抓住了！"

"这，这，怎么会是这样？难道一年前那一场审判，真的是一起冤案？"麦田额头上冒出了一层汗珠。

父亲的请求

老人用哀伤的语气说道："当时，就因为你们两个的证词，我的儿子被判了刑。后来，我和律师反复研究了案情，终于发现了这两个疑点，可是正当我们准备上诉的时候，我的儿子却在狱中意外身亡了！"

老人此时已经泣不成声："我不甘心儿子背着一身冤屈离开这个世界。虽然人死不能复生，但我也要帮他洗雪沉冤，否则他一定会死不瞑目！"

麦田叹了一口气："于是你就费尽心机布下了这个迷局，用案件重演来证明他的清白？"

老人道"没错，我用尽了毕生的积蓄，雇人在这座荒山里搭建了和案发现场一模一样的布景。别人都以为这里是为电影搭布景，谁都没有在

意。而我却是要用它来重演犯罪现场，让你们亲眼见证你们的错误。倒在那里的不过是我定制的假人，刚才情况紧急，灯光又这么昏暗，你们竟然都没有发现……我费尽心血做的这一切，只是为了求一个公道，还我儿子一个清白。我已经决定替儿子翻案，作为父亲，我只希望你们两个人把今天晚上经历的这一切在法庭上如实作证！"

麦田心有愧疚地点点头："我愿意作证。并且，我希望能亲自侦破此案，找出事实的真相！"

唐吉也感叹道："想不到您老人家为了儿子竟耗费如此心血，真是可怜天下父母心啊！"

老人叹了口气："亲情是这个世界上最为宝贵的东西。你们两个人，宁愿冒着生命的危险来到这阴森可怕的荒山，还不都是为了自己的亲人？"

老人的话提醒了麦田和唐吉，不等他们追问，老人拿出了一块金表递给唐吉，并对麦田说道："我并没有绑架你的妹妹，我只是把她绑在了你们自己家里，然后拿走了她的手机。你现在赶回去，应该还来得及在十二点之前和她过生日的！我相信你们会出现在法庭上，为我的儿子作证。如果给你们造成了什么烦恼，请你们体谅，理解我作为一个父亲的心！"

（题图、插图：佐　夫）

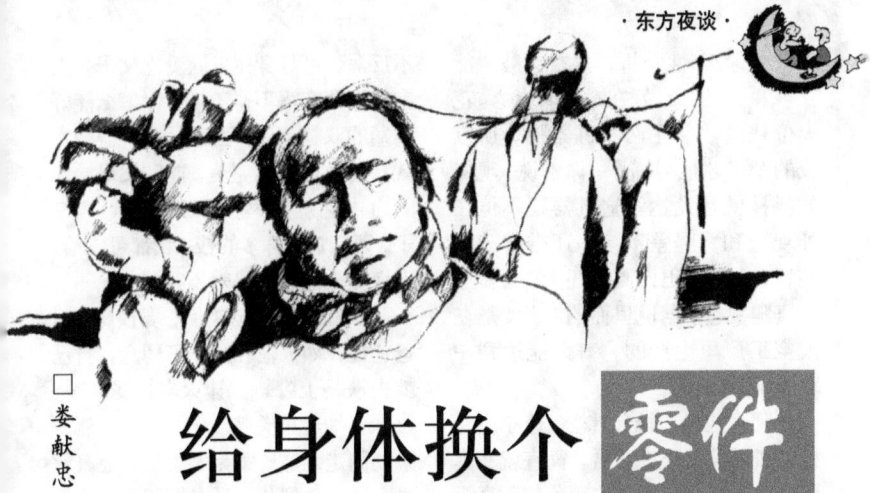

□ 娄献忠

给身体换个 零件

换 腿

俗话说人各有志。肖小虎的爸爸是一位服装大老板，原本指望儿子小虎能子承父业，早日接班，谁知小虎这个"富二代"不知道迷了哪根筋，对做生意的事根本就不感兴趣，而是一心想当一个男模。

可惜小虎的身高只有一米六几，对于一个职业模特来说，个子显得矮了一些。他想了很多增高的办法，可都没有效果，心里苦恼极了，一有空闲，就到酒吧里喝酒。这天，他参加了一场模特比赛，因为身高问题，外围赛就被淘汰了。出了赛场，他心灰意冷地溜达到了以前常去的一家酒吧，想借酒浇愁。

酒吧的老板叫阿强，是肖小虎的朋友。见小虎来了，一边招呼他坐下，一边问他想喝点什么酒。谁知小虎好像没有听到阿强的招呼，愣愣地站在桌子旁，目光直盯着阿强上下打量。阿强吓了一跳，关切地问了起来："怎么啦，小虎，你是不是身体不舒服？"

小虎没回答，却一把拉住阿强的手："快告诉我，你吃了什么药？"

阿强莫名其妙地说："我没吃什么药啊，我又没病。"小虎不依不饶地抓着阿强问："你真不够朋友。半年不见，你个子就高了这么多。还说没吃什么药？快告诉我，在哪里买的增高药，这么见效？"

阿强松了一口气："你原来是问这个啊？咳，别提了，什么增高药，我倒霉死了。好好地走在路上，被车撞了一下，轧断了双腿。医生说是粉碎性骨折，只有截肢才能保命。好在车主有良心，花大价钱给我装了两条机器腿，所以我的个子才显得高了。你别说，现在的科技就是发达。这机器腿不但在外观上和真腿差不多，还带有动力装置，力量不但比真腿大，动作还比真腿灵活，据说里面的芯片，是在太空工厂里生产的，寿命能达到一百年呐。"

阿强边说边拉起裤管，让小虎看他的机器腿。小虎一看，简直就和真腿一模一样，连皮肤的颜色都和真腿差不多，阿强要不说，还真看不出来。阿强自嘲地说："我原来比你的个子还矮。因为这机器腿是新产品，型号还不全，所以就装了两条长的，谁知歪打正着，一下子就变成'高人'了。也算因祸得福吧。"

小虎发了一会儿呆，和阿强应酬了几句，酒也不喝就冲出酒吧，拦了一辆的士直奔老爸的公司。原来，他见了阿强的机器腿，突然冒出了一个大胆的想法：如果把自己两条腿锯掉，换成阿强那样的机器腿，不就可以增加身高了吗？那样一定能在模特比赛中拿到好成绩，实现多年的夙愿。但是自己手头没有多少钱，所以他想说服老爸，让他出钱给自己换腿。

回到家，小虎把自己的想法一说，肖老板愣了半天才说话："你不愿意经商，我不强迫。你当模特，我也不反对。可是身体发肤受之父母，人家是因为车祸不得不换，你怎么能好端端的双腿不要，去装什么机器腿？就算那机器腿再完美，能和父母给你的血肉之躯比吗？你要房子，要车子，要门店，再多的钱，我都可以给，但换腿太荒唐，绝对不行。"

谁知小虎已经铁了心要换腿，对爸爸说，如果他和妈妈不同意，自己就去铁路上卧轨，让火车把腿轧断。肖老板知道小虎脾气倔，有时真能一条胡同走到底！如果不答应，他真敢去卧轨。想到此，肖老板和妻子商量了一下，只好同意儿子去换腿。为了保证手术质量，肖老板动用了所有的社会关系，亲自挑选了一家著名的整形医院，院长还是他的老同学。

肖小虎临上手术台前，肖老板请院长和主刀大夫吃饭，并提了一个奇怪的要求。按照医院规定，手术中切下的人体器官，都要送进焚烧炉。但肖老板却要在医院里专门租一间无菌冷藏室，把小虎换下来的双腿冷藏起来，他是想给儿子留一条后路。院长爽快地答应了。

手术进行得异常顺利。肖老板给小虎挑选的是一双名牌机器腿。经过一个多月的适应性训练，这双机器腿仿佛成了小虎身体的一部分，比原来的真腿还管用。最重要的是，小虎的身高一下子就长到一米八五，走起台步来，帅气十足。他一连参加了几场模特大赛，名次都非常靠前。很快，小虎就成了大名鼎鼎的走红男模。

换 身

随着名气的增大，小虎的交际范围越来越广泛。现在，他已经不单单是一名模特，还拍了几部电视剧。没想到，肖老板的服装生意也因此跟着沾了光。原来，小虎平时习惯穿老爸公司生产的衣服，粉丝们的竞相购买，使这些衣服款式的流行程度大大提高。肖老板暗中不禁也有些高兴，觉得儿子的选择并非一无是处，对自己的事业还是有帮助的。

这天，小虎接到一个电话，是一家著名电影公司的老总打来的。老总说看了小虎的电视剧，认定他很有潜力，想约小虎到自己的电影公司谈拍电影的事。小虎放下电话，高兴坏了，他知道拍电影是走上国际舞台的捷径，便兴冲冲地赶了过去。可没想到，那个老总只是把合同晃了晃，又放进了抽屉，说暂时还不能签约。

小虎忙问为什么。老总上下打量了他一番，然后说道："你的胳膊有点太短了，和双腿有点不协调。"小虎听了，忙说："不要紧，我可以去换。"说着把自己换腿的事情告诉了老总。老总一听顿时兴奋起来："那你干脆把身体和内脏都换成机器的吧，这样，拍起武打

片来，就不用担心身体受伤了。"

小虎听了，觉得很有道理，便回家和爸爸商量换身体的事。他原本以为，爸爸一定反对。没想到，爸爸这次竟然很爽快地答应了。原来，肖老板的服装出口业务最近频频受阻，必须尽快开拓国内市场。如果小虎能把自己改装成机器人，再请记者们一报道，公司一定可以借着小虎的名气，在国内市场上先声夺人。

在爸爸的支持下，小虎很快拥有了一个无与伦比的机器身体。他又一次来见电影公司的老总。老总看到小虎新换的身体，赞不绝口，可让小虎试了镜之后，老总却又摇起头来。原来，他觉得小虎的面部表情还不够丰

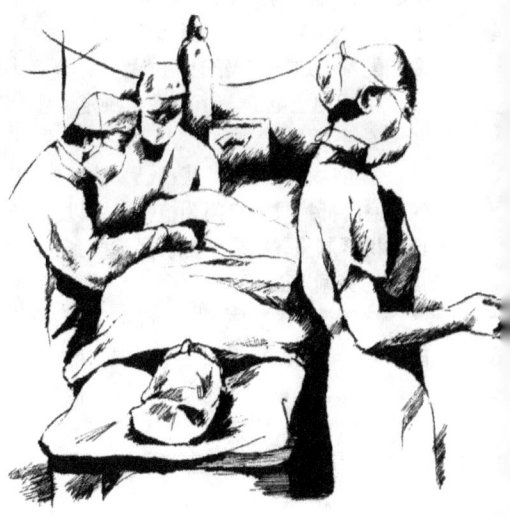

富，五官也有瑕疵。他告诉小虎，整形美容市场上刚刚推出了为面部烧伤患者设计的机器脸，不仅五官的位置和形状可以定做，还能变幻出八万五千种不同的表情。为了能尽快地成为签约演员，实现自己红遍世界的夙愿，小虎毫不犹豫地换上了机器脸。

换　脑

现在，小虎除了大脑，浑身上下都是机器做的了，不过外人丝毫看不出来。小虎觉得有这样完美的身体，自己将来一定能成为最红的明星。但眼看电影就要开机了，电影公司的老总又提出了一个新的要求。原来，他觉得小虎的反应还不够灵敏，可能是小时候高烧生病，对小虎的大脑产生了损伤，这样一个有损伤的脑子，怎么能配得上这样完美的身体呢？

为了拍上电影，小虎终于决定，在合金头颅里装上一个机器脑。于是，他再次找到医院，将自己大脑里的信息，都拷贝到专门为植物人所设计的机器脑里，然后再把机器脑换到自己的头颅里面。

终于，小虎变成了一个彻彻底底的机器人。当他完美的形象出现在电影公司老总面前时，老总惊呆了。他立刻拿出合同，飞快地签上自己的名字，然后双手递到小虎面前，恭恭敬敬地请他签字。

肖老板通过新闻得知了这一切，非常高兴。他亲自准备了一桌好菜，然后打电话给小虎，要他回家吃饭。谁知，电话那头却传来一个冷冰冰的声音："你真无知。我现在已经不需要食物了。只要按时充电，就有用不完的力量。我马上就要出国拍戏，忙得很。今后没有事情，不要再打电话给我。"说完，"啪"一声挂掉了电话。

肖老板仿佛掉进了冰窖里，一屁股坐到沙发上，心里冷冰冰的。他似乎看到儿子正头也不回地离自己远去，他想起小虎已经好久没有叫他一声"爸爸"了。妻子抱怨他，当初就不该由着小虎的性子来。这下可好，好端端的一个儿子，变成了机器人。说着说着，她不禁哭泣起来，指着丈夫说："都怨你，你还我儿子！"

肖老板沉默了，妻子的话，触动了他的回忆。他想起，小虎小时候发高烧住院，自己和妻子守候在病房里，片刻不敢离开，生怕失去这唯一的儿子。那种刻骨铭心的感觉，又一次涌上心头。这段时间，自己也是被钱冲昏了头，为了扩大生意，竟然推波助澜，把儿子一步步变成了冰冷的机器，现在到哪里去找回自己的儿子啊……这时，他突然想起了什么，忙拿起电话拨打起来……

一个星期后，肖老板拉着妻子出了门，说要带她去找儿子。妻子疑惑地问："儿子不是正在国外拍戏吗？而且，他早就不是我们那个儿子了。"

肖老板没有答话，开着车，带着妻子来到了那家整形医院。院长径直把他们领到无菌冷藏室，只见巨大的玻璃冷藏柜里，躺着一个熟悉的身体。妻子立刻认出，那正是儿子小虎。

院长长长地出了一口气说："老同学，按你的要求，你儿子换下来的所有肢体和器官，包括大脑，我都给重新移植到了一起。只要你们愿意，我可以马上让他复活。放心吧，他做模特的愿望，我已经帮着清除了。"

肖老板和妻子激动地频频点头。院长按下了一个电钮。冷藏柜缓缓打开，温度开始回升。小虎的胳膊先动了一下，接着又动了一下，然后眼睛睁开了，他看着爸爸妈妈，好像刚刚从梦中醒来，含混不清地说了一声：

"爸爸，我饿了。"肖老板和妻子扑上去，紧紧抱住自己的儿子，肖老板哽咽地说："孩子，孩子，爸爸带你回家吃饭。"

几天后的一个早晨，肖老板家的门铃响了。肖老板开门一看，竟然是那个机器人小虎。只听那小虎说道："电影公司拍新片，需要一笔投资，你能不能拿些钱出来？"

肖老板摇摇头："我再也不会给你钱了，希望你以后也不要来找我。"

机器人小虎焦急地说："可是我是你的儿子，你应该支持我的事业……"

肖老板冷冷地说道："对不起，你不是我的儿子，我已经找回我真正的儿子了。"话音刚落，只听"哗啦"一声，机器人小虎倒在地上，散成了一堆机器零件……

(题图、插图：张思卫)

《故事会》入驻人人网公共主页

《故事会》杂志主办的故事中国网（www.storychina.cn）与国内最大、最具影响力的SNS网站人人网（www.renren.com）深度合作，建立了《故事会》的人人网公共主页，致力于向读者和网民们提供更及时的刊物信息和更精彩的故事作品。

人人网以实名制为基础，为用户提供日志、群、即时通讯、相册、集市等丰富强大的互联网功能体验，满足用户对社交、资讯、娱乐、交易多方面需求。人人网的公共主页，功能强大，充分满足了用户与众多媒体、商家及时交流、互动的切实需求。

故事中国将借助公共主页这个平台，与网络用户及时沟通，洞悉广大读者的需求，第一时间发布《故事会》的活动等最新信息，实现与读者的零距离交流与互动。网络用户可以在人人网成为故事中国的好友，关注我们的最新动态，也可以使用人人网的账号，直接登录故事中国网，并将故事中国网上的精彩内容与人人网的好友分享。

我们在人人网的地址：page.renren.com/600006805，等待你的来访！

◇ 在任何状况下，不能玩弄别人，玩人者必被人玩。你再有心眼，也不是最厉害的那一个。

◇ 世界上最动听的话不是"我爱你"，而是"你的肿瘤是良性的"。

◇ 唾沫是用来数钞票的，而不是用来讲道理的。

◇ 世界上唯一不用努力就能得到的只有年龄!

◇ 开心了就笑，不开心了就过会儿再笑。

◇ 人不可以把钱带进坟墓，但钱可以把人带进坟墓。

◇ 看透别说透，继续做朋友。

◇ 在街上看美女，目光高一点就是欣赏，目光低一点就是流氓。

◇ 当我们把情感更多地放在友情、爱情上，可往往最后，能让你感动的只有亲情。

（推荐者：李云贵）

大学和高中老师的区别

【粉笔头】拿粉笔头砸你的是高中老师;想砸你也砸不到的是大学老师。

【眼神】用眼睛杀人的是高中老师，而大学老师的眼神是示意你可以继续睡。

【侃】上课和你大侃奋斗史的是高中老师;上课和你大侃恋爱史的是大学老师。

【手机】一个教室找不到半个人玩手机的是高中;半个教室找不到一个人不玩手机的是大学。

【下课】下课比谁走得都慢的是高中老师;下课比谁跑得都快的是大学老师。

【自习混乱时】不动声色出现在后门的是高中班主任;大踏步走进前门的是大学辅导员。

【车】开奇瑞QQ的一般是高中老师;开奥迪的一般是大学老师。

【借钱】肯借你钱的是高中老师;来学校上课一张票子也不带的是大学老师。

【吃饭】愿意和你一起吃饭的是高中老师;就算你请客也不来的是大学老师。

【恋爱】棒打鸳鸯的是高中老师，鼓励恋爱的是大学老师。

【跑去问问题】用赞许的目光看你的是高中老师;用奇异的眼光看你的是大学老师。

【学生对老师的态度】触不到的恋人是高中老师;最熟悉的陌生人是大学老师。

【查房】使宿舍鸦雀无声的是高中班主任;使宿舍炸开了锅的是大学辅导员。

【讲课】一节课讲不了一页书的是高中老师;一口气能讲二十页书的是大学老师。

【必杀技】请家长是高中老师的必杀技;点名是大学老师的必杀技。

【消息】一件事说三遍都不嫌烦的是高中老师;三件事只说了一件还怕闪了舌头的是大学老师。

（推荐者：紫藤花）

一个匪徒的搞笑日记

警察抓获了一个抢银行的家伙，从这家伙住所搜出了一本日记，记录了一个银行劫匪的心路历程……

◇ 3月1日，今天我终于做出了一个伟大的决定，我要抢银行了。但到底要抢哪一家，却是我这一生最难做出的决定。最后，我决定从工商银行下手，因为广告上说：工商银行，您身边的银行。我觉得从身边下手还是方便些。

◇ 3月4日，我搬到和平路派出所出租的平房里，常言道：越是危险的地方越安全。

◇ 3月6日，我想办法搞到了十几副手铐，正在练习被铐住的情况下怎样逃脱。

◇ 3月10日，我现在每天坚持跑5公里，为了在抢劫后不被追上。

◇ 3月16日，今天才出院。6天前在街上被几个小学生用砖头扁了一顿。我以后要小心，现在的人太危险，要不是我坚持长跑，估计连命也得搭上。

◇ 3月20日，昨天去解放路偷了部桑塔纳，晚上四个轮子、方向盘都不见了，我以后出门要小心点，现在的小偷真狠。

◇ 6月2日，今天我拿到了汽车驾驶证，电影上的抢劫都用车和飞机，我现在就是不知道飞机驾驶证去哪里考。

◇ 6月15日，为了学习先进的抢劫技术，我从网吧"顺"了台电脑，又从电信局"顺"了几个上网的东西。论坛上真黑，我说我要抢劫银行，论坛上一帮子人都喊，他们早抢过，还一个个支招，这样一来，银行的防抢技术肯定提高了，也不想想。

◇ 2月3日，时间过得真快，一年又过去了，我现在基本可以通过电脑让工商银行的所有警报失灵，为此我通读了大学研究生以上级别的所有书籍。我感觉成功的脚步是越来越近了。

◇ 4月5日，上个月，我冲进银行，那个玻璃也太亮了，我以为门开着，结果我的鼻梁被碰得向左偏了45度，我当场就晕了过去，醒来后就躺在医院里。

◇ 4月8日，今天我做了充分的准备，去银行，有两对夫妻吵架，听来听去，无非是小三、小四的事儿，我看烦了，大喊：抢劫……营业员说：一边凉快去。这些泼妇我真受不了，于是我就出来了。

◇ 4月15日，我终于抢劫成功了，现在我的手在发抖，明天再写详细经过……

◇ 4月16日，(于狱中)我真不应该去银行存钱。

(推荐者：木 木)

租个男友回家过年

□ 蒲玉海

白领赵欣事业有成，可三十好几了还没对象，眼看临近春节，她父母下了最后通牒：今年春节无论如何得领一位男朋友回家！

情况紧迫，赵欣赶紧在网上发了一条"高薪求租男友"的帖子。很快就有一个来电："请问是赵欣女士吗？我是个在读研究生，不知符合您的要求吗？"

好有磁性的声音，电话接通的那一刻赵欣已经有点动心了，马上与对方约定了见面的时间及地点。

一见面，小伙子就自我介绍道："我叫王君，在网上看到你发的帖，正好我那段时间学校放假，可以帮你！"赵欣满意地点点头，问："我的要求，你看明白了吗？"

王君显然比赵欣更仔细，当下拿出一式两份的协议书，说："咱们还是先小人后君子吧。"

赵欣接过一看，内容和自己在网上写的差不多，就掏出笔来，"刷刷刷"在两份协议书上签下了名字。

大年二十九，是赵欣和王君约定回家的日子，一大早赵欣就开车出门了。这时，王君带着一个女孩出现了。

见赵欣面露疑惑，王君忙解释道："这是我的同学，和你是老乡，今年没买到车票，她想搭一下你的车。"因为从现在起，王君就是自己的男朋友了，赵欣不想一开始就将关系搞僵，就点头答应了。

一上路，赵欣发现情况不对，王君和那位女孩有说有笑，对她是关怀备至，弄得赵欣反而成了他俩的专职司机!

　　经过一天的煎熬,到了赵欣的家乡。那个女孩还算知趣,在市中心下了车。又经过几十分钟的车程,终于到家了。家里已站满了热情的乡亲,赵欣把王君一一介绍给他们,王君俊朗的外表及得体的举止得到了乡亲们的一致好评,纷纷夸赵欣好福气,找了一个好男人。

　　晚上,赵家大摆酒宴,赵欣领着王君一一给长辈们、乡亲们敬酒,谁也没看出其中的玄机。

　　酒宴结束,人们慢慢散去。赵欣给王君在附近宾馆安排了一间房,自己则回到了家里。第二天,吃过早饭,王君提议去市里逛逛,赵欣正担心留他在家里不知会出什么娄子,这下正好,马上给父母打了个招呼,开车出去了。

　　车子一进市里,王君就说:"我要去看一个同学,下午七点我们还在这里见面,继续做我们的男女朋友,你看行吗?"毕竟是租来的男友,两人也没共同语言,赵欣爽快地答应了,约好晚上见面的时间,就各自分散行动了。

　　晚上,赵欣和王君一同回到家里。老爸老妈正在同一位本家婶婶聊着什么,奇怪的是,他们一见到王君就不说话了,只是用奇怪的眼神看着他。婶婶不一会儿告辞走了,老爸老妈把赵欣叫进自己屋里,轻声问道:

　　"你同小王到底是什么关系?"赵欣根本没有思想准备,一下子被问得张口结舌:"我、我们不是男女朋友吗?"

　　老爸一听就来了火:"呸,你是怎么找到这个流氓的?真丢人啊!"

　　怎么王君成流氓了?赵欣如坠云雾之中。

　　老妈叹了口气,数落道:"你真糊涂,今天你婶婶上街看到小王同一个年轻女孩手拉手在逛街,但那个女孩不是你!"

看到老人悲痛欲绝的样子，赵欣再也顾不上什么礼貌了，她一脚踢开房门，厉声质问王君道："你今天干了什么好事，咱们不是有合同吗？"

王君问清事情的起源，反而若无其事地一摊双手："这有什么，协议里没规定聘用期间我不能见女朋友呀。"

"那个女的是不是同我们一起回来的那个？"

"是！"

到这个时候，赵欣才醒悟过来，对方应聘，原来是为了方便送小情人回家！赵欣越想越上火，这下完了，老人生气，自己脸面丢尽了，都是这个不讲信誉的人惹的祸！她铁青着脸吼道："你给我滚！滚！"

这件事确实做得不漂亮，但好在双方都没大的损失，赵欣本以为这事就这样结束了，哪知半个月后接到了一通电话，是王君打来的："赵小姐，我忘了一件事，我的劳务费你还欠着呢，不要忘了，我们是签了协议的。"这话触到了赵欣的痛处，她狠狠说道："我还没叫你赔损失，你还敢找上门来？"王君也不多说："好吧，我手里有协议，如果你不执行，那么等着收法院传票吧！"

放下电话，赵欣找出那份协议书仔细一看，最后一条确实注明，如果有一方违约，违约者将支付对方违约金三万元整。再看看自己的签名，心里就有些忐忑不安，于是叫来了公司的法律顾问。赵欣把整个事情的来龙去脉给法律顾问说了一遍，最后问道："钱对我来说是小事，只是我不甘心被一个混小子耍了，如果打官司，我们胜算的把握有多大？"

法律顾问考虑了一下，说："赵小姐，你放心，法院根本不会受理王君的起诉。根据我国民法，人身不能作为债权的标的物，也就是说，人的身体是不能拿来出租的，因其违背了公序良俗，以人身为标的物的租赁协议是不受法律保护的，所以你们签的这份协议也应该是无效的。如果他今后再打骚扰电话，你完全可以录下来，然后报警。"

正如法律顾问所说，几个月过去了，赵欣没有收到法院的传票，估计王君也去咨询过了，知道这事没有胜算。不过通过这件事，赵欣也长了知识，自己的确是该找一个可以真正依靠的人了！

律师点评：

人的身份是独一无二的，它具有专属性和排他性，是不能随便用来租用的。而因租赁关系产生债务的客体其前提必须是法律和政策所许可流通的。因此，故事《租个男友回家过年》中反映的所谓"租用协议"所产生的无效性也就成为必然。

（**题图、插图**：刘斌昆）

多少年来，县城保安团和山上的土匪一直井水不犯河水，然而，这一切，却因为一个美貌少女的到来，发生了变化……

斗智斗勇

□ 刘克法

1. 祸事临门

民国初年，时局动荡，在西北有个叫丹阴县的地方，更是盗匪、兵痞横行，扰得百姓苦不堪言。

这一年，有个名叫洪英才的富商，带着一家人来到丹阴县。洪英才原是本地洪家镇人氏，自幼外出闯荡了大半辈子，如今年老，决定叶落归根，回归故里，并在县城买了一套宽敞豪华宅院，准备在此颐养天年。没想到他的安逸日子没过多久，祸事就找上门来。啥祸事呢？

原来，洪英才有个女儿叫洪小妹，长得文静漂亮，在丹阴方圆百里也找不出这么漂亮的女子。凡是见过她的人，都交口称赞，于是一传十，十

传百，很快就传到了阴风山土匪头子楚天彪的耳朵里。这个楚天彪在丹阴境内，可是个跺一脚能使大地颤三颤的人物。他手下有好几百匪徒，在阴风山已经盘踞十多年了。

楚天彪是个劫财劫色、烧杀抢掠的恶魔，这些年随着势力的不断壮大，四十出头的他，突然想到得弄个压寨夫人，考虑传宗接代的事了。

楚天彪没少干欺男霸女的事，但他要找的夫人得具备两条：第一是黄花闺女；第二要美丽漂亮。当他从县城眼线小斜眼那儿得到消息后，决定亲自下山验看。

等小斜眼走后，楚天彪对他身边一个二十多岁、俊朗斯文的年轻人

说:"军师,你去安排一下,明天跟我下山。"

这个被楚天彪称为军师的人,叫马小力,到阴风山上还不足两年,他识文断字又足智多谋,很得楚天彪的赏识,不久就当上了军师。

马军师沉默一会儿,说:"当家的,我们明天是不是多带些人,县城不比其他地方,那里可驻守着六七百人的保安团,虽然我们和保安团有过井水不犯河水的约定,可还是小心点好啊。"楚天彪道:"我们悄悄地去,不让别人知道不就行了吗?要是你实在不放心的话,就让二当家的明天带些人马在城外接应我们。"

第二天一大早,楚天彪和马军师打扮成普通百姓,把枪藏在了肩上的褡裢里,混进了县城。一路打听,来到了洪英才家住的巷子里。两人刚踏进巷子,不由倒吸一口凉气,又急忙退了出来。原来他们看到,有一队保安团的士兵站在洪家门口。

楚天彪有些惊慌地对马军师说:"难不成保安团的人知道我们要来,在这儿等着抓我们?"马军师道:"当家的不要慌,要是他们真想抓我们的话,应该埋伏起来,你看那些保安团的兵丁像是抓人的样子吗?"

楚天彪点点头说:"你说得有道理。可保安团的人来洪家干什么呢?"

马军师道:"我们还是先找个地方避一避,过会打听明白了再说吧。"

于是,两人来到了城北一家不起眼的小面馆。这家小面馆,其实是阴风山安插在县城里的眼线,县城有什么风吹草动,楚天彪就能及时知道,这家小店的店主就是那个小斜眼。

小斜眼把楚天彪和马军师让到了里面,没等楚天彪发问,小斜眼就向他报告说,他昨天从山上回来就听说保安团的副司令王大林,也看上了洪英才的女儿洪小妹,要娶她做自己的五姨太。

丹阴县保安团的司令名叫王老贵,原本是个土财主,他是用钱买了个保安团的司令,他让儿子王大林当了副司令。他们父子俩倚仗手中的权和枪,横行乡里,无恶不作,比土匪还要凶残霸道。

楚天彪听完骂道:"王大林这狗日的,老婆姨太太好几个,还要跟本大爷争女人。"他骂了一通后,问,"军师你看这件事该怎么办?"

马军师道:"说句当家的不爱听的话,以我们这种身份去提亲,人家肯定不会同意的,最后还得硬抢。"

楚天彪道:"你这不是废话吗?只要是老子看上的东西,哪个不是抢来的?就算是明媒正娶他们答应,我还嫌麻烦呢。"

马军师道:"这样我们就有主动权了,可以在王家之前下手,把人给抢过来。只是这样难免会伤了我们跟保安团的和气。"

楚天彪想了想说:"保安团有六百多人,六百多条枪啊,要是真打起来,肯定两败俱伤。"

"那我们就这样放弃了?"

楚天彪笑道:"人我还没看到呢,怎么就能放弃?要是大爷我真看上眼了,就算豁出命也要抢到手。"

马军师挑起大拇指说道:"当家的果然是位一身豪气的山大王!"

这时出去打探消息的小斜眼回来说,刚才果然是王大林到洪家去提亲了,结果怎样还不知道,不过王大林已经带了团丁离开洪家了。

楚天彪按照马军师出的主意,假装是洪英才家的老街坊来到洪家。这些天到洪家来拜访的人很多,不管认识不认识,洪英才都是热情招待,因此楚天彪和马军师也没引起他的怀疑。

细心的军师见洪英才虽然言语热情,但脸上还是不时露出一丝愁容,就故意问道:"我看洪老爷子脸有不悦之色,难不成是我们哥俩送的礼轻了?"

洪英才急忙解释道:"小老弟说的哪里话,你把我洪某看成什么人了?实不相瞒,家里出了点难办之事,所以怠慢了二位,还望见谅。"

马军师问道:"不知府上出了什么事,我们也算

是老街坊,要是能帮上忙,我们哥俩绝不会袖手旁观的。"

洪英才道:"都是儿女身上的事,就不麻烦二位了,还是我自己想办法解决吧。"

这时,楚天彪直冲马军师使眼色,意思是说我们是来看他女儿的,你怎么跟他唠起来没完了。

马军师对洪英才道:"我早就听说洪老爷子买的这座宅子很有名,以前还住过一位将军,今天借洪老爷子的光,不知能不能让我们哥俩参观一下,也长长见识。"

洪英才道"当然可以了,我也没事,就陪二位转一转吧。"

洪家的院子共有三道,最后一道院是洪家的内宅。此时正值春天,马军师和楚天彪刚跨过第三道院的拱门,就被眼前的一位美貌女子吸引住了。这位女子正在浇灌几盆盛开的鲜

花，真是闻名不如见面，这位女子比那些花儿还要美丽，她正是洪英才的女儿洪小妹，把个楚天彪看傻了。

还是马军师先反应过来，对一旁的洪英才说道："听人说洪老爷子的女儿有倾国之色，今日一见，果然名不虚传。"

洪英才叹了口气说道："长得好看有什么用，俗话说，自古红颜多薄命，要是能让我女儿一生平安幸福，就算让我舍弃这万贯家财我也愿意。"

2. 陈述冤情

从洪英才家出来，楚天彪还没完全回过神来，自言自语道："太好看了，长得跟仙女似的，我楚天彪今生非她不娶。"接着，他一把抓住马军师的手，说道，"军师，你赶快回去召集人马，我一刻都等不及了，说什么我也要把这个姓洪的丫头弄到手。"

马军师道："当家的不要着急，这件事我们要从长计议，这里毕竟是县城，再说王大林也盯上了洪小妹，我们必须想个万全之策。"

"对，必须得有个万全之策，这就要多仰仗军师了，只要这件事你给我办好了，今后阴风山除了我就你说了算，其他几个当家的也得听你的。"

马军师道："当家的放心吧，这件事我一定办好。为了及早得到王大林那边的消息，以便作出应对之策，我

就先在小斜眼的面馆里住下来，有什么情况我就让小斜眼去通知您。"

送走楚天彪后，马军师一夜没有睡好，他觉得自己还得再去一次洪家，尽管这样很危险，但要办好此事，他不得不去。打定主意后，第二天他又来到了洪英才家。

马军师再次见到洪英才，发现他满面愁容，精神比昨天还要差。两人寒暄了几句之后，马军师问洪英才为何事发愁，洪英才长叹一声，说出了原委。果然不出马军师所料，洪英才这两天为王大林上门提亲的事愁得寝食难安。

昨天王大林带着人到洪家提亲，表面上说得很客气，但话里话外透露出的是威胁，言下之意，洪小妹必须嫁给他做五姨太，不然洪家就别想在丹阴县太太平平住下去。

洪英才虽然回到丹阴县不久，但王家父子的恶名早就灌满了他的耳朵。他原想不问外事，安心回来养老，哪成想王大林竟然找上门来，硬要娶自己的女儿当姨太。洪小妹是洪英才夫妻俩的掌上明珠，她不但人长得漂亮，而且琴棋书画样样精通，怎能屈尊给人家当姨太呢！更何况王大林不但长得尖嘴猴腮，而且是个干尽坏事的恶人。昨天送走楚天彪、马军师后，洪英才就到县里找了几个当官的，希望他们能够为自己主持公道，哪成想这些人一听是和王家有关的事，个个

唯恐避之不及，甚至有人还劝说洪英才，说能攀上王家这门亲，那可是求之不得的事，气得洪英才差点吐血。

马军师听完洪英才的叙述，沉思良久后问道："那洪老伯打算怎么办呢？该不会真的把女儿许配给王大林吧？"洪英才生气道："这是什么话，我洪某在外面闯荡了大半辈子，也是见过世面的人，岂能做如此糊涂的事？"

"那老伯打算怎么办？凭你的力量是对付不了王家父子的呀。"

洪英才道："好汉不吃眼前亏，我本打算回故里养老的，可话说回来，哪儿的黄土不埋人，我惹不起还躲不起吗？大不了我再离开这里就是了。"

马军师凄然笑道："你以为你能躲得了吗？你根本就不了解王家父子的为人，他们为了自己的利益，可以丧尽天良，做出让人想都想不到的坏事！"他说到王家父子，像换了一个人，双眼冒火，咬牙切齿，满脸杀气，像跟王家父子有不共戴天的仇恨。这让洪英才大为惊诧。

马军师似乎意识到自己的失态，他舒缓了一下神情继续说道："洪老伯，话既然说到这里，我也就不跟你隐瞒什么了，其实我根本不是你的老街坊，我跟你说件几年前发生的事，你就彻底能了解王家父子的为人了。"

原来三年前王家父子当上保安团的正副司令后，就利用手中的权和枪

干了一件极其卑鄙凶残的事情。当时在丹阴县有两家做药材生意的大户，一家就是王家，另一家是宋记药铺。

宋记药铺的老板宋满仓为人本分，做生意更是以诚相待，在药材行当里口碑很好。生意也大大好过王家，因而成了王家父子的眼中钉。但他们苦于没有找到机会下手，直到王老贵当上保安团的司令后，他终于想出了一条毒计。

当时宋满仓有个八竿子都打不着边的亲戚据说当了土匪，王家父子就以这个为由说宋家通匪，还把宋满仓的大儿子抓了起来。宋满仓是有冤没处申，为了保住儿子的性命，他几乎是

倾家荡产才把儿子从保安团的大牢中赎了出来。

宋满仓为了避免遭到王家父子的进一步迫害，决定忍痛带着一家人离开丹阴县，去别处寻找生路。可王家父子却丧尽天良，赶尽杀绝，他们让保安团的士兵扮成土匪，在路上劫杀了宋满仓一家，可怜宋家二十多口人，全都惨死在了枪下……

讲完宋家的事情，马军师已经是泣不成声了。

洪英才等到他哭声缓和下来，才小心地问道："看你悲伤成这个样子，难不成你与宋家有什么关系？"

马军师擦了擦眼泪，止住哭声说道："实不相瞒，我是宋记药铺老板宋满仓的二儿子，真名叫宋毅，当时我在北平读书，才躲过了那场劫难。当我得知家里遭此不幸后，我发誓要为全家人报仇，就悄悄回到了丹阴县，可自己势单力薄，一直没有下手的机会。"洪英才叹道："我活了这么大把年纪，还是头一次碰到如此歹毒的恶人，看来我家要避过这场灾难也非易事啊，这可如何是好呢？"

洪英才看了看坐在跟前的宋毅，突然眼前一亮，说道："你先后两次假冒身份来到我家，绝不只是为了跟我讲你家的悲惨遭遇吧，是不是有什么好办法对付王家父子？"

于是，宋毅便向洪英才亮了自己的身份，当洪英才听宋毅说了真正身份，特别是得知昨天跟他一起来的那个人，竟然是丹阴境内最大的土匪头子楚天彪，而且也是冲着他女儿来的。洪英才惊得险些跌倒在地上。

过了好一会儿，洪英才一脸茫然地说道："本来王家父子我已经无力应付，现在又加上个楚天彪，我可怎么办才好啊？"

宋毅安慰道："洪老伯，我既然什么都告诉你了，就肯定是来帮你的。"

洪英才道："你不是楚天彪的军师吗，怎么会帮我？"

宋毅长叹道："我当初投靠楚天彪也是无奈之举，我是一心想为家人报仇，但在丹阴县只有楚天彪的实力能和王家父子抗衡，虽然他们有井水不犯河水的约定，可他们都是利字当先的恶人，一旦到了他们之间利益发生冲突的时候，他们肯定都会想尽一切办法置对方于死地的。"

洪英才想了想说道："你的意思我有些明白了，你是说现在他们两个都看上了我的女儿，只要我们想办法从中巧妙安排，让他们打起来，来个两败俱伤……不过那样我女儿不是很危险吗？"

宋毅道："我不敢保证你女儿一点风险都没有，但只要我们考虑周全，肯定会把风险降到最低，关键时候就算我豁出性命也会保护你们的。只要能够成功，不但你家可以躲过这场劫难，我也能借机报仇，还能为丹阴县的百姓除去两大祸害。"

宋毅见洪英才还犹豫不决，就说道："洪老伯你要想清楚，不论你女儿落到王大林或者楚天彪的手里，都等于进了火坑。我想你总不会为了自己晚年安逸，忍心用你女儿一生的幸福来换取吧？"

洪英才沉思好久，之后，一咬牙说道："我这一辈子该遭的罪也遭了，该享的福也享了，死活都无所谓了，只要能让我女儿平安幸福就行，把你的办法说出来听听，如果可行的话，我会全力配合的。"

3. 计赚双魔

三天后，王大林再次来到洪家提亲，这次他不但带了厚重的彩礼，还带了一百多名保安团士兵，把洪英才家的院宅和巷子围了个水泄不通。王大林打算来个先礼后兵，没想到洪英才竟然很爽快地答应了，只是他提了个要求。洪英才说他老家在距离县城三十多里外的洪家镇，他提出娶亲那天，必须在洪家镇的老宅迎娶新娘。王大林一听，觉得洪英才的要求也在情理之中，当即就答应了，并把婚期定在了后天。

成亲的前一天晚上，王大林非常兴奋，他觉得他的夫人和四个姨太太，虽然个个漂亮，但要和洪小妹相比，就差得远了。就在王大林督促下人布置新房时，他爹王老贵派人让他

到自己房间去一趟。

王大林来到他爹的房间，见王老贵正面色凝重地坐在太师椅上。王大林小心地上前问道："爹，出什么事了？你的脸色不对啊。"

王老贵道："刚刚我们安插在阴风山的眼线回来禀报，说是楚天彪集结了所有人马，不知要干什么。"

王大林不屑道："他还能干什么，不就是打家劫舍吗？"

王老贵训道："你怎么不动动脑子，在丹阴县除了我们，还有谁值得他楚天彪兴师动众？"

王大林惊道："难道他想对我们下手，我们之间可有井水不犯河水的约定啊。"

王老贵道："那个管个屁用！说句实话，我早就想除掉楚天彪了，只是一直没有机会，他的存在对我们始终是个威胁。我看他对我们的保安团肯定也是这么想的。"王大林道："他现在还不敢跟我们翻脸吧，也许他是要做什么大买卖？"

王老贵道"最可恨的就是，自从阴风山去了个姓马的军师，楚天彪每次行动前都不再跟底下人说明，以至于我们现在摸不清他具体的动向。"他想了想，接着说，"明天娶亲你就不要亲自去了，还是留守保安团吧，以防万一。"

王大林道："那怎么能行？我要不去洪家该挑理了。"

王老贵"哼"了一声说:"你娶的这个姨太跟抢的差不多,还怕他们挑什么理!"王大林想想也对,便听从了他爹的意见,不去亲自迎亲了。

再说第二天一早,小斜眼匆匆跑回面馆,对宋毅说:"军师,王家的娶亲队伍已经出发,现在应该已经出城了。"宋毅道:"你昨天去山上送信,是按我对你说的话说的吗?"

小斜眼道:"没错啊,我是按您交代的告诉大当家的,集合所有队伍,到黄杨坡埋伏,半路劫亲啊。"

宋毅道:"现在大当家的应该到黄杨坡了,我也该赶去和他会合了。"宋毅走到门口,又转过身来对小斜眼说,"斜眼兄弟,这几年咱哥俩的感情一直不错,这几天我住在你这儿,你又对我照顾得很周到,有件事我不得不提醒你。"

小斜眼见宋毅欲言又止,心就提

了起来,说道:"军师有什么事尽管吩咐,小的一定照办。"

宋毅道:"我不是让你做什么事,只是提醒你一下。你想到没有,今天大当家的抢了王大林的老婆,会有什么结果?"宋毅见小斜眼还没明白过来,接着说道,"结果就是保安团和我们阴风山刀枪相向,王家父子可不是省油的灯,虽然当初说好与我们和平相处,可他们还是处处提防着我们,他们早就知道你的面馆是阴风山安插在县城的眼线。你想想,我们和他们翻脸之后,他们是不是先来收拾你?"

小斜眼听宋毅说了这话,吓得立马出了一身的冷汗,哆嗦着说道:"那……我可怎么办啊?"

宋毅道:"我只是提醒你一下,该怎么办你可要早拿主意。"说完就走了。

这个小斜眼原来不是阴风山的土匪,多年前他和母亲相依为命做点小生意过日子,小斜眼是个孝子,后来他母亲得了重病,为了给母亲治病,他借了不少外债,结果还是没能保住母亲的性命。小斜眼给母亲办完丧事后,那些债主纷纷上门讨债,他根本没有能力偿还。就在他走投无路的时候,楚天彪找到他,替他偿还了所有的欠债,并出钱给他开了个面馆,从此小斜眼就成了阴风山的人。

这些年小斜眼有了一些家产,并娶了媳妇,生了个胖小子,他早就有心摆脱阴风山,安安稳稳过日子,但却无力摆脱。他觉得刚才宋毅说的没错,要是王家父子跟楚天彪翻了脸,王家父子肯定会先拿他开刀……小斜眼越想越害怕,按王家父子的为人,恐怕到时全家人的性命都难保。

4. 临阵变招

再说宋毅赶到黄杨坡时,楚天彪早就带着人在这儿埋伏好了,这里是洪家镇通往县里的必经之路。

当宋毅听说刚才过去的迎亲队伍中没有王大林时,不由大吃一惊。他和洪英才商量的办法是:在王大林到洪家镇迎亲时,让楚天彪在黄杨坡劫亲,并暗示小斜眼把楚天彪要劫亲的事告知王老贵,王老贵肯定会带人去救儿子,那样保安团的人就会和阴风山的人来一场大火并,结果肯定是两败俱伤。

现在王大林本人没去迎亲,就说明他们察觉到了什么。如果不出意外的话,小斜眼现在已经向王家父子泄露了阴风山劫亲的事。宋毅心想,看来自己低估了王家父子。他暗暗推断,当王家父子得知了这边的情况后,会怎么动作呢?

宋毅的脑子飞快地转着,楚天彪见宋毅脸色阴沉,忙问:"怎么了,军

师?"

宋毅道:"你们确定迎亲队伍里没有王大林?"楚天彪道:"这还有假?我亲眼看着保安团的士兵,一个一个走过去的,也就五六十人。"

宋毅顿足道:"糟了,我们上当了!"楚天彪一头雾水地问:"我们上什么当了?"

宋毅道:"大当家的带了多少人来?"楚天彪道:"山上除了留一些看家的,其余的几百名弟兄我都带来了。不是你让小斜眼带的话吗?"

宋毅一拍大腿说道"糟了,阴风山难保了。"

楚天彪一听阴风山难保,急忙说道:"你说明白点,我怎么越听越糊涂?"

宋毅说:"我告诉小斜眼让大当家的带一百弟兄就够了,他肯定是和王家父子串通好了,把山上的弟兄都骗了下来,如果我没猜错的话,现在王家父子正带着保安团的人赶往阴风山呢,要是我们没了阴风山山寨这立足之地,这支队伍很快就会土崩瓦解的。"

楚天彪听了大惊失色,急切地问:"你敢肯定是小斜眼出卖我们?"

宋毅道:"人心难测呀,难道大当家的没察觉吗?小斜眼早就想脱离我们阴风山,去过他老婆孩子热炕头的日子了。"

楚天彪听了既慌又恼,忙问宋

毅: "那我们现在该怎么办?"

宋毅道: "我刚才出城时, 发现保安团那边还没什么动静, 如果我们现在赶回去应该还来得及。"

楚天彪道: "保住老窝要紧, 只可惜了洪小妹这丫头了, 让我白惦记了这么多天。"

宋毅道: "我们可以两边同时下手, 大当家的带大队人马回去保家, 我带一百人留下抢亲。"

楚天彪想了想说: "抢亲还是让二当家来吧, 你跟我回去, 你在我身边我踏实些。"

小斜眼果然去保安团报了信。王

大林听了, 大骂道: "狗日的楚天彪算个什么东西, 敢跟我抢女人!"说完他就要集合队伍赶往黄杨坡找楚天彪算账。

王老贵立即制止道: "凡事要冷静, 你这样去只会弄个两败俱伤, 我们把老本拼光了, 还怎么在丹阴立足?"

王大林道: "那怎么办? 难道眼睁睁看着他把我的女人抢走?"

王老贵冷笑一声道: "现在不是考虑女人的时候, 我昨天还说没有收拾楚天彪的机会, 今天机会就来了。楚天彪为了一个女人竟然把所有的人马都带下了山, 这真是天赐良机啊, 我们要是把他的老巢给端了, 他就没了立足之地, 到那时再收拾他就易如反掌了。"

王大林听完也笑道: "还是爹的主意多, 到那时洪小妹还不是我王大林的人?"说完, 就带了人马直奔阴风山而去。

阴风山山高坡陡, 草木森森, 是个易守难攻的山寨。此时, 王大林和楚天彪两支人马, 几乎是同时往阴风山赶去。不过阴风山毕竟是楚天彪的地盘, 他熟门熟路, 并且抄近路, 很快就赶到山下。王大林紧赶慢赶, 等他赶到山下。楚天彪的人马已经在周边的山岩草丛中埋伏好了。等到王大林的人马大摇大摆进入他们的伏击圈后, 只听楚天彪一声喊打。顿时"噼里啪啦"一阵扫射，打得王大林和保安团抱头鼠窜，王大林带去的人马几乎全军覆没，他自己也受伤被俘，楚天彪这边虽然打赢了，但也死伤了好多人。

楚天彪带着手下刚打扫完战场，二当家的带着人也回来了，并把洪小妹劫了回来。回到山寨，楚天彪阴沉着脸看了洪小妹半天才开口说道："为了你这丫头，我损失了许多兄弟，你要是不乖乖地与我成亲，我就杀了你祭奠他们！"说完他命手下把洪小妹带下去梳妆打扮，当晚就要拜堂成亲。

这时宋毅走到他跟前小声说道："大当家的，这时你恐怕还不能成亲吧。"楚天彪一愣，疑惑地问："你这话是什么意思？"

宋毅道"今天一战，我们虽说赢了，但损失也不小，现在山上多数兄弟，不是死了亲人就是死了好友，大伙的心情都很难过，大当家的要是现在成亲，兄弟们会怎么看你？"

楚天彪道："那你说怎么办？我费了这么大的劲抢回来的女人，总不能当摆设放那儿看着吧。"

宋毅道："今天一战，我们赢了，毕竟保安团的损失比我们大，更重要的是我们活捉了王大林，有了他，我们就能从王老贵这老狐狸手里狠狠地敲上一笔！有了这笔钱，我们就能给弟兄们发赏钱，还能重新扩建队伍，

到那时大家有了钱就开心高兴，在兄弟们高兴的时候，大当家的再成亲那该多好啊！"

楚天彪听完笑了起来："还是军师想得周到，就按你说的办。"

5 铤而走险

王老贵听到保安团打了败仗、儿子被俘的消息后，惊得瘫坐在了地上，这一夜他左思右想也没想到自己哪儿失算了。第二天一早，就有人进来禀报说，外面有个自称是阴风山的人求见。

来者不是别人，正是宋毅。王老贵坐在太师椅上，强作镇定地对宋毅说道："早就听说阴风山的马军师年轻有为，智勇双全，今日一见果然不假，竟然胆敢只身来到保安团。但不知此来是为何事？"

宋毅打量了一眼眼前的这个土皇帝，只见他满脸凶悍，咄咄逼人。宋毅稳稳神，微微笑道："王司令不必明知故问，应该想到我是为何事而来。"

王老贵的脸陡然一沉，大声问道："我儿子怎么样了？"

宋毅道："还好，不过他受了伤，山上的医疗条件毕竟有限，如果不及时医治的话，恐怕性命就难保了。"

王老贵道"直说吧，你们想要多少钱？"

"不多，五十万大洋。"

王老贵惊得差点跳起来："还不

多？让我砸锅卖铁也凑不出五十万大洋啊！"

宋毅笑道："我替王司令算过了，你要是砸锅卖铁的话能凑出五十万大洋。"

王老贵沉思半晌，冷笑一声道："你这是往死路上逼我啊，我要是用五十万大洋赎出我儿子，那我不就成了一无所有的穷光蛋？说句不好听的，我们父子平时得罪了很多人，到那时恐怕会死得更惨。"

宋毅道："那你的意思是不管你儿子的死活了？"

王老贵道："我能有今天，靠的就是这副铁石心肠。"

宋毅道："那我们就没什么好谈的了，但我还是希望你好好想想，那毕竟是你的亲儿子呀。"说完就起身

要往外走。这时，突然从外面冲进来五六个端着枪的保安团士兵。

王老贵冷笑道："你还想活着离开吗？"

宋毅脸上露出惊慌神色道："我只是个传信的，你没有道理杀我。"

王老贵一脸狰狞道："在我这里没有道理可讲。别以为我不知道，你可是楚天彪的左膀右臂，用不了一年我就可以把保安团重新扩建起来，到那时我就会找楚天彪算账，现在我可不能放虎归山。"王老贵望着一脸恐惧的宋毅，咂了咂嘴说道，"可惜啊，这么年轻就要上断头台。你知道我是怎么杀人的吗？先剁手再砍脚，然后挖眼割鼻削耳，你要是还能挺下来，就能享受一刀了结的痛快了。"

听这老贼如此说，宋毅真有些害怕了，心道这老贼真够狠毒的。他装着一副求饶的样子，哆哆嗦嗦地说："我要……是能……帮你救出你儿子呢？"

王老贵盯着宋毅的眼睛看了半天，哼哼一笑"果然人都是怕死的，说出来听听，你怎么帮我？"

宋毅道："在阴风山的后面有一条密道可直通山寨，这条密道只有楚天彪和我在内的几个人知道，我可以把这个秘密告诉你。"

接着，宋毅把密道的具体位置告诉了王老贵，并给他画了出来，然后问道："现在可以放我走了吧？"

王老贵皮笑肉不笑地说道："你说呢？"

宋毅道："你放心，我既然把密道告诉了你，就没再打算跟随楚天彪了，我可以回山里给你当内应。"

王老贵断然道："我不需要内应，只要能打楚天彪个出其不意就行了。"

宋毅道："你不放我回去，楚天彪会起疑心的。"

王老贵道："你现在回去，差不多也得天黑以后才能回到阴风山，我现在就带人出发，没等他起疑心就把他收拾了。你给我带路，要是我发现你骗我的话，就先杀了你！"

6.一箭双雕

保安团只剩下一百多人，王老贵全部都带上了，他是孤注一掷要与楚天彪决一死战。在天刚黑下来的时候，他们绕道来到了阴风山的后山，宋毅在前面带路，王老贵带着保安团的人在后面紧紧跟着。

果真如宋毅所说，有一条密道直通阴风山的山寨，穿过一个隐蔽的山洞之后，就到了山寨的后面。在一个岔路口口前，宋毅对王老贵说，左边的路直通山寨的大牢，右边的路直通大寨中央，现在是吃饭的时间，是山上戒备最松散的时候，宋毅问王老贵是先救王大林还是先对付楚天彪。

王老贵决定走右边的路，先收拾楚天彪。宋毅道："那你儿子的性命就

危险了。"

王老贵道："如果先救我儿子惊动了楚天彪，那我们爷俩的性命就都难保了，还是先收拾了楚天彪再说。"

但是刚走了几步，王老贵突然停了下来。他改变了主意，决定还是先走左边的那条路。

宋毅在心里骂道：老狐狸，我就知道你不会轻易相信别人。

一会儿工夫，他们来到了一排石头房子前，这里只有五六个土匪看守着。王老贵问宋毅："这里真的是牢房吗？怎么只有这么几个人把守？"

宋毅道："昨天和你们保安团打的那一仗，阴风山也是损失惨重，想必是楚天彪怕你报复，把人都调到前山去守山门了。"

王老贵道："既然这样就先救我儿子，然后再收拾楚天彪也不晚。"

一百多人对付五六个人当然是不费吹灰之力了。当王老贵把所有的牢门都打开后，却没有发现他儿子王大林，倒是把洪小妹给救了出来。

王老贵用枪顶着宋毅的脑袋问道："我儿子在哪？"

宋毅镇定地答道："我下山时他还关在这里，可能是楚天彪想到你儿子现在可是身价五十万大洋，就把他关到更安全的地方去了。"

其实宋毅早就知道王大林不在牢里，因为王大林的伤势较重，楚天彪

早就把他关在了前山，让人照顾，他怕王大林要是死了，还怎么跟王老贵要赎金。

这一切都是在宋毅的计划之内，当初楚天彪跟他商量好的赎金是二十五万大洋，宋毅却对王老贵说是五十万，他这么做是逼迫王老贵跟楚天彪血战到底。

楚天彪见天黑了，宋毅还迟迟没有回来，就有些坐不住了。他刚要派人下山去打探一下，就听见一阵枪响，只见王老贵带着保安团的人冲了进来。

惊慌失措的楚天彪问站在王老贵身旁的宋毅"军师这是怎么回事，保安团的人是怎么上的山，你怎么跟他们在一起？"

宋毅道："大当家的请原谅，我也是被逼迫的，是我带着他们从后山的密道进来的。"

楚天彪一听，气急败坏地骂道："你狗日的敢出卖我。"说完就要往外拔枪，说时迟那时快，没等他手摸到枪，就被冲上去的几个保安团士兵给牢牢地控制住了。

王老贵喝道："姓楚的，我儿子在哪？赶紧把他给放了。"

楚天彪道："别高兴得太早，我的人马听见枪声后很快就会赶来，你们谁都别想活着离开。"

王老贵冷笑道："现在你可在我手里，要死也是你先死。"

这时，阴风山的土匪听见枪声后都赶了过来，把保安团的人围在了中间。

王老贵用枪顶住楚天彪的脑袋说："叫你的人把我儿子带来，然后送我们下山。"楚天彪没有办法，只得叫人把王大林抬了过来，王老贵一看就知道，如果再不赶快下山抢救，恐怕儿子的性命就难保了。

王老贵亲自押着楚天彪，带着保安团的人在前面走，阴风山的土匪们个个荷枪实弹，在后面紧紧跟着。

出了山寨大门，王老贵对楚天彪说："让你的人都回去。"

楚天彪道："你以为我傻吗？我的人回去了，你还能放我回山寨吗？"

王老贵执意要楚天彪的人先回去，楚天彪坚持要王老贵先放了自己，两个人争论了半天也没个结果。

这时宋毅说道："我看二位半天也争执不出个结果来，不如我说个办法怎么样？"

楚天彪冲口而出："军师有什么高见？"但话一出口，才意识到宋毅已经背叛了他，便恶狠狠地瞪了宋毅一眼。

宋毅见王老贵没有说话，便说道："王司令，你儿子的伤可不轻啊，晚一会医治就多一分危险。"

王老贵这才开口："那你就把你的办法说出来听听。"

宋毅道："王司令担心的是阴风山的人比保安团的人多，一旦放了楚天彪的话，怕打不过他们。大当家担心的是王老贵不讲信誉，如果自己的人不跟着，就不会放你回来。我看不如这样，我们想个折中的办法，阴风山这边派出和保安团一样多的人跟着，出了山到了大路上再放人，那时你们势均力敌，我想就不会拼你死我活了吧。"

王老贵想了想说道："谁能保证阴风山上其他的人不在后面偷偷跟着？"

宋毅道："这个我也想到了，我可以留下来不让其他的人跟随。"

王老贵道："他们还能听你的吗？"

宋毅道："你的人自始至终可都是一直拿着枪对着我呢，我们说的话他们又听不见，肯定以为我跟楚天彪一样被你胁迫的呢，只要楚天彪发话，他们肯定还会听我的！"

宋毅见王老贵还犹豫不决，就说道"现在这种局面是我们三个人互相牵制着，别以为我猜不到，等你安全离开后，肯定不会放过我的。"

王老贵道："你即使摆脱了我，楚天彪回来后能饶得了你吗？"

宋毅道："这你就不用管了。"

王老贵道："你这么做到底是为了什么？"

宋毅道："我跟你儿子和楚天彪一样，也喜欢上了洪小妹。我留下来帮你看着阴风山的人，但还有个条件，就是得把洪小妹给我留下。"

王老贵听了不由哈哈大笑起来："真是英雄难过美人关啊！好，我就答应你，只怕你是有命得人，无福消受啊。"

此时，楚天彪也没别的办法，只好按宋毅说的，让二当家的带着一百五十人跟着保护自己，让其余的一百多人留守山寨，听从宋毅的指挥。

王老贵他们走远后，宋毅身边的人问道："军师，我们怎么办？"

宋毅道："当然是要去救大当家的了。"

"可是他们都走远了，还来得及吗？"

宋毅道："我们走羊肠道，绕到他们前面去。"

一听走羊肠道，许多人惊得脸色都变了。这羊肠道是阴风山西面的一条弯弯曲曲小路，一侧是陡峭的山壁，另一侧是万丈深渊。这是一条下山的近路，但又是一条极其险峻的夺命道，白天都没人敢走，更别说是晚上了。

宋毅道"只要敢跟我去的，每人赏二十块大洋。"

果然是重赏之下必有勇夫，有人问道："你能说了算吗？山上的钱财只有大当家能做主呀！"

宋毅道"眼下，大当家连性命都难保了，还管得了这么多吗？只要敢跟我去的，现在就可以打开仓库领钱。"

大家一听，二十块大洋可不是个小数目，结果所有的人都愿意去。分完钱后，宋毅把他这两年培养的几名心腹叫到跟前，告诉他们留下来照顾洪小妹，等听到山下响起枪声后，仓库里的钱能拿多少就拿多少，然后放火把山寨给烧了，再把洪小妹安全送到洪家镇。

跟洪小妹告别时，洪小妹一脸依恋地问道："你刚才说喜欢我的话是真的吗？"

宋毅没有直接回答，只是说："我要是能活下来的话，会去找你的。"

这些人常年在山上窜来窜去，已经习惯了爬山越岭，他们担心宋毅能不能走羊肠道，可他们哪里知道，宋毅在北平上学时，可是个出色的登山运动员，走这羊肠小道哪在话下，只见他带着一群人，如同猿猴一般，很快就到了山下，在道路两旁埋伏下来。

下了山后，王老贵见没有下手机会，只得把楚天彪放了，他想虽然没能除掉他，但毕竟把儿子救了出来，留得青山在，不怕没柴烧。

就在王老贵和楚天彪要各自带人离开时，大路两旁突然响起了枪声。二当家的眼尖，对楚天彪说："当家的，是我们的人。"

楚天彪也来不及多想这些人怎么比他们先到了山下，他大喊一声："还等什么！给我狠狠打，把保安团的人都消灭了！"

王老贵他们腹背受敌，被打了个措手不及。宋毅看准了王家父子，举枪射击，让他们死在了自己的枪下，然后转身往路边的树林深处飞奔而去，临走之前他看见了楚天彪中枪倒地的一幕……

一年以后，已经结为夫妻的宋毅和洪小妹以及洪英才一家回到了丹阴县，经过打听，才知道那晚的战斗，保安团全军覆没，楚天彪受了伤，死活就不得而知了，不过从那以后，就再也没有阴风山这支土匪了。

（题图、插图：杨宏富）

阿P 当专家

□吴 嫡

亮亮真本事

阿P最近对名烟名酒产生了兴趣，没事儿就在网上看这方面的资料，而且还参加了一个QQ群，从网友那里学到不少东西，常常自封为"烟酒专家"。妻子小兰对此很不屑："你又抽不起喝不起的，研究那玩意儿干吗？"

阿P故作高深地说："唉，这是修养，修养懂吗？很多人这辈子也开不起奔驰宝马，但不耽误他收集模型。你没看前院老王一米五的个头，还专爱看NBA呢。"

常言道艺不压身，是金子总会发光的，阿P的知识很快就闪亮了一把。周末，小兰爸爸过生日，全家老少都要到场祝贺。老丈人过生日，阿P自然不敢怠慢，买好礼物跟着小兰出发了。

阿P到了老丈人家时，就剩大姐一家还没到，说有事要稍晚点。老爷子兴致很高，非要和大家先喝点。他从柜子里拎出两瓶茅台酒，打开一瓶说："这是你大姐前两天给拿过来的，说你大姐夫买的。咱们给他留一瓶，先尝尝再说。"

小舅子搓搓手："这酒得两千块呢，大姐夫真舍得啊。"阿P看了也两眼放光，在网上研究那么久了，总算能亲口尝尝这高级酒了。

可酒一到嘴里，阿P脸色就突然一变。阿P可不只是研究理论，平时跟着领导吃饭，虽然喝的只是几百块钱的，似乎都比这两千块的好喝一点。阿P不动声色，拿起另一瓶酒来研究了一番，一声长叹："大姐夫让人给骗了！"

一石激起千层浪，屋里的人顿时都把目光集中在了阿P身上。阿P也来了劲头，指着酒瓶口说："各位，鉴别茅台酒，讲究'望闻问切'四个字。"

老丈人疑惑地说："就听过中医看病讲究望闻问切，没听说喝酒还有这讲究。"其他人也纷纷摇头不解。阿P得意地看了小兰一眼，心说今天老公要给你挣面子了。接着，他一指酒瓶："首先是望，看这酒瓶本身没啥问题，因为现在造假酒用的都是真瓶子，可茅台酒厂的瓶盖里面是没有内塞的，而这瓶酒里还有个小白盖，从这一点就有问题，肯定是外面的铝盖密封做不好，才被迫弄个小塑料盖在里面的。"

看老丈人不太信服的样子，阿P又举起酒杯放到鼻子底下："其次是闻，这个闻可不是中医说的'听'，而是拿鼻子闻，茅台讲究开瓶闻兰香，空杯闻玫香。倒出来的时候，得有兰

花一样香味，喝干后的空杯得有股淡淡的玫瑰香，可这酒除了酒精味，哪有香味？"

阿P偷眼瞅了瞅老丈人，见他听得聚精会神，更来劲了："接下来该切了。"说完一仰脖，一杯酒下肚。大家吓了一跳，原来是这么个"切"法。只见阿P龇牙咧嘴说道"茅台酒应该圆润醇滑，这酒虽然也不错，但辣味过重，显然不对。"

老丈人愣了一会儿说道："那还少不了'问'呢？"阿P嘿嘿一笑，指指酒瓶上的防伪电话号码："这个问就是打电话，但只能证明这标签是真的。不过还有另一个办法，就是'问'油。"

这回不止老丈人，其他人都被镇住了："问油？油是什么东西？"

阿P让丈母娘到厨房里拿了点色拉油，把酒杯倒满，然后在酒里滴了一滴油，只见那油在酒中扩散开来，阿P指着酒杯说："油在茅台酒里，应该均匀扩散、缓慢下沉，可你看这里的油扩散不规则，下降也快。"这下众人都服了，纷纷说还是阿P有本事。

老丈人赶紧给大姐打电话，没想到大姐夫妇都关机了。阿P仔细翻了翻装酒的礼盒，发现有一张收据和一张名片，当下自告奋勇地说："不用找大姐了，这上面有卖酒的地址，就在城东，我去找他们评理。"老丈人担心对方不肯承认，阿P一挺胸脯："就凭

我的专业水平和三寸不烂之舌，保证让他们哑口无言，乖乖退钱。"说完，便提着两瓶酒雄赳赳地出发了。

智斗老板娘

阿P打车找到了名片上的地址，一看，是家门脸不大的烟酒杂货店。阿P推门进去，把两瓶酒往柜台上一放，扯着嗓子喊："老板呢？"从柜台后面闪出一个女的，高高胖胖，五十来岁年纪："在这儿呢，买什么？"

阿P冷笑一声："什么也不买，我是来退货的。"

老板娘一张胖脸顿时板得一丝皱纹都没有："退什么货？我这里从来没退过货。"阿P一看不是善茬，决定先从气势上压倒对手。他一拍桌子，指着那两瓶茅台说："你这是假货！没让你假一赔二算便宜你了！"

不料对方压根不吃这一套："你

凭什么说这是假货？"

阿P觉得显示自己专业知识的时候又到了，于是抖擞精神，把在家里说的话又说了一遍。老板娘依然不买账："就算这酒是假的，你凭什么说是从我这里买的？"

阿P早有准备，从兜里掏出收据"看看，看看，这是不是你这里的收据？名片还在这儿呢！"

不料，老板娘看到这两样东西后，不但没有害怕，反而一下子嚣张起来："我还纳闷呢，我怎么会把这酒卖给不认识的人。你从哪弄来的收据和名片啊？什么时候来买的酒？既然都拿到名片了，怎么还退呢？"

阿P被这一连串的问句弄蒙了："什么意思？你管我是什么时候买的呢，总之假酒就得给我退！"没想到老板娘不再理他，自顾自地看起了电视。阿P大怒："你再不给我退我可找工商局了！"

老板娘"哼"了一声："神经病。"

阿P没想到自己落到如此尴尬的地步，他一咬牙，拿起电话来就打114，问工商局的电话。老板娘看他认真了，也紧张起来："你先别打了，你告诉我，这酒到底是谁买的，我就给你退。"

阿P看对方终于服软了，心里得意，就把大姐夫的名字报了一遍，老板娘拿出本账单来对了一下，又看了阿P一眼："你等一下，我打个电话。"

老板娘进屋打电话去了，阿P跷着二郎腿在外面等着。这时推门进来一个中年男子，进屋就问："有人在吗？"

阿P看看里面，老板娘电话还没打完，便凑到男子身边，偷偷告诉他"兄弟，买酒别在这儿买，这里的酒都是假的！"中年男子用奇怪的眼神看了看阿P，没说话。

这时老板娘出来了，板着脸把钱交给了阿P，拿回了阿P手里的名片和收据，一把撕得粉碎，接着转过头对那个男子说："你买什么？"那男子看了一会儿柜台："就拿那礼盒装的茅台酒吧，再拿一条软中华。"

阿P心里纳闷，心说这哥们怎么不听劝呢。刚要再说话，见老板娘狠狠地瞪了他一眼："还有事吗，你？"

阿P见钱已经到手，也不想多生是非，揣进兜里拍拍屁股走了，边走边摇头："唉，这年头真是啥人都有，我都告诉他里面有假酒，他竟然不相信。"

回到老丈人家里，阿P把钱往桌子上一拍，添油加醋地把自己智斗老板娘的过程说一遍，听得众人张口结舌。老丈人用力一拍阿P的肩膀："有知识就是好啊！"阿P得意地看了一眼小兰：看你以后还敢讽刺我不？

捅了大娄子

正热闹时，大姐夫和大姐也风风火火地赶来了，老丈人赶紧站起来说："你们俩刚才怎么不开机啊？我有事都找不到你们俩。"大姐擦了把汗："刚才不是办孩子上学的事吗？人家不让开机，怕录音。"老丈人一愣："什么事还怕录音啊？"大姐夫没顾上回答："爸，我送您那两盒酒里有一张名片和一张收据，我今天忘带了，明天我还得给人家送去。"老丈人一拍大腿："我刚要告诉你们，阿P帮你们把酒退了，那酒是假的啊！"

大姐夫和大姐惊叫一声，一起抓住阿P的手："真的假的？"

阿P无比自豪："当然是真的，钱在这儿呢，下次小心点吧。"大姐和大姐夫面如土色，一起瘫坐在沙发上："阿P啊阿P，你可把我们坑苦了。你知不知道那家店是谁开的？是实验小学的校长媳妇开的！你以为我们不知道是假酒啊，我们去买酒就是要那张名片和收据，校长看见这两样东西，才肯帮忙让我们孩子择校。我们买完后忘了把名片和收据取出来了，今天校长都答应接收孩子了，让我们明天把这两样东西送过去。"

正说着，大姐夫电话响了，等接完电话，他垂头丧气地说："完了，人家校长说了，这几年学校名额紧，不在学区内的不予考虑。"老丈人担心两口子太着急，张罗着开饭，什么事吃完饭再说。大姐哪还有心思吃饭，站起来说："我们俩得赶紧回去找人

比比谁更牛

□ 吴水群

这天早上,社区医院的小刘医生刚上班,就有两个老头来找他。小刘一看,认识,都是自己的老邻居,便问他们来看什么病。

其中一个老头说:"小刘大夫,我们今天来,是想输液保健的,你能不能跟我们出趟诊?"

小刘奇怪道:"人已经来了,不如就在医院输液吧。"

这俩老头忙摇头,着急地说:"我俩还有紧急任务呢,可不能在这打点滴! 这样吧,你随我俩走,到那去给我俩打点滴,算出诊,我们可以多交出诊费……"

见这俩老头一副着急的样子,小刘不好推脱,只好背起药箱,跟他们一起走出了医院大门,上了一辆面包车。

面包车开了好久,最后在河堤上

家说说,看还能不能通融。"说完拉着大姐夫就走了。

这顿饭吃得很别扭,小兰一有空就瞪阿P,弄得阿P连头都不敢抬。回到家,小兰仍然不理阿P,阿P只好耐心做工作,大道理小道理讲了个遍,直说得口干舌燥。可小兰却油盐不进,最后把阿P一把推出卧室,"咣"的一声把门关得死死的。

阿P无奈地躺在沙发上,愤愤地

想:"我指出假货有什么错? 这群家伙没见识,竟然还指责我。"他翻来覆去睡不着,干脆打开电视,正好电视台在播放3·15晚会,主持人声情并茂地讲述着打假的意义。

看着看着,阿P心情舒畅起来:还是人家主持人有修养有内涵,明白事理。看来,我还是很有责任心的。他关上电视,满意地睡着了……

(题图、插图:顾子易)

停了下来。俩老头拎着箱子和布兜下了车，径直朝前面走去。

小刘也赶忙背起药箱跟了过去。

三个人走着走着，就来到了河边。俩老头打开箱子和布兜，小刘这才明白，敢情这俩老头是来钓鱼的。要小刘跟来，目的就是为了一边打点滴一边钓鱼。

小刘被逗乐了，问："钓鱼就钓鱼呗，你们刚才咋不早说呢？"

这俩老头一听也乐了，随即笑着说："当时我俩哪敢说啊！要是你知道我俩是要一边钓鱼一边打点滴，你还肯跟我们来吗？告诉你吧，我俩没别的嗜好，就是爱钓鱼！多花点钱我们不怕，可时间宝贵啊！在医院输液，一躺三四个小时，俺可受不了。来

到河边，一边输液一边钓鱼，这多自在……"

小刘一边从药箱里拿出药瓶，一边嘀咕道："真稀罕，像你俩这样的钓鱼迷，恐怕全世界再也找不出第三个了……"

话还没说完，她无意中一转头，立刻愣住了，只见河两边还坐着八个老头，全都一手插着输液管，一手握着钓竿，那些输液瓶都挂在旁边的树杈上，正随着风轻轻晃动……

这俩老头得意起来，一边收拾渔具一边调侃说："看看吧，今天就让你见识下十大超级钓鱼迷……"

刚说到这儿，一个瘦老头正好拎着渔具走过，立刻打断他们说："有我老马在，你们谁也别吹自己是超级钓鱼迷！东郊的那个牧野湖你们都知道吧？"

"当然知道了！那可是钓鱼的好地方，里面的鱼可多了，还净是些大家伙……"

瘦老头嘿嘿一笑："可你们知道吗？我上个月花三十万在牧野湖边买了块墓地！"

"那和钓鱼有什么关系？"一个老头随即反问道。

瘦老头听了，得意地说："咋没关系？我花那么多钱在牧野湖边买块墓地，就是为了离钓鱼的地儿近点儿，以后不能钓鱼了，看人家钓鱼，过过眼瘾也好啊。"

·幽默世界·

如此好人

□ 倩瑜

阿勇到外地出差，返程时正要买车票，突然发现钱包不见了。百般无奈，只好问路人借钱，可大家都把他当成骗子。阿勇郁闷透了，他朝前望：街对面有个男人也在问路人借钱，可那家伙比他运气好多了，问上三四个人，就会有人掏钱给他。

正当阿勇纳闷时，那人忽然跑过来，打量了阿勇一番，说"借钱啊？"

"嗯！"阿勇红着脸点点头，"可还没借到。"男人问："你借多少？"

"六十五块，一张车票钱。"

男人一笑："怪不得，你口开得太大了，知道吗？你说两块三块的，成功率就高了，别人会想，就算被骗，也不过几块钱。"

"我不是骗子！"阿勇激动地说，"我是真的遇到困难了，迫不得已才这么做的。唉，我以前就经常帮助像我这种情况的人。"

男人笑了笑，似乎对他挺关心，从口袋里摸出七十块钱，塞到他手里："我赞助你一张车票吧，多下五块给你吃饭。"阿勇高兴极了，赶忙称谢。男人笑着说："我可认识你啊。"

"啊！大哥，您认识我？"阿勇瞪着对方，可怎么也认不出对方是谁。男人拍拍阿勇肩膀，说"连我都看不下去了，像你这样的好人，怎么就没个人帮一把呢？"说完，他就走了。

阿勇终于回到家，他跟老婆提起了这事，说那个好心的男人肯定认识他，就是怎么也想不起他是谁。

老婆忽然一拍大腿，说"还能是谁？就是那个骗子！一年前，街头有个外地男人问路人借车费，其实是骗人的。可你心肠太好，每回碰上都给他，也不知给过多少回了，最后那次，我和女儿都说已经给过了，可你还不信，坚持又给他骗了一次，像你这么傻的好心人，人家不记得你才怪呢！"

阿勇一听愣了，接着感慨道："我要不是这么傻，现在还回不来呢！"

有些玩笑开不得

□ 闻春国 编译

罗伯特是个捕猎高手。这天，他带儿子去郊外打猎，可是，到哪儿都插着一块牌子"私人领地，闲人免进"。

见儿子耷拉着脑袋，一脸不高兴，罗伯特急得直挠头，突然他看到不远处有个农场，顿时想到了一个好主意。

他让儿子在车旁等着，自己一个人走了进去。

农场里，一个农夫正在给奶牛挤奶，罗伯特走过去，客气地问，能不能让自己和儿子到田里面去打猎。

农夫听了，又是摇头，又是摆手："不行，万一你们踩坏了庄稼怎么办？"

罗伯特央求道："我带儿子出来打猎，要是什么都没打到，他会失望的，能不能帮我想想办法？"

可农夫不停地摇头摆手。就在这时，罗伯特看到一群鸡正在农场里走来走去，他灵机一动，掏出两张钞票，递了过去："这样行不行？我买你两只鸡，让我们打一下，让我儿子过把瘾。"

农夫勉强同意了，他把钱放进口袋，然后强调说：只能打死两只鸡，多一只都不行。

等农夫进了屋子，罗伯特冲着儿子招了招手。

儿子端着枪，走过来问道："爸爸，他们同意我们到田里打鸟了吗？"

罗伯特刚要回答，突然眼珠一转，想和儿子开个小玩笑，于是，他装出一副很生气的样子说道："这些农夫真小气，不让我们在这里打猎，简直要把我气死了。看来我只能……"说着，他举起猎枪，瞄准鸡

猴子也借读

□李 慧

老吴是实验小学的校长，这年寒假，他到山区玩，捡到一只小猴子，偷偷带进了城里，又托关系办了一张"驯养许可证"。

小猴子活泼可爱，老吴很喜欢，可眼看就要开学了，老吴不禁犯起愁来：自己工作忙，老婆又经常出差，谁来管这只小猴呢？

这天，他在报纸上看到一条关于动物园的新闻，突然灵机一动：对啊，把小猴子放到动物园寄养，等放假再接回来，不就行了吗？

老吴忙找来学生材料登记表，上上下下翻了起来。

还真巧，真有个学生家长是动物园的，看材料还是个负责人。于是老吴抄下电话号码，打了过去。

对方一听老吴的事，一口答应了下来："吴校长，你放心，当年我孩子进校的时候，就是请你帮的忙，现在都快毕业了。这样，你明天就把小猴送来吧。"

老吴一听，连连道谢。

对方顿了顿，有些不好意思地说道："不过，吴校长，我们动物园也有规定，寄养动物是要收费的。动物园

群，砰的一枪，只见一只鸡"噗"一声，躺在了地上，其他鸡被枪声一吓，惊得四处乱窜。

罗伯特洋洋得意地说道："看，这就是小气鬼的下场。"

儿子兴奋地睁大眼睛，连连叫道："我也来，我也来。"说着，也举起枪，"砰"地放了一枪。

罗伯特听到"扑通"一声，抬头一看，顿时傻眼了，就见刚才农夫挤奶的那头奶牛四脚朝天倒在地上，死了。

儿子举着还在冒烟的猎枪，大声喊道："爸爸，真过瘾，你杀了他们的鸡，我杀了他们的牛，我们现在赶快离开这个鬼地方吧！"

就像学校一样，虽然学费可以不用交，但伙食什么的也要花钱啊。"

老吴心想，一只小猴子能吃多少钱的东西？于是爽快地说："我知道，我知道，到时候肯定一分不少。"

第二天，老吴就把小猴子送进了动物园。

转眼到了暑假，老吴一放假就去了动物园，打算把小猴子接回来，顺便把伙食费结了。

他找到那个学生家长，问要交多少钱。

家长从抽屉里拿出一张账单，递给老吴。

老吴扫了一眼，被最后的数字吓了一跳："怎么？要五万五？一只小猴子，哪能吃那么多？"

那位家长笑了："吴校长，您误会了，这一只小猴子的伙食费总共是五千块。"

"那五万是怎么回事？"

家长用手指在账单上一点，说："你看，这条在这儿呢。"

老吴仔细一看，只见家长手指的地方有一行字，清清楚楚地写着：借养费五万元。

老吴疑惑地问："什么叫借养费啊？"

家长呵呵一笑"我说过，动物园就像学校一样，你这只小猴不是我们这儿的正式生，只能算借读的，学校收借读费，我们这儿也得收'借养费'，不是吗？"

老吴这才想起来，当初这个家长的孩子进学校，自己也收了人家五万块借读费啊。

(本栏题图、插图: 包丰一 顾子易)

· 本刊信息传真 ·

阿P系列幽默故事征文

阿P系列幽默故事栏目开辟二十多年来，深受读者欢迎。阿P是个有多重性格的喜剧人物，他正直、朴实，却又染有许多不良习气；他自作聪明，却又往往事与愿违，弄巧成拙；面对屡屡受挫的现实，他却能自我解嘲，很有点阿Q的精神姿态，让人啼笑皆非。

为了把这个栏目办得更好，本刊再次面向全社会征稿，希望有更多的人来关注阿P，把您身边的阿P故事写得更精彩，更有现实意义和典型意义。

来稿方法: 1. 从邮局寄发，请在信封上注明"阿P故事征文"字样，本刊地址: 上海市绍兴路74号《故事会》杂志社，邮编: 200020。2. 从网上传递，可寄以下信箱: wulun@vip.sohu.net，请在主题上注明"阿P故事征文"字样。凡已和我刊编辑有联系的作者，稿件可继续投给联系的编辑。